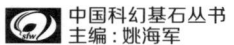

中国科幻基石丛书
主编：姚海军

爱 时光和大怪兽

阿缺 著

四川科学技术出版社

图书在版编目（CIP）数据

爱 时光和大怪兽 / 阿缺 著 . — 成都：四川科学技术出版社，2023.10
（中国科幻基石丛书 / 姚海军 主编）
ISBN 978-7-5727-1163-3

Ⅰ.①爱… Ⅱ.①阿… Ⅲ.①幻想小说—小说集—中国—当代 Ⅳ.①I247.7

中国国家版本馆 CIP 数据核字 (2023) 第 185149 号

中国科幻基石丛书
爱 时光和大怪兽
ZHONGGUO KEHUAN JISHI CONGSHU
AI SHIGUANG HE DA GUAISHOU

丛书主编	姚海军
著　者	阿缺
出品人	程佳月
责任编辑	张湉湉　陈曜
助理编辑	吴文
封面绘画	大梵
封面设计	甄沛佳
版面设计	甄沛佳
责任出版	欧晓春
出　版	四川科学技术出版社

成都市锦江区三色路 238 号　邮政编码：610023
官方微博：http://weibo.com/sckjcbs
官方微信公众号：sckjcbs
传真：028-86361756

成品尺寸	147mm×208mm	印　张	15.25
字　数	322 千	插　页	3
印　刷	四川新财印务有限公司		
版　次	2023 年 10 月第一版		
印　次	2023 年 12 月第一次印刷		
定　价	58.00 元		

ISBN 978-7-5727-1163-3

邮购：成都市锦江区三色路 238 号新华之星 A 座 25 层　邮政编码：610023
电话：028-86361770

■ 版权所有　翻印必究 ■

写在"基石"之前

■ 姚海军

"基石"是个平实的词,不够"炫",却能够准确传达我们对构建中的中国科幻繁华巨厦的情感与信心,因此,我们用它来作为这套原创丛书的名字。

最近十年,是科幻创作飞速发展的十年。王晋康、刘慈欣、何夕、韩松等一大批科幻作家发表了大量深受读者喜爱、极具开拓与探索价值的科幻佳作。科幻文学的龙头期刊更是从一本传统的《科幻世界》,发展壮大成为涵盖各个读者层的系列刊物。与此同时,科幻文学的市场环境也有了改善,省会级城市的大型书店里终于有了属于科幻的领地。

仍然有人经常问及中国科幻与美国科幻的差距,但现在的答案已与十年前不同。在很多作品上(它们不再是那种毫无文学技巧与色彩、想象力拘谨的幼稚故事),这种比较已经变成了人家的牛排之于我们的土豆牛肉。差距是明显的——更准确地说,应该是"差别"——却已经无法再为它们排个名次。口味问题有了实际意义，这正是我们的科幻走向成熟的标志。

与美国科幻的差距，实际上是市场化程度的差距。美国科幻从期刊到图书到影视再到游戏和玩具，已经形成了一条完整的产业链，动力十足；而我们的图书出版却仍然处于这样一种局面：读者的阅读需求不能满足的同时，出版者却感叹于科幻书那区区几千册的销量。结果，我们基本上只有为热爱而创作的科幻作家，鲜有为版税而创作的科幻作家。这不是有责任心的出版人所乐于看到的现状。

科幻世界作为我国最有影响力的专业科幻出版机构，一直致力于对中国科幻的全方位推动。科幻图书出版是其中的重点之一。中国科幻需要长远眼光，需要一种务实精神，需要引入更市场化的手段，因而我们着眼于远景，而着手之处则在于一块块"基石"。

需要特别说明的是，对于基石，我们并没有什么限定。因为，要建一座大厦需要各种各样的石料。

对于那样一座大厦，我们满怀期待。

目录

001　再见哆啦A梦

067　最后的怪兽

291　爱，能否重来

373　去星辰燃烧的地方

477　后　记

>>>>>>>>>

再见哆啦A梦*

*首次发表于《科幻世界》2016年8期。

我逃离城市，回到故乡，是在一个冬天。天空阴郁得如同濒死之鱼的肚皮，惨兮兮地铺在视野里，西风肃杀，吹得枯枝颤抖，几只麻雀在树枝间扑腾，没个着落处。

我就是在这样的天气里，拖着行李箱，缩着脖子，回到了这个许久未见的村庄。

父亲在路边接我，帮我提箱子，一路都沉默。自打我小学毕业，就被姨妈带离家乡，只回来过一次，那次也行色匆匆。这么多年来，沉默一直是我和父亲之间最好的交流方式。但我看得出，他还是很高兴的，一路上跟人打招呼时，腰杆都挺直了许多。人们都惊奇地看着我，说，"这是舟舟？长变了好多！好些年没回来了吧，听说现在在北京坐办公室，干得少挣得多，出息哩！"

父亲连忙摆手说，"干得也不少干得也不少。"

这样的寒暄发生了四五次，可见我沉默的父亲平时是怎么跟乡亲们夸我的。但如果他知道我撞见女友劈腿，随后因心不在焉而被公司辞退，生活崩溃，回来之前退掉租的房，并且删了所有人的联系方式，不知是否还会保持这份骄傲。

现在，面对这些粗糙的面孔，我感到既熟悉又陌生，每张脸我都记得——我是在他们的笑声、吼声、骂声和窃窃私语声中长大的,但现在每个人我都叫不出名字,像是有一面被时光磨过的玻璃挡在了我们中间。我只能对他们笑笑点头。

父亲把我带回了家。记忆中的小平房已经消失,一栋两层小楼立在我面前,但已经不新了,毕竟在寒风中挺立了几年,墙皮都有些剥落。楼房前是一块水泥平地,青灰色的,像倒映着此时黯淡的天空。这块平地用来晒稻谷和棉花,夏天的时候,父亲和母亲肯定会把饭桌搬出来,在渐晚的暮色中吃完晚饭。父亲照例会喝上二两黄酒。

厨房就在水泥平地的对面,母亲已经做好了饭,系着被烟熏火燎而显得焦黑的围裙,搓着手,看着我。我已经离开母亲多年,此时有些哽咽。

"回来了,"她说,"来来来,先吃饭。"

吃饭的过程中,父亲一直沉默着,扒几口饭,就一筷子菜,然后抿一口酒。倒是母亲一直在说话,絮絮叨叨着这几年发生的事情:大伯的儿子退伍后跟几个混混一起在街上游手好闲,抢人脖子上的项链被抓了;隔壁家老来得女,但脑子有问题,五岁多了还坐在门前,冲路过的人傻笑,一笑就流口水;老唐家嫁了女儿,结果在喜宴上,新郎嫌老唐给的茶钱[①]少,当时就把桌子给掀了……

老唐家? 我放下筷子,抬头问道,"是住在村口路旁的那家吗?"

母亲说,"对对,是那家,我还以为你都忘了呢。对了,你以

[①] 湖北南部地区风俗,新人结婚时,双方亲友共坐一桌,在桌面中间的竹篮里放钱,称为茶钱。关系越亲,钱越多。

前跟老唐家的丫头经常一起玩,还记得吗?"

我默然,扒了一口饭。

"人家现在都结婚三四年了,唉,就是她男人不省心,天天喝酒,一喝酒吵架,吵架还爱砸东西。电视机砸坏了好几个,前几天把摩托车给踹了,两三千就这么一脚给蹬没了。"母亲唉声叹气,一边说一边低头拨着煤火。

接下来母亲的絮叨我都没有听到,她的声音突然变远了。我匆忙把饭吃完,想去洗碗,母亲拦住了我。

冬天的夜晚来得特别早,不到六点,天就开始暗下来了。我从北京回来,奔波了一天,在飞机、火车、大巴和拖拉机上辗转,已经很累了,于是洗漱完就在床上躺下了。

我睡得很早,但入睡之后,一场噩梦袭击了我。

梦中,我悬在一条河流之上,河面上有一个旋涡,整个世界都被扭曲了,疯狂地向旋涡涌过去。一切都被吞噬。我也缓缓下沉,不管怎么挣扎,也无法逃脱,只能眼睁睁看着自己的腿沉进旋涡里,被绞碎,接着是腰、腹、胸膛,最后轮到脑袋……

我猛然惊醒,瞪着黑暗喘息。这个噩梦太过熟悉,同样的场景,同样的过程,总是在午夜潜入脑中。这是故乡给我的烙印,无法抹去。

我摸出手机,才十二点。夜晚风大,窗子呼呼震响,我左右翻转都睡不着,索性爬起来,按开了灯。

白炽灯的光扫开黑暗,照亮了墙角的一个木箱子,上面有些尘土。我想起睡前母亲告诉我,她把我儿时的玩意儿都收在里面了,于是起了兴致,翻开箱盖。

里面的东西少得令人失望——没有玩具，没有记录点滴的笔记本，没有书信，只有几本小学时的课本，还有一个造型奇特的物件，顶部是浑圆金属，下部是方形晶体，中间无缝接合。可能是小时候捡的废品吧，但我拿着它想了半天，也想不出是如何来的了，便丢在一边。我接着翻了翻，兴味索然，刚要关上，突然看到课本底下压着几张光碟，上面有已经很淡但依稀看得出清秀的字迹，写着"哆啦A梦"。

长夜漫漫，正好我带回来的笔记本电脑有内置光驱，就拿出电脑，接上电源，把这几张VCD擦干净，卡进了光驱中。

"每天过得都一样，偶尔会突发奇想，只要有了哆啦A梦，欢笑就无限延长……"熟悉的旋律在这间小小的、冷清的屋子里响起，我吓了一跳，连忙调低声音。屏幕上的画面很模糊，噪点密密麻麻，偶尔还出现碟面磨损导致的蓝色条纹。

机器猫张开了嘴，舌头上坐着另一只机器猫，它也张开了嘴，里面还有一只机器猫……

我偎在床头，电脑放在被子上，看着大雄和机器猫在久远的画面里蹦来蹦去，而静香，这个漂亮的女孩也加入了他们的冒险。VCD容量小，一张碟只有五集，三十多分钟。看完后，光驱停止转动，画面满是蓝色，我一直浑浑噩噩的脑袋却在这个清冷的空气里清晰起来。

哆啦A梦，哆啦A梦，哆啦A梦。

这四个音节，如同咒语，一经念起，满脑子都涌出了回忆。

在能够看到《哆啦A梦》之前，我的童年乏味而无趣。

在很多人的回忆里，尤其是关于乡村的回忆，童年都是充满了乐趣的——他们无忧无虑，晃晃荡荡地穿过盛夏沸腾的阳光，在湖边钓龙虾，在门前打弹珠，在河里游泳……他们一边回忆，一边微笑。但在当时，没有一个孩子是真正享受这种生活的，童年缓慢得如一只烈日曝晒下的蜗牛，永远到不了夏天的尽头。他们都希望快快长大，逃离黏稠的童年，一如如今他们希望逃离空乏的现状。

尤其是我。

我从小就不合群。上树下河，偷瓜钓虾，这些我都不喜欢。别的男孩子在稻场上拿着竹竿，喊打喊杀互相追逐的时候，我总是一个人游荡在田野间，有时穿过金黄的油菜花，有时拂过一朵朵雪白的棉花，有时涉过被风吹得麦涛滚滚的麦田。

我经常走着走着就遇到了在田里干活儿的父母，他们对我这种漫无目的、鬼气森森的游荡感到忧虑，呵斥我回家去找邻居小孩们玩。我答应了，却走得更远。

这种游荡一直到村子西边的杨方伟家买了VCD放映机为止。杨方伟的爸爸杨瘌子是开酒厂的，在白酒里兑了水卖给村里人，挣了钱，就给儿子买了这个。而那时，村里有电视机的都是少数，即使有，也都是右上方有两个旋钮的那种老式电视机，加上信号不好，只能收到几个地方台。但杨方伟家里，VCD配上大彩电，加上偶尔从镇上租的电影碟，一下子成了村里最时髦的家具。

每个傍晚，附近老老少少都来到杨方伟家的院子里，大声喊着要看电影。杨瘌子开始没理，但人们的精力是充足的，一直喊到半夜，他连跟媳妇亲热都不成。没办法，他只能一边骂骂咧咧，一边把彩电和VCD搬出来,接好线,放一部电影。

院子里挤满了人,自带椅子板凳,全神贯注地盯着电视屏幕。人一挤就热,蚊子又多,但人们硬是一直忍到电影播完才散开。

杨瘸子每个星期天去镇上送酒,也就顺便换下一批VCD,因此每个星期天大家都知道有新电影看,人来得最多。但有一次,他把杨方伟带过去了,杨方伟在租碟店子里转了半天,看到店里有新货,选了十张封面上印有圆头圆脑机器猫的VCD。

那个星期天,人们都来了,但是画面蹦出的不再是熟悉的少林寺众僧,而是色彩鲜艳的动画,他们都抱怨起来,说:"老杨,你怎么租的这个碟,动画片不好看,换换换!"

杨瘸子说:"你叫我换就换?租碟子一张三角钱,你给我?"

众人起哄:"杨老板莫小气,三毛钱抵不上你一斤酒里面掺的水,换嘛!"

"没得,碟子是伟伟租的,他就爱看这个。"

大家只能看动画片,耐着心子看了一会儿,夸张童稚的画面并不能吸引他们,没多久,大人们就陆陆续续起身走了。

留下来的,全都是孩子,看得津津有味。

我也坐在中间,被电视里这只神奇的机器猫吸引了。它从未来跋涉而至,陪伴在大雄身边,兜里能掏出无穷无尽的宝贝,带着大雄上天入地,穿越时空,最重要的是,陪他去接近美丽的静香。我看得如痴如醉,腿上被咬出了好几个大包都浑然不觉。

放了两张碟之后,杨方伟站起来,对我们说:"都放了十集了还舍不得走?回家吧,明天再来。"

我问:"还是这个时候?"

"明天可以早一点，要是太晚了你们回去也不方便。"他转过头，朝我左边说，"露露，你家里有点远，回去要小心点。"

我这才发现，一直在我左边看电视的，是一个女孩子。电视机已经关了，我看不清她的脸，但看得到她的头发扎成细细的马尾，在黑暗中一晃一晃。

我们往回走，各自散开。夏季的田野里并不全是黑暗，有星光在头顶，有萤火虫在身畔，我走过大路，要途经一片空旷的大稻场。在我还在四处游荡的时候，已经走遍了全村，所以很熟悉这条路。但走着走着，感觉身后有人跟着——是那个小女孩。一只萤火虫很近地划过她身侧，我看到她的右边脸颊有一瞬间被照亮，即使是这样的晚上，依然可以看出她的白皙，还有黑亮的眼睛。但我再想细看时，那只萤火虫已经飞远了。

她也停下了。

我顿时明白——稻场的周围，是一大片坟茔，村里故去的人都埋在里面。此时冷清的夜风吹过，在坟间穿梭，隐隐听得到一缕缕呼啸。坟茔的另一侧，是一条流淌的河，水声啪嗒啪嗒，像是有人在河面上走动。

这个女孩独自穿行，感到害怕，所以才离我近一点，保持五六米的距离。

于是我放慢了速度。那是小学五年级结束的盛夏，我们都很矮小，步子跨得短，走过这片深夜的稻场要花十分钟。我记起了刚才看到的动画片片头曲，轻轻哼唱："每天过得都一样，偶尔会突发奇想……"星空亮起来，风大起来，我们小小的身体在风里穿行。我心里却没有一点害怕，连路过那个突兀地立在坟茔与稻场中间的房子时，也步履轻快。

走出稻场，进入村口大路，半里外家家户户灯火连缀。

"谢谢。"

我似乎听到女孩的声音，但又怀疑听错了，因为这两个字太轻，像羽毛落在水面泛起的波纹。风有点大，我转过身，看到女孩已经低着头转到一条小路上。小路不远处是一栋房子，我记得父亲路过这家时，打招呼喊的是"老唐老唐"——村里出名的酒鬼和赌鬼。

她转弯进了屋。

那个晚上，我始终没有看清她的脸。

我突然从床上跳下来，在木箱子里翻找，但里面只有书和光碟，没有那张照片。

我跑下楼，把母亲叫醒。她正在熟睡，醒来后过了好久都回不过神来，怔怔地看着我。

妈，我的照片呢？

照片……什么照片？

就是小学毕业时候拍的合照，我记得跟课本放在一起的，你把它放哪儿了？

灯光有点刺眼，母亲的眼睛眯着，好久才说，我不记得了。十多年了吧，你找它干吗？

我也从冲动中回过神来，意识到这是在深夜打扰母亲，便摇摇头，回到了房间。窗外依然是铁一样坚硬的黑暗，风在铁中间切割着，声音凄厉。我准备合上箱子，心里一动，把破旧的语文书拿出来，卷了卷，有异物感，一翻开，里面果然夹着一张照片。

因为一直藏在书中，这张照片躲过了岁月的洇染，没怎么泛黄，只有质地显得有些脆，摸上去有一种粗粝感。

我在照片上仔细寻找。第一排坐着三个教师，居中的是一个脸色阴沉的年老女人。她的目光比面色更阴沉，透过照片，穿越十数年光阴，落在我身上。

我掠过她，在角落里找到了自己。而我的身边，是一个清秀的小女孩。我终于看清楚了她，五官精致、秀气，在照片上如同水墨画的点染。她扎着辫子，嘴角有一丝扬起，不知道是在微笑还是因照片失真而引起的。她身后是一片杨树林，叶子被风托起。她的发梢轻扬。

唐露……在被回忆的潮水汹涌吞没前，我念出了她的名字。

那个炎热的盛夏，我停止游荡，每天吃过早饭，就跟其他孩子一起，守在杨方伟家里。他也够意思，碟放完了就让他爸去镇上带回来。

杨方伟的家境很优渥，他家是村里第一个铺上瓷砖地板的。我们坐在地板上，凉丝丝的，在夏天特别舒服。

经常有来他家买酒的人，看到我们一大群人老老实实坐在杨方伟家里看电视，都会啧啧称奇。有一次一个又瘦又黑的男人过来买酒，看到我们，冲角落里说道："露露，去，给我打一斤酒。"

一个女孩站起来，低着头，接过了他手里的酒瓶，走向杨家院子的酒窖。

我正好尿急，也出去上厕所，看到唐露走到杨瘸子身前，怯生生说:"杨叔叔,我给我爸打一斤酒。"

杨瘸子叼着烟,斜睨她一眼,说:"你爸爸给你钱没有?"

唐露摇摇头。

"嘿嘿,这老唐,赊了我那么多酒,自己不好意思,让个小丫头来打酒——回去告诉你爸爸,不给酒钱,我这小本生意也做不下去。"

但是唐露也没有走,低下头,声音带着些呜咽了,"买不到酒,我爸爸会打我的。"

"这狠心老唐,迟早他妈招报应!"杨瘸子把烟扔下,踩灭了,"跟你爸说,最后一次了啊!"

我怕错过电视,匆匆上完厕所就回到房间,孩子们都在看电视,老唐也坐在一旁,龇着满口黑牙说:"这动画片有什么意思,听人说杨瘸子藏了几部外国电影,自己一个人偷着看。哎,杨方伟,你知道你爸爸把碟子藏在哪儿吗?找出来放,我老唐带你们早点见到真正的女人,比这个动画有意思多了!"

杨方伟皱着眉头,没有理他。其他人也露出嫌恶的表情,但老唐浑不在意,继续满口胡言。

幸好唐露很快提着酒进来,递给老唐。老唐乐呵呵接过,转身就走了。唐露坐回之前的角落,但周围的人都挪了挪屁股,离她远一些了。

她低着头,好长时间都没有抬起来。我看到一滴眼泪落下来,但很快洇入她的棉布裙角。大概十多分钟后,电视里放到大雄被胖虎和小夫欺负,夸张地哇哇乱叫,她才忍不住抬起头。她脸颊上尚有隐约的泪痕,却被大雄挨揍的画面逗得笑起来。

这个表情又美丽又哀婉,让我记得很深,此后每次看到雨中的花,都会想起她边流泪边笑的脸。

"《哆啦A梦》有多少集啊?"流鼻涕的王小磊没注意到我们,一边看一边问,"这么好看的动画片,可别给看完了。"

杨方伟一摆手,说:"放心吧,我去租碟子的时候,看到好厚一摞呢。老板跟我说,这个动画片有几百集、几千集呢,而且还一直在画,永远不会结束的。"

杨方伟跟我同年级,但比我们都要高大一些,说起话来,有一种在村庄里少见的意气飞扬。他让我们在他家看动画片,俨然已经是孩子头了。大家纷纷点头。

我也被他的话吸引了——"永远不会结束的"。这世上,鲜花常凋,红颜易朽,没有什么是天长地久。时间会将所有我们心爱的人和事终结。但哆啦A梦不会,杨方伟说,它永远不会结束,它会一直陪在大雄身边。那一瞬间,我有一点热泪盈眶。

"那我们也能一直看到老了?"我情不自禁地问。

几乎是同时,另一个颤颤巍巍的声音也冒了出来,说:"我要一直看下去。"

话音刚落,我和说话的人互看了一眼,正是昨天跟在我身后的唐露。她有些怯生生的,白皙的脸上染着微红。她的五官太精致,我不敢直视,低下了头。

"你脸怎么这么红?"杨方伟纳闷地看着我,然后对女生说,"露露,你放心,你在我家里能一直看下去。"

但是杨方伟的这个承诺并没有兑现。很快,杨瘸子给他买了一台游戏机,那可是最高级的玩意儿,连上电视,插一张卡,就能

013

用手柄操纵比尔·雷泽①,在二维画面里冒险。所有的男孩子们都被吸引,聚集在杨方伟家里。杨方伟固定用一个手柄,另一个给其他人轮流玩,轮不上的,就算是看,也看得津津有味。

孩子们都兴致勃勃,只有我和唐露非常失落,《哆啦A梦》的VCD光碟被杨方伟退了,换成了一张张游戏卡。我们站在满屋子围观打游戏的孩子们的身后,看了一会儿,默默转身走了。

我往家走,唐露跟在我身后,但直到过了她家,她还是跟着我。"你怎么不回去呢?"我问她。

她指指自己的家,低声说:"我爸爸……"

我于是明白,长长地叹了口气。

四周起了风,吹起她淡淡的刘海。我们站在风中。那一个下午,天气有些阴郁,我和她都无处可去。

回忆把我推进了睡眠里,醒过来时,天已经大亮。故乡的冬天特别阴冷,没有暖气,我缩在被子里不愿意起来。但母亲过来叫了我几次,只能挣扎起床。

春节将近,家里要办年货了,往常本是父亲搭别人的机动三轮车去镇上买,但他年纪已大,腿脚不好,爬上三轮车后车架时脚滑了几下。我上前拦住了他,说,我去吧。

父亲没说什么,进屋给我找了件棉衣。风大,车开的时候,要裹住脑袋和手。他叮嘱我说。

这棉衣又破又旧,我拿在手里都有点嫌弃,不愿意裹住手。但三轮车一开,冷风瞬间变成了刀子,划过每一处裸露的皮肤。

---

① 经典游戏《魂斗罗》的主角之一。

我连忙把羽绒服的帽子戴上,转过身,背对风口,同时裹住了手。

三轮车在崎岖坎坷的乡间路上行驶,路两旁掠过枯瘦的小杨树,枝丫孤零零的,在冷风中晃啊晃。冬日的村庄,全被一种"灰"笼罩了——灰色的天,灰色的田野,灰色的道路和人家,仿佛所有鲜活的颜色,全都在这个萧索的季节里褪色了。

村里离镇上远,办年货不易,通常都是一辆三轮车载好几家人过去,每家收十块钱路费。我搭的这辆三轮车在村里七拐八弯,接了四五个人上来,都蹲在车架上。

其中一个年轻人我觉得眼熟,正思索着,他先开口了,胡舟?

这张脸迅速跟记忆里那个意气飞扬的孩子王重合了。我笑了笑,杨方伟,好久不见了。

是啊,好多年了。小学毕业以后就没见过吧。

的确,自从小学毕业,我跟姨妈去了山西,从此确实没有联系过。但他说得也不对,我回来过一次,村子毕竟这么小,还是见过的,只是我跟他关系有些尴尬,远远见到对方,都不会打招呼。现在,我们都缩在一辆顶着寒风前行的三轮车后架上,都缩手缩首,不说话尴尬,开了口却不知如何往下接。

耳边呼啸着冷风,沉默了几分钟,我问,对了,你现在在哪儿工作?

本来是在重庆当老师,但是当老师吧,他咧开嘴笑了笑,嘴唇被冻得苍白,因此让他的笑容显得有些苦涩,挣不到钱,所以年后应该不回去了。

那你要去哪里?

准备过年了去深圳看看，找份工作吧。

深圳压力会很大吧。

他看了我一眼，哪里压力不大呢？

我点点头，是啊，哪里压力都大。

不过跟你不能比啊，他又笑了笑，听人说你在北京，做……是做动画片吗？

我做的其实是漫画，刚想解释，但觉得没有必要，点点头。

我老婆也快生了，有了孩子就更要钱，我爸的酒厂欠了一屁股债……他缩了缩肩膀，身子缩成小小的一团，听你爸说，你一个月一万多呢，顶我四五个月工资。你看，你是过日子，我是熬日子。你是文化人，你说对不对？

谁不是熬呢？我过得也很不好。

但我这句话他显然不太信。他笑了笑，就没说话了。

接下来，我们一直沉默着。三轮车在冷风中呼啸，许多枯树从我们身旁掠退。四周逐渐由零星的房屋变成街道，人越来越多，摆满了货物的店铺排得看不到尽头。

到了，你们下车去买年货吧，我买点药，开车的赵叔叼着烟，吼道，十二点在这里集合！

我们蹲得腿脚发麻，下车后活动了好久。杨方伟一边抽烟一边跺脚，几大口就抽完了一根，碾碎了准备走，这时我叫住了他。

你知道——唐露过得怎么样吗？

他站住了，转头看着我。

我突然感到了一阵没来由的窘迫，解释道，我听我妈说她过得不好，是真的吗？

杨方伟下意识地又点了一根烟,一口抽掉大半根。是的,她过得不好,在朦胧的烟雾中,他的表情有些看不清,过得很不好。

没了哆啦A梦,我又恢复了闲荡的状态。但与之前不同的是,唐露一直跟着我,在那个遥远夏天的尾巴上游弋。

我们这两个小小的人影穿梭在田野里,在一株株将要绽开的棉花间,也穿行在村庄纵横复杂的小路上。大人们看见我俩,总会大声调笑说:"舟舟,你都有跟班啦!"每到这种时刻,我就气呼呼昂头走过去,而身后的唐露则红着脸低着头,羞怯地跟上我的步伐。

在那些漫无目的的游荡的日子里,我把我在村子里发现的所有秘密都告诉了唐露:杨方伟的父亲之所以瘸,正是因为掺假酒被人打的;还有村尾的赵老鬼,总是悄悄把别人系好的牛牵走,在田里藏一夜,第二天再给人牵回去,以此换得一声感谢和十块钱。

唐露听得十分入神,这个村子以另外一副面孔出现在她眼中。她说:"原来你知道这么多秘密啊。"

她清亮的眼睛中闪着光,这光让我豪气干云,拍了拍胸脯,说:"这些秘密算什么,我还有一个更大的秘密没告诉你呢!"

我把她带到河边。这条河是村子的命脉,听说是长江的二级支流,灌溉用水都从河里面抽取。它也流经稻场,绕着坟茔而过。关于靠近坟茔的这个河流段,有许多恐怖的传说,隔壁王三傻曾经赌咒说夜里路过时,听到地下传来嗡嗡嗡的声响。"不知道是河水在流啊流,还是棺材里有人翻身……"这个傻子一边吸着鼻涕,一边用阴森森的语气说。

这种鬼故事，村里还流传着很多——一头水牛在吃草，吃着吃着头就不见了，血喷了十来米；解放前，有人掉进河里，十多年后才回来，却还是跟以前一样的样貌……大人们就是用这种故事让我们不要乱跑的，但我向来不信，唐露也不信，只是还是有些害怕。

我们小心沿着河边走。左侧是一座座土坟，唐露颤巍巍地跟着我，同时小声地对墓碑说着对不起。

走了没多久，我们到了一处河畔。这里非常隐秘，藏在两座荒坟后，鲜少人至。河畔长着一颗歪脖子树，都快平行于水面了。我扶着树干站稳，指着水面，对唐露说："你看这水有什么奇怪吗？"

唐露战战兢兢，看了半天，摇摇头。

"看好了。"我从地上捡起一根枯枝，扔在河面上。枯枝顺水缓缓向下流，但快到我面前这一片水面时，像是水里有什么拉住它，迅速下沉，连"咚"声都没发出。

"咦？"唐露满脸疑惑，又捡起树枝，但接下来几次都如出一辙——树枝在水面漂得好好的，流到某一处水面，便会立刻下沉。

我说："别说再用树枝试了，就算用泡沫盒、书包、皮球，流到这里都会沉下去。我都试过的！怎么样，我说这是村子里最大的秘密吧！"

"你是怎么发现的啊？"

"前阵子我做了小木船，放在河上，它顺着水漂，我就在岸边跟着它，看它最后是不是能漂到海里去。但是我走到这里，它就突然沉下去了，所以我就发现了这里。"

"你告诉过别人吗?"唐露昂着头问我,斜阳下的脸被染上了橘红色泽。

我摇摇头,"我本来跟我爸爸说过,非要拉他来看看,他就给了我一巴掌。我现在只告诉了你,这是我们之间的秘密,你不能告诉任何人啊!"

"我不会的!"唐露郑重地抬起手起誓,然后又问,"不过你知道为什么水面上的东西到这里就下沉吗?"

这个我倒是没想过,老老实实摇头。

唐露却转了转眼珠,看了下水面,又看了下我,说:"我猜这就是哆啦A梦的口袋,可以装进无穷无尽的东西。说不定水面下,就有一只机器猫呢!"

她转眼珠的样子实在太可爱了,我一时有些兴起,压低声音说:"说不定水面下都是死了的人哦,就像王三傻说的一样,谁在水面上,就把谁拉下去!"

唐露被吓得像受惊的兔子,眼圈顿时红了,紧紧攥住我的袖子。我有些后悔,便由她拉着袖子,慢慢走上河边,穿过坟茔回到稻场。夕阳垂在天边,金色斜晖铺满整个村庄,尤其是河面上,一片片的金鳞泛动着。

我们正要走出稻场,突然吱呀一声,那间突兀地立在坟茔与稻场中间的房子的门被打开,一个面目阴沉的老女人走出来,看着我们。她脸上生满了皱纹和褐斑,看上去五十多岁,但那目光却像是在寒冰中被冻住了几千年一样,只一眼便让我遍体生寒。

我赶紧拉着唐露向家跑,但背上依然感到一阵发毛。

后来,我无数次在噩梦中看到这种眼神。

019

办完年货已经十一点半了。风大得有点邪门,我把包裹放在脚边,缩起来,瞪着苍灰色的天。

赵叔慢吞吞从药店里出来,把几盒药扔到车上,嘴里骂骂咧咧。我低头扫了一眼,都是些风湿药或肠溶片,就问,赵叔,给你家老人用的?

呸!不是我家里!是那个姓陈的老不死,一大把年纪了不安生入土,每次都是央我给她买药。赵叔点燃一根烟,深吸一口,嘴里和鼻孔里都冒出烟来。

姓陈的?我心里一动。

赵叔又喷一口烟,说,就是陈老师啊,我记得小学时还教过你吧。

我于是沉默了。那双噩梦中的眼睛再次浮现,我往后缩了缩。

十二点人就来齐了,三轮车吭哧吭哧地往回走。到了村口,路稍微跟之前有些不同,绕到了稻场边。我看到满地都是枯黄的细草,冬风凛冽,草在风中簌簌发抖。一座一座的坟头像丘陵般蔓延,有些修葺得碑石整齐,大多数无人打理,草木乱生,一派萧索。

而坟山与稻场的中间,那间屋子依然突兀地立着。它比我记忆中更破旧,原本由红砖垒砌的墙已经变成了土黄色,屋顶瓦片遗落,有些地方是用稻草盖住的。难以想象住在这样的屋子里,该如何度过这个寒冬。

赵叔把车开到路边,并不下车,喊了声药来了,然后抓起那几盒药扔在屋门口,就准备开车离开。

我疑惑道，这就走了？

不然还怎么？赵叔头都没回，踩着生锈的离合，这屋子里晦气得很，难道我还要进去？你都不知道，她一个人住在这坟边，也不知在干什么。上次县里有个开烟厂的老板来买这块地，想给家里修祖坟，开价十多万啊，多少人眼红！结果这姓陈的，怎么都不卖，人家过来劝，连门都不让人进——嘿，你跳下去干吗！

我在地上站稳，冲赵叔喊，帮我把年货带到家。然后转身，走到破屋子前，风吹得屋顶的稻草上下拍打，除此之外我没听到一点人声，似乎屋里面比外面还荒凉。

我把药捡起来，叫了声，没人应，就推开了那两扇腐朽的木门。吱呀吱呀，令人牙酸。我走进去，出乎意料的是，尽管屋里很暗，摆设很少，但一桌一椅都干净整齐。最里面是一张床，上面躺着一个老人，只露出头，但依然看得出满头白发，额角皱纹如一群蚯蚓般弓起。

她睡得很浅，睁开眼睛，看到了我。

我正准备说话，她却先开口了。她的脸在暗处模糊不定。她说，胡舟，是你吗？胡舟，我眼睛不好，你走近一点。胡舟，你长大了。

我一下子颤抖起来，药盒掉在地上。

我看着她，像是看着一团被岁月揉得发霉又褶皱的抹布。我厌恶这个女人，无数次想象怎么报复她，现在进门来送药，也存了想看看她过得多么惨的心。但看了一眼这样的老态，看到岁月擅自将她摧毁，我只感到一种荒诞和无力。

她挣扎着坐起来，冲我笑笑。

你还记得我？我把药盒捡起来，放在床边柜上。她扫了一眼，又继续看着我，我怎么会忘了你？你和唐露，是我印象最深的学生，而且，你是唯一一个发现我的秘密的人。

秘密？我有些诧异，随即醒悟过来，跺了跺脚下的地板，你是说这里面吗？

她却没有说话了，重新躺下，似乎刚才这简单的几句话已经耗尽了她的全部力量。她躺着，吭哧吭哧地喘着气，屋子里太暗，我看不清她的表情。从窗子外漏进来的风掠起了她花白杂乱的头发。

小学建在村口，附近几个村子的学生都来上学，曾经非常热闹，一个年级一百多人，分三四个班。但在我进入六年级那一年，一股去广东打工的风气突然刮起来了。大人去车间，一天能挣一百二，小孩悄悄在黑屋子里穿线，每天也有三十。这比在土里刨食要好多了。广东的厂家甚至派了车，停在村口，每天都有人带着孩子上车去往远方打工。村子就被这么一车一车地拉空了。

那时，一个在小学教书的老师守在村口，拦住每一个带着孩子上车的大人，说："你自己去就去吧，别把孩子带走了！孩子要读书，读书才是唯一的出路，如果不读书，以后怎么面对这个世界？"

大人们都很不耐烦，推开老师。老师又紧紧攥住他们的衣袖，近乎固执地说："别把孩子带走，孩子是未来，要读书。"

"读书能挣钱吗？"大人们反问。这让老师无法回答。于是大人们把衣袖从老师手中抽出来，牵着孩子的手，上了车。孩子们低着头，不敢看老师。

那个漫长的暑假结束后，开学不到两个月，六年级的学生就从一百多减少到了三十多个，老师也跑了很多。于是，原本的三个班合并成了一个班，由三个老师来教。教政治的是一个姓丁的老头，每天干完农活来教室，给我们把课本念一遍，然后匆匆回去种菜；教语文的是个年轻人，经常因为打牌忘了来上课，或者正上课时有人叫他去茶馆，他就放下课本跑出去。

其余科目都是让一个五十多岁的女人来教，姓陈，独居，据说就是她站在村口拦着上车的人。

第一次看到陈老师，我就心里一寒——暑假里，她站在坟场上看着我的阴沉眼神让我无比难忘。但这种害怕没有持续多久，因为我很快就看到了唐露。

唐露和我到同一个班上了。

这时我才知道，这个胆怯孤单的小姑娘，成绩之前一直是年级前列，现在唯一成绩比她好的男生已经在广东的某个地下黑屋子里去穿线了。所以她现在是年级第一，被陈老师安排在第一排坐着，与我隔着大半间教室。

下了第一节课，我就跑到教室前面，但靠近她时又慢下来了。一种属于那个年纪的特有羞涩蒙上心头，明明没有人注意我，我却觉得自己处于所有异样目光的中心。

她一直埋头做题，没有抬头，我慢吞吞从她身边走过，也沉默。我回到教室的时候，她抬头看了我一眼，又低下头继续做题了。

两个月没怎么说话，暑假形影相随的日子已不真切，或许她也忘了吧。

其他男生也注意到了唐露。刘鼻涕有一次被分到她旁边坐，高兴得连鼻涕也不流了，就是上课看着唐露傻笑。陈老师揪了几次他的耳朵，都没用，只能皱着眉把他换走了。还有一向以欺负人为乐趣的张胖子，看到唐露和几个女生在操场上踢格子后，居然一反往常的鄙夷，上去要求和她们一起玩，还让唐露辅导他。唐露细声细气地告诉张胖子踢格子的要诀，他边听边点头，俨然好学生模样。陈老师看到后把他赶开，说："怎么不见你把这股认真的劲儿放在学习上！"

陈老师对唐露严加保护，导致没人有可乘之机。除了唐露，我们所有人在她眼中都不学无术，都游手好闲，都是愚昧父辈的延续，都注定了要在这泥土翻飞的村庄里度过一辈子。

她严格按照成绩排座位，成绩差的都坐到了后面。杨瘸子提着两刀肉去陈老师家，希望她把杨方伟安排到前面坐，结果被陈老师轰了出去。第二天，她专门点杨方伟回答问题，杨方伟回答不出，于是她从鼻子里喷出一口气，轻蔑地说："回去告诉你爸爸，拉不出屎来就别想占茅坑。"这句话让我们哄堂大笑，杨方伟在笑声中脸红如滴血。

陈老师一度对我也寄予厚望。她曾经把我叫到办公室，劝我好好学习，但当她知道我只对语文有兴趣，对数学自然课全然无感之后，非常惊异："为什么你会对语文感兴趣呢？这是最没有用处的学问啊！真正可以拿来改变世界的，是科学，是对量子领域的了解，是对空间物理的掌握，一天到晚背几遍床前明月光能有什么出息！"

她还说了一些什么，但那些词我都没听说过，只能低着头。她见我不开窍，叹了口气，就把我轰走了。

走之前，我突然愣住了——在陈老师的桌子上，摆放着一个小木船，槐木雕琢，模样稚拙。我看了几眼，觉得有些熟悉，突然想起暑假我丢失在河面上的木船跟这个很像，连船篷的形状和上面的刻痕都一模一样。但仔细看又不对，因为眼前这个木船的色泽很沉郁，有些地方还腐朽了，像是已经摆放了七八年的样子，而我的木船沉进水里还不到两个月。

"怎么还不走？"陈老师埋头批改作业，笔尖在本子上拖曳出一个个钩和叉。

我指着小木船，问："陈老师，这个船……"

陈老师抬起头，眼睛眯了一下，说："怎么了？"

"您放这里多久了啊？"

"十多年了吧。"

我"哦"了一声，就准备低头出去，陈老师叫住了我，问："你知道这个船吗？"这时上课铃响了，我连忙摇头说："没什么没什么。"

后来我成绩越来越跟不上，而且整天和杨方伟他们一起玩，上课丢纸条，下课到学校后面的橘林偷橘子。陈老师也就把我归在了他们一类，平常视而不见，闹得凶了就抓住我们，要么罚站，要么用藤条来打。我们都对她恨得牙痒痒。

我跟唐露一直没有说过话，一间小小的教室里隔开了太远的距离。我继续跟我的小伙伴们玩耍，座位越来越靠后，直至倒数第一排。

上学期快结束的时候，陈老师在黑板上写了五道算术题，让我们上去写答案，算不出来就打手心。第一批的五个人没有一个答对，她气得嘴唇乱抖，竹板都打断了一根。张胖子挨了三四下就哭了。我们在下面看得心惊胆战，祈祷陈老师不要点到自己。

"胡舟，杨方伟，彭浩，刘鼻涕，张麻，你们五个上来，要是写不出，我把你们手打断！"陈老师直接指着最后排，想了想，然后说，"算了，张麻你回去，唐露上来。我让你们看看，这题目是有人能做出来的。"

我们愁眉苦脸地从座位上起来，慢吞吞走上讲台。张麻则拍着心口，一脸庆幸，冲我们做鬼脸。

这是五道应用题，唐露做第四题，我做最后一题，她的左边还站了一个流着鼻涕的刘鼻涕。

我至今记得这道题目：小明看一本故事书，第一天看了全书的1/9，第二天看了24页，两天看了的页数与剩下页数的比是1：4，这本书共有多少页？我站在黑板前，对着这些文字冥思苦想，脑子里却始终是一团糨糊。

陈老师提着竹板，站在我身后，让我背上生寒。我举着粉笔停在黑板前，却久久不能下笔，大腿开始发抖。

其他人也都不会做，只有唐露在黑板上一笔一画地写着解题步骤。我瞥见了她认真做题的样子。她的侧脸被从窗子透进来的光勾染，成了一些柔软的线条，像是初春里挣出来的柳枝。这美好的侧脸留在了我的记忆里。很久以后，我学习绘画时，总是习惯性地画一个人的侧脸，用简单的线条，用明显的光影差。我一度疑惑这奇怪的习惯从何而来，原来是记忆埋下的种子，当我拿起画笔时,它就开始萌发,在画板上绽放出唐露的脸。

"看什么看!"陈老师的呵斥打断了我的走神,并用竹板敲了一下我的头,"好好做题,做不到就下来领打。"

我摇摇头,准备丢笔放弃,这时,我听到身旁传来了轻轻的话语:"设整本书为x页。"

我一愣,唐露旁边的刘鼻涕也愣住了,同时侧过头看向她。唐露拿着粉笔做题,一丝不苟,嘴唇轻不可察地颤动着:"别看我,老师会发现的。"

我俩连忙各自转回头。刘鼻涕看了眼自己的题目,小声说:"我这道题是求面粉和糖,没有书啊……"

"不是你,是胡舟。"

刘鼻涕僵了一下,两条鼻涕趁主人不注意,迅速垂下。

我反应过来,连忙在黑板上写了假设,又小声问:"然后呢?"

这时,陈老师在身后呵斥道:"说什么!"

顿了十几秒,唐露又小声说:"九分之一x加上二十四,然后等于x除以括号一加四括过来,算出来x就行了。"

我把方程式列出来,在黑板上打了下草稿,很快写出了答案。这个过程中,刘鼻涕一直用哀求的眼神看着唐露,眼泪和鼻涕都快流下来了。唐露却没有理他,把粉笔放下,转身对陈老师说:"老师,我做完了。"

陈老师点点头:"完全正确。你们看,这题目一点都不难,你们四个好意思吗!过来领——咦,胡舟,你让开。"

我连忙往右挪,让陈老师看到黑板。她扫了一眼,扶了一下眼镜,又看看我,说:"今天太阳打西边出来了啊……你下去吧。"

又指着另外三个人,"你们过来!"

我迷迷糊糊地从讲台走向教室后面,唐露已经在她的座位上坐好了,坐姿端正。我看向她,看到一缕发丝垂下,贴着她脸颊。她的侧脸依然美丽,神情认真,似乎专注在课本上,但有那么一瞬间,她的右眼悄悄眨了一下。

办完年货,小年一过,村子里也渐渐热闹起来。茶馆里挤满了打工回乡的年轻人,在狭窄的砖屋里凑堆打牌。我闲得无聊,也过去了打了一阵,茶馆里满是脏话、汗臭和烟味,待久了有一种眩晕感。摸牌、出牌、递钱和收钱,时间在这四个动作的重复中飞快溜走。

春节前一天,我去茶馆有些晚了,里面只有一桌是空的,就坐了过去。随后陆陆续续来了三个年轻人,有两个是认识的,另一个比较陌生。

陌生的青年又矮又瘦,坐我对面,刚坐下就掏出烟,发了一圈。我皱皱眉,没接。

嫌次?他自顾自点上,嘴里和鼻孔都冒出烟雾,这位兄弟没怎么见过啊,哪家的外地亲戚?

旁边有人接了话茬,说,大路,你这五块钱一包的红河还好意思发给人家!他可是大老板,在北京工作,拍动画片,挣大钱呢,一个月万把块!

动画片?嘿,我媳妇儿以前还挺喜欢看动画片呢。这个名叫大路的青年把烟叼在嘴边,伸手摸牌,来来来,打牌。

打了半个多小时,我有些心烦,出了好几把臭牌。大路捡了空子,连赢几把,嘴都笑得都合不拢了。他的笑让我更加心烦——不是因为钱,也不是因为他笑的时候露出满口的褐色牙齿,而是他的笑容里有很明显的嘲弄。

大路一根接一根地抽烟,屋子里乌烟瘴气,空气混浊,我有好几次呼吸都感到困难了。又输了一把后,我把钱往桌子上一推,说,今天就到这里吧。

大路往地上吐了口痰,用袖子抹了抹嘴,一边把钱扒过去一边说,还这么早,没过中午呢。别扫兴啊,才输了几百。你这种大城市里的人,几百还不是肉上一根毛?来来,坐下来继续打。

我不想理他,站起来,向外走。但这时屋门被推开,一个女人走进来,径自走到大路身旁,说,明天就要团年了,跟我回去收拾一下房子吧,我一个人忙不过来。

大路看了一眼这个女人,脸上露出烦躁神色,你怎么来了?没看到我在忙吗,找你爸去!

我爸腿不好。女人的声音低了下来。

也是,你爸只剩下一条腿了,大路轻蔑地笑了笑,然后摇摇头说,反正我不管!你自己去弄吧,不就是洗几床被褥,擦点墙上的灰吗?你一天忙得完。我现在手气好得不得了,是在给家里挣钱呢。

女人劝不动他,也不愿走,就站在旁边。

你别在这里,晦气!刚刚手气好赢了,现在你一来他就不打了。大路斜眼瞪了一下女人,又看向我,说,你还打不打啊?不打我再去找别人。

我的视线这才从女人的脸上收回来,低呐道,那就……那就再打一会儿吧。

接下来的时间里,我更加心不在焉了,眼睛甚至不能认清麻将上的图案。我输得更多了,不停地拿钱,大路赢钱赢得喜笑颜开。他肯定把我当一个傻子了吧。

而这个傻子正透过烟雾窥视大路身旁的女人。

女人一直低头站着,垂下的头发在烟气中显得有些发白。她穿着红色羽绒服,蓬松地裹住身体,衣服面料上有很多褶皱,随着她身体的弯曲,这些褶皱像一张张细小的嘴巴一样闭紧。我注意到,羽绒服的胸口处印着滑稽的"波可登"。

我一遍遍告诉自己,是认错人了。但眼前这张侧脸,以及垂到脸颊的头发,都丝毫不差地跟记忆深处那张脸重合了。

关于与唐露的久别重逢,我幻想过很多次,却没料到再相遇,会是在这样烟雾缭绕人声嘈杂的鬼地方。

我的喉咙有些涩,不知是烟呛的,还是别的什么原因。

唐露站了一会儿,见大路实在无动于衷,便转身走了。她出茶馆的同时,我站起来,对他们说,我去上个厕所。

我追到唐露身边时,她已经走了十来米远了。唐露。我喊出了这个久违的名字。

她停下来,看着我,脸上憔悴,眼中迷惑。

你还记得我吗?

没见过吧……她才犹疑地摇头。

我不死心,又问,你还有那本画着哆啦A梦的练习册吗?

什么哆啦A梦?

我露出难以掩饰的失望,摇摇头,没什么……

唐露看了我一会儿，见我不再说话，便转身走了。她的背影在冷风中有些微的佝偻。

我回到茶馆，机械地打牌。周围的咒骂、碰牌和拍桌声混在一起，这些嘈杂声一会儿遥远一会儿近，遥远的时候让我一阵空虚，近的时候让我耳膜欲裂。每个人都在喷吐烟雾，越来越浓，我的呼吸都被堵住了。我再也忍受不了了，跑出这个乌烟瘴气的屋子，在路边弯着腰，发出一阵干呕。

自从那次黑板做题后，我和唐露就恢复到了暑假的关系，似乎这半年的隔阂冰消雪融。每天放学后，她独自走到一个路口，等我慢吞吞赶过去，与她会合，然后一起走回去。

那时我家里已经硝烟弥漫。我父亲跟隔壁程叔媳妇的事情被发现，程叔来我家闹了一次，母亲痛恨欲绝。争吵过后，两个大人在屋子里走动，却形如未见。姨妈专门回乡来劝，但是没用，摸着我的头叹气。

我每天晚上回去，屋子里冷冷清清，连吃饭都是在碗橱里找些剩饭菜热一热，就勉强对付了。

而唐露父亲酗酒的毛病更严重了，大白天都喝得醉醺醺，有时候还无缘无故打唐露。

所以我们都不愿意回家，背着书包，在路上慢吞吞地走着。我记得我们会说一些话，但时光久远，大多数已遗忘，也可能是那一阵子天气寒冷，声音一从嘴边出来，就冻结在冰冷空气中，刷刷地往下掉，就像雪花一样。

我们通常会走很久，把黄昏走成夜色，看到黑暗笼罩村庄，灯火沿着河亮起来,丝带般缠绕在远处的大地上。然后,她回她家,我背着书包走向我的家。

关于我们那些遥远飘忽的对话,我唯一记得的,就是我们提到了哆啦A梦。她依然记得在上一个夏天看到的几十集《哆啦A梦》,并且遗憾地说:"要是能继续看就好了。"她小小的脸蛋在冷风中发抖,说完,还叹了口气。

我心中涌起一股豪情,拍着胸口说:"没关系,我给你画!"

于是,在寒假来临前,我把之前辛苦攒下来的四块钱拿出来,去买了彩笔和练习册。练习册选的不是五角钱一本的那种防近视的黄色本,而是三块钱的那种,很厚,纸页的边缘还有淡雅的水墨画。这种高档货,村里小卖部没有卖的,我顶着寒风,骑车到镇上的文具店才买到。我的钱不够,死活不走,求了老板很久,最后他才卖给我。

整个寒假,我都窝在家里,认真地用彩笔画画。我幻想着一头远古的巨龙抢走了静香,大雄在哆啦A梦的帮助下,穿梭时间,回到恐龙纪元,历经千辛万苦把静香救了回来。

记忆里的那个冬天特别干冷,画到后来,我的手都裂开了。但我没有停,把脑海里的那些画面倾泻到纸上,越画越起劲,到最后仿佛不是我在画,而是笔拖着我的手在游走。那是平生第一次,我体会到了"创作"的乐趣。我记得最后画到大雄被迫面对三头恐龙的血盆大口,却紧紧把静香挡在身后时,我的眼角都湿了;而画到静香得救后,快速地吻了一下大雄的脸时,我也忍不住嘿嘿傻笑。

画完后,我在练习册的扉页上郑重地写下了两行字:

每一个孤单童年,都有一只哆啦A梦在守护。

献给唐露——我的静香

开学后,我把这本厚厚的练习册拿出来,打算送给唐露。但刚一拿出来,张胖子一把抢了过去,大声说:"这么厚的本子,你不会真做了寒假作业吧?"说完就准备打开看。

平常我没少被他欺负,通常都很怕他,但当时我眼睛都充血了,一把扑了上去,扯住练习册的书脊,另一手按住张胖子的胸口。张胖子毕竟壮硕太多,一伸手就把我推开了。我撞倒了一个课桌,但立刻爬起来,啊呀号叫着,又扑了过去。

张胖子大概也没想到我会反应这么激烈,有些吓到了,但同学们都看着,他不能把本子还给我。于是我们扭打在一团。

我当然是吃亏的一方,很快就被他压在身下了。他气喘吁吁地坐在我身上,按着我的胸口,然后把练习册捡起来,说:"我还非要看看里面是什——啊!你松开!"

我咬着他的手,死活不松口,嘴里都感觉到一丝腥咸了。张胖子痛得眼角迸泪,连忙把练习册丢在我脑袋旁边。我刚松开,他却又把本子抢回去,同时狠狠一拳打在我头上。

这一拳让我有些蒙,张胖子起身之后,我还站不起来。他拿着本子,洋洋得意地说:"妈的,敢跟我横!我撕了你这破本子……"他说完,却发现同学们的目光有些躲闪,连忙回头。

果然,陈老师已经站在教室门口了。

她了解事情经过后,先是把我扶起来,问我有没有受伤。我只是有点头晕,就摇摇头。然后她打了张胖子十下手板,非常重,张胖子眼角又迸出泪来。张胖子下去后,她拿起练习册,翻了几下,看到扉页上的话后露出了嗤笑,对我说:"小小年纪,就想这个?真是跟你爸一样,臭不要脸!今天我不打你,但这个本子没收了,免得你祸害同学。"

我对陈老师有一种本能的畏惧,只能眼睁睁看着她拿着练习册走出教室。我沮丧地走回座位,路过唐露身边时,她用疑惑的眼神看着我,但我只轻轻摇头,错身而过。

我在不安和悔恨中度过了这一天,实在不甘心整个寒假的心血就这么毁掉。放学时,唐露照例慢吞吞往小路上走,我一咬牙,对她快速说了一句:"等我一会儿,我很快回来!"然后转身就往学校跑。我溜进办公室,在陈老师的办公桌上搜了搜,没有练习册,想了想,又往稻场跑过去。

那一天,憋了整个冬季的天空终于开始下雪,雪粒在黄昏时候稀稀拉拉地飘下来。我跑得很快,冷风夹着雪,嗖嗖地灌进衣领。我却丝毫不感觉冷,也不畏惧坟茔的阴森,直接跑到陈老师的屋子前。

我的运气很好,看到陈老师门前那把挂着的黄铜大锁,就知道陈老师回家后又出去了。我绕着她家转了一圈,大门锁牢,窗子紧闭,只有烟囱是唯一的入口。于是我爬上屋顶,顺着烟囱进了里屋,里面很暗,我不敢开灯,只能努力睁大眼睛,用手摸索。

我都听到了自己的心跳声,咚咚咚,像是有人在我胸口敲响了急促的鼓。我的害怕并非来源于屋子外面的坟墓,事实上,我宁愿死尸们全部从坟墓里爬出来,围着这间屋子厉号,也不想陈老师突然推门而进。我实在无法想象陈老师要是看到我偷偷跑进她家之后暴怒的样子。

我找了一遍,但没发现那本练习册,心里不甘,又哆哆嗦嗦地摸索。当我摸到床前时,脚感觉有些不对劲——床头前的一块木板是松动的。我轻轻一扳,木板就翘起来了。

木板的下面不是泥土地,而是一个幽深的地洞,有一排斜斜的台阶通向地洞的黑暗里。

我用脚探着台阶,一步一步往下走。我以为里面会很暗,但完全进入地下之后,反而看到了通道尽头的光。

这通道不长,只有三四米,我小心翼翼走过去,发现尽头是一道门,光就是从门缝里渗出来的。我贴在门上听了半天,里面没有动静,于是深吸口气,用力把门推开。橙黄色的光哗啦啦涌了出来,将我淹没。

里面空无一人,但我来不及庆幸,就被里面的景象惊呆了。

以后的很多次,我回忆起这一幕时,都会怀疑是不是记忆欺骗了我。因为我之所见,完全颠覆了我对这个贫穷村庄的认知,我一度怀疑是不是我做了一个光怪陆离的梦,而梦里的场景侵蚀了记忆,让我混淆。

因为当时,我看到一排排机器。我叫不出名的机器。

这个地下室有二十几平方米,墙壁连同地底都是由一种灰褐色的金属铸成的,非常平滑。墙顶上镶满了灯,令整个房间没有死角。而这整个屋子都摆满了方形仪器,红绿黄这三种颜色的灯不断闪烁,地上全是电线。屋子的正中间摆着一张大桌子,由三根支柱撑着,桌面上是一个玻璃罩子,正方形,大概有我两手张开那么宽。玻璃罩里什么都没有,但不知是不是我眼花——我看到玻璃罩中间的空气里,不时闪现着蚯蚓一样的电火花,很暗,一闪即没。

这些巨大而又精密的仪器让我不知所措。幸好,我很快看到了我的练习册就放在桌子边缘,连忙拿起来,塞进衣服里,然后准备出去。

但是在出去之前,眼角余光一闪,我发现有些物件有些眼熟。果然,在地下室的角落里,我看到了几根树枝、破书包,还有褪了色的瘪皮球。这些东西各不一样,杂乱摆放着,但对我来说,它们有一个共同点——它们都属于我,都是在半年前的夏天,被我放在那片神秘的水面上后沉入水中消失的。

我翻了一下,发现每个物件上都贴了纸,纸条已经泛黄,但字迹依稀可见。

"1982年7月13日,净重243g,来历:未知",这是皮球上贴纸的字迹,而几根树枝上分别标记着1985年和1992年。每一个标签上的时间都相差很多。

我逐一看过这些纸条,百思不解,索性不管了,跑出地下室,爬上烟囱,满身灰黑地离开了稻场。刚跑不远,我就远远看见一个踽踽独行的人影,在昏暗的天色里走进坟茔与稻场之间,走进那间神秘的屋子。

这个人影正是陈老师,我一阵侥幸,幸亏跑得及时。

我顺着小路快速奔跑,雪越下越大了,这些小白点从黛蓝的天幕中飘落,在我身边打着旋儿。我有点着急,害怕时间太晚,唐露已经回家了。

但她并没有走。她一直等在路口,渺小的身影若隐若现,似乎随时会融化在漫天细雪的背景中。

"喏,这本书送给你。"我跑过去,小心翼翼地把练习册从衣服里拿出来。我浑身都是烟囱里的灰,但没让练习册沾染一点。

"你今天跟陈胖子打架,就是因为这个吗?"唐露接过练习册,她的脸被冻得红扑扑的,但洋溢着笑容。

"是啊,这是我为你画的最新一集《哆啦A梦》,花了一个寒假呢!除了你,谁都不能看。"

她翻开了扉页,看到我写给她的两行字,然后仰头看着夜空,过了很久,才说:"你说,这世界上真的有哆啦A梦吗?"

"嗯,"我郑重地点头,"肯定有!"

"为什么我从来没有见过呢?"

我想了想,脑子一热,说:"因为我就是你的哆啦A梦啊!"

唐露看着我窘迫的脸,轻轻地"扑哧"一笑,说:"你到底是我的大雄,还是我的哆啦A梦呢?"

"我……我既是你的哆啦A梦,也是你的大雄!你放心,你是我们的静香,我们会一直保护你,不让你受伤。"

"你真好!"她突然踮起脚,在我右边脸上轻轻一吻,然后闪电般缩回去。

我被这道闪电击中了,浑身僵直。

我试着回味刚才这一刹那的感觉,但发现她的嘴唇太轻,有些冰凉,跟四周漫天的雪花一模一样。我摸着脸颊,那里有些微的湿润,但我分不清是因为她的唇,还是因为落雪轻吻。

在我发愣的时候,唐露合上了练习册,把它抱在胸口,转身往回走。我反应过来,连忙跟上她。那个晚上的路尤其长,我们没有再说话,我们周围都是飘舞的雪花。

我们走啊走,走啊走,一不小心,就白了头。

大年三十,天气特别干冷,这艰难的一年终于在这一天走到了尾声。中午吃完团年饭,母亲把全家人的旧衣物都洗了,晾好,然后带着我去坟头拜祖宗。

刚走到小路口,就发现那里围着四五个人,有议论也有劝阻,看样子像是这户人家在吵架。我看了看房子,觉得有些眼熟,仔细回想了一下,记起来这是唐露的家。

果然,我和母亲刚挤进人群,就看到了正坐在地上的唐露。她披散着头发,坐在地上,身上还是那件大红色的羽绒服,只是好几块面料已经被撕开了,在冷风中抖动着。她一只脚上歪歪斜斜地套着拖鞋,另一只脚赤着,被冻得有些乌青,沾满了尘土。

她的神情有些呆滞,眼角垂泪,脸上红肿,嘴里喃喃地说着什么。周围太吵,我听不清,但从嘴型就可以看出来她说的是这日子过不下去了。

母亲看到这场景,说,作孽啊,刚和好没几天,又吵起来了。这还是大年三十啊。

旁边有人搭腔,这次可不得了,听说昨天大路把八万块钱全输了。啧啧,玩得可大哩,输到最后眼睛都红了。

母亲叹了口气,对我解释道,露露是想用这笔钱来盖房子的。

我点点头,看着坐在地上的唐露。她就这么哭着,念叨着,我的目光却只汇聚到她赤着的脚上。它在冷风中有些凄凉。

这时，一身酒味的大路从屋子里冲出来，对着唐露就是一巴掌。这一巴掌太狠了，声响像是干树枝被折断，听得让人心惊。唐露的鼻子登时冒出血来。这个矮瘦的青年像是一头发狂的豹子，满脸通红，喘着粗气，嘴里喊叫着，去你妈的，老子输了点钱，你就把老子的脸都丢完了！你爸爸是个死瘸子，你也是他妈的个扫把星！

我才发现，老唐正畏畏缩缩地站在门口。他只剩下一条腿了，拄着拐杖，他似乎想阻止大路，但抖着嘴唇，眼神飘忽，始终没有动。

围观人群里也没有人上前劝阻。我看到杨方伟站在一旁，抽着烟，脸上漠然。我刚想上前一步，就被母亲拉住了。她摇了摇头。

大路又打了几下，然后要把唐露拉回家里去，但拉了几下，没拉得她站起来，索性直接抓住羽绒服的衣领，把她拖回了屋子里。

唐露的头发和脸都在尘土里拖动。一滴血落下来，转瞬被尘土遮住了。

在去拜坟的路上，母亲告诉我，大家不是不想上去劝，以前劝过，结果更惨。母亲说，大路这人啊，手黑心也黑，坐过牢的。现在劝了，倒是也能拦住，但大伙儿不能守在他家一辈子啊，一有空子，他就把唐露往死里打。

唐露怎么会嫁给这样的人？我的语气闷闷的。

母亲眉头蹙起，似在仔细回忆，然后说，你是小学毕业那年离开村子的，很多事情都不知道。

在母亲的述说里，我渐渐知晓了唐露后来的经历。小学结束的那个夏天，老唐的一条腿断了，为了治病，家里的钱都花完了。唐露也因此在读完初一上学期后，就无力再去读书，早早地跟了一个裁缝师傅学做衣服。学了一年后就到隔壁县城的一家服装厂工作，一天十个小时，全坐在封闭的地下车间里，佝偻着腰，踩着缝纫机，在幽暗的光线里拼接一块块质量堪忧的布。下班了之后跟同龄的女孩们一起回到宿舍，挤着休息一夜。但那家厂很快因为雇用童工被举报，唐露被送回家。这件事上了报纸，也成了当地派出所的业绩，但对唐露这个风雨飘摇的家来说，无疑是雨中墙塌。

那时唐露在家里待了不到一个星期，受不了老唐躺在床上看她的冰冷眼神，央求准备去外地打工的沈阿姨。沈阿姨本来不想添加麻烦，但唐露跪在她家门口，凌晨时才离去。沈阿姨离乡的那一天，上车都坐好了，看着路边杨树掠过，突然骂了一声，然后叫司机停车，步行回到老唐家，把唐露拽起来就走，临出门时又扭头朝老唐骂了一句：早死早超生，别祸害孩子！

此后唐露一直跟着沈阿姨，在广东一带打工。她们先是当缝纫工，但机械化普及之后，这一行迅速没落，当时广东约有几十万缝纫工无路可走。于是那年春节，沈阿姨给唐露办了一张假身份证，年龄增加了两岁，能合法打工。春节过后，唐露没有留在家里，独自去往上海，碰壁之后再去深圳，然后到了北京。而她在北京的那阵子，我也刚刚毕业，进入那家动漫公司。

是的，那一年多里，我们这两个漂流于异乡的人，可能在某个地方遇到过——地铁、街道或者便利店里。北京太过拥挤，充斥着一张张面无表情的脸，即使我们擦肩而过，也认不出彼此。

当我在北京立稳脚跟的时候,唐露却厌倦了这样漫无目的的飘荡,拖着疲乏的身体回到了故乡。对农村女孩子来说,二十三岁已经是亟待结婚的年龄了,但村里没人敢上门——娶了唐露,还得捎上一个残废嗜酒的老唐。据说杨方伟曾经跟家里商量过,认为经济能力可以负担得起,但杨家酒厂的突然倒闭,让这件事无疾而终。这可能是唐露一生中唯一接触到幸福的机会,但这扇门在她还未抬起脚准备跨进时,就发出一声无情的咣当声,关闭了。

最后,媒婆领着邻村的大路来到了唐露家里。唐露刚开始对他并没有好感,但吃完饭后,唐露去看电视,大路走过来,看到唐露心烦意乱地拿着遥控器换台,最后换到了儿童频道。大路问,你喜欢动画片吗?唐露点点头。大路又说,我也喜欢啊。唐露问,你喜欢什么动画片呢?大路挠着头想了很久,最后说,多……哆啦A梦。唐露这才抬起头,看着这个矮且瘦的年轻人。他看起来并没有别人说的那么粗鲁和暴躁。

但结婚之后,大路的秉性才体现出来。唐露住进了大路家,跟几个婆嫂一起,还不到一个月,就被喝醉了的大路毒打,婆嫂们都只是冷眼看着。大路还有一个毛病,就是吵架时喜欢砸东西,家具、电视、摩托……在一次次争吵中,一次次破碎声中,这个原本就拮据的家,更加贫寒。

平时唐露在镇上开店,音像店、面馆、劣质服装,什么挣钱就做什么,都做不长。大路隔三岔五还过来要钱去打牌或喝酒。但在这样的情况下,她还是省下钱来,想自己再盖一间房,离开那几个冷嘲热讽的婆嫂。

但现在,四五年攒下来的八万块钱又被大路悄悄输掉了。

这番叙述漫长而絮叨,我在冷风中听着,思绪时常抽离。天很快暗了下来,坟场上许多坟墓前都插了蜡烛,火光在冷风中飘摇成星星点点。这一年的最后时光,竟然如此寒冷荒凉。

路过陈老师的家时,我问到她的来历。母亲摇了摇头说,这个就不清楚了,但应该不是本地人,听说是很久以前有一支军队驻扎在这里,后来撤走了,只有她一个人留下来了。因为懂得多,就成了小学老师。后来小学人不够,学校解散了,她也没走。

天空暗如锅底,破旧的屋子像是锈迹一样。我看了看,也没再多问。

晚上我陪着父亲守夜,一边打哈欠,一边看着无聊的春晚。时间就这样缓缓流逝,快到凌晨时,我把鞭炮拿出来,准备等午夜倒计时就去点燃。这是老家的习俗,以爆竹声来宣告新旧年交替。

这时,一直沉寂的夜幕里突然传来嘈杂声,有人在呼喊。我听了一下,立刻从屋里蹿出去,跑向河边。

因为,我听到的是——快出来啊,唐家那个丫头要跳河了!

当我们赶到河边,果然看到一个人影站在桥头。我们小心围过去,手电筒的光驱开了浓重黑暗,照着正在啜泣的唐露。她脸上伤痕与泪痕密布。我们都劝她不要想不开。

唐露突然转头看向我,露出一笑,说,你不是说每个人都有守护自己的哆啦A梦吗?她的笑容迅速被泪水融化,成了一个凄婉的表情,为什么我从来没有看到呢?

我浑身一颤。

所有人都看向我。我张张嘴，想说些什么，但只发出嘶嘶的含混声音。

扑通一声，桥头已经没有她的身影。

人们连忙拥过去。我却迈不动步子，任这些幢幢人影从我身边掠过，脑袋里只是想着：原来，她一直是记得的。

我有些恍惚，又有点冷，缩紧了衣领。

这时，噼里啪啦的鞭炮声在身后响起，密集得没有间隙。我转过身，看到家家户户的爆竹火光把夜撕成了零散的碎片。

新的一年终于姗姗来迟。

关于故乡最后的记忆，停留在了小学毕业的夏天。那一年之后，小学因为没有足够的生源而停办，我们成了最后一届毕业生。拍毕业照的时候，谁都看得出来，尽管陈老师依旧面目阴沉，但眼圈泛红，拍完之后长久地坐在椅子上，不肯起来。

但对那时的我来说，这意味着长达六年的监狱生活终于结束了。我唯一需要忧虑的，是夏季漫长，蝉鸣聒噪，这三个月的暑假该怎么度过。

这时，我家里也买了一台 VCD 放映机，是用来给我爸看戏曲的。正是因为这个，我对哆啦 A 梦的爱好卷土重来，但我到处借也只借到零零散散的几张碟，而且上面的字迹都不清晰了，所以唐露认真地在每一张光碟上写下了"哆啦 A 梦"。这些碟显然不够度过夏天，我对唐露说："你还想看《哆啦 A 梦》吗？"

她使劲点头。

我暗自思忖——如果能搞到一套《哆啦 A 梦》的 VCD，暑假就能和每天和唐露一起看大雄和静香的奇妙冒险了。童年即将结束，接下来是混乱迷茫的青春期，在这最后的尾巴上，能以这样美妙的方式跟唐露一起度过，是我梦寐以求的。

但是大山版《哆啦A梦》一整套有一千多集，即使是租VCD，也需要一百二十块钱。这笔天文数字，超过了我的想象。我把小学六年的教材和练习册装在一个麻袋里，用自行车驮着它去了镇上，卖给了收废品的老头，换回十来块钱。当我捏着这薄薄的几张纸时，感慨六年求学，换回这么点钱，实在是替我父母愧疚。

"书这个玩意儿啊，最不值钱了，"老头把麻袋里的书倒出来，用脚踢进角落，"值钱的还得是铁啊，你看，墙上写得一清二楚。"

果然，墙上贴了价格表：可乐罐一毛三个，书本一毛五一斤，废铁一块二一斤……我看了一会儿，叹口气，捏着钱走了。

那阵子，还发生了一件让我和唐露难堪的事情——我爸爸和唐露的爸爸打了一架。据说是在田里干活儿时，我爸爸听到老唐在跟人嚼舌根，说他出轨的事情。于是我爸冲过去，两个人扭打成一团，旁人拉了好久都拉不开。

因为这件事，我们都不想在家里待了，忧愁地继续游荡。我们在午后太阳西斜的时候，沿着河边行走，河面上也出现了两个人影。我对唐露说："你看，他们是谁？一直跟着我们呢。"唐露把手指竖在嘴边，"嘘"一声，说："他们是住在水里面的人，看我们靠近了，也在小心地观察我们。别大声说话，吓着他们了。"

于是我们四个沉默地走在河边。夕阳斜照，河面上的影子越来越长，也越来越淡，在它们即将消失时，我和唐露走到了那片能吞噬一切的水域前。

"对了,我一直很好奇,"唐露说,"既然什么东西都能沉进去,那,可以从里面拿出东西来吗?"

"试试不就知道了?"我把上衣脱掉,准备游过去,但唐露把我拦住了。

"你要是也像其他东西一样,掉进去了出不来怎么办?"她忧虑地说,"那就没人陪我玩了……"

"放心!我不会离开你的!"我拍了拍胸膛。但唐露说的确实是个担忧,我想了想,看到岸边那棵歪脖子老树,树枝低垂,几乎快贴着水面了,我一拍脑门,说,"我有办法了。"

我哧溜爬到树上,顺着最靠近水面的枝干,小心挪动身体。那根枝干只有手臂粗,我一爬上去,就压得枝干下坠,正好贴近了水面。我深吸口气,准备把手伸进水里。

"小心!"唐露在河边,面色紧张。

我的手臂伸进水里。在我的想象中,这片神秘水域的下面,可能是一条有着一口密齿的大蛇,或者是布满火焰的地狱,但手真正进入水面的一刻,却什么危险都没有——甚至,水面都没有经过了一天暴晒后的温热,触之清凉。

我试图移动手臂,阻力很大,水里的黏稠感远胜正常水流。我慢慢移动手臂,手指碰到了一个硬物,像是一个铁片。我抓住它,慢慢上拖,随着手臂从水里伸出来,我看到了手里抓住的东西——是一个方形铁盖,上面有规律地排布着一些孔洞,我感觉有些熟悉,但想不起来在哪里见过。

我把铁盖提出水面,这时它比在水里重多了,足有十几斤。树枝摇摇晃晃,似乎随时要断。我心里突然一动,一手夹着铁盖,一边小心往回爬,爬到老树的主干上后,冲唐露道:"你躲开些!"

唐露让了几步,我把铁盖扔下去,大声说:"你看好它!我再去捞几个出来!"

"捞出来干吗啊?"

"卖钱啊,废铁很贵的,那个老头说一斤废铁一块二呢。就这个铁盖,就有十几块钱了,比一麻袋书值钱。"

唐露有些犹豫,说:"这些是谁的呢?万一有主人,怎么办?我们不能偷东西啊。"

"这条河有主人吗?"我头也不回地反问。

"没有……吧?"

"那不得了,我从河里捞出来的,那就属于我们啊。就跟钓鱼一样,别多想啦,看我的!"

天已经渐渐暗了下来,远处的人家亮起了灯火。已经不早了,我隐约听到母亲在喊我的名字,于是加紧如法炮制,又捞出几个铁件。他们各不相同,铁盖铁盒、圆柱支架之类的,加起来得有七八十斤了。按照这个速度,我再最后捞出一件,就可以凑到租全套《哆啦A梦》碟片的钱了。

最后一个物件比我想象中大。

我摸索了一会儿,摸到一个类似提手的东西,用力上拉。树枝在我身下呻吟着。我提出来的是一个正方形的铁盒,边角圆润,四周有许多密密麻麻的圆孔,透过圆孔可以看到里面是一层层的片状镶嵌物。整体感觉像是一台电视机的机箱,只是更加密实。铁盒侧面插着一个浑圆的突起,其余部位还有一些孔洞,看上去像是某种接口。

我两手并用,把它提出水面。这时,我听到空气中有一道隐约的"咔嚓"声,随后,远处的人间灯火次第熄灭,村庄被笼进黑暗。

唐露往回看了几眼,疑惑地说:"停电了吗?"

"好多年没停过电了……"我也有点纳闷儿,但天越发晚了,再不回去,父母就该找过来了。于是咬着牙,把铁盒提出来,这时,身下的树枝发出最后的呻吟,"哗"的一声断了。我抓着箱子,一起落向水面。

那一瞬间,我脑中闪现出可怕的画面——皮球、树枝和泡沫板,这些绝不可能下沉的东西,都被这片水域吞噬了,再不复现。我直直地摔下去,正中水面,肯定也会沉进去,再也见不着唐露了。我有一点儿懊悔,想扭头去看唐露,但还未扭动脖子,就已经落进水里,砸出一大片水花。

清凉的河水在那一瞬间吞噬了我。

我满心绝望,但手脚下意识地划动,居然很快站了起来。这片水域靠近岸边,并不深,才浸没到我胸口。

断掉的树枝浮在水面,静悄悄的,也没有一点儿下沉的趋势。

唐露刚要惊叫,见我从水里站了起来,惊呼声又吞回去了,指着我说:"怎么……你没掉进去吗?"

"水很浅啊。"一阵夜风吹来,我打了个冷战,在水里拖着铁盒,一步步走上岸,"那么浅,以前的东西是怎么沉进去的?"

唐露盯着这个怪模怪样的铁盒,点头说:"是啊,而且这么浅,你是怎么捞出来这些东西的?"

我穿上衣服,暖和了些,突然灵光一现,大喊道:"我知道了！"

"是什么？告诉我嘛！"

"这里肯定有一个任意门，连接另一个时空，嗯嗯，一定是这样！"

唐露笑了下，"怎么可能？"

"怎么不可能！你想想，哆啦A梦的口袋不就是一个任意门吗？可以从里面拿出任何东西。"我越说越觉得正确，郑重点头，"《哆啦A梦》里说的，还有假吗？我想，水下面肯定住着一只机器猫，知道我们要去租VCD，就把废铁送给我们了。嗯嗯，一定是这样！"

"那它为什么不直接送我们碟片呢？"

"呃……"我一下子愣住了，不知如何作答。唐露见我窘迫，脸上绽开笑容，说："不过我相信你！一定是哆啦A梦在帮助我们，你不是说每一个童年都有一只哆啦A梦在守护吗，一定是我们的童年快结束了，所以这只哆啦A梦来给我们最后的帮助。"

"嗯！"我摇摇头，把刚才的问题甩出脑袋。

废铁已经收集齐了，一百多斤，我今晚肯定带不走。于是把它们拖到树下面，用树枝盖住，打算明天用自行车运到镇上，卖给那老头儿。

第二天，天色阴沉，太阳被云层遮在后面，雨却迟迟不下。我起床的时候，感觉有点头疼，可能是昨天掉进河里后，上岸又吹了风。但即将租到《哆啦A梦》的喜悦充盈我全身，我对唐露说我要去卖废铁，直接租VCD，下午回来，让她在家等我。

"嗯！"看得出来，唐露也很期待。

于是我骑着自行车,来到河边,用麻袋把铁件装好,放在车的后座上。装铁盒的时候,我看到侧面那个圆形凸起,好奇地去掰,一下子就把这个凸起拔了下来。圆形凸起的下面,是一截五六厘米长的晶体方块,半透明,此前这个方块一直插在铁盒里,只露出金属材质的圆形头部。我观察了一下,觉得造型有趣,就放在了口袋里,打算一会儿送给唐露。

我骑的是一辆老式二八自行车,直立起来比我都要高,我坐在座板上脚都够不着车蹬,只能斜跨着骑。它的好处在于结实,一百多斤的铁放上去都浑然无事,只是骑得更吃力而已。

出了村子,拐上公路,再骑两个多小时就能到镇上。我使出了吃奶的劲儿蹬车,天气闷热得厉害,不一会儿就满身大汗了。但一股劲在我胸中鼓荡,尽管腿累得像灌了铅,我却越骑越快。

路两旁的杨树静默着,在黏稠的天气里连树叶都死气沉沉地下垂着。拐过前面最后一段水泥路,上了桥,再下去就能到镇上了。

意外就是在桥上发生的。

二八自行车牢固,我尚且有劲,没想到问题出在了麻袋上——经过两个小时的摩擦,铁件把麻袋刺破了,"哗啦"一声,这七八件沉重的铁块全部掉了下来,在桥面上叮叮当当地碰响。

"嘿,小崽子,偷了这么多东西!"

一个熟悉的声音响起来,我正蹲在地上捡铁件,扭头一看,居然是老唐。老唐脸上一片通红,步子有点歪,走过来踢了踢铁盒。

"我没有!"我扶住铁盒,争辩道,"是我从河里捞出来的!"

"这些东西这么新,一点锈都没有,你说从河里捞出来?骗鬼吧!"老唐喷出一口酒气,"你老子偷人!你偷东西!一家人出息啊,走,我带你去派出所!"

我想起老唐跟父亲在田里打的那一架,他打输了,还一直怀恨在心。他身子枯瘦,心胸狭小,打不过我父亲,现在自以为抓到了我的把柄。我着急起来,大声喊:"我真的是从河里捞出来的,不信,唐露可以作证!"

老唐嘴角一撇,"露露?我早就让露露不要跟你一起玩,这个死丫头非要跑出去。别说那么多了,跟我走!"

我死命反抗,但依旧敌不过老唐,他如提小鸡般揪着我的衣领,打算带着我离开桥。

"天杀的老唐!"我死死抱住桥边栏杆,"你欺负我,我爸爸会打死你的!"

老唐一下子火了,脸上更红,踢了我一脚,"别说老胡不在这儿,就算他在,我也得教训你!"他拉了我两下,没拉动,也不敢太过用力,就松手了,骂骂咧咧地转过身,"好,你不走!你不走我去把你偷的东西上交!"

他气冲冲地扶起自行车,把铁件装在麻袋里,系在车座下的铁杆上,然后骑着车下桥,拐进了镇上的街道。

我追了几步,没追上,满心委屈地站在桥边哭,一边哭一边骂。路过的人都诧异地看着我。我哭了一会儿,累了,脑袋昏沉,于是转身往回走。

闷了许久的天空滚动着隐隐雷声,没走到一半,雨就落了下来。初时只有几点,后来就成了瓢泼大雨,将我浑身淋湿。

我在雨中抽泣,走了整整一个下午,才回到村子。路过唐露家时,看到她家家门紧闭,过去敲了敲门,没人在。我想起跟唐露的约定,她应该在这里等我,等我带回全套《哆啦A梦》的碟片。我没有带回来,但她应该在这里等我。我昏昏沉沉地想着。

我干脆在她家门口坐了下来,四周大雨如瀑,地上水流汇聚成河。我的头越来越晕,就靠着墙,但一直到我睡着,都没有等到唐露回来。

在唐露的葬礼上,我见到了陈老师。

在大年初办葬礼,在村子里是大忌,人们基本上都不愿意参加。再加上老唐酗酒暴躁,人缘不好,葬礼冷冷清清的。

下葬的那一天,细雨蒙蒙,唢呐声混在雨幕中,格外萧索。我走在十来个人的送葬队伍里,缓慢地跟着前面的人,雨落在脸上,而脸已没有知觉。

老唐坐在唐露的墓前,胸前系着一个白色麻袋,脸色呆滞。他的独腿直直地伸在斜前方,触目惊心。我们依次上前,把用白布包着的钱丢进麻袋[1],然后离开。

我前面的是一个老人,颤巍巍的,她丢完钱转身的时候,我才把她认了出来。

陈老师?

她看着我,枯瘦的脸上看上去很深邃,不知是因为衰老,还

---

[1] 湖北南部一带农村的规矩,死者下葬时,亲人用素布包好钱,在布上写上名字,丢进死者亲属胸口系着的麻袋里。亲属会在晚上将钱取出,记录哪家给了多少钱,下次轮到别人家白事,就给同样金额或者更多的钱。

是因为哀戚。她抖动着干瘪的嘴唇,对我说,你也来了,你来参加唐露的葬礼。唐露是我最好的学生,却过得最惨,现在埋进土里,比我都早。但你不知道,她这么惨淡的一生和可怜的结局,都是你造成的。

我一愣,疑心陈老师是不是年老昏了头,摇头说,从小学毕业起,我就没有再见过她了。

陈老师却不再说话,身子佝着,在冬雨里慢慢走向自己的那间破屋。

她离开了,她的话却像是一层阴影般笼住了我。我把羽绒服的帽子戴上,缩着脖子回家,母亲正在火炉边烤火,问我,你把钱给老唐了?

我点点头,然后问母亲,对了,老唐的腿,是怎么断的?

母亲眯着眼睛想了一会儿,火炉因失去了拨弄而变得暗红,青色的烟雾升腾。好多年了,她说,不过这事我记得很清楚,因为他出车祸,正巧是你生大病那天。你小时候淋雨生了场大病,你还记得吗?

我当然记得。小学毕业的暑假里,我淋雨回来,在唐露家门前等了很久,后来倚着门睡了过去。当路过的人看到我时,过来拍我的脸,却发现怎么都叫不醒我,这才通知我父母,把我送到医院。

那场大病其实早有预告——前一天我下河捞铁件,已经着了凉,早上时便头疼。但我却没有在意,骑车骑得大汗淋漓,然后冒雨回村,一场高烧将我击倒。这是我得过的最严重的病,因处理不及时,高烧引发脑水肿,一度呼吸衰弱,在医院里昏昏沉沉地躺了两个月才有好转。也正是因为这场病,远在北方的姨妈千里迢迢赶过来,把父母骂得狗血淋头,然后在我出院后,将我接走。我走的那天,路过唐露家,她家依旧家门紧闭。

母亲接着说,我听说他当时骑着我家的车,去废品站卖废铁,喝多了,结果被一辆车给撞了。

我恍然,原来老唐后来并没有把那些铁件交给派出所,而是像我一样去当废品卖钱。听到这个,我一点都不吃惊,这太像是老唐能做出来的事情了。

我惊讶的是,陈老师说的果然没错——我驮着铁件去卖,被老唐看到,他抢了铁件和自行车自己去废品站,因此出了车祸,失去了一条腿,唐家从此没有了经济来源。唐露的整个人生就在那一天发生了转折。她之所以没有如约等我,恐怕也是因为老唐出车祸,她赶去医院了吧。

尽管我并非故意,也无须自责,但确实是我的行为,导致了唐露命运的急转,间接将她推向了悲惨绝望的人生。

想到这里,我豁然转身。

你去哪儿?母亲在我身后喊道,外面冷,把衣服换上。

雨丝如针,刺在我身上每一寸露出的皮肤上。我边跑边裹紧衣服,一路跑到陈老师家中,推开门,床上没人。我有些发愣,略一思索,把床前的地板挪开,再次进入那条深邃的通道。

果然,推开门,在满是金属的房间里,我看到了陈老师。她的头发在灯光下犹如一蓬风中的蒿草。

你来了。她甚至没有转身,在按那些复杂的按钮,我知道你会来的,唐露是我最好的学生,是你最好的朋友。现在她死了,我们都有责任，我们都是她命运的推手。

可是……我莫名地口干舌燥，后退两步，抵到了桌角，可是我不是故意的……

陈老师继续拨弄那些按钮，一阵嗡嗡声响了起来，越来越剧烈，但随着陈老师按下最后一个按钮，屋子里的仪器一颤，又恢复了寂静。她微弱地叹了口气，转过身来看着我，你知道时间是什么吗？

什么？我一时愣住了。

时间是一条河，每个人都在河里挣扎着。而命运，命运又是多么无力的东西，不过是河流里的一个小小漩涡，每一个漩涡互相交缠，每个人都是别人命运的推手。不管是故意，还是无心，一个小小的动作都能让所有的漩涡在时间之河上卷向全然不同的方向。胡舟，这是时间的魅力，也是时间的残酷。

这些话在房间里回荡着。我张着嘴，不可思议地看着这个年近八十的老人，无论如何也想象不出这番话是她说出的。陈老师，我印象中永远阴沉偏执的陈老师，在她生命的尾声，开始思考时间和命运了吗？

陈老师让我感到一阵诡异，四周闪烁的灯更让我觉得陌生。我说，但时间是不能更改的，就算是我间接造成了她的悲剧，也没有办法了……

陈老师看着我，眼睛浑浊如陈酒，良久，她摇了摇头说，时间并非不能更改。这条河的很多流段，是存在闭环的。

我越发迷糊。陈老师伸出枯瘦的手指，在四周画了一圈，问道，你知道这间屋子是做什么的吗？

这是从童年开始便笼罩我的疑惑,但还未等我猜测,陈老师已经接着说道,这一个实验室。

我环顾四周,这些电路和仪器确实像是在进行着某种实验。但我想不出,在这个落后偏僻的乡村,有什么可做实验的。

这个实验室的背景,是军方。陈老师一边说,一边抚摸着仪器的外壳,但是更多的,我不能跟你说——尽管他们已经放弃了这个项目,已经有三十多年没有联系过我。我能告诉你的是,这个实验的目的,是研究时间闭环。

什么,我疑心听错了,时间闭环?

当时,我们从全国各地被调过来,都不知道是要来干什么。但那是……是那段时间,我们只能听从安排。这里是全国范式指数最高的地方,哦,你不知道范式指数。这是以老范的姓来命名的,老范已经死了,他的上半身就埋在外面的义山上。

我浑身一寒,为什么只有上半身?

因为我们找不到他的下半身。我们钻研了十多年,才人为造出了一条时间闭环,老范亲自做了第一例人体实验。但他刚刚沉入河面一半,闭环就失稳关闭了,时间和空间的错位被切合,他的下半身消失在另一个时空里。我记得当时,整个河面都被染红了。

河面?你说的是外面那个长了歪脖子树的河面吗?

陈老师点点头,时空闭环在空间上的两个结点,就是这间实验室,和外面那个直径一点四二米的圆形河面。而在时间上的结点是随机的。河面上经常漂来一些乱七八糟的东西,漂到河面结点时,就会落进这间实验室。

所以你都标了记,是吗?我的记忆开始清晰,指着角落——时隔多年,我的皮球、泡沫板都还堆在那里。

嗯,你曾经为了拿走你的练习册,偷跑进来过。但你没有跟别人提起,我也就没多管。一口气说了这么多,陈老师似乎耗尽了精力,摸索着坐下来,然后继续说,这个实验耗费了太多的人力和物力,却一直没有进展,所以那个时期结束后,实验被叫停了。他们都想回家,毕竟做这个研究就像坐牢一样,他们都走了,只有我留下来,央求他们不要销毁实验室。

你为什么不回家呢?

因为我没有家了,陈老师凄凉地一笑,你知道我跟老范是什么关系吗?他是我的丈夫,他埋在哪里,哪里就是我的家。

我大概猜到了,心里戚戚,只能点头。

陈老师接着说,他们看在老范的面子上,把这些仪器留下了,把我的名字划掉了。在当时的中国,这种无疾而终的实验多不胜数,没人在意一个留在乡村的寡妇。说到这里,她苦笑着摇了摇头,反正我一直留在这里,替老范继续完成这个实验。

你刚才说时间可以改变,是已经完成了这个实验吗?

陈老师刚要回答,突然咳嗽起来,她掏出手帕捂着,手帕立刻被染红。我连忙扶住她,然后背她离开实验室。她轻得像是一片叶子。

我把她放在床上,倒了药和热水,喂她服下。她这才呼吸通畅些,喘了许久,说,我差一点儿就成功了……数据和原理我已经推导了无数遍,没有任何问题,但就在我准备做实验的时候,实验室里几样关键仪器不见了。

是什么时候？

太久了……但应该是小学倒闭之后两三年吧。

我噢了一声，大概明白了——陈老师说时间闭环的另一端是随机的。我那次从河里捞出铁件，手伸进的地方，应该是两三年以后的实验室。过了两三年，她才发现实验室的仪器被我偷走了。

我花了很长时间来重新制造消失的仪器，但只有超晶体协稳器没法复原，它太精密了，材料少见，我一个人无论如何也做不出。所以我谈不上成功，但是，但是时间确实是可以更改的。她说着，眼睛慢慢合上，眼角沁出一滴浑浊的泪水，在丘壑般的脸颊上滑下，离完成老范的夙愿只差一步，这一步我却再也走不下去了……

我离开了这间小屋。外面依然雨丝飘飞，一座座坟茔在冬雨中瑟瑟发抖。我深一脚浅一脚地穿过这些荒凉墓碑，来到一处新墓前。送葬的队伍已经走了，一片空旷，安寂，只有丝丝雨声。地上撒满了白纸，被雨打湿，混进了泥里。

我看到墓碑上贴着一张泛黄的照片，上面是一个清秀小女孩的剪影，扎着辫子，嘴角挂着微笑。听说老唐找遍了家里，没有一张唐露的照片，只找到了小学毕业照。他本来想把毕业照贴在墓碑上，但照片上还有其他人，这些人家里觉得晦气，死活拦住了他。于是他把唐露的人影剪下来，当作冥照贴了上去。老唐手抖，剪得不太干净，唐露身旁还残留有我的侧脸。

天色暗了，雨更冷了。

我看着童年记忆里的唐露，她也看着我，对我笑。我伸出手，碰到了她的脸。

我和唐露最后一次见面,是在我高二的寒假。

那时我已在城市里生活多年,成了一个十七岁的少年。我爱听周杰伦的歌,爱打篮球,想买一双耐克鞋,暗恋隔壁班的长头发女孩。我厌恶记忆里贫穷闭塞的故乡。

但姨妈多年未归,春节探亲时把我带上了。我住在父母家里,却格格不入。这里的人和其他一切,都让我感觉脏且陈旧。其间父母担心太麻烦姨妈照顾我了,向她提出把我接回来,姨妈以让我接受更好的教育为由拒绝了。我当时坐在旁边,悄悄松了口气。

好不容易挨到大年初六,我跟姨妈一起,坐陈叔的拖拉机去镇上,然后从镇上搭大巴去市里,再坐火车回山西。但我们到镇上时,大巴已经开走了,我们在街边等了半个多小时,才拦到一辆顺路回市里的小汽车。司机要收一百,姨妈谈了半天,才以五十块的价格谈妥。

刚要走时,身后突然传来一个怯生生的声音:"你们是要去市里吗?"

我转头看见一个女生,十五六岁的样子,身形消瘦,却背着一个鼓鼓的大包,手里也提着两个布袋。我疑心这些包裹比她自己都要重。

"是啊。"我说。

"捎我一个吧,我也去市里……没赶上大巴。"

我觉得她有些眼熟,点点头:"应该可以吧。"

这时,司机探出头来,不满地说:"这可不行啊!三个人就不是五十了,得加钱,六十!"

姨妈瞪了他一眼，然后转头看着女孩，说："小姑娘，一共六十，三个人。我们四十，你出二十块，可以吗？"

女孩犹豫了，在司机催促地按了几下喇叭后，才点点头。我帮她把行李放在后备厢里，突然记起了她的名字，脱口而出："唐露？"

"好久不见，"她却没有太惊讶，看着我笑了笑，"胡舟，你长高了。"

在去镇上的一个多小时里，我坐在唐露旁边，彼此沉默着，气氛有些尴尬。我扭头看着车窗外飞逝的树影，车窗倒映出她的脸。我看到她低着头，刘海的影子若有若无。

"你是去哪里呀？"我打破沉默。

"上海。你呢？"

"我跟姨妈回山西，快开学了。你现在是在上海读书吗？"话刚说完，我就后悔了——她背着这样多的行李，无论如何都不像是去念书的样子。

唐露依旧笑了笑，"去打工。"

坐在前座的姨妈回了下头，看了一眼唐露，又转过去。我下意识地问："做什么工作呢？"

"还不知道，去了再看吧，"顿了顿，她又补充说，"总有活儿做吧。"

接下来，又是沉默。车子上了跨江大桥，飞速行驶，我看到江面上有一只白色的鸟飞过。过了桥，就是市火车站，我和姨妈将在这里踏上回山西的火车。

唐露突然说："你还看《哆啦A梦》吗？"

我一愣,"很久没看了……怎么了?"

"没什么。"她说。她的声音突然变得有些闷,像是鼻子被堵住了一样。

车子下了桥,在车流中缓慢行进,喇叭声此起彼伏。破旧的火车站已然在望,门口拥挤着黑压压的一片人。

"我一直在看,但是他们说,《哆啦A梦》已经有结局了。"唐露说话的时候,视线掠过了我的脸,投射到窗外的很远处,"原来,大雄得了精神病,所有发生的故事,都是他的幻想,都是假的[①]。所以,这个世界上从来没有哆啦A梦……"

那时我迷恋着周杰伦和NBA,已经很久没看动画片了,对《哆啦A梦》的印象都模糊了,只能硬着头皮问:"是谁告诉你是这个结局的?"

"网上是这么说的,都这么说,就不会有假吧。"唐露收回目光,垂下头。不知是不是我眼花,我看到她脸上划过了两道浅浅的泪痕,"可是你跟我说过,每一个孤单童年,都有……"

这时,司机开到了火车站前,停下车,转头对我们说:"到了,下去吧。"

唐露便没有把后面的话说完。她推开车门,我帮着把行李拿出来。姨妈给了司机六十块钱,唐露随后掏出一个布钱包,数出二十块零钱,递给姨妈。

"不用了,不用了。"姨妈看了我一眼,对她摆手说,"你留着吧,以后用得着。"

[①] 关于《哆啦A梦》,网上有诸多版本,此为其中流传度较广的一版,偏向黑暗。但此为虚假结局,《哆啦A梦》的故事仍在继续。

唐露执意要给，姨妈毕竟处事老到，拉着我的手就往售票厅走。我回头看去，看到唐露背着硕大的包裹，手里捏着钱，没有追上来。但她眼眶有些红，似乎想说什么。

周围全是背着行囊赶往四方的人，人太多了，我走了几步再回头时，唐露瘦弱的身躯已经被淹没在人潮里。我使劲昂着头，看不到她的影子，我再踮起脚，依然只看得到人流汹涌。我再也找不见她了。

雨丝透进脖子，我突然一个激灵，转身往家里跑。我在装着旧物的木箱子里一阵翻找，找到了那个底方顶圆的金属和晶体无缝接合的物件。现在端详起来，它更像是一个造型拙朴的U盘，但它的底部不是USB接口。

我把它揣在怀里，匆匆跑出去。出门前，母亲拉住我问，都晚上了，你还去哪里？

这是我的母亲，旁边木讷寡言的人是我的父亲。我突然有些心酸，上前抱住了他们，母亲满脸困惑，而父亲则有些不习惯。

我对他们说，我很快会回来的。

几点？母亲说。

不是今晚。我说完，出门一路快走，我不需要在黑夜里打开电筒，只沿着记忆里的路，很快就到了陈老师家里。

现在实验室里唯一缺的，我把那物件掏出来，就是这个吧？

陈老师本已经睡下了，看到我手上的物件，眼皮一跳，挣扎着坐了起来。是，是超晶体协稳器，她说话都在抖，我找了这么久，怎么会在你手里？

我没有回答,急切地问,是不是有了这个,你就能把我送到从前?

陈老师从激动中回过神来,抬头看我,你真的要回去?

我点头。

你现在的日子很好,舍得放弃吗?

我苦笑,很好吗?我在北京遍体鳞伤,所以才回到故乡。

现实没有往事美好,所以就要回去吗?但往事是用来回忆的,不是用来重复的。在你的想象中它很美好,但当你真正进去,它就未必了。你要想好。

没关系,我不是逃避,也不是去重复往事。我上前一步,看着神态老朽的陈老师,我是去改变。

改变什么?

如果按照因果论,唐露的悲惨是我造成的,那我就应该去纠正这个错误。我要当一只真正的哆啦A梦。

你去了就再也回不来了,你知道吗?

我摇摇头,没关系。我会再次长大的,不是吗?

我扶着陈老师来到地下通道,进了实验室。她把协稳器插好,熟练地启动繁复的按钮。中间桌子的玻璃箱里,电火花再次闪现,越来越密集,最终交织成环。

这十多年我没闲着,一直在计算闭环的落点,理论上,可以精确控制两个结点的时间。陈老师问,你要去哪一天?

我输入了日期。

光环随之扩大,透出了玻璃箱子,在空中悬浮着。陈老师点点头,眼里闪光,说,看来计算没有错。她再次按下几个按钮,光环竖向转动,与地面垂直,成了一个圆形门。

我最后问你一遍,你想好了吗?

这个问题已经无须回答了。我深吸一口气,站在光环前。它闪烁着,光照在我脸上,越来越亮。电流的嗞嗞声在房间里回响。我突然流下泪来,上前一步,跨进了光环里。

那一瞬间,我像是初领圣餐的孩子,放大了胆子,但屏住了呼吸。

有光。黏稠。清冷。

我的大脑短暂性地停止工作,等恢复过来时,只记得这三个感觉了。

我张开眼睛,发现自己还是在这间实验室里,但陈老师不知去向。难道失败了?我疑惑地走出地下通道,推开陈老师的家门,走出去,一股只属于夏天的沉闷灼热感顿时袭来。

没错!

我回到了那个夏天的阴沉上午!

我顾不得惊讶,匆匆赶到大路边,看到一个男孩正骑着老式自行车,车座后面驮着一个麻袋,正向镇上骑去。

"你等下。"我拦住了他。

男孩停下来,扶着车,惊讶地看着我:"你是谁?"

我说:"不用管我——你的麻袋不太结实,待会儿里面的东西就掉出来了,我帮你重新系一下。"我把羽绒服脱下来,包住麻袋,用袖子拴紧车杠,"嗯,这样应该就可以了。还有,你去镇上时,不要走桥上,从小路绕过去,听到了吗?"

男孩一直疑惑地盯着我,闻言点点头。

"去吧,"我挥挥手,"早点回来,唐露还等你呢。"

"你怎么知道……"

"对了,你卖了废铁,找那老头借一件雨衣,待会儿你回来时会下雨。千万不要淋雨。"

男孩重新跨上车,走之前又盯着我看了几眼,说:"你跟我爸爸长得好像,你是我家亲戚吗?"

我笑了笑,"总之你记住我说的话就可以了,去吧!"

男孩骑车远去,很快消失在树影里。我站在原地踟蹰了一会儿,然后走向唐露家。我没有进去,站在屋前马路的对面,坐下来开始等。

这个午后过得很慢,时光像天气一样黏稠,但没关系,我有足够的耐心。我一直坐着,路过的人惊奇地打量我,我一直坐着。后来下雨了,我便到唐露家的屋檐下躲雨。

一个女孩从屋里探出头来,看见我,粉雕玉砌的脸上有些失望,然后冲我一笑,说:"要喝杯水吗?"

我说:"不用了,我只是躲会儿雨。谢谢你。"

"哦。"唐露缩回头,但过了一会儿,又搬了两把板凳出来,递给我一把。她也坐在我身边,看着外面无穷无尽的雨幕。

"你在等什么人吗?"我问。

唐露点点头:"我在等哆啦A梦。"

"是动画片吗?"

"不是的,是一个人。"她没有回头看我。我却看到了她的侧脸,熟悉的侧脸。

我们就这么坐在屋檐下。

男孩的身影出现在雨中,骑着车,身上披了一件雨衣。女孩站起来了,板凳倒在她身后,她都没有察觉。

男孩骑过来,把车靠在墙边,冲女孩大声喊:"露露,我租到了!"他看到了我,有些诧异,却没有理我,只把雨衣脱下,从怀里掏出一叠厚厚的光碟,递给女孩。

"太好啦!"女孩高兴地接过来。

我站起来,转身踏进雨中。这时,女孩对男孩说,"谢谢你,哆啦A梦!"然后,他们抑制不住高兴,牵着手,在屋檐下唱起了歌——

每天过得都一样,

偶尔会突发奇想,

只要有了哆啦A梦,

欢笑就无限延长……

歌声清脆欢快,穿过无边雨幕,在这村庄上空回荡。我没有转身,不知道他们是唱给自己听,还是唱给我听的。但这已不重要了,从这一刻起,命运已经转向,时间之河上的漩涡被打乱重组。这两个小孩将踏上他们全新的人生,就像野比大雄和藤野静香,将会慢慢成长。

而哆啦A梦,已经完成了它的使命。

\>\>\>\>\>\>\>\>\>

最后的怪兽

1

这条路的尽头,是海。

邓弘兴目眺远方,看到海面蔓延在地平线处,成了一条荧光闪闪的丝带。看得久,有点刺眼。他收回目光,一手扶着方向盘,一手从烟盒里抖出一支烟,刚叼在嘴角,又转头去看副驾驶上的程琪。程琪的脸被墨镜挡住大半,看不出什么表情来。他想了想,又把烟塞回烟盒。

"快到了吧?"程琪说。

"是啊,"邓弘兴指着前方海平面之间的一块阴影,"镇子就在那里。"

在他们的视野里,近处的海面粼光闪烁,远处却是一片汪蓝,且倾斜向上,仿佛随时要流泻下来,淹没人间。而那个小镇,就是海啸的第一站。它不大,在视野中只是一点模糊的灰迹,稍不留神就会略过。

"真够偏的,"程琪撇撇嘴,"连咖啡馆都没有吧……都怪你,忘带我那包冷萃。车里只有几小包,连咖啡都得省着喝。"

邓弘兴心虚,没再说话,沉默地开车。越往前,镇子越清晰,久远的往事穿透玻璃扑来,打得脸颊生疼。有多久没回来了?他想,从考上大学,他就一直留在上海,到现在得有十一年了吧。

十一年,世界日新月异地改变,小镇却像是被遗忘在旧时光里,还是这样灰败。

还没到镇子前,他们就看到二叔已经在路口等着了。周围还站了不少人,原本叽叽喳喳地聊着天,见这辆一看就不便宜的中型SUV驶近,人们都安静下来。

邓弘兴把车停好,推开车门,一股腥咸的海风扑过来。这是城市里没有的气息。他深吸一口,脏腑里涌入了熟悉的盐与炙热,这勾起他对大海的回忆,随即胃部一阵痉挛,险些呕吐出来。

二叔走过来,迟疑地问:"小兴?"

邓弘兴其实也不太认得出二叔的样子。记忆里二叔总在清晨跟父亲出海,两个人的背影被朝阳勾勒着,都高大魁梧,能挡住整个太阳。但现在的二叔仿佛被凛冽海风风干了,干瘦佝偻,整个人都小了一圈——而总是跟二叔并立的另一个高大身影,已经永远倒下。

"二叔。"邓弘兴小声说。

"你可算回来了!"二叔似乎终于确认,哑着嗓子喊了声,"你要是早回来几天,就能看到你爸了!"

看着二叔微红的眼圈,邓弘兴不知道说什么好,只点点头。二叔转头看见车里的程琪,迟疑了下,问:"那位是……"

"是我未婚妻。"

两人的目光都汇聚过来,程琪却无动于衷地坐着。时间有些晚了,斜阳扑在海面,金灿灿的,在她眼里都是令人厌恶的紫外线。虽然涂了防晒霜,可还得小心。她那深藏在墨镜后面的脸点了点,就算是打过招呼。

邓弘兴有点尴尬。但他知道程琪的脾气,只得冲二叔道:"我们开了一整天,有点累,先回去休息。"想了想又问,"我爸——我爸的遗体呢?"

"在殡仪馆呢。"

邓弘兴暗暗松口气,寒暄完便上了车。沿着破旧街道,穿过大半个镇子,最后行驶到一条靠海的小路上。他握着方向盘,转头就看到无边无际的海面,此时斜阳下潜,整个大海浓郁阴沉,仿佛黑暗正从海底发酵。而海面上,有一个尤其漆黑的小点,随着波浪起伏而时隐时现。

"那是什么?"程琪也注意到那个钉子似的小黑点。

"一个小岛。"

程琪来了兴致,"岛上好玩吗?是个景点?"

"不,是一个荒岛……那里以前是试验室。"

程琪坐直身子,声音明显透着好奇:"这破地方还有实验室,研究什么的?"

邓弘兴摇摇头,"不清楚。"顿了顿,又补充说,"好像我高考那年就废弃了。"

程琪撇撇嘴,没了兴致,又缩回座椅。

很快就开车来到老家。这是一栋沿着海湾修起来的二层小屋,四四方方,屋前围了个小院,与周围建筑并无区别。屋子有年头了,墙壁剥落,露出一层层红砖,铁制大门上也满是锈迹。现下大门紧闭——多年来，父亲一直独自居住，他去世后，家里自然空无一人。邓弘兴走到屋前右侧的台阶下，默数着什么，伸手往台阶侧面一个隐秘裂隙摸索，摸出一把钥匙。

程琪惊奇地问："你怎么知道这里有把钥匙，你二叔告诉你的吗？"

"不是，是我爸喜欢把钥匙放这里，以防忘记。"

"但你……十一年没回来了。"

邓弘兴点点头。

程琪有些难以置信的样子，好半天，才撇嘴道："十几年都把钥匙放在同一个地方，这可不算是聪明的做法。这里的人十几年也都没有发现，就更笨了。"

邓弘兴看了她一眼，想反驳，又忍住了。他打开大门，按亮灯，灯光照亮屋里的摆设。客厅只有简单的桌椅，一溜鱼篓在墙角摆着，而墙壁正中，还摆着母亲的遗像——已经很旧了，相框泛黄，但一尘不染。这里跟邓弘兴离开前一模一样，他一瞬间以为十一年的漫长时间并未发生过。

程琪环顾四周，"咦"了声，凑到门右侧的墙壁前，问："这些都是你画的？"

这面墙上满是划痕组成的图像，画风稚嫩，有些是用墨笔画的，有些是用小刀刻出来的，但都是英雄与怪兽搏斗的场景。怪兽各种各样，有长角的，有多翅的，还有夸张的巨嘴里伸出更夸张的舌头的；英雄却一直固定，瘦且高，两眼硕大，脑门中间突出一小截。

邓弘兴也凑过来看了看，自嘲地笑笑，说："奥特曼啊，哈哈，不记得什么时候画的了……大概,小时候无聊吧。"

"小时候?你现在不还是喜欢奥特曼吗!我看你工位上,摆满了奥特曼的手办,都是正版的,加起来可不少钱吧?"

说到这,邓弘兴顿时不敢吱声。程琪曾想让他把宝贝的手办挂二手网站卖掉,他口水都快说干了,才留下那些奥特曼模型,只是以后不能继续买了。

程琪想起来就气,继续说:"男生都这样吧,要不就是欺负小女生,要不就是想着打怪兽,除了无聊,就是暴力。"

邓弘兴"嗯"了声,一来表示赞同,二来为转移话题做铺垫。他再次朝四周看看,说:"要不,还是不住这里,我们去招待所吧?"

程琪却笑了:"好不容易都回家了,就住这里。而且,你们镇上的招待所,环境更差。"

他们收拾好行李,简单洗漱过后就准备休息,这时,屋门被敲响。

门外是二叔。

邓弘兴站在门口问二叔有什么事。二叔支吾一会儿后,才说明来意。原来二叔的孙女小静生了病,需要动手术换人造心脏,此前已经换过两次,都没用多久就出了故障,小静险些没抢救过来。

"所以我琢磨着给她换个好的,能用几十年那种——现在最好的是一家叫疆……疆什么来着……"二叔结巴道。

"疆域公司。"邓弘兴说。

二叔喜道:"你也知道?"

"这是目前最好的生物科技公司,他们的产品质量应该没问题,售后也靠得住。"

二叔颇为欣喜地点点头,几秒后,脸色又黯下来,叹息道:"是最好的,也是最贵的。我查过,一个心脏要五十万。"顿了顿,抬起头看着邓弘兴,"二叔手里暂时没那么多钱,小兴,你是有本事的人,在大城市里上班——能不能先给二叔借着?后面我慢慢还给你。"

邓弘兴还没说话,身后响起了程琪的声音:"小邓啊,这里怎么还有苍蝇呀?我就说嘛,上海待得好好的,就不该回来这地方!苍蝇堂而皇之进家里,嘤嘤嗡嗡,聒噪烦人也就算了,还喜欢吸血。你说,我们身上流点血容易吗?苍蝇一张嘴就吸走,我们怎么活?快进来,咬得好疼!"

这番话像刀片一样刮过来,把二叔脸色刮得红一阵白一阵。他手足无措地低下头,想转身离开,但似乎又想起病重的孙女,最终还是抬起头看着邓弘兴。他的眼眶已经泛红。

这双眼睛太熟悉了,几乎是看着邓弘兴长大的。在这黯淡的眼眸里,邓弘兴能看到许多久远的回忆——二叔搂着婴儿时期的他,满脸慈祥;孩童时,二叔常把他扛在肩上,让他神气地招摇过市;再大一些后,二叔会跟他并排站在海边,一起等父亲的船划破斜阳归来。而现在这双眼睛已经衰老,被岁月搅得浑浊,被风霜打得枯萎,可怜巴巴地看着自己。

五十万,要想想办法,还是能筹到的,但……他看了眼程琪,叹口气,说:"二叔您误会了,我们手里也紧啊,现在城里生活压力大,经济形势也不好。我还得买房,首付都没凑齐。"

二叔垂下眼睑，点点头，便转身离开。

晚上睡觉时，邓弘兴翻来覆去睡不着。程琪察觉到了，趴在他耳边说："你也不是小孩子，知道借钱的原则吧——借急不借穷。你二叔这个样子，一下借走五十万，一辈子都还不清。"

"但也不能见死不救……"邓弘兴试探着说道，"要不借一部分，剩下的他来想办法？"

"借？你能借多少？"程琪拍了下他的额头，冷笑道，"你买房首付的钱，还得找我借——贷款就够你受的了，还跟别人借钱？"

"但你……"邓弘兴犹豫一下，还是说出口，"你不是有钱吗？"

"那是我自己挣的钱！怎么，还没结婚就开始算计我的钱？我告诉你，就算真结婚了，我挣的钱也是我的，不会给你的穷亲戚一分一毛。"

程琪的反应倒也在意料之中，邓弘兴便没再说话。入睡后，两人躺在黑暗里，先是并排躺着，但床板太硬，睡一会儿就得调整睡姿。没多久，他们就不自觉地成了背对背的姿势。

自打知道父亲去世，邓弘兴就没好好休息过。今夜，那久违的噩梦也再度袭来，怪兽在梦里的世界肆虐，海啸滔天，兽吼如狂，巨大的身影将他笼罩。他往后退，但身后只有沙滩，沙滩后是更加危险的海洋，曾经站在他身后给他依靠的人再也不在了……

他从噩梦中惊醒时，刚过凌晨，夜色正深沉。屋外海浪拍在岸头，荡出了深沉的潮声，穿透墙壁，在他耳畔起起伏伏。他的睡意被海潮吞噬，脑中一片清明。程琪在身旁却睡得很香甜，他悄悄起身，披衣来到屋外。

明月高悬于海面，清辉洒下，海浪缓缓起伏，月光也随之泛起涟漪。一圈一圈的光从海里涌过来，又在岸边消弭。这是邓弘兴童年里每晚都能见到的景象。他看了一会儿，许多往事随浪扑来，淹没了他。

于是，他离开屋子，沿着街道向镇子中心走去。小镇已经入眠，只有昏黄路灯在拉扯他的影子，道旁商店零星地开着，招牌在黑夜里发出有气无力的光，而灯影里却连人都没有。这个小镇白天已经够萧条了，到晚上更像无人废墟。

他走了很久，一直走到一栋亮着橙色灯火的建筑前，才停住脚步，仰头看着头顶闪烁的三个大字。

殡仪馆。

记忆里，看门的是个姓周的老人，但他喊了几声，出来的却是个脾气不太好的中年胖子。胖子手里还捏着扑克牌，骂骂咧咧，但看到邓弘兴掏出的一张钞票后，就住了嘴，却还是斜睨着他；邓弘兴塞完钱，又说几句好话，胖子就打开铁门上的锁，让他进去。

父亲的棺材并不难找。邓弘兴刚走进大堂，就看到了那个冒着冷气的长方形盒子。他走过去，在棺材旁盘腿坐下，点了两支烟，一支搁在棺材边缘，一支叼在嘴里。

两支香烟燃出的烟雾袅袅升起，混在冷气里，分不出彼此。

2

天快亮时，邓弘兴才从殡仪馆回家，没吵醒程琪，小心翼翼地在她身边和衣而眠。没睡多久，程琪醒过来，他也睁开惺忪双眼,道:"你醒了?"

程琪抽了抽鼻子,"你抽烟了?"

"去看了下老头,给他点了几根。"

程琪皱着眉,觉得很晦气,又挥挥手道:"算了。这里待着也没意思,你快点把葬礼弄完,我们回上海吧。"

邓弘兴点点头。他家里亲戚不多,葬礼要想从简,也没人阻拦——当然,二叔眼里有点抱怨。但邓弘兴扭过头,不跟他对视。到中午时,他在殡仪馆里把费结了,火化单上签了字,整个葬礼就算结束。

程琪都没跟过来,说是要在老屋里收拣,看有什么物件可以带回上海——反正他们这次离开,就再也不会回来。

但就在二叔他们正要搬父亲的遗体时,程琪的电话打来了。

"喂,你等下,"程琪说,"先别烧尸体。"

"是遗体。"

他的话太小声,程琪没听到:"什么?"

"没什么……"邓弘兴顿了顿,"怎么了?"

"我发现个有意思的东西,你回来看看。"说完,程琪就挂掉电话。这是她的一贯风格,说完就挂断,不听邓弘兴的解释,也不给他拒绝的空间。邓弘兴无奈,假装看不到二叔越来越难看的脸色,跟殡仪馆打了声招呼,让迟点火化,就转身跑回家了。

程琪没在家里,他想了下,来到车旁,敲了敲车窗。程琪果然坐在副驾驶上,正在研究一份合同。他以为让自己过来是因为工作,有点不满,"不是请假了吗,怎么还看合同?那边还等着火化呢。"

"假期就不工作了？你这态度，一辈子也混不上去！"程琪呛回来，但很快表情又变得喜悦，"但这份可不是公司发来的，是在你家里找出来的。"

　　原来程琪在家等得无聊，四处翻找，但家里几乎没有值钱物，她找得不耐烦，要放弃时却在装满旧衣服的木箱底，看到一个塑料文件袋，里面有一沓厚厚的合同，纸张都泛黄了，看起来至少放了十几年。这东西出现在邓弘兴家里，颇有点突兀，她便打开看了下，越看越惊奇。

　　"你看这合同，乙方是你爸的名字，甲方居然是——疆域公司。"程琪的蓝色指甲在合同开头那里点了点，"我都不知道你爸这么厉害，居然跟疆域公司有合作。你是不是还有别的事瞒着我啊？"

　　"哪有，"邓弘兴连忙摇头，"我自己都不知道。"

　　在他的印象里，父亲只是一个老实巴交的渔民，提到父亲，能联想起来的只有海水里析出的盐，以及因暴晒而比海盐更粗粝的皮肤；而疆域公司呢，号称"生物科技领域里的谷歌和苹果"，由欧洲财阀支持，有近百年历史，此前一直韬光养晦，近十几年来突然迅猛发展，一下子推出多款产品，都很贵，但技术水平领先于同类产品一大截，因此迅速抢占市场。上市后，疆域公司在全球设立分部，出入其中的，全是妆容精致的职场白领，以及学历智商皆高的科研精英。

　　邓弘兴有一次路过他在上海的大楼，没进去，但透过车窗，他能看到这栋在深夜里依旧灯火通明且高耸入云的建筑。那一瞬间他无比失落。他高考后就来到上海，十年来不可谓不努力，但这么辛苦，想争取的，也只是这座城市里一盏属于自己的灯火。为此，他埋没理想，背上债务，但离买房依然遥遥无期。而对疆域公司这种庞然大物来说，它拥有的灯火成千上万，并且还陆续在一线城市买地建楼。他仰视大楼顶部发光的logo灯牌，像是蜉蝣第一次见到星空。

他实在无法把父亲和疆域公司联系在一起。

回过神来，他问："这合同是写着什么啊？"

"生物实验……"程琪奇怪道，"你自己看。"

邓弘兴接过来，看了眼标题——《倍化实验知情同意书》。他对"倍化"这个词有些陌生，索性也坐进车里，一页页翻开。这几年他处理过不少合同，熟悉法务，粗粗一看，条款都还算合理。让他费解的，是实验内容，写得很是含糊。

比如最重要的研究背景，只是写着"我们邀请您参与一项研究，本研究为疆域公司医疗基金会项目，项目代号'巨神'，本研究方案已得到相关委员会审核，同意进行临床研究"，研究目的只有短短的"为推动医疗建设"这七字。合同里也提到了实验方法，严格规定了志愿者必须接受的实验设计例数，间隔时长，观察期的禁忌食物……却唯独没有说用什么药物，以及可能出现的不良反应。

"看起来怪怪的……"邓弘兴边看边嘟囔。他直接翻到合同的最后页，的确有父亲的手写签名。

"除了知情同意书，这儿还有后续的付款确认函，应该是作为志愿者的补偿。"程琪又拿出几页纸，"分别是1999年、2004年，以及2008年，三次付款，都有明细。"

邓弘兴狐疑地凑过去。那几张纸的确是收款单据,日期都是十几年前,但保存得当,纸张只是微微泛黄。他目光顺着往下,看到金额时,顿时呆住了。

1999年,收到人民币150000元;2001年,收到人民币100000元;2008年,收到人民币80000元。

邓弘兴又连忙再打开合同,翻到酬劳页,果然,上面提到的志愿者补偿金额也是同样的数字。

程琪在一旁斜睨邓弘兴,说:"你家怪有钱的啊,零几年就有三十多万,当时要是去上海或北京买房,现在能挣个几十倍了吧。"

邓弘兴能听出这话里的揶揄,但没理会。他沉浸在这份合同带来的困惑里。一些久远的往事透过纸张弥漫而上,童年里的很多疑问似乎与此有关,但太模糊,别说答案,连问题本身都记不起来。

他又看了一遍,摇摇头说:"老头的事,有很多我的确不知道。不过这是十多年前的合同,老头人都死了,你把我叫回来干吗?"

"我问你,你爸是怎么死的?"

"不是说了吗,心肌梗死啊。"

"是还没送到镇医院就咽气了吧?"程琪问。

"嗯。"邓弘兴的声音有些闷闷的。

"那太好了!"

"什么?"

程琪兴奋地把合同扯过来,翻到后几页,涂着精致指甲油的手在泛黄的纸页上点了点,说:"你看到没,这条赔偿条款——若因实验造成的身体损伤，疆域公司有责任进行补救或赔偿？”

“是啊，但这有什——”邓弘兴终于明白了她的意思，“你是说，要向疆域公司讹钱？”

“你反应过来这么晚，我都开始怀疑我找男朋友的眼光了。”顿了顿，她又呸一声，“不是讹钱，是索赔！”

仔细想了想，邓弘兴依然觉得匪夷所思，“首先，还不知道这份合同的真假。就算是真的，签署的日期是1999年，都过了二十年，疆域公司还能认吗？最重要的是，老头的确是死于心梗，能联系到疆域公司，也要不到赔偿啊。”

他说了一长串，换来的只是程琪的一个白眼。“我有预感，这是一个好机会。上次我有这种预感的时候，抓住了机会，就升到了总监的位置。”她把合同仔细收好，放回文件袋里，“我自然有办法搞清楚合同是不是真的，至于一个人的死因，就看你这个当儿子的怎么说了。所以，我们现在得分工，我去联系疆域公司里的朋友，你呢，搞清楚你爸这个实验究竟是怎么回事。”

“那……老头的遗体呢？”

“尸体就先在殡仪馆里放着呗，你多给点钱。”程琪目光灼灼地看着他，“弘兴啊，你想想，我们为了凑一套房的首付，就拼了这么多年，以后还要还房贷，紧巴巴地过日子。贷款还完，人也老了，想想都累。疆域公司市值近千亿，哪怕只赔给我们一片指甲盖，也够买套房了。人生不会有太多这种机会摆在你面前的。”

邓弘兴心动了，眼神由抗拒变成犹疑。

而这种变化都在程琪意料当中。

这就是程琪。她永远正确，永远知道对方的软肋在哪儿，她说的话总是如此有煽动力。所以她才在职场上步步晋升,邓弘兴没有这种能力,从来无法拒绝她的建议——或者说,命令。这一次,也不会例外。

接下来的整个下午,程琪一边喝着车里带来的小包冷萃咖啡,一边给所有能用得上的人打电话;而邓弘兴把父亲所有的遗物都翻出来,想在里面找到更多关于实验的信息。

他这边没什么收获,程琪的进展却很顺利。他在一旁竖起耳朵听着,不得不再次佩服她的行动力——她不认识疆域公司内部的人,但她知道哪些人可能认识,于是,一个个电话打出去,复杂又高效的关系网在她轻松的谈笑间建立。到咖啡喝得一滴不剩时,她以私人关系联系上了疆域公司的某个中层,一番利益交换之后,对方答应帮她去查。

她把合同编号发过去,然后转头看着邓弘兴,"我这边完事了,你怎么样?"

"这不是还没出结果吗?"

"你这种拖延症,什么时候能改改?齐头并进才能提高效率!"

邓弘兴只得闷头继续寻找。但父亲遗物大都是老人的寻常用品,看不出端倪。就在他一筹莫展的时候,还是程琪提醒了他:"等等,昨天回来的时候,我们是不是路过了一个……什么来着?"

"什么?"

"实验室!"

邓弘兴恍然,犹豫道:"但这跟老头……"

"肯定有关系。荒废的海岛实验室，被藏起来的实验合同——你觉得会是巧合吗？"

她这一提醒，邓弘兴的脑袋嗡地一震。他眼前出现了卷涌的海面，而那海岛就像黑色的匕首一样嵌在视野里，无论海浪怎么起伏，也不会被隐没。匕首刺破记忆的膜，一张脸露了出来。

那是父亲的脸。

"你这么一说，我想起来了。"他眯着眼睛，慢慢地说，"老头子跟那个实验室，好像还真有点儿关系……"

3

那是1999年，三个小男孩决定去冒险。

邓弘兴是他们中最大的，也才九岁。几年以后，他们会成为少年，会在梦里见到很多女孩。但现在，荷尔蒙尚在酝酿，探险就是他们的春梦，岛屿上的神秘实验室就是他们的梦中少女。

这场梦的起源，是一部电视剧。

在上世纪的尾声，《还珠格格》的热度刚消退一点，其续集又席卷各大频道；港台言情剧来势汹汹，俊男靓女们的悲欢牵动了无数人的心弦。那个暑假，邓弘兴随便打开一个频道，都只能看到千篇一律的谈情说爱。

"大人都这么无聊吗！"他跟潘华和陈小泽抱怨，"怎么都在看打情骂俏，谈恋爱有那么重要吗？"

"我妈说，长大了恋爱就会更重要，还说我以后要为了爱情头破血流。"潘华说。

这个夏天,潘华犯了鼻窦炎,右边鼻孔下面永远挂着一串鼻涕。邓弘兴看着他酸黄瓜一样的脸,点点头:"你这模样,要找个媳妇的确得头破血流。"

又高又胖的陈小泽问:"那我们干吗呢?去抓螃蟹吧,我喜欢烤着吃!"

"那更无聊!"

三个男孩在海风吹荡的镇子里闲逛,时间无比黏稠。所有的嬉戏都让他们意兴阑珊。他们渴望一场冒险,但乏味的生活让他们甚至不知道冒险为何物。最后,他们又回到了电视机前。

"要是没好电视看,我们就做暑假作业吧。不然我老子又要打我了。"潘华说。

邓弘兴朝空荡荡的卧室看了眼,说:"你爸至少还管你,我爸都不在家。"他父亲出海捕鱼,经常三四天不回,平时都是二叔照顾他,饭点叫他过去吃饭,睡前督促他吃完那些难吃的药。但二叔平时也忙,绝大多数时间,都是他自己度过。

"那多好啊。"潘华和陈小泽同时羡慕地说。

三个男孩缩在电视机前,无聊地拧着耳朵一样的换台键。低分辨率的彩电屏幕上,依旧在跳出男男女女恋爱的画面,故事都差不多,只是背景在古代、现代或民国之间换来换去……仿佛人类之所以诞生,就是为了恋爱。邓弘兴打了个哈欠,决定关掉电视。

"等等,"潘华的鼻涕骤然收进鼻孔里,手指着电视,"你拧回去!我好像看到了怪兽。"

"怪兽"这个词刺激了三个男孩的神经。他连忙往回拧,但画面里还是苦大仇深的言情剧女主角；又来回调试了几次，终于找到了潘华说的频道。

那是上海东方电视台的暑期重播节目，可能信号不好，画面上布满了雪花点，但依稀可以见到一个灰蒙蒙的大怪兽，像是直立的恐龙，一道鱼鳍从它的头顶延伸到尾巴末端。它正在城市里暴走，所到之处，高楼瞬息间化为齑粉。

三个男孩倒吸一口气。六只眼珠齐溜溜地盯着屏幕。

怪兽正在大肆破坏，人人惊慌，这时，一架蝶状的战斗机飞到上空。舱内的飞行员将一根长着翅膀的棍子靠近胸口。激昂的音乐伴随着电视的噪音响起来。飞行员变身为穿着塑料紧身衣的巨大人形，从天而降，与怪兽等高。随后，巨人跟怪兽搏斗。

邓弘兴下意识看向屏幕左下角——在那里，"雷欧奥特曼 第五集"的字样以竖排陈列。

这是邓弘兴第一次见到奥特曼。

其实早在1993年，该台就从日本引进了奥特曼电视剧，并风靡儿童市场。但邓弘兴所在的小镇偏远又闭塞，仅靠渔业与外界联系，连彩电也是去年刚买的。他们并不知道在外面，无数小孩的书包上都印有各种奥特曼的贴画；也不知道右臂竖起，手掌伸直，右肘压着左手手背，已经成为男孩们见面打招呼的必备姿势。

现在，他们后知后觉，却同样在一瞬间沉醉在奥特曼的魅力里，无法自拔。

刚开始，他甚至无法理解剧情，但只要怪兽出现，他就难以呼吸；只要奥特曼变身，他的心肺也相应变身为电泵，剧烈起伏，气流在胸腔里涌动。

后来一直伴随他的噩梦,也是由此而起。那天过后,在梦里他就经常见到可怕的怪兽兴风作浪,肆虐人间。但到了白天,他又不可遏制地想坐在电视前,看着怪兽怎样被奥特曼打败。

这种恐怖又迷人的体验,只存在于那个夏天。长大后,他了解到另外一样事物,可能也会给他同样的体验,但他不敢尝试。那就是毒品。

所以等到夏天的尾声,电视台轮番播完了杰克奥特曼、艾斯奥特曼、泰罗奥特曼和雷欧奥特曼时,他已经产生了一种戒断反应。他浑浑噩噩,总是盯着大海出神,似乎海面随时会被破开,钻出一只怪兽来。

靠着奥特曼,短暂的两个月已经过去;而此时,离开学还有漫长的一个星期。

三个男孩子再次回到了无所事事的状态。他们在镇子里闲逛,在海边游走,在家里发呆,但所有人的脑子里,都还是奥特曼搏斗的英姿。

"兴哥,你说,要怎样才能加入超兽攻击队啊?"在沙滩上的时候,潘华问。

邓弘兴说:"你要当超兽攻击队队员吗?真没出息!超兽攻击队是给奥特曼帮忙的,多没劲,你要当,就要当奥——"看了眼潘华,他又"噢"了一声,"你的确只能当帮忙的,没有人会喜欢看流着鼻涕的奥特曼。"

潘华使劲把鼻涕吸进去。

陈小泽又问:"那兴哥你呢,你要当什么?"

"还用说!当然是奥特曼了,顶天立地,打败所有的怪兽,保护世界。"

"那你要收保护费吗？"

邓弘兴使劲敲了敲陈小泽的脑袋："我收个屁！我跟你说了，看奥特曼就行了，不要看香港的《古惑仔》！"

潘华突然说："还没做暑假作业呢。"

三个人同时叹了口气。沉重的现实向他们压过来，邓弘兴不禁想到，奥特曼会不会也只有做完了作业才能去打怪兽？随后他又感到悲哀，尽管他还小，但也知道电视里都是假的，这个世界上没有奥特曼，也没有怪兽……

等等！

他突然转向海岸西边，海面平静，泛着黄昏特有的金黄波光。而波光中，一个黑色小点格外突兀。

他指着那个小岛，问另外两人："你们说，那个岛上，会不会有怪兽？"

谁也不知道这个近海的礁岛叫什么名字。从邓弘兴记事起，它就楔在镇子西边的海里，离岸三公里，天气好的时候清晰可见，天气差时则消失在风浪中。

所有大人都告诉他，不要靠近那座岛。他问为什么，得到的答案却千奇百怪——有人说风浪大，不安全；有人说国家征用了那座无名岛；也有人说海怪在附近游弋。当然，更多的人只是摇摇头，什么都不说。

但他还是留意到了一些关于无名岛的蛛丝马迹。

比如每隔一阵子，就有一艘白色的大船驶来，停在岛边。那艘船比镇长家的远洋拖网渔船还大。安静地停靠几天后，这艘船会驶向海天交接处，消失不见。谁也不知道它从哪里来，最终去向何处，以及更重要的是，它在岛屿边停靠的几天发生了什么。

再比如，邓弘兴见到过一行车队，在黑夜里驶来，停在海边。车里出来一大群穿白大褂的人，乘坐皮划艇上了岛屿；而同时，也有一批白大褂被换下来，他躲在远处，看到不少白大褂下船之后，是被担架抬上车的。人员轮换之后，车队又无声无息地驶离小镇。

还比如，他听几个打鱼时路过岛屿的年轻人说，他们在无名岛附近，听到了很凄惨的叫声。

……

这些传闻，林林总总，难辨真假。如果不是看了奥特曼，邓弘兴只会把无名岛当作一种禁忌，避而远之。但现在，奥特曼告诉他，每个人都可以抵抗怪兽，都可以保卫世界！

而这个世界上，没有比无名岛更可能有怪兽出没的地方了。

潘华和陈小泽显然也听过类似传闻。三人一合计，越发觉得原来怪兽一直藏在身边，而他们无疑就是肩负使命的人，不可推卸，要打败怪兽，成为奥特曼。

说干就干，他们踩着斜阳在海滩上晕出的金黄，来到停船港。所谓港口，也就是镇上的十几艘大小渔船，胡乱停放在一起而已。孩子们当然无法开动这些机械怪物，但在所有沿北海的渔业小镇，都有一种简易木筏——用木板和绳子把大块泡沫固定在一起，靠划桨行进。这种泡沫木筏轻盈而危险，只能乘坐两人，很容易翻，一般只用来载着有经验的渔民，从岸边划到在近港处抛锚的渔船上。

当时的邓弘兴和两个伙伴完全被冒险的豪情笼罩，根本意识不到危险,悄悄解开一艘木筏,三人爬上去,快速划走。

邓弘兴两手叉腰,站在船头,潘华和陈小泽则在木筏两侧拼命地划着。大海匍匐在他眼前,格外平静,而视野尽头,一轮斜阳缓缓下沉。他满脸都是金色的光晕,他的两只眼睛里,各自映照着一轮夕阳。

很多年后,他回忆起这一幕,会悲哀地想道:这可能是他这辈子中最意气风发的时刻,此后,他的人生急速下滑,乃至于他变成如今这副胆小怯弱、唯唯诺诺的模样。

泡沫木筏很危险,但那天风平浪静,他们平安地穿过了三公里海域,在无名岛东边的一个小山坳停下。天已经黑了,不远处有手电的光划过,显然有人在巡逻。

但没人看到这三个小小的身影。

"要不,我们回去吧……"上了岸,潘华有些担忧,"我妈该叫我吃晚饭了。"

"难道奥特曼打怪兽打到一半,会回家吃顿饭再来吗!"邓弘兴恨铁不成钢。

"阿泽,你说怎么办?"潘华转头看向陈小泽。

陈小泽个子比邓弘兴都高,但说话时肩膀怂着,语气也憨憨的:"当然听兴哥的。"

"走吧!"邓弘兴一挥手。

趁着夜色,他们悄悄往岛中心走去。夜晚的海边很快凉了下来,冷风如巨掌般拂过这座无名岛,他们在盛夏里感到了一丝寒意。潘华一直絮絮叨叨,让邓弘兴早点回去,不然会被家里人打。邓弘兴自然充耳不闻。

无名岛周边都比较荒芜，除了嶙峋怪异的山石，就只有杂草和矮树。而让它与沿海一带的寻常荒岛不同的是，在岛屿中间，有一片建筑。

那一片连着建的楼房，灯火通明，是黑暗中唯一的亮处。

靠近之后，邓弘兴发现楼房外也有人巡逻。但这个岛偏远又荒凉，显然少有人来，所以巡逻的人也漫不经心。他们弯下身子，躲过手电的光，来到一栋二层小楼的墙壁下。拐个弯，他们看到了一扇开着的侧门，没多犹豫，依次进入。

门里是一道长长的走廊，悬着一排灯，看起来空而幽冷。他们蹑手蹑脚，像是三只肉虫爬进了某种巨兽的肠道。走廊弯弯绕绕，拐了好几个弯，他们都快迷路了。这时有脚步声响起，三人的心都提起来，连忙推开走廊旁的一扇门，躲进去。奇怪的是，这个房间很空荡，最里面还有另一扇门，半开着，但看得到门内就不再是房间了，而是曲折向下的楼梯。

这说明楼房下面，有地下室。

他们一路往下，转了好几次楼梯，凭感觉，至少离地面十几米。潘华越来越害怕，一直拉着邓弘兴的衣摆。

楼梯的尽头，是另一扇虚掩的铁门。

"就是这里了，我有直觉，"邓弘兴说，"门里面就有怪兽。考验我们的时候到了！"

说完，他上前，准备推门。而也就在同时，铁门被朝向里拉开。

开门的是个戴眼镜、身穿白大褂的矮个男人。即使在三个孩子眼中，他也很矮，连陈小泽都比不过，以至于他们刚开始还觉得是个同龄人从黑暗的门内走出。然而只要看到这人额上那些因眉头紧蹙而层层皱起的纹路，厚眼镜下带着阴翳的眼神，谁都不会把他当作孩童。

见到三个小孩，这个侏儒般的厚眼镜男人也愣住了："你们是谁家的孩子？"

三个男孩互相看看，都没说话。

厚眼镜的脸色从困惑变成了严肃，转头向着里面喊道："保安呢？不干活儿吗，小孩都进来了！"

门里响起杂乱的脚步声，一听就是有很多人过来了。

"跟我走！"邓弘兴喊道。

"快跑！"潘华也同时大叫。

喊声未落，邓弘兴侧身绕过厚眼镜，一头冲进门里；潘华则转身，往楼梯上跑去；陈小泽往前看了一眼，朝后瞧了瞧，一咬牙，也跟着邓弘兴往前冲。

他们跑得太快，门里的景象来不及看清，只隐约记得是一个宽敞的大厅，摆满了各种复杂仪器，线缆在地上摆着……

几十个穿白大褂的人正在忙碌，见到小孩闯进来，都放下了手中的活儿，好奇地看着。黑衣服的保安们提着棍子，大呼小叫地追逐。

大人毕竟步子大，没几下就追上了，眼见形势危急，陈小泽叫道："兴哥，我拦住这些坏人！你以后当上奥特曼了要记得救我——带烤螃蟹来救我！"叫完，他转身向保安们撞过去。他长得高高胖胖，半个大人似的，这么一撞还是把保安们吓了一跳。

邓弘兴趁机撒腿狂奔，跑进大厅最里面的一条甬道。

一进去,他就愣住了。

甬道两侧都镶嵌着比人还高的透明玻璃,内部一览无余,因此,他见到了一团浸泡在蓝色液体里的灰暗肉瘤……他不知道怎么形容,像是把几百斤腐烂的牛肉揉在一起,堆成椭圆的球;几十根粗细不同的线缆插进肉球里,其中一根还闪着电光;肉球在蠕动,它可怕的表面跟粪坑一样,不时冒出气泡。

可能察觉到了邓弘兴在盯着它,肉球顶部鼓起一阵波浪,露出一只有十几个瞳孔的眼珠,与邓弘兴对视。同时,一声嘶吼从它体内爆发,格外凄厉,似乎在宣泄痛苦。

蓝色液体剧烈晃荡,墙壁的玻璃都在颤抖,裂缝如蛛网般滋生。

邓弘兴被吓呆了,连身后的保安过来抓住他,也没有反应过来。

其后的事情,他记得不是很清楚。

好像是三个孩子都被抓住,很多人围住他们,不停地问问题。很多面孔在他们面前掠过,有人惊慌,有人怒吼,还有人面无表情地盯着他们。尤其是那个厚眼镜男人,那两道眼神阴沉锋利,在他记忆里刻下了累累血痕。

那时,他们都以为自己会死。

模糊记忆里唯一清晰的点,是到了最后,一个人挤开围着的人群,牵起了自己的手。

"对不起,给大家添麻烦了。"那个人声音很低,弯着腰,跟所有人道歉。

没有人说话。

那个人没有犹豫,双膝跪地:"是我的孩子,不懂事,求求你们,让我带他们走。"

邓弘兴的手一直被握住。那只手很粗糙,却带着令人心安的温度。他疑惑地抬起头,看清了跪着的男人。

那是他的父亲。

4

邓弘兴到二叔家时,已是傍晚。

他很熟悉到二叔家的这条路。小时候,父亲一出海,他就过来蹭饭。当时全家人坐在院子里,一边聊收成,一边把满桌的菜一扫而空。而现在,斜阳照进这间有些破旧的院子,一切都跟记忆里相同。他进去时,二叔正和一个十岁左右的小女孩吃晚饭,一张旧桌,上面摆着几个菜盘,里面是鱼干、青菜和粥。这场景也与记忆相同。

"二叔,"他直说来意,"你知道我爸的船在哪儿吗?"

"噢,拖到厂里去检修了。"

"那借您的船给我用用吧?"

二叔一愣,"你要出海?"

"嗯。"

二叔望了眼西边天空,放下碗筷,说:"船倒是没问题,不过现在都晚上了,出海不安全,而且这几天打鱼回来的人都说,海上有……"他犹豫一下,"你是读过书的人,说了你可能会笑话——有海怪。"

邓弘兴的确不禁失笑。渔民们知识有限,稍微看到大一点儿的鱼类,都会归为海怪。小时候他听这些还津津有味,现在只觉得愚昧。

"我只是去散散心,"他说,"看看海。"

"那成,别开太远哈,船很久没开了,可能有故障。而且后半夜要变天,你千万别待在海上。"

他连忙应了,接过二叔的钥匙,低头又看到那个正安静吃饭的女孩,问:"这是?"

"她就是小静啊,你侄女。"二叔爱怜地看着小女孩,"小静,叫叔叔。"

小静端着碗,抬起头,脸色苍白,但五官很干净,一双眼睛尤其黑亮。她对邓弘兴一笑,"叔叔好。"

原来二叔说的是她。邓弘兴像是被蜇了一下,连忙掏出钱包,拿出五张粉色钞票,递给小静,"拿着,这是叔叔的见面礼。"

小静没有接,转头看向二叔。二叔点点头,她才拿过钱,放在饭桌上。她没有再看钱一眼,只是细声说了一句谢谢,又端起碗小口小口地喝粥。

邓弘兴低着头,快步走出了这间院子。

他在海边找到了二叔的小型拖网渔船。这船比父亲的船要小很多,仅三米长,配有电机,但用桨也划得动。

少年时他也开过这种船帮父亲运沙,尽管隔了许久,他早已生疏,但锁被拧开的一瞬间,引擎、方向盘和船舷外的水流再次成为他的朋友。他摸索着启动渔船,向昏暗海面上那个若隐若现的黑点驶去。

他开得不快，腥咸又冰冷的海风刮着他的脸，半小时后，他开到了荒岛。夜色已经降下来，他打着手电，走向岛屿中心的废弃实验室。

这里显然已经多年无人踏足，树木胡乱生长，荒草蔓延，把道路遮得严实。他不得不拨草寻径，深一脚浅一脚，慢慢靠近那比夜幕更加幽暗的建筑群。

夜风骤然变大。风中带着浓浓咸味，以及能穿透衣衫的凉意。他想起二叔的叮嘱，今晚有雨。在海上，雨往往伴随着风，而风会掀起浪。浪很可怕。

他加快步伐，用手电的昏黄光柱拨开杂草和褪色的路牌，让久远的记忆去尘磨锈，在眼前重现。很快，他来到岛中心，站在那一排连着的楼房前。

与记忆里不同的是，这些建筑没有那么高大了，还变得破败，墙壁倾圮，断裂口上布满了草藤；但相同的是，它依旧漆黑又阴沉，像是黑暗里蹲在他面前的兽类，正缓缓张嘴磨牙。

邓弘兴攥紧手电，身子微微颤抖。

过去十年一直纠缠他的噩梦，几乎都是以这个场景为序幕。某种意义上，这里是他恐惧的源头。

真的要进去吗？

他想给程琪打电话，但不知是距离远，还是受到正在头顶快速蓄积的雷电影响，手机信号全无。他转头，看看来时的路，刚要转身，又想起程琪送自己出门时的表情。

算了……童年阴影与未婚妻的冷脸色，这两者相较，显然是后者更可怕。

他把手电推到最大挡,走到门口。毫不意外,门口贴着封条,只是年岁日久,封条破破烂烂,在渐起的冷风中摆荡。"就算我不撕,也熬不过今晚吧。"他默念一句,扯下封条,试着推门,发现门还是锁得很紧。好吧,封条白撕了。他只得沿墙走,发现建筑的倾毁程度很严重,不像自然朽败造成的,有几面墙壁的裂缝仿佛被巨物碾过,断口的形状都相似。

他寻了个墙壁缺口,扯掉茂盛的藤蔓和杂草,翻身跳进去。在爬墙的时候,不知道惊动了草藤里的什么生物,周围传来窸窣声,还有冰凉的触感在他手臂上划过。他尽量不让蛇浮现在脑袋里。他知道,在这种场景里,想到什么,就会出现什么。

进了建筑,他扫视一圈,格局还是跟儿时记忆里相似。这里占地大概四个足球场,由几十个小房子连缀而成,都不高,至多二层,远看极容易融入荒岛的背景中。房子的连缀方式毫无规律,有些是连成一排,由门隔开,像某种流水线;也有七八个房间围成一圈,中间是个大池子,但里面早已被淤泥和杂草填满,看不清曾经盛装过什么。

邓弘兴绕了一圈,但在这么大的地方,要找线索,无异于大海捞针。而且当初封禁这里的人显然很专业,不仅没留下任何纸质资料,连门上的标牌和墙壁的贴纸,都仔细刮掉了。他晃了这么久,连这里叫什么名字都还不知道,看看手机,已快十点。头顶风声凄号,暴雨将至,得回家了。

但刚一转身,他就看到了一面墙。

墙很普通,曾经贴上的标语和图画被刮得很干净,现在也已蒙上灰尘与蛛网,但靠南一侧,有块区域明显颜色更深。他眼皮一跳,呼吸加重,举着灯光走过去。

那块褐色区域很工整,长约两米,宽一米多,看着很像……门。他记起来了,这的确是一扇铁门,修在房间内部的、不引人注意的门。很多年前,他和两个小伙伴为了躲避保安,慌不择路,进了这个房间,继而走入半开的门。门后是曲折的楼梯,直通另一个宽敞大厅,那些缠绕他多年的噩梦景象,就是在大厅里见到的。

从它与周围墙壁的颜色对比来看,门板上锈蚀斑斑,损害更加严重。邓弘兴一脚踹过去,哐当声中,铁锈簌簌如雨,落了他一身。有戏!他再用力猛踹,门闩断开,铁门向里扑倒,顺着楼梯滑了下去。

一个黑黢黢的通道出现在他眼前。

通道斜向下,即使在手电的光柱中,道壁也很黯哑,仿佛在饥渴地吸收光线;邓弘兴看不到它的尽头,因此有种直通地心的错觉。新鲜空气拥进去,形成风,他手臂上泛起一阵凉意。

只是与这种洞口对视,他就已经两腿发颤,而偏在这时,电筒的光闪了闪,灭了。

浓郁的黑暗笼罩了他。

他使劲拍了拍手电,关闭又打开,还是没有光射出来,想必电量已耗尽。

他心里抱怨着倒霉,又掏出手机,把手机内置的手电筒打开,一蓬光亮从他手中亮起。

手机电量也不多了,得赶紧。他硬着头皮往下走,好在通道虽然曲折幽长,但还是没有深入地心,几分钟后他就看到尽头的另一道门,也是踹两脚就能踹开。

门后已不是通道,而是一处大厅。手机的光只能照亮身前三四米,脚步声却远远荡开,听起来,这个大厅的面积比地面整个建筑都大。脚步声让他不安,他放慢步子,举着手机,谨慎地照向四周。

当年这里布满了仪器和线缆,忙碌的白大褂们走来走去,现在却是一片空荡。跟地面建筑一样,这里也被仔细清理过,只是因为潮气很重,地板和墙壁都蒙上了薄薄的一层青苔。

看来今晚是一无所获了,邓弘兴不知是遗憾,还是松了口气——抑或是两者兼有,站起身,准备往回走。

这时,他被绊了下,险些摔倒。

绊他的是一道裂沟,他甩甩脚,用手机照亮水泥地板。地面上有好几条并排的沟壑,深约一两尺,像是……某种大型犁耙造成的。他顺着这奇怪的凹陷痕迹,往前走,没多久就到了大厅边缘。

这里有一排房门,门都是虚掩着,想必里面的东西都已被搬空。这里勾起了邓弘兴某些被遗忘的记忆,鬼使神差地,他推开了第三道门。

这道门里,房间简直是破碎的。墙壁零碎不堪,满是凿痕,有一面墙甚至整个垮塌,断石错落地堆着。邓弘兴暗暗咋舌——这种效果,恐怕得是一个醉汉开着强力挖掘机,在房间里发了一整晚的疯才能造成。

他往前迈出一脚,啪嗒,居然踩到了水。

原来不只是墙壁,地板也被砸破,直通大海。海水漫上来,在脚下积成深潭。

这屋子怕是十多年未见光明,此时被手机照亮,水面晃荡光晕,墙壁缺口也反射出点点碎光,有一种诡异的光怪陆离感。

等等,水在晃动?

他走近一步,瞥眼见到一抹幽影在水面下一晃而过,波纹散开,看轮廓不像是鱼,而是某种触手。

水面的晃动逐渐加剧,由波纹变成沸腾,几滴水都快溅到他腿上了。他连忙后退一步。水面波纹立刻平缓,只有一圈圈小波浪在光影中回荡,但在水面下,却有一点幽光亮起。

像是一支在水里燃烧的烛火。

或是一只沉眠已久突然睁开的眼睛。

邓弘兴以为这是手机灯光的反射,但他把手机电筒关闭后,水中依然有光亮。他打了个哆嗦。一进入这里,他就被惊奇感和对回忆的困惑所笼罩,现在才意识到:自己是在一个深夜,在一座无人的荒岛上,在被遗弃多年的实验室里,与这诡异的光点对视。无论水下是不是有东西,都是一件恐怖的事情。

然而,水下的幽光又晃了晃,慢慢隐没。房间被铁一样的漆黑笼罩。

黑暗滋生恐惧,他不自觉地再往后退,背抵住墙壁。他的手在墙面上摸索,寻找门口。

他胡乱摸索了许久,才想起手机,又打开闪光灯,总算看清方向,向门口走去。

这见鬼的一夜,就算一无所获,也真的不能再在这里待下去了……咦?他停住了,抬起手指,又转头看向刚刚摸索过的墙壁。

指肚上,还残留着刻痕般凹凸不平的触感。

墙上有刻痕并不奇怪，尤其是这种被十多年岁月侵蚀过的墙壁，但他的某根弦被拨动了。那些刻痕的触感留在指尖，像在轻声诉说，告诉他久远的秘密。

他站在墙壁前，先是拿袖子擦掉湿苔，再用手机灯光贴近了照。

他终于看清了那布满小半面墙壁的刻痕。

那是用小刀凿出来的简笔画，画的都是巨人打怪兽。怪兽千奇百怪，巨人却都是同样的造型——即使笔触稚嫩，也看得出来，都是奥特曼。

跟他家墙上刻的画，一模一样。

邓弘兴出了地下大厅，跌跌撞撞地找到实验室出口，往岸边走去。一路上，他都在回忆，自己是不是来过这里。

但除了童年时的冒险，其余关于这里的记忆十分模糊。或许发生过什么，让他选择了刻意遗忘。他的确不知道那些刻痕是怎么回事。

但才走到一半，他便停止思索——因为相比对那些刻痕的困惑，现在有更大的麻烦。

头顶浓云集卷，闷雷阵阵，而云层中频繁地亮起惊电。漆黑的世界被一次次劈开，又立刻愈合。

他夹在被闪电劈开的裂缝中，左右为难。他出身渔家，知道风雨将至时，最好不要出海。但他现在已经在岛上了，要躲雨的话，只能去废弃实验室……但那个地方，可能有比风浪更可怕的东西。

他仰起头，几滴雨打在他脸上。雨还不大，从这里驾船回家得半个多小时，只要运气好，说不定能在雨势变大之前上岸。

他一边祈祷着好运傍身，一边解开渔船，拉动电机。不知是因为手抖还是风大，发动机一直熄火，他忙得满头是汗，也只鼓捣出一阵黑烟。无奈，他抄起旁边的船桨，吃力地划动，让船向着比海更加深黑的岸边驶去。

然而，或许是为了惩罚他十年来眷恋繁华城市，抛弃故乡的海洋，这次出海的运气实在不算好。

很快，雨滴就变密变急，像小锤子一样敲打他的全身；疾风在水面掠过，海浪追逐着风，也涌起来，载着邓弘兴上下颠簸。在狂风巨浪中，他身下这艘久未开过的船，发出令人不安的吱呀声，仿佛随时都要散架。

邓弘兴本来还站着划船，雨一变大，小船晃来晃去，他只能放低重心，坐在甲板上，防止被甩出去。划桨变得更加艰难，拼命往前划了几米，一个浪涌来，又倒退回去了。

他已浑身湿透，又冷又累，索性抹了把脸上的雨水——或是海水，往前看，海岸藏在黑暗里，看起来遥不可及；往后望，那个小岛在翻涌的浪中若隐若现，虽然也难以抵达，但总算比海岸近一点儿。

他奋力左划，想调转船头，但这时，一个三四米高的浪墙压过来。他猛吸口气，死死抓住船筏两边，下一刻，冰凉的海水席卷了他。他的手指扣住船舷，指甲都快陷进木头里去了，才没被拍飞。天旋地转中，另一个浪涌起，又把他从水中托起，在空中停顿了几秒，再重重摔回海面。

这一上一下,他屁股都快被摔裂,也不敢松手。只是,那根船桨被浪卷走,打着旋儿随波浪起伏,没几秒就离他十多米远了。

没了桨,想回岛上躲雨也是痴人说梦。是他将希望寄托于运气,才让自己陷入最危险的境地,而大海,不仅没有赐予他好运,反而向他呈现出最狰狞的一面。

巨浪滔天,电闪雷鸣,他这片小小的蜉蝣即将被吞噬。

不知有多少重大浪卷过了他,他已手腕抽筋,意识也在不停地撞击中溃散。到最后,他浑身战栗,充满了渺小人类在面对大海愤怒时的恐惧。

此时的乌云,压得极低,几乎就垂在海面。这么近的距离,惊雷和闪电不再有先后,都同时在眼耳跟前炸开。

终于,在又一次翻滚中,他的手松开了。

他跌入海中。

海浪依旧在蹂躏他。他翻滚,旋转,意识模糊。

或许,他能在死之前,先昏过去。这是大海对他最后的怜悯。

轰!

今晚最大的一声雷响起,仿佛天已裂开,七八道闪电自云层劈下,把世界照得亮如白昼。海洋也在迎合这声势浩大的雷电,让一道巨浪也从不远处升起,很快爬升到几十米高,之前肆虐的海浪跟它相比,只如泰山下的小丘;随后,它又轰然倒塌,砸出一连串波浪。

不知是不是错觉,在弥留之际,邓弘兴看到巨浪陨落后,一个同样几十米高的庞然黑影兀自矗立在海面。

他睁大眼睛。

这一刻，世界变得安静了。那些暴雨、雷电和海浪，依旧不可一世，但邓弘兴听不到声音，就像在看一部好莱坞大片时，电影院里的音响系统却坏了。但他甚至察觉不到这短暂的失聪，因为他看到的，是最华丽的特效也做不出来的画面。

被巨浪裹挟而出的庞大黑影——或者说，是它搅起的这滔天巨浪——缓缓转身，海水随着它的动作而迅速卷起漩涡。它转向邓弘兴，俯视他，两只眼睛和它脑袋边垂下的触手尾端，都在放光。

怎么……有点儿熟悉？

但还来不及看清，闪电光就消失了，世界重回漆黑。而他落在黏稠的海水中，向下沉去，意识也被彻底溶解。

他再次陷入梦境，只是这一次，并不是噩梦。毕竟，他才经历过一场比噩梦还可怕的场景。

在梦里，他看到了父亲。父亲还很年轻，身形高大，两眼漆黑，手臂粗粝而有劲，站在对面凝视他。而他却没有回到小时候，也跟父亲一样高，只是瘦很多，浑身湿漉漉的，在父亲的高大坚毅面前，他显得很沮丧。他们身旁，是一轮从海面升起的巨大明月。

二十九岁的他，跟三十出头的父亲，面对面站在海边。他们知晓彼此的身份，却无人觉得违和。

梦境就是这样神奇，不管场景多么诡异，身份多么陌生，梦中人都会信以为真，并努力地扮演这个角色。

"爸……"他嗫嚅道。

"回来啦。"父亲说。

"嗯。"他说,"对不起……"

"没什么对不起的,你过得好就行。上海怎么样?"

在海的另一边,明月之下,一座大城市拔起而起,成为他们聊天的背景板。

"上海很好,有很多车,很多高楼。"

"我还没去过上海,一直想去看看。"父亲温和地笑笑,"上海才是年轻人应该去的地方,而这里,没有车和楼,只有渔船,和海水。"

"爸……"

"爸……"

他呢喃着醒来,发现自己已经躺在沙滩上。雨依旧在下,只是小了许多,远处海面上的风浪早已停歇。

他打了个喷嚏,坐起身子,茫然地看着四周。怎么回事?他明明记得被卷入了风浪中,结果一觉醒来,回到了岸边……

在他左边,是大海,右边则是熟悉的家乡小镇。在这凌晨时分,海洋和小镇都黑沉沉的。周围没有人。

好吧,应该是海浪正好把自己卷到海岸,退潮后,他像贝壳一样留在了沙滩上。除此之外,别无可能。

所以他赶紧站起来,踉跄着回到家。

推开门,程琪正在床上,睡得很安稳,对周围的一切全无察觉。他本想告诉程琪这一晚的遭遇,但想起程琪有很严重的起床气,还是等到天亮再说吧。

他轻手轻脚地洗漱换衣,免得感冒;又找了些吃的,热好后,一顿狼吞虎咽,总算恢复了不少力气,才把湿透的手机拿出来,幸好手机防水功能做得不错,烘干后便能正常开机。

这一番收拾好,天便快亮了。雨停风住,晨曦在东边天际吐露,一片红彤彤的。

程琪这才姗姗醒来,迷糊地问:"怎么才回来?"

邓弘兴却犹豫了一下。怪兽从海面跃出,顶天立地的景象在他脑中出现,但他现在也怀疑到底是不是噩梦;而自己在海上遇险这件事,若是对其他人说,多半能得到安慰。但他了解程琪。程琪只看重结果,既然他已经好端端地回来了,那么程琪知道后,只会嘲笑和责怪。

"没看时间,"他说,"被雨困住了。"

"找到什么没有?"

他摇摇头。

"真没用。"程琪埋怨了一句,但语气一转,脸上的倦容瞬息间变成了得意,"但我这边可有个好消息!"

原来她昨晚刚准备入睡,就接到了疆域公司的电话。当以001(212)开头的号码出现时,她迟疑了一瞬间——这不是国内的号码。接通后,对方用英语介绍了自己的身份,居然是疆域公司设在纽约总部的法务部门。

饶是程琪见过不少大世面,也有些不知所措。好在对方语气温和——甚至有些谨慎和小心,让她很快镇定,也流利地用英语交流。疆域公司果然是来询问那份合同的,反复确认合同编号,以及邓弘兴父亲的名字和近况后,才问到程琪的身份。

"我是他的家人,是他半个女儿!"程琪愤怒地说,"他的过早离开，跟你们这个实验脱不开关系。我要向你们正式提出诉讼，以得到合理的赔偿！"

对方沉默了。

程琪握着手机，有些忐忑。她明白自己其实没有底牌，而对方是世界上数一数二的大公司。他们甚至都不用反击，只需不予理会，自己就毫无办法。

但出乎意料的是，对方很快回复道："对您亲人的离去，我们深表遗憾。请放心，任何我们的合作方和顾客，我们都会像对待上帝一样，不会遗忘。不过要启动赔偿程序的话，需要进行必要的验证，我们会派中国分部的调查员过来，由他对情况进行核实。如果一切的确如您所说，我们会承担相应的责任。"

"那赔偿金额……"

"您可以提，但我们也会根据调查员的报告来衡量。我们有专业的财务团队，"顿了顿，对方又补充道，"和法务团队。"

程琪噎了下，语气稍软："那他什么时候过来？得快点儿，我们也不能一直……"

"他已经出发了。"

挂完电话后，程琪越想越惊讶。疆域公司对这份合同的重视程度，超出了她的预估。像这种规模的国际企业，每年接到的讹诈想必不计其数，并不是每一次讹诈都能由总部对接，并马不停蹄地派调查员过来核查。很快，她的惊讶又变成了喜悦——他们越重视，说明能索取到的赔偿越多！

邓弘兴同意她的判断，但更疑惑了，把合同翻来覆去地看，也没看出什么东西值得疆域公司如此大费周章。

正不得其解时，有人敲响了他家的门。

5

"请问，这里是邓先生家吗？"门外的男人有礼貌地问着。

"是的。"邓弘兴说，"你是谁？"

男人递过来一张名片，"我叫罗京，是疆域公司的调查员。接下来几天可能会有些打扰，但我尽快。我们都希望调查能尽快结束。"

邓弘兴还愣着，身后的程琪已经接过了名片，将信将疑地说："真的吗？"名片上只有疆域公司的 logo 和"调查员 罗京"的字样，背后一张二维码，看起来格外简陋。

罗京展唇微笑，露出一抹白亮的牙齿，说："如果你用疆域公司旗下任何一款 APP 扫描，都可以验证我的身份。"

程琪扫过之后，手机界面上立刻出现了罗京的信息，身份的确是疆域公司内部员工。只是页面底端还有一个"显示更多信息"的按钮，她点了下，发现要内部权限才能查看。

程琪放下手机，抬起头时，脸上已经换成了一副笑脸："昨天接到电话，他们说你已经动身了。我还以为是开玩笑呢，连夜过来，辛苦了吧？"

"哪里哪里，这里风景很好，就当来休假了。"

"刚过来，还没住的地方吧？要不就住这里，也方便你调查？"

"感谢感谢，不过我定了镇上的酒店。"

"这镇上还有酒店吗?"

"咳咳,那应该算招待所吧?"

……

程琪跟她这么客套着,有来有回,欢声笑语里藏着谨慎和猜测。罗京显然不是程琪的对手,明明是调查员的身份,却在言语间被程琪刺探得八九不离十。疆域公司果然把这次调查的优先级列得很高,而且在程琪的刺探下,罗京还透露了最关键的信息——

"这次真的打扰,不过你们放心,查清楚就没事。公司已经做好了赔钱的准备……"可能自知失言,罗京连忙住嘴。

程琪则冲邓弘兴使了个得意的眼色,嘴角扬起,表明一切尽在她掌握之中。

邓弘兴也不知道说什么好,只能点点头。他一直在一旁,几乎是看着罗京一步步落进程琪的语言陷阱。这就是程琪的魔法。在公司时,他就多次领教过。无论是客户还是领导,只在言语之间,程琪就能让他们在感觉愉悦的同时,答应她的条件。邓弘兴也怀疑过,自己之所以对她这么言听计从,是不是也是这种魔法的威力。

他曾诚挚地向程琪请教,怎么才能学好话术,但程琪鄙夷地看了他一样,说:"你不是这样的人,学不会的。"

说起来,父亲也这么评价过他。

很小的时候,父亲出海打鱼,通常隔一周才回来。每次回来前,邓弘兴都早早地在港口等着。

他永远记得那时的大海,夕阳渐沉,海面明明在吞食光线,却显得更加幽暗。但在光线彻底消失前，他总能看到海平面上升起一根桅杆，接着便是船身一点点出现。当时他已经知道地球是圆的，所以海平面并不"平"，但他还是觉得父亲的船并不是自远海驶来，而是从海底一点点浮上来。

这个联想让他毛骨悚然。

自从那次闯进无名岛屿，见到玻璃箱里那可怕又丑陋的怪物后，他对大海就泛起了莫名的恐惧。尽管他问过父亲那是什么，父亲摸着他的头告诉他，那只是梦，不是真的。久而久之，他也确实相信，并且努力地不去回忆。但那份恐惧根深蒂固，难以泯灭。

好在看到父亲的船从海面驶近，总能让他忘掉噩梦，雀跃起来。

父亲抛锚后，他总会爬上甲板，看着鱼舱里那么多鱼，又忍不住说："下次我也跟你一起出海吧！我想打鱼。"

"好啊。"父亲说。

但真到了出海的时候，看到海岸一点点远去，他又会慌张起来。船离岸边越远，他的战栗越剧烈。父亲把他抱在怀里，他仍然止不住地颤抖。

"算了，"父亲叹息，"你不是这样的人，不用勉强自己。但没关系，儿子，你不用去对抗大海，我会保护你。"

你不是这样的人——这句话后来时常有人对他说。他不断地被否认，被拒绝，早已习惯。所以当程琪又说出这句话时，他也习惯性地默认，只是会偶尔怅然地想起：那么多人说自己不行，但只有父亲说完后会告诉他，没关系，我会保护你。

邓弘兴发现，这个疆域公司的调查员接下来做的事情，跟程

109

琪的预料完全不同。

程琪原本推测，罗京会先从家里的遗物着手，了解邓弘兴父亲平时的起居习惯；再向医院查数据，看邓父平常的就诊记录；最后找专家去殡仪馆，查清死因。所以她和邓弘兴分头行动，各自打点，处理遗物，伪造病历，还给殡仪馆塞了不少钱，让他们阻碍验尸……程琪推演过几遍，自信算无遗策，无论罗京怎么查，都只会得出"邓父常年身染怪疾"的结论。

哪怕按照最坏的设想，罗京查出了邓父是因心肌梗死而亡，也可以赖在实验上：到时候一口咬定，就是多年前的实验诱发了老人的心脏问题。虽然这样能要到的赔偿会少一点，也不至于颗粒无收。

然而，罗京拜访完程琪和邓弘兴之后，丝毫没有去尽调查职责的意思，反而表现出了对海边渔镇文化的浓烈好奇。他带着相机，在海滩长久驻足，只为拍下最金黄的海面；他还在镇上几个脏乱的饭馆里，把所有能点的海货都点一遍，每样只吃一点，连连称赞，说这是上海都没有的好味道。搞得饭馆的老板对上海的美好想象一落千丈，逢人就说："我他妈就抓了一把蛏子，随手一炒，多放点辣椒和盐。上海人真可怜！"

本来镇上的人以为罗京来自大城市，又是疆域公司的员工，都很敬畏。这么一弄，大家纷纷改观——原来只是个没什么见识的异乡人。连带着同在上海的邓弘兴，也被亲戚们看扁了不少。

不过说起来，罗京是有些大惊小怪，但为人热情又谦逊，彬彬有礼，大伙儿都很乐意跟他聊天。

程琪被他的举动弄得有些懵，让邓弘兴出来打探。邓弘兴随便找个小孩一问，就知道了罗京的下落。

"那个外地人啊，这两天说是对镇上的历史特别感兴趣，在请教村里的老人呢。"

"找了谁请教啊？"邓弘兴问。

"我好口渴，想吃雪糕！"

邓弘兴连忙带小孩到小商店买了支绿豆冰。

"昨天是去了东头的罗老爷爷家，不过他都痴呆好多年啦，啥也没请教出来。后来他还去找了码头旁边的'陈垃圾'，"小孩边舔雪糕边说，"就是那个，一个人住，一天到晚咳嗽的'陈垃圾'。"

邓弘兴久未回乡，自然不知道镇上人各自的外号，但他记得码头旁边有个垃圾场，而小孩一般都会根据职业给人取外号；再一打听，果然，这个"陈垃圾"就是专门靠回收废品维生的孤寡老人。

"你应该见过呀，"小孩提高声音，"他收垃圾很多年啦！"

这么一说，邓弘兴脑海里隐约泛起了一个模糊的面孔。当年，镇上有一个五十多岁的人，长得其实高高壮壮的，但实在太懒，只能靠收垃圾过活。他记得那人也姓陈，跟父亲关系还可以，只是没想到，十多年过了，他还在一个人收垃圾。

"那今天呢，"邓弘兴又问，"今天他去找了谁？"

小孩手往前一指，"那，那不是吗？"

顺着这纤小的手指，邓弘兴看到了镇上唯一一栋三层小楼，砖色鲜艳，一看就是新修不久。他记得，这是镇上大户刘大奇家的宅子。刘大奇早先也是打鱼的，经常跟父亲一起出海，日子清贫，后来不知怎么发了一笔财，加上脑子转得活泛，弃了破渔船，揣着钱南下做生意,没几年就发了家,回来修了镇上第一栋小楼。

不过隔了这么多年,生意起伏,刘大奇也老了,早就把生意转手,回来养老了。但即使这样,刘家依然是镇上家底最厚的一户。

正看着,罗京笑容满面地从刘家走出来,瞧见邓弘兴,笑着打招呼:"这么巧,你也来看刘叔?"

"刘叔?"邓弘兴迟疑道。

"就是里面啊,"罗京指了指刘家大宅,"刘叔记忆力真好,这么大年纪了,小镇的什么事情都记得!我跟他打听了不少小镇的历史和趣事,他还提到你了呢。"

"提到我什么?"

"他说你小时候,胆子很大。"说完,罗京颇为玩味地看着他,"看起来,这些年你变化很大啊。"

这句话半像玩笑,半像嘲讽,邓弘兴不知如何回应。罗京笑笑,与他错身离开。

再一次碰到罗京,是在第二天的傍晚。邓弘兴本来在海边转悠,接到公司领导的电话,催他早点回去,一大堆事情还等着他做。他握着电话唯唯诺诺地应承着,这时,一艘小渔船远远驶来,靠在岸边。看船行驶的方向,应该是刚从无名岛回来。

站在船头的人正是罗京。他脸色沉郁,不等船抛锚就跳下来。

邓弘兴正在打电话,没过去打招呼;罗京也似乎没看到他,闷头往回走。等邓弘兴再三向领导保证,会很快回公司后,电话终于挂了。他长舒口气,发现罗京已经走远,而岸边,渔船主正在喜滋滋地抛锚,面相熟悉,是邓弘兴家的邻居。

邓弘兴走过去问:"你们去那座小岛了?"

邻居瞧了眼罗京的背影,乐呵呵道:"是啊,去了一趟,挣五百多呢。上海人真有钱。"

邓弘兴心里隐隐掠过一丝不详,问:"你们去岛上做啥啊?"

"我哪知道?我没上岛,那破岛有什么好瞧的,都是些废墟,那个收垃圾的都不去。搞不懂这个上海人,偏要上去,待了两个多小时吧。"

"他看起来不太高兴的样子,一直是这样吗?"

邻居迟疑了下,摇摇头,"没有,去的时候还兴致勃勃,从岛上回来就变了脸。"

见也问不出什么,邓弘兴便道了声谢,转身看向罗京离开的方向。但这一回头,吓了他一跳——罗京竟伫立在道路的拐角,被墙壁的阴影遮蔽,正在远远凝视着自己。

邓弘兴没来由一阵心慌,连忙低下头,打算沿着海滩走开。这时,罗京却向他走了过来。

夕阳有一半在海里浸泡着,粼粼波光荡开,都泛着金黄色泽,仿佛这古老的海洋正在融化更古老的太阳。邓弘兴站在沙滩边,潮水涌上来,淹没了他的鞋子。海水明明是金黄的,却格外冰凉。

他连忙把脚移开。

"在这样的海边长大,一定很幸福吧。羡慕你们。"

身后传来罗京的声音。

邓弘兴转身冲罗京点点头,心里暗想:也只有在城里长大的人会这么说。他顿了顿,又问:"对了,你调查得怎么样了?"

罗京比他个子高,略微俯视着他。夕阳在背后下沉,罗京逆着光，表情藏在一片橙黄中，捉摸不清。"哈哈，"那种逼人的气势一晃即逝，罗京耸耸肩，又恢复成对什么都无所谓的样子，"还没头绪呢。"

"哦。"

"或许，你可以告诉我该怎么查——哦不，你肯定会听你未婚妻的，让我直接写报告，快点赔钱就好了。"

邓弘兴一愣，没回答。

"哈哈，开个玩笑。"罗京拍拍邓弘兴的肩膀，笑着说，"说实话，我也希望能快点搞定，我好回上海。这里虽然好看，但毕竟不是年轻人该待的地方，是不是？"

邓弘兴起身远眺，目光似乎越过小镇，投射到了遥远的上海。是啊，成年以后他就义无反顾地去巨大都市里打拼，而小镇剩下的，都是长久以来被海风腌制过的上一辈。

罗京见他有些发怔，又说："别担心啦，对疆域公司来说，也不缺这点钱，就是走个流程而已。"

"我不是在担——"邓弘兴想了想，觉得越解释越显得心虚，便换个话题问，"对了，贵司跟我爸，到底是合作什么实验啊？"

罗京看着他，"你不是也看了合同吗？"

"上面关键信息都是用代号来说明的，什么'巨神'计划，我看不懂。"

"我也不懂，二十几年前的老头子们——噢，我是说我们公司那些搞试验的——脑子里尽想些奇奇怪怪的东西。我之前还处理过一个叫'天堂'计划的case，也是二十多年前，他们在非洲搞的实验，目的是让人变开心，结果活活把实验对象搞傻了，连后代也遗传了这种弱智。这种破事,还不是我们来擦屁股?"

邓弘兴听着愣愣的,问:"那赔了不少钱吧?"

罗京一笑:"我说过了,多大的数字,对疆域公司来说,都只是数字,都是毛毛雨。"

"是啊。"邓弘兴点头。如果不出意外,马上这阵"毛毛雨"就会淋到自己身上了。

这时,罗京似乎联想到了什么,收敛笑容,问:"以我的经验,一般接受这种实验,都会有些变化——无意冒犯,但你还记得做'巨神'实验那阵子,你爸有什么不一样的地方吗?"

6

父亲有什么异常吗?

关于那段时间的记忆,邓弘兴其实不太清晰。暑假前他做过手术,病情好转很多,但在无名岛上受到惊吓,又复发了,需要不停吃药。父亲说那种药很便宜,药跟糖果一样,便宜所以难吃,吃完后脑袋很闷。他在这种晕乎乎的状态中度过了整个秋天,后来病情好转,断了药,他才终于清醒。

所以他只记得,在那些浑浑噩噩的夜晚里,总是做噩梦。不知道是因为看了太多遍奥特曼,还是那一晚冒险瞥见的水箱怪物太过悚然——以至于他一直怀疑记忆的真假——所有的噩梦都与怪兽有关。各种各样的怪兽在追逐他,背后或是高楼成片倒塌,或是海水被巨尾砸出滔天巨浪……他在梦里跑得气喘吁吁,醒过来后,也喘息不止。

但每次醒来,父亲都不在。

经过那次无名小岛的惊吓,和整个秋季的病痛,他早已不是那个两手叉腰,站在船头,眼睛里沉进夕阳的孩子了。童年就是如此奇怪,一个人性格的全然改变,能在几个月甚至旦夕之间完成,一件微小的事情也能影响整个人生的轨迹。后来很多次,邓弘兴看着公司那些新入职的年轻员工,在办公室,在团建活动上,一个个神采飞扬,抢任务,争表现,站在边缘的他就会很羡慕,并忍不住想:要是当年没有去进行莽撞的"冒险",自己会不会依然意气风发,过上完全不同的生活?会不会自己也是人群的焦点,而不是那个在厕所听到同事嘲笑自己,也只能继续躲在隔间里的胆小鬼?

但毫无疑问,是对怪兽的恐惧改变了他。他在黑夜里醒来,喊着父亲的名字,但无人回应。屋外海风的怒号跟梦里怪兽的咆哮一模一样,他气喘吁吁,又瑟瑟发抖,经常睁着眼睛到天亮。往往天光从窗外涌进时,他就能听到屋门被推开的吱呀声,以及父亲拖沓的脚步。

"怎么了?"有一次,父亲终于发现他的不对劲,坐到他床边,"没睡好吗?"

邓弘兴有些赌气,但能察觉到父亲的声音里带着疲惫,又气不起来,闷闷地说:"我做噩梦了。"

"梦到什么了?"

"好多怪兽,都在追我。"

父亲笑了笑,粗糙的手摸着他的脸。他闻到了海水的腥咸,这些天父亲晚上出去,都是在捕鱼吗?他愣愣地想。

"这世上哪有怪兽呀，"父亲说，"都是人编的。"

"有的，我看到了的！"

父亲便没有再跟他争，低声说："就算有，你也不用害怕。我会保护你的啊。"

"真的吗？"

"是啊，我是你爸爸。我会站在你和怪兽中间的。"

邓弘兴想了想，又嗫嚅地说："可是你打不过怪兽……它们有一栋楼那么高呢！"

"爸爸也很强壮啊！"父亲笑着说，并刷起袖子，露出肌肉虬扎的手臂。

这种粗糙的力量感，让邓弘兴安心不少，但他发现父亲手腕血管处有好几个黑点，再一细看，那些都是针孔。父亲也察觉到了他的眼神，连忙把袖子撸下来。

"你晚上去干吗了啊，怎么都不在家？"邓弘兴问。

"我……"父亲罕见地犹豫了，良久，叹息一声，"很快，很快我就不用出去了。"

但父亲食言了。

秋天的后几个月，父亲依然经常不在家，而且时间越来越长。即使回来，也是把屋门一关，长久地待在房间里。

邓弘兴白天去上学还好，晚上回来时经常只能在空荡荡的屋子里待着，好在有二叔叫他去吃饭，否则连温饱都是问题。他问二叔，父亲去做什么了？二叔也很疑惑，抽着烟眯着眼，边摇头边叹息。

刚开始，邓弘兴还会抱怨，但看着父亲疲惫的神情，慢慢他也习惯了独自咀嚼噩梦里的恐惧。男孩小时候会憧憬父亲的强壮，但到了年纪，就会天然与他产生隔阂，这时候，就需要母亲的引导。但在他家，"母亲"和"妻子"，一直是空缺的角色。

父亲显然也察觉到了这种隔阂，但他没有精力来弥补。因为很多次晚上，邓弘兴在梦里听到怪兽吼叫，被吓得惊醒，躲在被子里瑟瑟发抖时，又能听到父亲房间里传来的奇怪声音，跟梦里的怪兽吼叫声极其相似。

他的恐惧顿时被放大，血管里塞满了冰渣子，又凉又刺。过了好久他才缓过来，从被子里探出头，那怪声更清晰了，所以能听出——那是父亲的声音。

邓弘兴被恐惧和好奇攥住，屏住呼吸，下床走向父亲的房间。时节是秋暮冬初，地板格外冰凉。他站在父亲房门外，隔着门，怪声更加瘆人，像是怒吼，又像是呻吟。

"爸爸……"他敲了敲门，"你怎么了啊？"

怪声顿时小了许多。又过了好几分钟，屋门才被打开，裹着被子的父亲站在他面前。

"没事……"父亲脸上满是汗水，嘴唇泛白，说话时也颤抖不已，像是在努力压抑着什么。

"可是我刚刚听到奇怪的声音，"邓弘兴问，"好像是爸爸发出来的。"

"没有，我没有听到，可能是海风。"

邓弘兴将信将疑，但又问不出什么，只得回屋。从那以后，果然听到的怪声就少了许多。但这件事还是在他心里留下了阴影。对于父亲，他不仅有父子间与生俱来的隔阂，现在还加上了一丝恐惧。彼时他还年幼,但已知道,之前那种被父亲抱在怀里、说要保护他的温馨时刻,已经不会重现。

但真正让他们之间产生不可逾越的鸿沟的,是那年冬天的一次争吵。

因为生病,他落下了很多课。等他回到教室,发现陈小泽的个头蹿得更高大,却更沉默,总是影子似的独自蹲在教室角落里。他试图跟陈小泽说话,陈小泽却畏畏缩缩,似乎一看到他,就想起了夏天时跟随他在荒岛实验室里看到的恐怖怪物。

至于潘华,倒是没怎么受影响,毕竟他当时朝反方向逃走,根本没进实验室。但在邓弘兴生病住院期间,他迅速跟另一拨孩子玩到一起——在小时候,男孩们与狼群有着相似的共性,加入一方,便与其他群伙界限分明。

于是,不到一个秋天,他就从意气风发的孩子头,变得形单影只。

到了冬天,放寒假,这种孤独感终于缓解了些。海边的冬季并不萧瑟,在其他地方都要靠火炉和厚重羽绒服保暖的隆冬,这里却温度适宜,天气好时甚至可以只穿短袖。离此不远的北海和涠洲岛,已进入旅游旺季,小镇虽未开发,但依然比往常热闹许多。尤其临近春节,镇上集市连开一周,渔民和商贩都会赶过来摆摊。

一整年中,孩子们最期待的,就是这一周。因为集市上除了常见的渔货,还有很多外地的新鲜玩意儿。

比如,邓弘兴就发现了一个小商铺,里面全是跟奥特曼有关的玩具、海报、书籍和录像带。

现在想来，那些奥特曼周边应该都不是正版，但小小年纪的他，既不理解，也不在乎。他只知道，这个不足二十平方米的小小商铺，就是他的天堂。

那些天，父亲生病在家，没法陪他，于是整整一周，他都泡在里面。那年月的书刊画报，还没有塑封，可以直接翻开。其他人都是看了看封面和目录，就直接买走，邓弘兴囊中羞涩，捧着书站在角落，硬生生给看完了。

店主对此颇有微词，但邓弘兴还算乖巧，看书时小心翼翼。整本书看完，连一丝折痕都没留下，不影响售卖。每次走的时候，他还会买几张奥特曼贴纸——虽然是整个店里最便宜的商品，几毛钱一大张，但他至少也不算吃白食。店主看得出他家穷，便也睁一只眼闭一只眼了。

偶尔看得疲倦，他会走动一下。在临近集市结束的一天，他发现有个奇怪的人走进来，饶有兴致地逛着这间铺子。

说他奇怪，是因为第一眼看那他，只觉身材矮小，像是个八九岁的男孩。但细看会发现，裹着他小小身体的，是休闲裤加皮衣，完全是中年人打扮；面容也颇为老成，戴着厚眼镜，眯眼打量货架上的怪兽玩偶时，眼角会皱起一层层纹路。

邓弘兴虽然年幼，也知道这应该是侏儒，而且很眼熟。再回忆，他悚然一惊。

是夏天闯进荒岛时，第一个遇到的穿白大褂的人；也是父亲在为自己和陈小泽求情时，最后点头，决定放了他们的人。他似乎是那间神秘恐怖的实验室的领头人。

对方显然也认出了邓弘兴，问："你也在啊，你爸爸呢？"

邓弘兴退后一步,"他……在家休息。"

"别害怕,"厚眼镜温和地笑笑,"有你爸在,没人能伤害你。不过,大白天的,他怎么还休息呢?"

"他生病了,说不舒服。"

厚眼镜若有所思地点点头,看了眼四周,问他:"你来买玩具吗?"

"我就……看一看。"

厚眼镜看出他的窘迫,环顾四周,说:"果然男孩子都喜欢奥特曼啊。"

邓弘兴被他的温和儒雅感染,不再害怕,又想起那本还没看完的奥特曼漫画,想立马继续看,心不在焉地说:"你不是也喜欢吗?"

"我吗?"厚眼镜从货架上拿起一只哥斯拉的怪兽模型,缓缓摩挲,"我喜欢怪兽。"

"啊?为什么?"

"因为奥特曼是假的,但怪兽是真的。"

邓弘兴第一次听到这种话,本能地生气,但还是不敢,小声说:"才不是呢。"

"怎么不是呢,按照设定,奥特曼家族来自外星球。地外文明这一块儿,虽然公司也同时在研究,但太遥远了。亿万星辰,智慧生命是概率极低的奇迹。"厚眼镜说,"而这些怪兽就不一样了,像哥斯拉,是核弹试验变异才从蜥蜴长这么大的。这就很合理。辐射、基因改造、细胞倍化……这些已经成型的技术,都是渺小物种获得进化的机会。"

这番话，邓弘兴硬是一个字都没听懂，但他听得出厚眼镜说话时的认真和狂热。

他再次害怕起来，漫画也不想看了，只想赶紧回家。

见他要走，厚眼镜扶了下眼镜，笑笑说："你还小，等你上大学就明白了。来，你喜欢哪些玩具，我送给你吧。"

邓弘兴刚要抬步，又转身，小心地问："真的吗？"

"当然。我跟你爸也算是……同事吧。"

"能拿多少？"

"你能带多少是多少？"

邓弘兴想了想，说："那也可以找人帮忙吧？"

厚眼镜点头后，邓弘兴急忙跑到集市上，他问了几个叔伯，很快就找到了正在逛街的潘华和陈小泽。三人本来已经生疏，但邓弘兴告诉他们，可以一起拿奥特曼的周边，曾经的裂隙顿时收缩弥合。他们跑回商铺，贪婪地把一大堆奥特曼玩具从货架上取下来，犹不满足，又用衣服包住一大堆漫画，几乎把铺子里的货物扫了一小半。

厚眼镜默默看着，等他们拿好，便去柜台结账。

老板被眼前的场景惊住了，他还没看清厚眼镜是侏儒，只以为是四个小孩来捣乱。他不耐烦地说："这些加起来都快两千块了，你们别瞎捣蛋。"

厚眼镜从兜里掏出钱包，里面塞满了人民币，数出厚厚一沓，递过去。

老板没接，说："我告诉你啊，你要是从家里偷拿的钱，到时候你爸妈还得回来找我退货还钱。"

"我爸妈已经死了。"厚眼镜说着，抬起头。

老板这才看清厚眼镜的长相，顿时愣住，几秒后才讷讷地说："我给你算一下。"

所有货物算下来，果真花了一千八百多。这笔钱对当时的邓弘兴等三人来说，是不可想象的巨款，但厚眼镜面无表情，又转身给自己买了一只多手多脚的怪物模型，结完账，便转身离开。

如果邓弘兴他们再大一点，就会知道世界上没有免费的午餐，但当时三个小孩很快就把厚眼镜抛到脑后，兴奋地围着一堆奥特曼玩具、漫画和影碟。邓弘兴又找回了半年前当孩子头的感觉，抢先说："这是我……叔叔给我买的。"

潘华和陈小泽也都赞同，他们只是过来帮忙搬货的，但都眼馋不已。

邓弘兴又说："不过我们可以一起玩。"

"好啊好啊！"两个孩子点头如捣蒜。

于是三人把这堆玩具搬回邓弘兴家，散放一地，对他们来说，这简直是矮人进了藏宝窟。但还没等他们开始玩，听到动静的父亲就过来查看，问："这些东西是哪来的？"

邓弘兴一边低头组装模型，一边把刚才的事情说了。他很兴奋，眼中全是这些迷人的玩具，浑未留意到父亲脸色的变化——先是带着病态的苍白，额头沁汗，继而微微泛红，在听到厚眼镜的描述时，彻底涨红。

"胡闹！"

一声怒吼让三个小孩悚然一惊，恐惧又诧异地看着暴怒的父亲。

"他给的东西你们也要?!"父亲似乎控制不住自己的怒意,浑身颤抖,"你们知道他是谁吗!不好好学习,一天到晚只知道玩这些破烂!不成器的东西!"

邓弘兴从未见过这样的父亲,双眼血红,手臂上青筋暴露,像疯了一样,把三个孩子骂得狗血喷头。潘华机灵一点,立刻拉着陈小泽,跑出了这间恐怖的屋子。邓弘兴独自面对父亲的暴怒,他不解,但被吓得呆住,连辩解都忘记了。好几次,他都感觉父亲要对自己动手,他哇哇大哭。

这个冬天就在他的哭声中结束。

最后,这些玩具被父亲退给玩具店,只退了一半的钱。而邓弘兴的两个小伙伴,再也没有联系过他。

7

现在再回想起这段记忆,邓弘兴的确能发现父亲的很多变化。父亲常常深夜不归的那阵子,年幼的他以为父亲是去打鱼,但看实验合同的时间,二者重合,所以父亲应该是每晚都去实验室了。这么说来,父亲房间里的怪声,以及他性格突然变得喜怒无常,应该都与这个神秘的实验有关。

"嗯?"罗京依然耐心地等待着他的回答。

邓弘兴又想起程琪的叮嘱,含混地说:"应该是有一些变化吧,不过我也记不太清了。"

罗京不置可否地"哦"了一声。

夜色从海洋的另一边爬升,潮水起伏,沙子的热气也渐渐消散。他们站了一会儿，天色愈暗。邓弘兴刚想告辞，罗京突然说："如果可以选，你希望他怎么死呢？"

"啊？什么？"

"你是希望他自然死，还是死于实验的后遗症？"

邓弘兴先是一愣，继而有点不悦，"你这是问的什么话？"

"不好意思，"罗京连忙道歉，"只是突然好奇。无论什么方式，死亡都是不可估量的损失。"

不知为何，尽管他语气诚恳，表情真挚，甚至带一点哀恸，但那句"你希望他怎么死呢"一直徘徊在邓弘兴脑海里。一切声音，在他听起来，都像是嘲讽。

最后罗京怎么离开的，他也恍恍惚惚，没有意识到。

回家后，程琪问起了观察罗京的结果，邓弘兴才回过神，便如实说了。程琪颇有些不解，咬着嘴唇思考。

邓弘兴犹豫道："我们要等到什么时候啊？"

"等到调查结束，"程琪说，"怎么了？"

"假期要结束了，我们得回公司，白天王总打电话催了一次。"

程琪白了他一眼，"你这脑袋，分不分得清轻重啊？迟几天上班，也就扣点工资，你要是把赔偿款拿到了，说不定就是一套房子！"

"万一……"邓弘兴吞吞吐吐地道。

"万一把你开了？"

听得出程琪话里的讥讽，邓弘兴没说话。程琪果然笑出了声，斜眼看着他道："你胆子怎么小成这样？有了赔偿款，被开了也不亏啊，而且，有我呢。王总看起来凶，哼，他可有把柄在我手里。"

邓弘兴连忙问是什么把柄,程琪却讳莫如深。只说你知道了对你不好。他只得讪讪地闭嘴,睡了一觉,又出门去打听罗京的行踪。

出乎意料,这天罗京格外老实,一直待在招待所,睡到中午才揉着眼睛,优哉游哉地出门吃饭。

"嗨!"远远看到邓弘兴,罗京高兴地打招呼,"吃了吗,没吃一起啊?"

"不用不用。"邓弘兴连忙摆手。

"对了,告诉你个好消息!我跟总部沟通过了,初步意向是,认可你们的赔偿提议。你们可以提赔偿金额了,只要审核通过,就走赔付程序。"

"噢噢——好啊!"邓弘兴过了几秒钟才反应过来,连忙点头,想了想又道,"不过具体金额,得等一下。"

罗京点点头,"嗯,你跟未婚妻商量一下吧。"

邓弘兴看了他一眼,只见罗京似笑非笑,看不出是真的建议还是在嘲讽。但他心里一块大石总算落下,轻松不少,就算罗京是在嘲讽自己,也不在意。跟罗京应付了几句,他就往家里走,边走边给程琪发消息。程琪自然很高兴,让他赶紧回家。

刚到镇上主街,隔着一排屋子,他听到了鼎沸的杂声,不少人在往海边赶,像是出了什么事。但他只想早点跟程琪商量赔偿金的事,也没太在意,径直回到家。

说是商量,程琪却早已想好了价格。

"什么,"邓弘兴生怕自己听错了,"八百万?"

程琪看到他难以置信的表情,罕见地犹豫了下,说:"是有点少……那再加两百万吧。"

邓弘兴说:"不是不是……怎么可能会要到八百万啊?"他第一次觉得程琪的想法太不切实际,怎么会蹦出这个天文数字,"提这个数字,罗京恐怕谈都不会跟我们谈吧?"

程琪白他一眼,"你懂个屁!"

每次碰到程琪这种鄙夷的语气,邓弘兴的语气就会软下来,但他还是咕哝道:"就算疆域公司财大气粗,也不可能这么……"

"你知道杜邦公司吗?"

邓弘兴一愣,"知道啊,以前割伤过手指,用的就是杜邦创可贴。"

"你啊,就算只是个游戏策划,也好歹多长点见识。别因为五毛钱一张的创可贴,就小看杜邦,它是世界顶尖的化工企业,创可贴只是它一个小小的产品线——当然,要是跟疆域公司比,杜邦就又不算什么了。"

"那……"

"上个世纪,杜邦公司在俄亥俄河排放了一批污染物,导致当地居民身体受损。后来打官司,三千多个人提起了诉讼,第一个受害者就拿到了一百六十万,记住,是美元;第二个受害者赔了五百多万,也是美元……最后,杜邦公司总共支付了六点七亿美元,才摆平这个事情。"

邓弘兴听得张大了嘴。

"所以,我提个一千五百万——注意,是人民币,有什么大惊小怪的!"

邓弘兴反应迟滞,好久才说:"等等,刚才不是一千万吗?"

"我改主意了行不行？你就这么跟罗京说。"

程琪做好决定，不再用商量的语气。她打开化妆包，开始涂防晒油，这几天在海边，虽然没出去晒，但无处不在的紫外线还是让她感觉皮肤受损不少。

但邓弘兴还处在这个天文数字的震惊里，期期艾艾地说："但是……"

"你怎么这么磨叽？"程琪拿起防晒油又放下，叹口气，耐着性子解释，"我不是跟你举了例子吗？在你看来，杜邦公司赔了六点七亿，很多，但对杜邦公司而言，这个案件带来的负面影响，才是最大的损失。如果有可能，我想他们会愿意出六十七亿美元，来让所有人忘记这件事。大公司都这个德行，而且疆域公司的市值比杜邦高出不少，根本不会看重这点钱。"

这句话在邓弘兴耳边回荡，让他不自觉想起了罗京。罗京也说过同样的话。他们都对这个世界的权利运转了如指掌。

这一瞬间，他突然有种错觉——罗京和程琪才是同类人，都站在高处，互相斗法。而自己，只是两座山峰之间飘摇的落叶。

"再说了，做生意，讲究个你买我卖，喊天还地。你就跟他说这个数字，他要是办不到，就还价嘛。我们也可以再低点。"

他们的对话到此为止。尽管邓弘兴对程琪最后一句话有些介怀，想提醒她：这不是生意。父亲死了。这个世界上，他最后一位直系血亲死了。尽管他与父亲隔阂深重，多年未见，但父亲毕竟是他存在于这个世界的理由。父亲死了。从此以后，他的人生没有来处，只剩归途。

这些想法，他最终没有说出口。他都能想象程琪听到后，会露出怎样讥讽的眼神。

而且,一千五百万啊……他咂摸着这个数字,舌尖都有些发颤。他在职场打拼七年,现在的月薪才刚刚过万,就算加上年终奖,不吃不喝睡天桥,也得要一百多年才挣得到这笔钱。眼下这种打工的日子能勉强过下去,但在上海,永远也出不了头。而拿到这笔钱,别的不说,一套好地段的房子肯定能全款拿下,剩下的,还可以买车、去理财——

想到这里,邓弘兴突然愣住:或许,这真的是生意……

罗京先前的话,再次在他耳边响起。

"如果可以选,你希望他怎么死呢?"

按照程琪的叮嘱,邓弘兴特意等到第二天,去二叔家打过招呼后,才给罗京打电话。

"哦,一千五百万。"出乎意料的是,罗京听到赔偿款金额后,语气竟然没什么变化,"听起来不是一笔小数字。"

邓弘兴连忙说:"我们也思考了很久,不是乱喊的……"

"这一点我相信。只是……说来惭愧,我对钱没什么太大的概念。一千五百万,能买到什么?"

邓弘兴不知道他是不是在开玩笑,没吱声。

"能买上海的一套房,"罗京自问自答,"或者,一条命?"

邓弘兴依旧一言不发,手指却抽搐了下,手机握得更紧。

"这样不准确。对一条命来说,一千五百万太多了;对上海一套好点儿的房子来说,这些钱又太少。"

"你什么意思?"

罗京的笑声从听筒里传来:"我没有什么意思呀。邓先生,你别误会,我只是公司的一个普通员工。你的赔偿款不是我来给,你开五千块,跟开一个亿,对我都没啥区别。我只需要提交一份报告就可以。"

邓弘兴问:"但你不是都调查清楚了吗?快点写报告啊。"

这个问题一出口,他立刻后悔了。连自己都听得出语气里的心虚和急迫。要是程琪在旁边,肯定又要怪自己不会办事了。

果然,罗京似乎吹了声口哨,"是的,我的工作即将完成。"

"那我什么时候能拿到赔款?"

"这就不是我能决定的了。给不给,给多少,会有我的同事来跟你们对接。"罗京说,"现在我还有一点别的事情要忙,先这样吧。拜拜,邓先生。"

电话挂断后,邓弘兴有点懊恼。

在他身边,二叔也很迷糊。邓弘兴已经吩咐过二叔,如果罗京来问父亲的死因以及生前状况,该如何如何回答。二叔不解,但还是答应了,现在听到他打完电话,犹豫地问:"一千五百万?"

"啊?噢噢,"邓弘兴反应过来,想起程琪的嘱咐,连忙说,"是公司的项目。"

"乖乖,这么多钱。阿兴你出息呀,做这么大的项目!"

邓弘兴转过头,看到坐在屋子角落里的小静。小静依旧脸色苍白,专心地看电视。他有点心慌,低声说:"我也就是个打工的……"说完便赶紧离开了二叔家。

回到小镇街上时,已是下午近晚,一缕缕被沾染了金色的云在空中飘动,像是海风从棉被中扯下来的丝絮。他往家走,肚子有些饿,又想起程琪多半在摆弄她那精致但乏味的健康沙拉,于是找了家小饭馆,点了两盘家常菜。

饭馆靠近街尾的菜市,随着霞光弥漫,摊子前也渐渐热闹起来。听着这嘈杂人声,邓弘兴突然想起昨天上午听到的喧哗,便问饭馆老板:"昨天是不是出什么事了,我听东边好像有点吵?"

"这两天真是奇怪,昨天还有个车队进了镇上,往东边去了。"饭馆老板本来在弯腰炒菜,直起身子,叹息一声,"不过你说的吵闹,应该是因为老陈家失火了,人没救出来。"

难怪当时邓弘兴闻到了烧焦味。他点点头,又问:"老陈是谁?"

老板朝东边看了眼,说:"就是那个收垃圾的。这些年,镇上的垃圾都是他收拾的,以后可没人接手啰。老的都老了,年轻的都走了。"

邓弘兴"哦"了一声。他虽然对陈垃圾有印象,但毕竟隔了十一年,对这个死讯有些木然。

老板重新炒菜,冷不丁又感慨了句:"不过死了也好,他这些年生的怪病,也折磨人。"

邓弘兴问:"什么病啊?"

"就是身上长瘤子,小的跟指头差不多,大的有拳头大,一个接一个长……每次都是去医院切了才好,但医生也检查不出来,隔一阵子又复发。"说着,老板声音也迟疑起来了,"你说,会不会跟收的垃圾有关啊?我听说现在的化工品污染性很强,搞不好能让人变异。"

邓弘兴不禁笑了,"要这么容易变异,那所有环卫工人都是怪兽了。"

"也是。"

老板边感慨着,边把饭菜做好,端上来。他的神态颇为伤感,看起来,绝不仅仅是因为少了一个收垃圾的人,倒像是缅怀故友。也是,镇子太小,几乎所有人都互相认识,即使不算朋友,也是熟人。邓弘兴理解这种感觉,却又很陌生——他在上海待了很久,别说整个庞大都市,就算是小区同一栋楼层的邻居,也互不来往。

他闷头吃饭,吃到一半时,一个三十五六岁、穿花衬衫的男人过来敲门,对饭馆老板说:"王叔,来跟您道个别!"

老板诧异地问:"咋啦?"

花衬衫扶着门,脸上满是喜悦,"我们要搬家啦,明天就走。"

"这不是住得好好的吗?"

"那个上海小年轻——王叔你见过的,说是疆域公司的人,要买我们家宅子。他出的钱不少哩。"

饭馆老板羡慕地咂咂嘴,又说:"那也不用这么着急搬啊,办手续啥的,不得几个月?你们搬家,有地方去吗?"

"我也这么想啊,还想趁走之前,请大家伙儿去家里聚聚。但那小年轻太着急,加了钱,新住的地方也安排好了,搬家公司的卡车今晚就能过来……你说,跟要撵我们家走似的。要不是定金实打实地到了卡里,我还当他是开玩笑哩。"

"也好,也好。你们刘家真是一直走运啊!不过以后到了新家,好好成家,别赌了,也别再把老婆给打走了……"

饭馆老板絮絮叨叨地说,末了,又好奇地问到底给了多少钱。花衬衫却只是嘻嘻一笑,又出门去别的镇民家,逐一道别——或者说,炫耀。

邓弘兴在一旁听着,没搭话,心里却涌起疑团。他对这个花衬衫男人有点印象,知道名叫刘小光,是镇上首富刘大奇的儿子。早年刘大奇还没发迹,跟父亲一起出海打鱼,邓弘兴就是和刘小光一起,在海边等着各自的父亲驾船回来。每次船一靠岸,刘小光就缠着刘大奇,伸手要钱,然后去镇上的游戏厅;再大一些,就是去麻将馆。他赌瘾很重,挨多少打都不收敛,要不是后来刘大奇发了财,恐怕家底早掏空了。

而从刘小光的话里能听出:似乎要买他们家住宅的,是罗京?

那栋宅楼虽然已很是老旧,但这么仓促买走,刘家肯定会提价,甚至狮子大张口;看刘小光这喜笑颜开的模样,这头贪婪之狮想必已经被喂得饱足。一个小小的调查员,能轻易挥出这么大手笔吗?更不解的是,罗京在这个小镇买房做什么——而且看起来很着急,连一天都忍不了,这么急于住进去?

真怪,这个上海人做的所有事情,好像都不合常理……

正想着,手机一震。是程琪发来的消息,问他跟罗京谈得怎么样。

"他说会有别的同事来跟我谈。"他这么回复。

"然后呢?"

邓弘兴问:"什么然后?"

"然后你跟他怎么说的?"

"我就没说什么了……"

接下来手机一阵猛震。程琪气不过,直接打电话过来,虽然隔着两部手机，邓弘兴还是能感到她的唾沫劈头盖脸扑过来。

"你怎么这么愚钝啊！人家耍花招，你就不吭声了？"她一连串地骂道，"你在公司里积极性不够，我也就忍了，这种大事，你怎么着也得争取争取啊！你别听他说什么不归他管，我告诉你，他写的调查报告，能直接影响疆域公司赔不赔给我们钱！疆域公司法务部门是要靠报告来做决定的。"

"那我能怎么样呢……"

"你就说你生活困难，说你爸生前饱受折磨，说你跟你爸关系很好，精神损失难以估量！"

"可是，你知道我跟我爸，关系一直很差……这十年来，我们都没怎么联系……"邓弘兴嗫嚅地说。

程琪一愣，随后的语气更激烈了："很差又怎么样？这根本不重要，重要的是，要让他相信，他们赔你多少钱都弥补不了你的难过！你还得暗示他，你有媒体朋友，随时可能把这件事爆出去。还有，无人不贪，你可以暗示他，如果我们拿得多，他也有好处。"

"这……这违法吧？"

"不被抓就不违法！你干了这么久，吃回扣的事情还见得少吗？就算按行情，我们给他两成也值。你想想，他一个小小调查员，干几辈子才能挣到三百万？哎我真是服了你，我恨不得死的是我爸，然后我来谈赔偿！"

邓弘兴虽然没有见过程琪的父亲，但知道他才五十出头，很是健朗。听到程琪的话，邓弘兴有点皱眉，想提醒她这么说自己的爸爸不太好，但想了想，他还是忍住了。"嗯，"他点点头，又意识到是隔着电话，连忙补充说，"我这就给他打电话。"

"别，"程琪说，"刚刚这些话比较敏感，我们俩说不要紧，跟罗京就不要在电话里了，免得他录音。你得找他当面说。"

不愧是程琪，考虑如此周到，邓弘兴由衷佩服。他挂了电话，饭也来不及吃完，就匆忙赶到招待所。但敲了很久的门，也没见罗京开门，给他打电话也不接；又一问招待所前台，才知道罗京刚刚出门。

"他去哪里了？"

柜台后的妇女一边嗑瓜子一边说："这个外地人出门时，跟我打听殡仪馆怎么走，估计是去那里了。"又抱怨几句晦气，希望罗京去殡仪馆之后不要回来。

邓弘兴含混地应付几句，也朝殡仪馆走去。

等他赶到殡仪馆，已是晚上，丝絮状的云层早已被黑暗和渐渐变大的海风吞噬。不知是因为殡仪馆的阴森氛围，还是溜过他脖子的夜风，都有点瘆人，他下意识缩起肩膀。

看守殡仪馆的中年胖子正准备锁门，邓弘兴叫住他，掏出二十块钱递过去，问："今天那个上海人过来了吗？"

胖子打量了下邓弘兴，笑一笑，摆摆手说："那天晚上天太黑，我又没睡醒，认不出你来。你是邓哥的儿子，按理说，得叫我声叔。"

但邓弘兴真的不记得小时候是不是见过他，含糊地点点头，收回钱，又问了一遍。

胖子告诉他，罗京的确刚来过，还带走了骨灰。

"骨灰？"邓弘兴愣住了，"谁的骨灰？"

"放心，不是你爸的，邓哥还好好躺在里面呢。是老陈，收垃圾那个。"

那应该就是孩童们口中的"陈垃圾"了。邓弘兴点点头,但随即又问:"不是早上才死吗,这么快就火化了?"

胖子说:"早上派出所的人来了一趟,说是意外烧死,就结案走了。老陈又没家人,遗体不能一直放在医院吧,就干脆火化了。"

"那外地人,也不是家属,怎么能拿走骨灰呢?"

胖子有些支支吾吾。

邓弘兴想起那晚深夜过来,给胖子一百块钱,就能进去看父亲的遗体,连身份都没核查过。罗京能拿走骨灰,多半也是塞了钱。反正陈垃圾无家无后,孤苦无依,也没人在意。

只是事情越来越诡异了。罗京在镇上买房还勉强能说通,现在深夜来殡仪馆抱走一坛骨灰……邓弘兴又联想到罗京一笑就露出的森白牙齿,顿时不寒而栗。

"那他往哪里走了?"他问。

胖子指了指东面,"往海那边去了。"

邓弘兴也朝东远望。隔着夜幕和一重重街墙,他当然看不到大海,但低垂的云层在视野里铺开,海风渐大,海浪里酝酿着沉闷的声响。这预示着,今晚会是一个不平静的夜晚。他有些犯怵,给程琪打电话,说了罗京的种种怪异之举,最后犹豫着问:"他好像很忙,要不,我明天再找他聊?"

没想到程琪一口否决,而且声音明显兴奋起来:"不,情况不对!你得跟过去。"顿了顿,又说,"算了,我也过来吧。"

邓弘兴只得答应,约好了在海边碰头。他心里打着鼓,想到连程琪这种喜欢且擅长在幕后运筹帷幄的人,都愿意亲自过来,看来今晚注定会不寻常。

8

邓弘兴来到海边，远远地看到罗京。

不止他一个，沙滩上还有不少黑色人影，高大壮硕，行动干练。岸边停了七八辆车，正是昨天开来镇东的神秘车队，壮汉们有条不紊地从车上卸下一堆物件，五六个人就地组装，另外的人则在周围布置什么。

还有两人在外侧游走，拿着电筒，警惕地巡逻。

两束交错的灯光又直又亮，一看就是军用电筒；壮汉们各自分工，有序又快捷，这种训练有素的模样，要么是军人，要么是……雇佣兵？

邓弘兴心中一凛，不敢走近，伏低身子，躲在一艘半埋进沙堆的破船后面。

他担心程琪过来会被发现，想给她发消息，但掏出手机，才发现这里连信号都给屏蔽了。他焦急地朝家的方向望去。

夜已经很深。小镇完全藏在浓郁的黑暗里，连一丝灯光也没有。

邓弘兴完全不知道程琪会从哪个方向出现，会不会一走过来，就进入了罗京的陷阱。

是的，陷阱。

这是邓弘兴的感觉——罗京正在布置陷阱。

另一边，黑影们的布置已经完成，聚集到一起，恭敬地听罗京训话。隔得太远，风又大，完全听不清他在说什么。吩咐完后，那些人立刻分乘五艘船筏——都是刚刚从车上卸下重要部件，现场组装完成的——拉动电机，向海中心驶去。

罗京站在中间的船筏上，迎着风，怀中抱着什么。

邓弘兴只能看到他的背影，这一刻，他突然觉得这场面有点熟悉。很多年前，他也站在船头，向着未知的海洋与岛屿驶去，而如今，他只能躲在破船的阴影里。

这种自我悲悯没有持续多久，因为罗京离岸十几米后，五艘船筏就停了下来。罗京高举怀中物，船头探照灯打开，强光将他的背影勾勒得无比清晰，也无比巨大。

邓弘兴看清了——被罗京举起来的东西，是骨灰盒。

按照殡仪馆胖子说的话，盒子里装的，应该就是"陈垃圾"的骨灰。

罗京揭开盒盖，用力一扬，撒出一蓬灰白色的雾。在海风吹拂下，灰雾慢慢落至水面，积了薄薄一层，随波起伏。

骨灰层大概有十几平方米宽，既不下降，也没有溶解。船筏小心地移开，停在外侧。

难道费了这么大工夫，只是为了给"陈垃圾"办海葬？邓弘兴疑惑地想。

然而，接下来发生的事情完全超出了他的预料。

几个大汉从船上拿出细长的黑色杆状物，按下开关后，杆头嗞嗞作响，并冒出繁复的蓝色弧形电光，像是一团发光蚯蚓在上面缠绕着。他们小心地将探杆伸到海面，插进细细的骨灰层里，发光蚯蚓立刻变成了悸动的蛇，在海面飞蹿。

这是邓弘兴从未见过的奇异景象。

整个大海都是黑沉沉的，吞食视线，看久了甚至觉得可以吞食灵魂；但在几艘船筏之间，就这么突兀地存在着一片窜着电弧的区域，光芒耀眼，波光与电光交缠又沸腾。而这块区域，与骨灰层重叠，仿佛在这一刻，骨灰成了某种介质，开始导电；又成了某种隔膜，阻止电弧堕入这片区域的海水中。

海上奇景万千，但这种异象，邓弘兴从没见过。他也想不出原理来解释这一切。

或许罗京知道，因为罗京正皱着眉，俯视海面上乱窜的光；那些黑衣人影也知道，因为他们抓紧探杆，并拧着尾端的键钮。随着拧动，电弧越多也越亮，水花乱溅，连空气中的水滴都被电离了，每一滴都像是从发光翡翠中迸溅出来的碎片。

这发光、沸腾的海域已经超出了邓弘兴的想象和理解，而接下来的一幕，更让他瞠目结舌。

这么多乱窜的电弧，仿佛某种复杂的信号——更像是某种远古的召唤，在海里远远传来。不一会儿，一声更加低沉幽怨的长鸣响起，整个海洋似乎都在震颤。

罗京的眉头一下子舒展开，嘴角扬起笑意。其余人影则明显更加戒备，扔掉探杆，从船筏上拿起另一些黑色的……枪械？

邓弘兴连忙藏得更深。

在此之前，他只是老实巴交的都市白领，对枪的概念，仅存于那些浮夸的电影中。老实说，看到这么多枪的一瞬间，他还下意识以为是玩具。但他马上明白，这海上异景，这么多干练的壮汉，绝无可能手拿荒诞的玩具枪。

今晚发生的一切，都在告诉他：现在是危险的局面。

他更担心程琪了，但回头四顾，黑暗沉沉，每一个路口都有可能冒出她的身影。

邓弘兴顾虑重重，又看向罗京他们。这时电弧已经消失，骨灰层也在海水中溶解，水面趋于平静。夜空中星月俱无，海底浩瀚又沉郁，海风也不知蜷缩在哪个角落，水和空气都停止流动。整个世界似乎寂静了一瞬。

但也就这么一瞬。

因为下一秒，水面破开，扬出滔天水花，两艘船筏被当场掀起，在空中翻转几圈，倒扣入水。但这一片人仰船翻的混乱，也遮不住那个越水而出的巨大黑影。

看轮廓，那是一个长满了瘤状物的球体，直径有十来米，略扁，尾端的凸瘤很是密集，看着就让人瘆得慌。而借着船筏上的强光，能看到这个褐色肉球底部的瘤状物中间，有一张裂开的大嘴，边缘参差不齐，像是被锯刀割开的腐烂伤口；里面错乱地布满尖牙，还有四条缠绕在一起的舌头。

叫人耳膜震颤的尖啸声，正从这张嘴里发出来。

同时响起的，还有密集的枪声。

船筏被掀翻了两艘，船上的壮汉们倒扣入水，不知生死，但还剩下的三艘船上，每个人都双手持枪，向半空中的怪物射击。一串串火舌在夜空窜出，贯穿怪物。而且以邓弘兴的视力都能看到，火光中，还有蓝色的电流。子弹击中怪物后，它身上的瘤状物会立刻爆开，电流在伤口上扩开，又立刻隐没进脓血中。

这些枪和子弹，也是特制的。

邓弘兴眯眼看着,总觉得不真实,像是误入一场怪诞的超自然动作片拍摄现场。

但看久了,他突然觉得眼熟——这个怪物,跟他幼年闯入实验室时,在水箱里看到的肉球几乎一模一样。只不过,当年那个肉球也就一人来高,而眼前这个,大了近百倍。

怪物吃痛,剩下的裂嘴里,发出更尖锐的叫声。它周围的肉瘤纷纷破开,伸出一些细长粉嫩的触手,落入海水后,触手疯狂划动,怪物的躯体看似笨拙,但在这成百上千的触手搅起的漩涡中,迅速没入水流。

罗京打个手势,壮汉们停火,紧盯着密布漩涡的海面。探照灯的光束四处扫掠。

怪物受了这么重的伤,落进海里,肯定立刻逃走了吧。邓弘兴想。

罗京显然也有这个顾虑,眉头皱成了山峦,嘴里大声呼喊着什么。其余人听了他的话,拉动电机,船筏破开一条条白浪,加大巡视范围。

连在岸上巡逻的两个大汉,也提着军用手电,跑到齐腰深的海中,朝水里张望。

"没看——"其中一个朝远处的罗京大喊,但叫声只喊了一半,就被腰斩。因为他的身体突然一矮,被拖进水里,冒了几个泡,就彻底消失了。

罗京兴奋地指向大汉消失的近岸处:"在那里!"

船筏和灯光都向这里汇聚,海面被照得透亮,能看清海水里巨大的阴影。

以及一些弥漫而出的褐色液体。

是血。这个怪物在流血。

大汉们再度开火，火舌直接钻进海水，贯穿怪物。它奋力挣扎着，触手伸出海面，将最靠近的一艘船筏紧紧裹住。大汉们抽出刀，劈瓜砍柴般将触手斩断，褐色污液溅到脸上也顾不得。

被切断的触手在船板上蹦蹦跳跳，逐渐失去活力；怪物的叫声也由愤怒变得凄厉，继而成为呜咽，动作也慢了许多。

"杀死它！"罗京浑身被海水打湿，脸色阴翳。

更多的枪火倾泻过去，怪物被打得千疮百孔，跟烂泥一般，浮在海面。

大汉们回到岸边，从车里提出几个大桶，乘船到来怪物的尸体旁。他们把桶里的液体倒在尸体上，点燃后，蓝色的火焰迅速弥漫开。不仅在海面，沉进海水里的怪物尸体，也在炙热又无声地燃烧着。

蓝光铺在罗京脸上，他五官都变得深邃了不少。尤其是眼睛，焰光在瞳孔里跳跃，眼珠因此介于黑与蓝之间，俯视海中尸体。

尸体渐渐燃尽，偌大的躯体，被火焰蚕食、咀嚼，最后吐出细渣，溶解在海水里。

"罗先生，G06号已成功销毁。"一个黑影对罗京说道。

罗京摆摆手，其余黑衣人便开始收拾场地。他们把设备收拢，拆掉船筏，又装进车队里；两个黑衣人被从海里拖出来，摆在岸边，一动不动，不知是死是活。

不过看罗京的脸色，恐怕无论死活，他都不怎么关心。似乎经历了刚才的搏斗，这世上的任何事情，都无法让他——等等。

这时，罗京正在向南边张望，脸色变了，眼睛也眯起来。邓弘兴疑惑地顺着他的目光看去，心里咯噔一声，遍体发凉。

这个夜晚最黑暗的时刻已经过去，乌云散开，月亮探出了头。小镇的轮廓也在月光下变得清晰，两排高矮延绵的屋楼露了出来，那条破败蜿蜒的主道也露了出来。

主道上，正缓缓走出一个窈窕的人影。

罗京眯着眼睛，任程琪走近，动也不动。其他黑衣人也诧异地看着她，但罗京没什么动作，他们便也停在原地。

"程小姐，"罗京说，"半夜还有闲心来海边闲逛呀。"

程琪说："是啊，睡不着，来转转。"

"什么时候到的？"

"刚来。"

罗京低头瞟了眼程琪手里的手机，屏幕还是亮着的，上面光影混乱，是正在进行视频录制的界面。他微微一笑："看这视频的录制时长，可不像刚到呀。"

程琪装出吃了一惊的神色，说："哎呀，瞧我这记性，都忘了关摄像头了。"她把手机拿到面前，像是要关掉拍摄，但随着"咔嚓"一声，手机背后的闪光灯突然亮了。

强光打在罗京脸上，在他瞳孔里炸开。

"啊不好意思，"程琪说，"我又按错，按成拍摄键了。"

邓弘兴躲在破船后面，越来越着急。程琪这明显是挑衅，如此肆无忌惮，要是惹怒了罗京，不知道会有什么后果。他想出去帮她，但看着那些黑衣壮汉，又犹豫了一下。

还是看看情况再说吧……

罗京的眼睛想必被闪光灯照花了,脸色却跟木头雕的一样,丝毫未变。

"我上相吗?"他问。

程琪诧异于他的镇定,愣了下,"……还挺上相的,就是发型有点塌。"

"也是,毕竟刚从海里上来。"

说完,两人对视,似乎都在互相权衡。

罗京突然往前一步。

程琪后退两步,并把手机藏在身后。

"你要干什么?明抢吗!"她厉声喝道。

罗京露齿而笑,月亮悬挂在他头顶,照得他的牙齿有些森白。

"我跟你说,我刚刚是边录边上传的!"可能也感觉到了危险,程琪的声音格外尖厉,"你要是乱来,马上视频就传到各大门户网站。我是搞公关的,朋友很多,你不想上热搜的话,就给我退开点!"

罗京笑得整个上唇牙几乎都露出来,说:"这就是你肆无忌惮的底牌吗?那我真有点儿失望。你看看你手机,有信号吗?"

"我这是最新款的手机,可以……"程琪还想说些什么,但声音越来越小。

接下来,是长达五秒钟的漫长沉默。

罗京没说话,其余人影围了过来。程琪本来也算高挑,但被他们围在中间,顿时看不见了。

眼看未婚妻要被欺负,邓宏兴两眼一下子红了,咬破嘴唇,打算站起来。这时,一阵巨大的海潮声突然席卷整个海岸,沙滩都在震颤。他差点儿站立不稳,错愕地转头,望向大海。

罗京和他的同伴们也被这震破耳膜的巨响惊住了,愣了一瞬,同时转头。

在明月高悬的海面上,隆起了一座高达百丈的山峦,仿佛千万年才能积累的地质变化在一瞬间发生。邓弘兴眯眼细看,才发现那只是错觉,因为这"山峦"在移动,速度很快,"山体"与海水接触的地方,激起了巨大水花。

第二声咆哮传来,大地再次震动。

所有人都看清了,这不是海上突然崛起的山峰,而是另一头怪兽。

"是、是……"一个黑衣大汉仰头望着,不自觉地后退两步,声音因惊骇而断续不全。

在大汉身边的罗京却扶了扶眼镜,表情有些扭曲,嘴角说不上是在抽搐,还是在……微笑?他一步都没有退,反而前进一步,迎向那庞然大物。

"是G001,利维坦!原来是真的……"他也仰头,用喃喃自语补充了同伴的话,"以人为骨血,以海洋为培养皿,'巨神'计划最伟大的成就,生物倍化技术的真正应用。那些老头子们没有说谎,他们真的造出了神,藏在海里的神……"

程琪听不明白他的呓语,其他人也都被吓住,疯狂往后跑。程琪连手机丢在沙子里也顾不上捡。

但人类在如此巨大的生物面前,的确如同蝼蚁。

天知道怪物站在多深的海床上,单它露出海面的部位,就有几十米高。此时整个月亮都被遮住,邓弘兴只能勉强看到轮廓——怎么说呢,整体类似巨鲸和章鱼的结合,头部略呈椭圆形,但十分宽大,下颚处垂着许多触手,在纷飞的水幕中扭动。最显眼的,还是它腰部两侧的鳍——或者说蹼翼,共有三对,并不对称。这些鳍缓缓张开,天空也随之被完全遮蔽。

现在,怪物垂着头,凝视海面。

几条触手从怪物头颅边缘垂下,轻轻地搅动那片水域。海面上,巨大的风声缓慢地起伏——那不是风,是怪物鼻腔里的呼吸。

怪物的平静持续了近一分钟,随后,呼吸声骤然加剧。

邓弘兴心里一紧。

怪物头颅向两边裂开,第三声嘶吼爆发出来。

声浪掀飞了几个试图逃跑的黑衣大汉,程琪也跌坐沙滩,精致的衣服和头发上,都沾满了污浊的泥水。

邓弘兴也被这景象吓得怔住,抓紧破船的舷,才能保持蹲姿。他耳膜生疼,拼命咬牙忍住,在痛苦中,他才意识到两件事——

这头怪兽,他居然有印象。

但并不是在久远的儿童年代,而是前天深夜,他去无名岛时,在狂风暴雨中见到了从海里隆起的庞然身躯。他一直以为是自己在慌乱中产生了幻觉,但眼前的怪物身影与那个雨夜里的轮廓简直一模一样。

另一件事,则是怪物凝视并用触须搅动海面的位置。邓弘兴记得,这就是罗京最开始撒下"陈垃圾"骨灰的位置,也是之前那个怪物被焚烧殆尽后,尸体融化的地方。

怪物的嘶吼依然在持续,有明显的愤怒,也有难以忽略的悲戚——像是它头上有两张嘴,一张在咆哮,一张在呜咽。

那么，多半是因为前一个怪物的死吧。那可能是它的同伴，说不定还曾一起在深海游弋，一同捕鱼，但现在连渣都不剩。

也正是因此，它吼声里的愤怒很快便超过了悲戚。

它突然扬起蹼翼，张至最大，成吨的海水也随之泼到空中，泼向四周。在溅起的白浪中，蹼翼猛地挥下，砸向沙滩上的罗京和黑衣人影们。

那蹼翼实在太大，遮天蔽日，虽是砸向罗京他们，但看这威势，跌坐在一旁的程琪也难以幸免。

一直勉力保持镇定的程琪，终于开始尖叫。

巨掌倏忽便至，巨大的阴影笼罩了沙滩上的众人。罗京和黑衣人影们对付之前那个怪兽时，分工明确，行事干练。但现在面对这个巨兽，几乎是束手无策，连举起枪械的勇气都在猎猎刮过的夜风中消失殆尽。

死亡的阴影将他们笼罩。

这时，一个人影冲上沙滩。

邓弘兴本来躲在破船后，不停地喘气。每一秒，对他来说，都漫长得像是一整年。

他很害怕，腿肚子都在打战，但还是从破船后冲了出来，冲向那团呼啸的阴翳。

但并不是勇气让他冲出来的，是某种……侥幸心理。

他有一种奇怪的感觉：这头怪兽并不可怕。哪怕它现在贯穿天与海，一声咆哮就可以震碎这个世界，一个拳头就能把海滩捶出一个窟窿来，但他有种安全感。这种安全感无法言说，就像那晚看到怪兽的模糊身影自风浪中升起，才放心地昏过去。而事实也证明，第二天，他在安全的沙滩上醒过来。

当然，要在平时，他也不会因这莫名其妙的感觉而冒险。但现在程琪身陷险境，侥幸胜过了恐惧，于是他冲出来，站到程琪身前。他张开双臂，对着怪兽大声喊叫。

怪兽的嘶吼戛然而止，似乎真的被他吓到了；它的蹼翼也在千钧一发间偏移，砸到旁边的弃船区，船板纷飞，大地也似震了一震。

邓弘兴两眼充血，因高度紧张，都没意识到怪兽的变化。他全力喊叫，声带都开始发痛，直到声嘶力竭，才喘着粗气停下来。

他抬起头，怪物已经缓缓退入海中，只留下一圈涟漪。月亮升得更高，整个海面都是聚散又离合的波光，几只海鸟甚至扑腾起来。

这个夜晚，宁静得如同以往任何一夜。

邓弘兴转头看着程琪，又看向罗京，以及他的一众黑衣同伴。每个人脸上都是难以置信的神色，仿佛集体梦游，经历了同一场光怪陆离的梦境之后，又同时醒来。

"这……"程琪转过头，喃喃道。

其他人跟着看去。在他们右侧，出现了一个直径十余米的深坑，废弃船舶深深扎进坑底的沙地里。月光是倾斜的，照不进这个坑，所以在他们的视角，仿佛是看到地上出现了一个巨大的窟窿。

这个窟窿在无声地诉说着一个事实：今晚的一切，并非梦境。

9

邓弘兴亲眼见过的最大动物,是一头亚洲象。

那是在上海动物园,大象懒洋洋地趴在铁笼里,长鼻耷拉着,偶尔扇一下耳朵。他隔着笼子打量它,觉得一点都不吓人。

他知道地球上有比大象大得多的生物,比如鲸鱼,但只在纪录片里见过。就算鲸鱼再庞大,也被摄影机压缩,塞进他家客厅那五十英寸的电视。隔着液晶屏,他也感受不到鲸鱼的震慑力。

所以一直以来,在他潜意识中,人类才是地球上最强大的物种。自从可以直立行走以来,人类发展出足以改天换地的科技,行踪遍布地球各个角落,驯服万物,攀爬至进化链顶端,是当之无愧的灵长之王。而在上海这种城市生活,每一天都在加深这种潜意识。

但经历过昨晚的风波,直面那头巨兽,他才明白,有些事情是不会变的——人类作为平均个体低于两米的小型物种,无论科技如何先进,心智被多少知识武装,在灵魂深处,依然有着面对庞然兽类时的原始敬畏感。

这是深藏于基因的本能,也是进化的筛选机制。在古老时代,见到大型动物就会胆寒、就会逃跑的人,显然会活得久一点。许多现代人类所谓的"巨物迷恋癖"或"巨物恐惧症",也都来源于此。

所以,邓弘兴回家后,几乎整夜未睡。那巨大的身影在他脑中徘徊,不时吼叫,驱赶他的睡意,阻拦他进入梦境。

程琪也担惊受怕了一夜，终于熬不住，进入睡眠。但她睡得很浅，眼皮一直在动，脸上偶尔露出惊恐的神色。睡眠并不是避风港，相反，恐惧会随着睡意潜入她脑袋，让她陷进噩梦，再次经历更深、更黑的惊吓。

邓弘兴很心疼，但也不知道该怎么宽慰她。他试图抱着她，想让她有安全感。但程琪在睡梦中反应剧烈，本能地挣脱。

好不容易熬到天亮，邓弘兴依旧睡不着，索性揉着通红的眼睛，起床来到海边。

不管昨夜风波如何惊心动魄，对于海洋，都只是小打小闹；对于整个地球，一切便更加微不足道。

朝阳缓慢地挤破海面，一如以往亿万年。凄艳的霞光在天际弥漫，如同天空被撕开了巨大创口，正在缓缓洇出血液。这是坏天气的预兆。渔民们打开窗，只看一眼，就放弃了今天出海打鱼的计划。沙滩上的人格外少，即使有，也只是匆匆检查一遍船锚，便赶紧回家。

因此，被怪物砸出来的深坑明明很显眼，却无人驻足。只有邓弘兴站在坑边，良久地注视着深深扎进泥沙里的废船，脑中一遍遍回忆那巨大拳头砸下来的瞬间。

即使只是回想，他都一阵阵战栗。

但他想不明白，为什么怪兽会在自己冲出来后，改变了蹼翼砸下的位置？就好比，他抬脚去踩蚂蚁时，难道会因为又冒出了一只新的蚂蚁，而移开脚步？多踩死一只蚂蚁，对他来说没有任何区别。

关于这个问题，昨晚他问过罗京。

当时巨兽退入海中,所有人依旧惊魂不定。过了许久,还是罗京最先反应过来,看着恢复平静的海面,不知想到了什么,又猛然转头盯着邓弘兴。

他脸上,混杂了恐惧与惊喜,因而显得扭曲。

"怎……怎么了?"邓弘兴的反应比罗京慢,兀自沉浸在惊恐中。

"你们之前见过?"罗京反问。

"谁?我和谁见过……"

"当然是'巨神'。"罗京指着逐渐平复的海面,"它显然认识你,所以才放过了我们。"

"我不知道,我一直以为是幻觉……但你说刚才那个是'巨神'?"这已是邓弘兴今晚第二次听到这个词,疑惑道,"那不是怪兽吗?"

"只是称呼不同而已。"

说完,他盯着邓弘兴,又转头看向海面。海水静如墨玉,很难想象这种祥和的场景下,正在孕育着怎么样惊心动魄的恐怖生物。

十几个黑衣人聚拢过来,其中一个低声向罗京请示着什么,另外的人则警惕地将邓弘兴和程琪围住。

罗京冲黑衣人摆摆手,让他们散开。他已经恢复了往常的表情,嘴角的微笑难以捉摸。"为什么你们会出现在这里?"他看着邓弘兴,问。

邓弘兴一时语塞。他搀扶着程琪,但程琪显然还没缓过神来,脸色呆滞,手脚发凉。她在城市里成长,平时强势,还是第一次看到这种只存在于电影特效里的画面,需要比他们更多的时间恢复。指望不上程琪,邓弘兴自己也顿时手足无措,支吾道:"我……我们只是晚上出来散步……"

罗京点点头,"很好的习惯。不过显然选了个不好的时间。"

"你什么意思……对了,你们手里有枪,这是犯法的……你别乱来,否则我报警!"

其他黑衣男表情一变,罗京的笑容却更灿烂。邓弘兴也退了两步,意识到自己的愚蠢:既然他们有枪,那报警这句话,无疑是把自己和程琪往危险的陷阱推去。

但罗京只是道:"你当然可以这么做。只是,我建议你先带上你未婚妻回家睡个觉——如果你们还有精力,可以做个爱,这样会有助于你们的睡眠。睡好之后,再想想,是要报警,还是我们认真再聊一聊?"

这时程琪也镇定了些,拉着邓弘兴往家走。拐弯的时候,邓弘兴回望,看到罗京和那些人影还站在沙滩上,月光越发明亮,他们却像是一根根扎进大地的黑色楔钉,无法看清。

在沙滩驻足了一会儿,身后传来脚步声。有人站在了他身边。

他有些惊诧,以为是罗京过来了,一转头,看到的却是二叔。阴郁晨光下,二叔的鬓发都被染得晦暗了些,像是洗不去的风尘,更显苍老。他与邓弘兴并排站着,皱着眉,低头看着脚下的大坑。

邓弘兴等着他发问,却迟迟没有等到。

"二叔,"他先开口,"你也过来了?"

"是啊,我检查船锚。"二叔说,"天气不好,风暴要来了。"

一大块阴翳在地平线上汇聚,渐渐起风,海鸟扑腾着,连它们的身影都显得惊慌凌乱。是的,风暴在逼近——或者,某种比风暴更可怕的东西在逼近。但是什么呢,他也说不出来。

"以前年轻的时候,这种天气,你爸都会很高兴。他一点都不担心船被浪掀翻,就喜欢站在船头,看着风浪过来,淋得浑身湿透,脸上还是笑嘻嘻的。"二叔也抬起头,看着海面,一边回忆一边露出了微笑,"他以前还带过你的,但你身体不好,淋了一次雨后就一直发烧……后来他就不带你过来了。"

听到往事,邓弘兴有些黯然。回家这几天,他听到了不少关于父亲的事情,在他印象中,父亲一直古怪又暴躁,控制欲强,曾经试图改他的高考志愿,这也是他们决裂的关键原因;但在其他人口中,父亲的形象更为丰满,展露了许多他不曾了解——或者说刻意遗忘的事迹。这种感觉很奇怪,像是一个在心里死去了十多年的人,再度以新的面貌复活,既熟悉又陌生;既像真的,又仿佛某种恶作剧。

两人站了一会儿,二叔要回家去照顾小静了。临走前,邓弘兴实在忍不住,问道:"这个坑,二叔你都不觉得奇怪吗?"

"我是觉得奇怪,但在大海里啊,什么奇怪的事没发生过呢?见过的人信誓旦旦,没见过的人哪,怎么说都不会信的。"二叔一笑,"我说我见过大怪兽,你信吗?"

说完,二叔便缩手弯背,向家走去。邓弘兴咂摸着他的话,刚想叫住他,问一下怪兽的事情,手机却震动起来。

是程琪发来的消息:"你一大早去哪儿了?快回来!"

邓弘兴便顾不得二叔,连忙问怎么了,得知竟是罗京已经到了他家。他心里一凛,想起昨晚见到的景象,以及罗京那高深莫测的笑容,猜想来者必定不善,说不定会对程琪不利,便匆匆往家赶。

一回家,就看到罗京坐在客厅,腿边放着一个公文包,正在抿茶。他身边只有程琪,不见那些黑衣大汉,说明是独自过来的。再看程琪脸色——

居然也是笑意满面,正一边给罗京倒茶,一边跟他闲聊呢。

"你们……"邓弘兴走过去,一脸困惑,"你来干什么?"

"怎么说话呢?"程琪拍了下他的手臂,佯作生气,"人家罗先生是来谈赔偿的!"

"什么赔偿?昨晚的——"

程琪又打了他一下,眼中带着责备:"什么昨晚不昨晚?昨晚什么事都没发生!我们在家里休息,什么都没见到,都没听到,都不知道。"又转头看向罗京,"罗先生,你说是不是?"

罗京微笑点头,又抿了一口茶。

"噢,"邓弘兴这才醒悟,"你们是在说疆域公司给我爸的赔偿?"

"是啊,我们对令尊的去世感到非常惋惜和遗憾。虽然目前没有直接证据证明这件事与公司项目有关——你别急,我并不是要撇清关系,我知道你一直在找证据,但恐怕……收效甚微吧。不过,疆域公司作为一家有责任、有担当的上市企业,肩负起社会职责,为用户提供长久服务,减少任何一点矛盾的产生,是我们义不容辞的使命。"罗京放下茶杯,义正词严地说了一大串话——尽管在场连他自己也在内的三个人都不信,顿了顿,说出结论,"所以我们决定,接受你们提出的赔偿协议。"

邓弘兴和程琪对视一眼,前者眼中满是纳闷,后者却一脸欣喜,微微点头。看样子,在邓弘兴回来前,他们就已经达成了协议。

原来自己只是来听结果的。邓弘兴有些闷闷的,问:"多少?"

"我们赔偿给你一千五百万。"罗京说。

"他们要给我们一千五百万。"程琪重复了一遍。

邓弘兴脑子里嗡的一声。这一刻,他不得不承认,数字是有力量的。一千五百万,化为真正的货币,充满了他的脑袋。他忘了刚刚的不快,忘了怪兽,甚至忘了父亲,眼前全是一些快速掠过的画面:粉色的人民币、鲜红的房产本、敞亮的小区门口,还有同事们那一张张艳羡的脸……他后退一步,坐在椅子上。

"哦……"他说,"谢谢。"

"是我们需要谢谢你。"罗京提高声音,轻咳一声,"但正如一千五百万人民币所代表的巨大意义,要进行对它的转交工作,也相应会复杂一些。但疆域公司有专业的法务部门,而且我申请了快速通道,所以流程简化了许多。接下来,我们要签署这些文件,确认无误后,公司财务部会进行转账程序。只是这种高额付款稍微会久一点,但我保证,你能在三十个工作日以内收到钱。"

说完,他从公文包里拿出一沓合同,放在桌上。这一沓纸厚达七八厘米,只怕有好几斤,桌子有点老旧,合同压上去,桌腿都颤了颤。

"怎么这么厚?"邓弘兴诧异道。

罗京说:"这点厚度不算什么,一千五百万现金堆起来,可能比它厚一点点。"

"这……这是你早就拟好的？"

罗京依旧微笑，却不回答。

但邓弘兴稍微动动脑筋，就知道肯定不是早就准备好的。罗京今天过来，跟之前嘲讽他狮子大开口的态度截然相反，而导致他态度变化的，只能昨晚的事情。但只隔了一夜——准确地说，只隔了几小时，就能准备这么厚的合同，疆域公司的执行力之强，法律团队实力之雄厚，可见一斑。

跟这种巨型企业作对……他后背一阵发凉。但幸好，自己还是赢了。

连程琪都讶异地"咦"了一声，罗京满意地站起来，说："这几份合同是中英文双语撰写的，尽管我知道程女士肯定有英文阅读能力和相当的法律常识，但我还是建议找专业的律师来复核。确认无异议的话，就可以签了。所以并不着急，可以等你们回上海再慢慢看——我想，本地肯定没有合适的从业律师。"

"但如果我们越早签，就能越早拿到钱，是不是？"问这话的，是程琪。

"那是自然。"

"带笔了吗？"

"当然带了。"罗京又弯腰在公文包里摸索，掏出一支万宝龙墨水笔，光看上面镀的金层，就知道价格不菲，"签完后，这支笔你可以保留。放心，它不计算在一千五百万以内。"

程琪拍拍邓弘兴的肩膀，"去签吧。"

邓弘兴惊讶地转向女朋友。在他和公司同事的印象中，程琪一直以谨慎著称,连例会演示用的PPT都得反复检查,字体的格式都不能偏差,更别说合同条款——几乎都要拿着放大镜逐条去看。通常她检查过的合同初稿,上面都密密麻麻地画满批注,每一条都需要下属或法务解释。而现在……

"这么厚的合同,"他把程琪拉到一旁,低声问,"看都不看就签字吗?"

程琪不耐烦道:"看什么看,你能看懂吗?"

"我们可以找律师看啊,反正罗京说了,也不急。"

"这种事,就怕夜长梦多,万一他们哪天改主意怎么办?"程琪皱着眉,好看的眼影都挤在了一块,"再说了,你知道请一个律师多少钱吗?一小时大几百,这一堆文件看完,恐怕好几万服务费。"

邓弘兴说:"马上都要有赔偿款了,不在乎这几万吧。"

"首先,你得签字,疆域公司才能给你这笔钱,你才能拿到。如果他们都肯给你钱,就说明合同没有问题。而如果合同有问题,你就拿不到钱,请律师也没什么意义。"

邓弘兴一时也想不出这个逻辑的漏洞,加上一直以来习惯了听从未婚妻的建议,便没多想,"嗯"了声,拿起笔开始签名。

签着签着,他才意识到哪里不对——是自己签字,又不是程琪来签,有风险也是自己担……但这心思,他并不敢说出来。

他先是签了一份赔偿协议,又签和解书,再然后是保密协议……

"等等,"他放下笔,把正要签的一份薄合同抽出来,"这是什么?"

罗京不易察觉地皱皱眉,随即笑着说:"这是我们赔偿的一部分——全程操办令尊的丧事。"

的确,那张纸上写得明明白白,邓弘兴只要签字授权,他父亲的丧葬——包括仪式、宴请和最后的入土,都由疆域公司负责。

"我不知道疆域公司还有丧葬业务……"邓弘兴仔细看着合同上的文字,越看脸色越沉。

"我们是复合型公司嘛,"罗京说,"你放心,我们会把令尊的丧事办得很体面。毕竟,我们有专业团队。"

这时,邓弘兴又发现了一条不太对劲的条款,"那为什么这里写着,'其直系亲属不得干扰丧葬过程,甲方亦无须告知遗体处置结果'?——也就是说,我连我爸怎么埋,埋哪里,都不能知道了吗?"

"这个……斯人已逝,不打扰也是一种尊重。"

即使邓弘兴再愚钝,也听出来罗京话里的敷衍。他实在想不通这一份合同为何出现,既无意义,又有悖常理。"这样吧,我还是想想,"他说,"想好了再签字。"

程琪一听,有些急了,"你想那么多干啥?签字就好!我们签完字就回上海了,也没时间办丧事,有人帮忙,这不是正好吗?再说了,买墓地也是一笔不小的开销!"

"可是……"

程琪把笔放到他手里,重重一拍,"没什么'可是'的,签!"

长久以来的习惯,让邓弘兴下意识想要拿起笔,继续写下自己的名字。的确,每写一笔,都意味着巨大财富在向自己涌来;而父亲已经死了,死者已矣,活人的生活还要继续……

但这一刻，这支笔仿佛重达千钧，无论如何提不起来。

他又看了眼罗京。罗京连忙移开视线，不与他对视，但目光交错的一瞬间，他还是捕捉到了罗京眼中的一抹紧张。

"那我不签这个，行吗？"邓弘兴试探着问，"我老头的身后事，还是应该归我这个儿子来办。"

"不行。每一份合同都有意义，公司在金额上做了让步，就不会再在条款上退让了。"

不对，有问题。

昨晚的事情肯定是关键。他想起来，在到海滩前，罗京去了一趟殡仪馆，而据看守殡仪馆的胖子说，罗京拿走了"陈垃圾"的骨灰。想到这，他身子一颤，又联想到了罗京在海边抛撒骨灰，随后怪兽破水而出的画面……虽然他不知道这两者之间的联系，但显然，疆域公司对父亲丧事的执着，也跟这个举动有关。

"不好意思，罗先生，其他的合同我都可以签，这一份不行。"邓弘兴无视程琪愠怒的神情，放了笔，站起身，径直走到门口，再回头望向罗京。这是送客的意思。

罗京的脸色罕见地有些发白，又逐渐变红，过了好久才说："我建议你……"

"或者你再给我一点点时间，"邓弘兴打断他，"但现在，请你离开这里。"

整个上午，邓弘兴耳边都是程琪的嘲讽、抱怨和威胁。他不善争辩，也不敢争辩，但心里一直憋着对罗京的疑惑，任程琪怎么说，也只是闷头抽烟，没有松口。到下午时，他索性出门溜达，眼不见耳不听，烦乱的心绪好歹安静了一些。

这一溜达，就到了殡仪馆门口。

父亲还在棺材里沉睡。冷气凝固了他的遗体，也似乎凝固了时间。隔着玻璃凝视，这个老人的样子有些不真实，跟记忆里的父亲相差很多，像是被技法拙劣的雕塑师雕出来的；但看久了，他又觉得这张面孔很眼熟，玻璃上倒映出他的模样，与里面的面孔完全重合。

他隔着玻璃看父亲，如同在照一面模糊的镜子。

于是他开始回忆，如此相像的两张脸，是怎么变得陌生起来的。

噢，是时间。

从高中毕业，他离开家乡已经十年。这期间，他很少与父亲联系，加起来恐怕两只手都数得完。这些联系都是电话沟通或者二叔的间接传话，他用微信，但父亲不用。即使父亲用，他也绝不想跟父亲视频。这样的十年时光，模糊掉一张面孔，实在太容易。又或许，在他离开家乡的那个转身的瞬间，他就选择性地将父亲遗忘了。即使偶尔想起父亲，也唤不起寻常父子间的那种脉脉温情，联想到的，只有父亲的偏执、酗酒、暴虐和孤僻。

所以，每次思念的苗头一起，又会迅速被抹杀。

但邓弘兴将记忆再往前拨，回到童年，关于父亲的联想又软化了不少。那时，父亲是一个巨人，站在海边，沉默又坚定。而他牵着父亲的手，或者坐在父亲肩头，即使海上有再大的风浪，迎面袭来，小小的邓弘兴也安之若素。

在他的童年和青年这两个阶段，父亲是截然不同的形象。

邓弘兴一时有些迷惘。

他抽着烟,放大回忆的细节,试图找到这两个形象的边界。这很容易,因为两个形象完全不能重合。他很快就发现,这条明晰的分界线,是在一个盛夏被画出来的。

10

他跟父亲真正闹得不可开交,以至于此后再不回乡,是源于那个高考后的夏天。

印象中,那个夏天格外炎热,太阳始终低悬在海面上。镇上的每幢房子,都像是热锅上的方糖,随时要融化。渔夫们从海里捕上来的鱼,在甲板上没跳几下,就都蔫巴了,拎起来放到鼻下,除了腥臭,还能闻到一股焦灼的味道。

邓弘兴想像其他同学一样,去市里找份零工,一来消磨时间,二来也能为即将开始的大学生活筹一些学费。

那一阵子,父亲格外怪异,每天闷坐在床上,看着窗外的海面,一坐就是一整天。屋里这压抑的氛围,也是邓弘兴想去打工的原因之一。

好在他跟父亲提出后,父亲同意了。不过市里毕竟远,父亲要求他住在市里的亲戚家,有什么事情都要跟父亲说。

难得父亲开明一次,邓弘兴格外高兴,第二天就坐汽车去了市里。他本来想休整一下,再好好寻觅一份零工,但他运气好得出奇,都没出车站,就遇到了一个正在招工的人。

那人很奇怪,是个侏儒。邓弘兴一眼就认出了他,是那个在集市上给他买了不少奥特曼玩具的人。童年时期的赠予,让邓弘兴对他很有好感,再加上,那人又说,跟自己的父亲是同事,他就更无戒心了。

时间久远,邓弘兴已经不太记得后来发生的事情了。他只能隐约回忆起,自己跟侏儒中年人回了小岛,好像是要献血。不过躺在病床上后,他就什么都不记得了。

再有记忆时,他已经回到家里。家中一切如常,唯一的变化,是那个无名岛的实验室在他失去记忆的那几天,毁于风暴。镇上的人啧啧称奇,说那种程度的风暴,几十年都没出现过。他还挺遗憾的,错过了那么稀奇的天气。

不过没几天,高考成绩就出来,他要为自己的大学考虑了。他的成绩不算太好,能选的学校不多,研究了好久,他决定就去上市里的二本学校。但出乎意料的是,从不干涉他学习的父亲,强制让他选远在上海的学校。他们吵了很久。邓弘兴的成绩,要是去上海读书,只能选二本里最末流的,说不定会滑档到三本院校。

但这一次,没有商量的余地。父亲甚至对他动了手。最后的结果不出意料,邓弘兴的第三志愿被录取,是上海郊区的一所民办三本。

这已经让邓弘兴意难平了,但最令人生气的,是他入学后,父亲对他提出了非常苛刻的要求。平时在校学习,假期必须打工,寒暑假不允许回家。

整整四年的假期,其他同学都欢天喜地回家时,邓弘兴都一个人留在上海。刚开始他很不解,很愤怒,久而久之,也便习惯。

连毕业之后,父亲松口,说他可以回家了,他也拒绝,直接在上海入职,完成了从学生到职场人士的蜕变。

或许,在高考后的那个夏天,他就与家乡背道而驰,跟父亲彻底决裂。尽管他到现在都不知道原因。

这些回忆并不美好,在脑中重现时,很多画面都变得锋利,割得他脑袋剧痛,也让父亲的形象支离破碎。他心口一阵阵烦闷,于是深吸一口烟,扔掉烟头,也将这纷乱的思绪一并丢弃。

"老头啊老头,"他与棺材里的父亲对视,"你怎么会变成那样呢?"

父亲的表情依旧木然。

正要离开,手机响了。他以为是程琪的电话,来催促自己回去签字,但接起来一看,竟然是他的直属领导王总。他这个假已经足够长了,手里的两个项目一直拖着。王总和乙方在微信里催过几次,他都敷衍过去,现在打电话过来,多半又是责骂或催促。

"Jason,"王总叫着他的英文名,语气却异常和蔼,"听说你家里出事了,现在还好吧?"

邓弘兴一下子愕然,疑心是听错。好几秒后,他才唯唯诺诺地说:"家里事情都处理得差不多了,回来得晚,也没办法。不过我马上就可以回公司了,您再宽限我两天,项目的事情,我也没有松懈,合同已经在……"

话没说完,王总用一阵温和的笑容打断了他:"项目的事你不用担心,我已经让Vivian和David接手了,他们也是老员工,处理起来比较有经验。"

邓弘兴心里咯噔一声,原来是下死刑宣判书来了。

他手扶着棺木边缘,玻璃角狠狠陷入手掌中都不自知,思考着求饶的话。他下意识地想到,如果疆域公司真赔自己那么多钱,这份工作不要也罢。但赔偿与否,还是未知。看来,自己这么草率地拖延签合同,报应这么快就来了。

"不过,你也不能就松懈了。"电话里,又传来王总的声音。

邓弘兴一愣:"什么?"

"他俩虽然经验丰富一些,但毕竟还需要一个leader来带着,跟管理层沟通。"领导说,"所以海边风光虽然好,你还是要早点回来啊。"

邓弘兴有点结巴:"我……leader?"

"是啊,我已经跟公司申请过了,让你担任部门副主管。职级和薪资都会往上调一调。"

"可是,我履历应该不够……"

王总发出一阵爽朗的笑声。印象中,这是他工作几年来,第一次从领导口中听到这样善意的声音。"问题不大!人事这一块儿,也是我分管的嘛。"王总大声说,顿了顿,语气又变得郑重,"不过就算是走流程,也得有点明面上的成绩才说得过去。正好,有个外包项目的经理离职了,他的工作量都可以算在你身上。"

"这可以吗?"

"当然可以呀,不然就浪费了嘛。反正也是我审核签字。待会儿我把资料发给你,你在公司内网里申报。"

王总挂电话之后,邓弘兴花了很长时间才完全吸收这番话里的意思。

自己要升职了？

长久以来，他一直是部门的小角色，唯唯诺诺，听从组长或者其他更大领导的指派。连他的工位，都缩在角落里，被几排绿植遮住，旁边是饮水机，毫不引人注意。好几次，他在办公桌上抬起头，透过绿叶的缝隙，远远地看着那些部门骨干在召开会议或分发任务。那种意气风发，被所有人的目光聚焦，举手投足间，便可调动公司大量的财富和人力……明明身处同一间办公室，他却只是个观众，遥遥地看着一部热血职场剧，剧情越是紧张，镜头里的职场精英们越是耀眼，他就越发沮丧。

但现在，他被从天而降的新剧本砸中。剧本里的角色无比陌生，他又无比向往，他不再是观众，甚至也不是配角，一跃而成了主角。他被砸得有些晕晕乎乎。

他不得不承认：对他这样当惯了职场小透明的人而言，获得权力，比获得财富，更让他心动。

更何况，现在的情况是，权力和财富并不是在天平的两端，逼他二选一，而是可以同时获得——只要他签下合同，早点回上海。

这么想着，他重新低下头，看着冰棺里的父亲。

"如果……"他慢吞吞地说，又突然叹息一声，"你会原谅我的，是不是？"

<h1 style="text-align:center">11</h1>

做出决定后，邓弘兴掏出手机，打算给程琪说他想好了，决

定签字。但消息刚拟好,又想道:自己才义正词严地拒绝罗京,不到一小时就改主意,未免太打脸……他能肯定,当程琪得知自己改变主意时,那副"我早知道"的轻蔑表情一定会在她脸上出现。无论如何,这种表情能少见到一次,就少见一次吧。

虽然在很多人的感情相处中,被伴侣瞧不起,是常见的事情,有些人甚至能从中找到乐趣,但邓弘兴一直觉得,当程琪瞧不起自己时,是真的散发出了厌恶。那么……她怎么会跟自己在一起呢?这也是他经常会想、但一直得不到答案的问题。

所以,还是再等一会儿。正好王总的资料传过来,也需要一点时间。

他坐在街边,看着灰蒙蒙的日光在屋顶和石板路上弥漫,一边等待,一边陷入沉思——或者说,遐想。

虽然在公司职级里,副主管不如项目总监有实权,但好歹算管理层。再加上从疆域公司得来的这一大笔钱,程琪对自己的态度定然有所改观。那就从现在开始,自己做决定,不用事事与她商量。这不就是管理者的思维吗?也没那么难嘛。

正想着,王总的资料发了过来。他唯唯诺诺地接收,在手机上查看。这些都是其他项目的管理合同,涉及的数额还不小,想必是公司的重点项目,的确可以当作晋升述职的成绩。王总还叮嘱他早点申报工作量。

邓弘兴连连称是,但要进公司系统时,手机却闪屏几次,继而死机。他焦急地长按关机键,几分钟后才恢复,却又显示电量不足,再次关机。

应该是这几天手机频繁被浇透,就算防水好,也开始出问题。

他得赶紧回家,给手机充电,把王总吩咐的事处理完。程琪也晾得差不多了,是时候告诉他自己的决定。

然而,当他推开屋门,却发现程琪并不在家。

他给手机充电,幸好还能顺利开机,但查了下微信和通话记录,并没有程琪的消息。他环视空荡荡的屋子,有点茫然,这么重要的时刻,他想不出程琪会在哪里。

不太对劲。

此时屋外变得金黄,已近傍晚,斜阳刺破窗子,在桌子上慢慢移动。邓弘兴终于忍不住,给程琪打了电话。

无人接听。

他这才诧异起来,肚子也咕咕叫,站起身来,四下环顾。

这时,他看到了程琪的电脑。

一台普通的苹果电脑,轻薄,通体金属灰色,机盖并没有合拢。桌边还有半杯咖啡。程琪跟他回小镇,最大的困扰就是镇上没有星巴克,于是只能自己带一些冷萃咖啡。但临出发时,邓弘兴忘了把那包昂贵的咖啡盒带上,随他们上路的,只有五六包小袋装的咖啡。所以程琪一边埋怨,一边省着喝,充分体现了职业女性的计较与精致。

但现在看来,她这一半咖啡都没喝完,就离开了屋子。

他心里突突打鼓,又给程琪拨了个微信语音。这时,程琪的电脑也响起了嘟嘟嘟的提示音,持续了半分钟后,邓弘兴手机上显示"对方正在忙",而嘟嘟声也随之停止。

他知道程琪在微信设置里,对他取消了新消息通知,但拨语音的话,还是会有提示。她的电脑端肯定还登录着微信,他一拨,便从休眠中苏醒过来。

而作为伴侣,他不仅没有取消她的消息通知,还将她置顶。只是程琪跟他说过,没什么必要的事情,不要拨语音。他一直很听她的话,但现在,不安取代了饥饿,在邓弘兴身体里升腾着。

他努力安慰自己,程琪说不定在忙,没看手机……要给她空间……而且自己也并不清闲,王总又催了一遍,让他赶紧在内网系统里提交认领申请。

他一边充电,一边开始操作,这时,桌上的电脑再次响起一连串的嘟嘟声。邓弘兴一愣,看了眼手机,确认不是自己拨打的,便闷头继续。但不知为何,这声音格外尖厉,几乎刺破他的耳膜——好在只响了不到五秒,便停止了。

邓弘兴刚松口气,又愣住。

拨叫声这么快就停止,大概率是因为程琪接通,或者挂断。但不管接没接,都说明,电话其实在程琪手边。别人的拨打,她会处理,而自己拨过去,就只显示"对方正在忙"。

在忙什么呢?

他放下手机,深吸口气,打开了半合盖的电脑,输入程琪的开机密码。

在他和程琪的漫长相处中,一直是程琪在查他的手机、电脑,而对他保留着隐私。但他很早就知道了程琪的所有密码——并非刻意窥视,而是程琪每次设置密码时,都是规律的组合。每个密码都很长,但首位都相同,只有中间几个字母是相应网站名称第二个字的大写拼音。这种方法其实很好,每个密码都不相同,她也从不会遗忘。唯一的问题是,瞒不过熟识的人,尤其是枕边人。

现在，枕边人的脸被电脑屏幕照亮，眼镜片也蒙上白光。

但镜片之下，一双眼眸暗如黑夜。

在程琪微信聊天记录里，排最前的，是跟公司领导王总的语音电话。除了刚刚拨来的，今天早些时候他们也有过一次通话。只是通话记录不显示具体内容，他便继续往下，于是，一个备注为"罗京-疆域公司"的对话框跳入他眼眸。

罗京的头像是一片漆黑，在一排头像中，很显眼。

邓弘兴的手指微微颤抖，在触摸屏上划动，点开了对话框。

"你已经添加了罗京-疆域公司，现在可以开始聊天了。"

看日期，在罗京来海边的第一天晚上，他们就加了好友。但自己浑然不知。他跟罗京甚至都只是电话和短信联系，都没加微信。他继续往下看。

加了好友之后，程琪和罗京并未交流。这倒正常。程琪曾说过，她微信的好友名额已经快满了——这意味着，她加了近五千个好友。人的脑容量不可能记得五千个所谓"好友"的信息，所以绝大多数，也只是躺在列表里，可能再也不会有交流的一天。

但罗京显然不在此列。因为从今天下午开始，他们发生了一大段对话。

程琪："罗先生，我替他道个歉。他上午没考虑清楚，给他点时间，他会签字的。"

罗京："程女士，你好呀。签字的事我不担心的。"

罗京："但我好奇的是，为什么是你来道歉。"

程琪:"我是他妻子。"

罗京:"哈哈哈哈哈哈。不,我查过,你们没有领证。而且你也不爱他。"

罗京:"别说'爱'了,就连喜欢,你都没有吧?"

程琪:"你在乱说什么!"

过了近十分钟,罗京都没有回复。

程琪:"你怎么不说话了?"

罗京:"我在等你承认这个事实,然后我们才能继续呀。"后面跟了一个咧嘴大笑的表情。

程琪:"既然都是事实,那就不需要承认了。不过,你是怎么知道的?"

罗京:"你们不适合呀。虽然有些小女孩会跟不适合的人在一起,但你不是那种小女孩。所有人都看得出来,恐怕,只有他不知道吧。"

程琪:"他是笨了一些。"

罗京:"这才是你跟他在一起的原因,而不是爱。有一点能力,但是笨,所以足够安全。"

程琪:"看不出你这个人还这么八卦。"

罗京:"我不是八卦。是这一点比较重要,跟我们接下来要聊的事情有关。"

程琪:"接下来要聊什么?"

罗京:"你说呢,现在是你主动来找我的。"

程琪:"跟你说话真的很省事。"

罗京:"因为我们是一样的人,而他跟我们不一样。"

程琪:"嗯。"

罗京:"我们是聪明人。聪明人懂得抓住机会,我现在给你提供一个机会。"

然后罗京便拨过来了语音通话,界面显示,他们只说了七秒钟。语音电话看不到内容,但这么短的时间,能交流的信息想必很有限。

联想起那半杯冷却的咖啡,就算邓弘兴再愚笨,也知道这七秒钟的语音里,他们聊了什么——

时间,和地点。

邓弘兴怔怔地看着聊天记录,身上一阵阵发冷。这些聊天记录里,其实从头至尾没有提到"邓弘兴"三个字,但他们提到的"他",无疑是在说自己。

"别说'爱'了,就连喜欢,你都没有吧?"

"既然都是事实,那就不需要承认了。"

"所有人都看得出来。恐怕,只有他不知道吧。"

这几句话尤其扎眼。

这时,屏幕上的聊天界面闪烁一下,跳回了登录界面。想必是程琪结束了跟王总的语音电话,想起微信还登录着,便在手机上取消了电脑端的登录状态。

她总是这么谨慎。

要是再谨慎一点就好了。邓弘兴往后躺了躺,半瘫在椅子上,想着,谨慎到一离开家就登出电脑端微信,谨慎到不让自己发现,那就好了。

那样,他就可以继续当鸵鸟。

他跟程琪确定关系，是在进入公司两年后。

这是略显尴尬的工龄，失去了新人光环的庇佑，又没有获得老鸟们该有的经验、薪资和厚脸皮。在上海这种高速吞吐人才的城市，两年没有成绩，就意味着被淘汰。邓弘兴就在此列，他跟过公司好几个项目，全情投入，但这些项目相继被砍掉，他如浮萍般被抽调到不同的项目上，继而迎来过程各异但结局相同的命运。

于是在收到人事处发来的约谈信息时，他就有预感，自己怕是要离开了。果然，约谈的结果也是如此，唯一有争议的，是被辞退还是主动离职——这涉及一笔不多不少的赔偿金。

他和那个穿着精致套裙的人事处员工在公司八层的咖啡馆里，商量许久，逐渐处于下风。

"我主要是为了你的下一份工作考虑，"人事说，"如果你再求职时，对方发现你拿到过前东家的赔偿金，他们对你的入职一定会有顾虑。我自己就负责招聘，这一点，绝对算得上污点。"

"但对方怎么会知道呢？"邓弘兴已经开始犹豫，声音软下来。

"他们会做背景调查，电话打过来时，我认为我有义务告诉他们这一点吧。"

这已经算是威胁了。邓弘兴靠回椅背，抓起咖啡杯，饥渴似的将一大杯冰美式喝完。这个动作引起了周围人的侧目。一个瘦高的女同事正在隔壁桌敲电脑，抬头瞟了他一眼。

过量的咖啡因让他大脑像飞进了一团蜜蜂。他无奈地同意了人事的条件，主动离职。

转机是第二天发生的。他还没来得及在系统里递交辞呈，就接到了调任通知，去帮新媒体部门的同事对接一个商务宣传。他莫名其妙地加入了新团队，负责人正是程琪，也是她，昨天在咖啡馆里坐他隔壁。

但接下来发生的，并非热血职场加上浪漫爱情的戏码。在新项目上，邓弘兴依旧足够投入，但功劳总是被别的同事抢走，他依然像影子一样，徘徊在舞台边缘。

不同的是，这次项目很顺利。新媒体部门做的几场活动在微博、微信等社交平台上引起热议，流量如洪水般涌向公司，新的合作也纷至沓来。恰逢年底，几个新合同签订后，公司发放了一大笔年终奖，由程琪决定分配。

整个团队，邓弘兴领得最少。

其实在定绩效之前，程琪专门找过他，问："现在部门互评绩效，你的分数最低，尤其是Marry，她给了你最低分，说你拖累团队业绩。但我知道你做了哪些事情。论贡献，团队里有三分之二的人都比不上你。这样吧，我给你个机会，你整理下工作内容，包括跟客户的沟通邮件截图，所做方案，以及撰写的文案……都发给我，我重新给你定，你拿到的奖金会高一些。尤其是，你的很多工作是被Marry给认领了，你提供证据，我可以把她的评价降为负，按末位淘汰，她领完这笔工资就可以离开了。"

邓弘兴感动得无以复加，但犹豫了一整晚，还是什么都没有做。

程琪也没再劝说。

那一年春节，邓弘兴依旧像前几年一样，独自待在出租屋。他接到了程琪的邀请，一起去郊区远足。两个滞留上海的外乡人，就在那七天，培养出了一丝感情。开年后，他们频繁约会，但对异性缺乏经验的邓弘兴迟迟没有表白。一次醉酒后，两人在邓弘兴的租房里醒来，程琪用被子捂住干瘪的胸膛，用一种无助的眼神看着邓弘兴。他顿时沦陷，在那张并不整洁的床边问她愿不愿意当自己女朋友。

程琪却拒绝了。

邓弘兴又追了她半年，其间，他知道了自己原来有那么多情敌，好几次想放弃，都被程琪适时地鼓励，又继续坚持。最终，他们确认了情侣关系。

为了避嫌，邓弘兴很快调到别的项目和团队。在公司，他们保持着待对方如陌生人的默契，即使在走道或电梯里遇见，也只是点点头，并不交谈。而作为在上海拼搏的年轻人，他们一天中主要待的地方，就是公司。这意味他们每天只有很少时间能够独处。

邓弘兴谈恋爱的经验不多，此前只在大学里，跟一个学妹相处过不到一个月。那次分手，是对方提出的。所以他并不清楚正常职场情侣的恋爱状态是什么样的，便努力维系这样的生活。

直到有一天，程琪出去应酬，回来后宿醉难忍，在卫生间里吐了一夜。

邓弘兴在旁边照顾，很是心疼，一边拍着她的后背，一边劝道："以后这种局就少去一点吧，你酒量也不好。"

就是这句话激怒了程琪。她本来就被酒精和疲倦弄得心烦意乱，吐完后，擦拭嘴边的污渍，对男朋友吼道："不然呢，你能帮我吗？我要是指望你养我，早就饿死了！"

邓弘兴噎住。他还是继续拍她的背，但力气小了许多。

程琪向来不喜欢酒局，这是一个让她的职场能力失效的地方。酒局运行的是另一套规则，在这种规则下，她只能作为陪衬，说些漂亮话，等着那些满肚肥肠的男人们做好决定。相比饭桌，她更喜欢的是会议桌或者咖啡台；相比酒杯，她更愿意操弄PTT。但她在公司的位置还不够高，必须要参加，这会让她有很重的负面情绪。

现在，她向邓弘兴爆发了。

她历数邓弘兴的种种窝囊之处，强调自己的不易，还说如果真要成家，自己会是付出得更多的那个。邓弘兴默默听着，待她骂累，服侍她喝解酒药和入睡。

但到了第二天，程琪就完全忘记了自己骂过的话。有几次邓弘兴小心翼翼地提起，她也矢口否认。

但那些话在邓弘兴心里刻下的伤痕，一直难以愈合。尽管两人都不再提，但他时常能感觉，程琪是真的讨厌自己的怯懦和迟钝，只是平时将其压制，骗了他，也在骗她自己。

所以他总是扪心自问：自己懦弱胆小，虽然算勤劳，但才华并不出众；论地位，也只是这家大型公司里一颗小小的螺丝钉，程琪为什么会看上这样的自己呢？

当然，严格来说，程琪也并不算是那种大众审美上的"美女"。她称得上高挑，但过于瘦削，且还在克制饮食，以追求更加瘦削；脸也有些尖，眼睛瞪起来的时候眉毛会往上凸，看着凶狠。但她工作干练，行事风风火火，谈吐咄咄逼人，在这种个人气场下，没几个人会去注意她的颜值。在学生时代，她不太受同龄人欢迎，当然她也并不屑于去迎合那种幼稚的审美；而一到职场，她便突然处于社交旋涡的中心，收到的追求也络绎不绝。但最后，她还是将目光投向了邓弘兴，并在他追求过程中，一直在恰当的时机给予鼓励。

邓弘兴跟程琪在一起后，尽管小心翼翼，但纸难包火，有些同事还是知道了他们的关系。他明显察觉到了同事们的非议。这种非议并不是来自公司规章制度里对员工恋爱的禁止——有些规矩定制出来，就是让人来违反的——而是源于两个人气质的天差地别。任何看到他们在一起的陌生人，都不会在第一时间判定他们是情侣关系，大多数会猜程琪是领导，邓弘兴只是她的秘书或助理，而且还是那种差劲到即将被辞退的下属。

在那一晚之前，他也问过程琪，为什么会选择跟自己在一起。程琪大多数时候笑而不语，偶尔心情好，会告诉他："当然是因为我爱你呀！"

爱……好吧，这是一个不能用理性和逻辑去考量的因素。出于爱，程琪用锋利的目光去应对整个世界，却唯独把柔软的一面留给了他。或许自己就是那么特殊，那么幸运。每念至此，他都会更感恩程琪对自己的垂青，也更能忍受她在生活中的蛮横和刻薄；久而久之，也习惯于对她言听计从。

但程琪宿醉那晚的言辞，打破了他的幻想。好在他还可以遮住眼睛，不去直视真相。

而现在，那短短几行聊天记录，便将他隐隐猜得到但一直拒绝细想的答案,摆在了他面前——

他并不幸运,也不特殊。他只是安全。

对程琪这样的人来说,名利和财富她都可以自己争取,她只需要安全。不会在背后贪图她的资产,也不至于孱弱到拖她的后腿。在咖啡馆听到罗京在 HR 面前处于下风,又查阅到他还算合格的工作经历后,他便进入她的视野。她和他的组合,虽然看起来不协调,却是最稳固的。

然而,在罗京——或者说,在罗京所代表的疆域公司面前,这点所谓的"安全"就显得微不足道。

镇子不大,程琪应该早就到了罗京住的招待所,并至少待了两个小时。他们会聊什么呢?程琪几次提过,想去疆域公司工作,"能力很重要,平台更重要,疆域公司是这一行最大的平台"。说不定会让罗京帮她在疆域公司内推……他摇摇头,似乎把这点不切实际的想法从脑袋里甩出去。如果只是谈这个,何必背着他?而且从微信前后文,谈的事情,肯定跟自己有关。

那么,是要跟自己分手了吗?分手之后跟罗京在一起吗?那他们……

不对!

他悚然一惊,又打开程琪和王总的对话框。上面只有两次语音通话的记录,没有任何文字信息。他盯着第一次语音的拨叫时间,是程琪拨出的,下午两点一刻;又拿出自己手机,点开通话记录,王总给自己打电话的时间是下午两点二十三分。

而王总上一次给自己打电话……不,王总从未给自己打过电话。

他再迟钝,也知道眼前的事情并非孤立:王总突然给自己好处,是跟程琪有关;而程琪迫使王总来找自己,肯定是她去找罗京商议以后的结果。

他的后背如有蛇虫爬行,留下又冷又黏的轨迹。

这是一场伏击。

他忍住手指颤抖,再次打开王总发来的资料。一旦不被名利的诱惑蒙蔽,凭着职场经验,许多法律漏洞和文字陷阱就变得显而易见;又在网上查了下对方公司的负面新闻,陷阱的轮廓已经很明朗——因决策失误和员工受贿,这个项目即将给公司带来超过五百万的损失。这么大的娄子,得有人来顶,而这个人似乎就是自己。

幸好手机出了问题,下午没及时签字提交,救了他一命。

但为什么突然瞄上自己呢?

罗京那独特的微笑再次浮现。

只有自己身负赔偿官司,走投无路,才会向罗京妥协吧。他们是如此急不可耐,一旦自己拒绝,就立刻撕开和善与斯文,用一切手段逼迫他签下合同。

邓弘兴犹难相信。早上的时候,程琪还是自己的未婚妻,跟自己一条战线,而现在,也是她在编织这张伏击自己的蛛网。他突然想起程琪在讨价还价时,他就有一种感觉:程琪和罗京,才是同一个世界的人。而他与这个世界格格不入。她从未与自己站在一条战线过,她永远在为自己的利益争取,变化的其实是自己。但自己不跟她同一阵线后,她会很快掉转矛头,指向自己。

这世界怎么会这样子……

他又看到了家里的墙壁。童年时留下的刻痕依旧清晰，稚拙的线条勾勒出奥特曼打怪兽的场景。小时候他以为怪兽是最恐怖的存在，而每一头怪兽都会有奥特曼来收拾。但现在，整个世界都对他张开了血盆大口，要将他吞咽、吮咬，消化成残渣。这就是现实，现实里并没有奥特曼从天而降，挡在他身前。

这么一想，他心中的诧异与愤怒被冲淡了不少，只剩下凄然。他知道正确的做法，是怒火冲冠地跑到招待所，踹门而入，指着程琪和罗京破口大骂。但一股倦怠袭来，让他在椅子上仰倒，轻轻揉按太阳穴。

他从来不适合愤怒，不适合主动去争取什么，或挽回什么。他习惯做的，就是等着，等待程琪回来，告诉他结果。

12

不知道发了多久呆，门被敲响。

他一下子站起，无措地看着门口。此时的敲门声有些悚然。程琪这么快就回来了吗？他还没有想清楚该怎么办，他需要时间。但敲门声还在继续。一声一声，像是门被锤子在敲打，也像是他的心脏在被揉捏。

他踟蹰几步，还是走到门口，拉开了门。

门外站着两个人影，一大一小。大的是二叔，被他牵着的，是邓弘兴的侄女小静。

邓弘兴一愣，随即松口气。

"你……怎么了？不舒服吗？"二叔见他脸色灰败，关心道。

"没什么,我在等程琪回来。"

"噢噢,"二叔说,"你们也快回上海了吧?我想起来一个事,就是你爸的船。"

原来上次邓弘兴要去荒岛时,借二叔的船,但返程时他在风浪中落海,船漂到岸边。事后二叔把船送去修理厂,顺便把邓弘兴父亲的船也取了回来,都摆在岸边。

"这条船你爸开了很多年,虽然旧,还是值个几万块钱。"二叔说,"这船还是归你,你看怎么弄?"

邓弘兴说:"二叔你处理吧,卖了也行。"

"卖倒是能卖万把块出头,卖了我把钱转给你。不过……"二叔迟疑了几秒,"卖之前,你还是去看一下吧,毕竟是你爸的船。他走之前,还经常开出去,在海上晃。"

的确,对海边渔民来说,船是仅次于家的存在。或许,船就是家。二叔知道邓弘兴要回上海——虽然这个城市有"海"字,但生活在其中的人们,是不需要开船的。然而,听到"卖船",他还是有点难过。

邓弘兴理解这种不舍。他环顾屋内,冷冷清清,程琪不知何时才会回来,这么干等着也是一种煎熬。他点点头,"嗯嗯,走吧,我也很久没看到他的船了。"

他跟着二叔和小静来到海边。已近傍晚,金色波光在海面上闪烁,碎金万点。在波光中,还能看到不少晚归的渔船。从邓弘兴的视角看去,渔船和翻飞的海鸥差不多大,只是一个黑,一个白;一个在天边,一个在海际。

他深吸口气,海风涌入胸腔,郁闷了一下午的心结终于舒展了些。

二叔笑道:"在屋子里闷久了,是不太舒服,还是应该出来多走走。"

"是啊。"

"你回上海后,也别老在办公室待着,我听说你们白领,容易抑郁。好多新闻呢。"

邓弘兴说:"也没有办法,办公室就是我们的海,电脑是我们的船。"

二叔十分怀疑他的比喻,摇头道:"哪有那么小的海嘛。"

是啊,真正的大海,是眼前无边的波光,没有乏味的数字,只有遍布海天的船和鸟。与容纳万物的海相比,还有什么会更重要呢?

邓弘兴一边深呼吸,一边走向父亲的船。

这船还不小,十多米长,刷着蓝色的漆。前半部是桅杆和架梁,甲板上收拾得干净,但密布拖痕;后半部分则是两米高的船舱,门梯皆涂红,十分亮眼,要是在海里出了什么状况,方便救援船只辨认。船尾则挂着渔网,现在收成一团,像是某种饱满的果实。

这是海边常见的拖网渔船,供一到五人作业。不过父亲年迈,基本不捕鱼,开船也只是在海面上游荡。

"看吧,这么久的年头了,保养得还很好。"二叔怜爱地看着船身,"这船开出去,其他人都得竖大拇指。"

邓弘兴想象着父亲独自在海面开船的画面,还有他默默蹲在甲板上,打扫船舱,或是打磨涡轮……不禁鼻酸。

二叔叹息一声:"你先看看,等去上海就看不着了。"又看了眼天色,说,"对了,老陈也走了,我们几个老头帮他凑了场丧事,我现在过去帮忙。小静不适合去那种地方,你帮我照看一下。"

邓弘兴连忙点头。二叔走后,他带着小静上船,看着父亲留下的痕迹,涌起一丝悲伤。

"想开吗?"小静突然说。

他怀疑听错,"什么?"

"看你这样子,肯定想开出海啊。"小静撇撇嘴,"想开就开嘛,爷爷又不在。"

她口中的爷爷便是二叔。邓弘兴发现,二叔一走,小静似乎就没那么"静"了。她一双眼眸在惨白脸色的反衬下,格外漆黑狡黠。

邓弘兴蹲下来,"到底是我想,还是你想啊?"

"好吧,我想到海上看看。爷爷平时不让我上船。"

"你生病了嘛。"

小静一脚踢中船舷,可能有点重,又揉了揉脚。"是啊,我活不久了。"她懊恼地说,却没有悲伤,像是在谈论别人的事情,"所以有很多事要赶紧做嘛。"

"别瞎说!"邓弘兴连忙说。

小静与她对视,"我没有说错呀。又不是什么大不了的事。"

她明明没有咄咄逼人,邓弘兴却突然心虚。他滑开视线,站起来,说:"好吧,那我们出海看看。"

小静雀跃,"还要捕鱼!"

"好……吧,但是我没捕过鱼。"

小静站在船头，回头看他一眼，"我可以教你。"

开船这种捕捞用船是需要执照的，但幸好父亲渔船是通用制式，操作相对简单，跟二叔的船差不多。邓弘兴嘴里念念有词，逐一按下键钮，再一推控杆，整个船身便开始微微震动。

父亲的渔船，驶向大海。

舵盘的震动从手心传来，有股灼热感。邓弘兴握紧轮盘，让船打了个弧线，在斜阳光辉中划出一道更加金黄的水花。

小静扶住栏杆，大声说："再快一点嘛！"

邓弘兴没说话，只在近海百多米的地方打着转。海风贯穿他的身体，从里到外，他像是又回到了久远的童年夏天。他知道还有更重要的事等着他去处理，在他屋子里，正酝酿着一次风暴，一场战争。但罗京、程琪、合同、阴谋这些沉重的词，在此时轻如白雾，被海风吹得一干二净。他一圈又一圈地打着转，最后，干脆熄火，在海上静静漂浮着。

他躺在甲板上，手枕后脑勺，看着天空。一轮斜阳泡在海里，被泡得发胀，连发出来的光都被稀释，只在海面铺上了薄薄的一层金色辉芒。但头顶晚霞凄艳如血，连缀成一片。盯得久了，会觉得天空也是一片倒扣的海，且比身下的海更浩瀚，更神秘。因为云层的背后，是宇宙。

"上海没有云看吗？"小静见他看得入迷，觉得无聊。

邓弘兴说："当然有。上海很多高楼，比云还高，伸到云里面。打开窗子，外面就是云。"

"那挺美的呀。"小静打了个哈欠。

"是啊。但我们都不会留意外面的云，我们看简报，看PPT，看OA系统,不会看窗外。"邓弘兴慢吞吞地道,"但……这是为了什么呢?我也不知道,挣来的东西,真的能比这些云好看吗?"

隔好久没有回音,他转过头,发现小静已经走到了船尾,正试图把挂着的渔网取下来。但渔网看似轻盈,收成一团却还是有几十斤,她踮着脚,脸憋得通红也抱不动。

"你要捕鱼吗?"邓弘兴走过去。

"开船出来不捕鱼,多没意思啊。"

也对。他和小静都是渔民的孩子,捕鱼是藏在基因里的渴求。于是他取下渔网,再把船定锚,将网连在船与锚之间。

"然后呢?"邓弘兴问。

小静说:"然后等着就行了。"

他坐在船舷边,期待地看着露出海面的网绳,小静则躺在甲板上。没一会儿,小静就睡着了。她身体不好,皮肤薄,躺在逐渐消逝的霞光中,皮肤被照得微微发光。邓弘兴解下外套,盖在她身上,把脸也遮住。

斜阳由西入海,亿万点波光也逐一熄灭,海面开始呈现一种深沉的静默。

黑暗在海面之下发酵、弥漫,而海面上,风也变得凛冽起来。

今晚可能要下雨。

邓弘兴连忙叫醒小静,又跑过去把渔网收起来。这是他第一次捕鱼,如开盲盒,心里紧张又期待,结果一起锚,再拉网,他一张兴奋的脸顿时变成苦瓜皮。网里除了海草和淤泥,什么都没有。

"我想起来了,你这样是不行的。"小静凑过来,看了眼空空荡荡的网,一副恨铁不成钢的语气,"你看看周围,有其他渔船吗?"

邓弘兴朝四周看,海面平整,布满斜晖,但并无其他船只。他摇摇头。

"那是因为,稍微有经验的,都不会白天来这里捕鱼。"

"为什么?"

"因为鱼跟人不一样,都是晚上才出来的。"

邓弘兴不由气恼,轻敲她的脑袋,"你怎么不早说!明明你闹着要捕鱼的,非让我大白天下网。"

他没敲疼,小静却还是捂着脑袋后退,做出一副要哭的样子。邓弘兴连忙软声安抚,她才放下手,理直气壮地说:"你又没问。而且我是小孩,我说错了不是天经地义吗?你看,天已经黑了,你再下一次网就可以。"

邓弘兴皱皱眉,看向西边。

太阳完全在海中溶解,黑夜与海面彼此交融,不再有分界线。他本想收工回家,但夜晚马上就要到了,如果小静说得没错,鱼群即将出现。他心有不甘,转头又发现小静的眼睛里饱含期待,索性点头,说:"好吧,我试一次,捕不到就回去。"小静连声说好,还帮着他解开缠在一起的网绳,一起重新布网。

这一番动作还是颇费了些力气,两个人累得有点喘。这时,周围陆续路过一些回港或出发到远海的渔船,船上的人大多都认识邓弘兴。看着他俩笨拙的动作,有些人发出爽朗的笑声,有些人则出言建议,他都没有理会,闷头忙碌着。

但这一天似乎就是充满不顺。刚入夜,乌云就开始汇聚,隐隐有雷声在云层之上滚动。

雨应该不大,不然其他渔船也不会出海。但邓弘兴还是担忧,看看天色,又看看岸边,最后看向小静。

"还是带条鱼回去吧,"小静说,"我都饿了。"

于是,父亲的渔船继续停在海上。雨很快就下下来了,的确不大,但很持续,打在船篷上,炒豆子般作响。两个人躲在舱里,大眼瞪小眼。

"表叔,你不要害怕,"小静缩在邓弘兴身边,感受到了他的颤抖,"雨下不进来。"

雨是进不来,但连绵不绝的雨声,不时掠过的惊电,以及船舱的晃动,都给邓弘兴带来了恐惧。他想起来,自己是如此害怕海洋,以至于梦魇中最经常出现的场景,就是黑夜里的大海。但他现在就在海面,在一艘小小的船上,随便一个大浪都可以将他连船带人吞噬。他脸色有点发白,身体尽量蜷缩。

小静的手摸索过来,握住他的手。雨似乎小了些。

"有船的话,你就不用怕。风吹雨打,都进不来。在船上,不用害怕海。"小静说,"而且我是小孩,你是大人,我都不怕,你怕什么?"

"你不懂的。人长大之后,害怕的东西会越来越多。"

小静说:"那为什么还要长大呢?我还以为长大了就什么都不怕了呢。"

邓弘兴敷衍道:"很多人也不想长大的,无可奈何,身不由己,就慢慢长大了。"

小静若有所思,又笑起来,庆幸地说:"长大听起来好没意思。不过幸好,我不用长大啦。"

"为什么？"邓弘兴话刚出口，就后悔了。

"我有病的嘛，我听他们悄悄说，我不会长大的。以前还有点遗憾，好多东西都没见过，现在听你一说，长大挺没劲的。长不大也好。"

邓弘兴转过头，近距离看着她的侧脸。这个小女孩有点快快的，但眼睛很大，在雨棚里亮晶晶的。"其实，长大也没有那么逊，"他移开目光，"只是我给弄砸了。"

小静倒也没安慰他，耿直地点点头，又说："他们说，你小时候不是这个样子的。"

"我小时候是什么样子？"

正说着，棚外突然传来哗啦一声。邓弘兴伸头去看，小静却看都不看，说："你的渔网没绑好，滑进海里去了。"

"你怎么知道？"

"你绑的时候我就知道了。"

"你怎么不告——"不用问，邓弘兴也知道答案肯定是因为自己没问。他拿出防水手电，光柱破开瓢泼大雨织成的幕，射到船尾。原来渔网只有系在船尾的一端滑落了，在不远处的抛锚点，还好端端地绑着。也就是说，只要游到悬浮锚标，把网拉回来，便可以重新系在船上。

但，这需要冒雨入海，在黑暗冰冷的海水里游动。而海洋里……他看了眼海水，沉如墨汁，随着波浪涌动，似乎有什么东西在墨汁里翻卷。

他有点犹豫，一转头，又看到了小静的瞳仁。

她的瞳孔里，映出了自己的样子。如此触目惊心。

"表叔，要不还是……"

小静的话还没说完，邓弘兴掀开幕布，走出了船篷。冷雨一下子将他淋得湿透。他勾着腰，尽量在随浪摇摆的船上保持平衡，快步走到船尾。天已经黑透了，浓云低压，无星无月，雨水搅乱视线。他俯身在船舷边，看到水面晃荡，水里似乎有什么东西一闪而过，这是在他噩梦中反复出现过的场景。他颤抖着。

"哎呀！"身边传来一声惊呼。

是小静跟在后面，也出了船篷，趴在船尾，但下雨湿滑，她跌下了船。一瞬间就被海水吞没。

邓弘兴一头扎进水里，扎进他恐惧的源头。

这一次，梦中的恐惧与现实的场景融合了。恐惧有了实质，冰冷又黏稠，将他紧紧包裹。他的力量在这一刻被抽离，尽管想要挣扎，但每一次挥臂，每一次蹬腿，都无比吃力。没几秒，他就手脚垂软，整个人往海底沉落。

他背朝海底，沉向黑暗，沉向怪兽的血盆大口。

这时，海里出现了一团光。

这团光亮刚开始很小，像云层后的星子，随时会熄灭。但很快，这团光在变大，并且摇曳着。四周的幽暗和寒冷都被驱散。邓弘兴的手脚不再抽搐，猛一甩动，身体往前冲，靠近了这团光。

光是手电筒发出来的。手电筒在小静手里。

小静落水时，手机抓着防水手电，慌乱中，把手电打开了。邓弘兴循光而至，一手抱住她，另一手接过手电，往四周扫射。没有怪兽，没有噩梦，这只是海洋，孕育一切生命的海洋。他突然获得了力气，也获得了本能。他身子打了个挺，手脚摆动，"哗"的一声，脑袋破开海面，大口呼吸着。

有些技能一旦学会，就再也不会忘记，比如呼吸，比如游泳。从此以后，游泳就成了他的本能。

"快上去！"邓弘兴拖着小静，让她上船。

小静爬上去后，蹲在甲板上，浑身湿透，头发贴在苍白的脸侧。但她呼吸均匀，连水都没有呛一口。

邓弘兴确认她平安后，却没有攀着船舷爬上来，而是将手电塞进嘴里，用力咬住，拧腰转身，向浮锚点游去。

海浪变大，雨滴也变成了大颗大颗，砸在他脑袋上。波浪每次涌起，都会往他嘴里灌进海水，好几次都差点儿呛出来。他就这么在风浪中前行，短短十几米，却游了快五分钟才到浮锚点，沿着绳子往下摸索，找到了渔网垂下的边缘；又抓着网绳，往渔船游回来。

因为手里抓着沉重的网，返程更加艰难。好不容易扑腾了几下，一个浪涌来，又倒退好几米；拼命呛出腥咸的海水，又立刻被灌满。眼睛能看到的海面在沉沉浮浮，渔船似乎越来越远。但他却似乎有了无穷力量，奋力游动，浪越大，他的手扬起得越高，下砸得越狠，每一次游动都把波浪斩碎。

他的每个毛孔都在流汗，但刚一沁出，就融进海水里。

当他的手抓住船舷时，已不知过了多久。他喘着气，往上攀，但因为手臂脱力，爬到一半又摔回去。好不容易爬上船，他喘着气，结果防水电筒没咬住，落到水中。他伸手想去抓，但电筒的光越来越远，越来越微弱，最终完全被海水吞噬。

海面又恢复成一片漆黑。风搅起浪，雨砸出绵密的声响。

189

这场景跟他跳下船之前一模一样。但他敢肯定,有什么东西变了,不一样了。或许是那团防水手电的光,摇摇晃晃,滑向海洋最深处。但落到海底后,它并没有熄灭,温度反而会越来越高,最终燃成火焰,蔓延整个海底。

他站起来,转过身,看到小静还站在雨里,缩着肩膀,可怜兮兮的。他连忙说:"你快进篷里去!"

小静回篷前,突然转头说了一句:"就是这个样子的。"

"什么这个样子?"

"你不是问,他们说你小时候是什么样子吗?"小静说,"就是这样。"

邓弘兴站在船头,若有所思。

雨慢慢变小,另一条船破开雨幕,向他们靠过来,停在近处。那是二叔的船。二叔打开船头的灯,焦急地喊着:"你们果然在这里!小静呢,她不能淋雨的!生病了可不得了!"

原来二叔不见小静回家吃晚饭,给邓弘兴打电话,又是关机,便一路找来。二叔把小静抱回船上,也让邓弘兴早点回去,免得淋雨感冒。

邓弘兴却摇摇头,指了下渔网,"我等一会儿。"

海上天气变化很快,不一会儿,雨就完全停了。乌云散开,露出一小半垂得很低的月亮,月光蒙在海上,海水也渐渐平息。仿佛刚才是大海在经历噩梦,因恐惧而剧烈喘气,而今梦魇已过,她梦境悠甜,呼吸均匀。

邓弘兴开始收网。

结果让他惊喜:把网拖到甲板上后,果然看到里面有鱼在跳动。一些沙尖鱼、黄鱼和梭鱼自不必说,还有两条鳗鲶在不停地扑腾。但最让他惊喜的,是渔网最底部还困着一条石斑鱼,有他一条手臂长,感觉不下二三十斤。

石斑鱼肉质鲜美有劲,低脂肪,高蛋白,一直都是当地的昂贵海产。邓弘兴第一次捕鱼,就捕到了这种珍品,自然乐得喜笑颜开。他解开渔网,把鱼抱在胸前。石斑鱼突然挣扎了一下,鱼尾摆动,险些将他晃倒。这鱼越有力气,说明肉质越好,他越欣慰。他紧紧抱住,像是抱住宝物。的确,在这特殊的一天,这条鱼的出现对他而言太过珍贵,像是从大海的梦境中游出来,游进他的网中。

他鼓足力气,两手一抬,将石斑鱼扔回海里。

"扑通",水花溅起,声音格外清脆。

赶到二叔家里时,已经很晚。

"小静怎么样,"他问二叔,"没受寒吧?"

二叔摇摇头。

幸好小静被及时接回来,洗了热水澡,换上干净衣服,已经休息了。邓弘兴上楼看了一眼,小静睡得很沉,呼吸平缓,只是脸色还是有些苍白。他这才略微放心。

"对了,这是今天捕到的鱼。"邓弘兴把一直拎着的水桶放下,"二叔,你熬鱼汤给她喝吧。"

二叔伸手在水桶里捞了捞,凭经验,就知道里面有沙尖鱼、黄鱼、梭鱼和鳗鲶。他露出身为一个老渔民的欣慰笑容,说:"这加起来得快十斤了,第一次捕鱼就能这样,不多见啊。比你二叔强!"

邓弘兴犹豫一下，最终也只是笑笑，点了点头。

"你还没吃饭吧？二叔露露手艺，给烧成菜，你叫上你媳妇，一起过来吃。"

这句话提醒了邓弘兴。

"不了，"他摇头，"我现在得回家。"

二叔察觉到他语气有异，担忧起来，说："出了什么问题吗？有事可以跟二叔说，我虽然一把老骨头，但活得久，多少能帮一点。"

"不用的，您放心。"邓弘兴揉了揉手腕，骨节发出轻微的咔咔声，"何况，有什么事情比捕鱼还难呢？"

13

转过街，邓弘兴就远远地看到了自家屋子。门窗明亮，说明屋里有人，这并不奇怪；邓弘兴唯一好奇的，是家里到底有几个人。

"你怎么才回来呀？"一进门，他就听到了熟悉的抱怨声，"给你打了那么多电话，怎么都没接！微信也没……呃，你怎么了？"

在程琪惊诧的目光中，邓弘兴面无表情地走进来。

屋里只有程琪，邓弘兴稍有些失望。

"出去干吗了？"程琪看着他，目光狐疑。

邓弘兴说："去捕鱼了。"

程琪眉头微蹙。她瞟了一眼桌上的电脑。电脑黑屏，半合着，跟她离开前的角度都一样。她暗暗舒了口气。

"疆域公司那事,你想好了吗?"顿了顿,她问。

邓弘兴点头,"嗯。"

屋子里安静了几秒钟。

"我不想签。"

灯光在程琪脸上游动。她坐到邓弘兴身边,把手放在他手背上,轻轻握住,说:"没关系,你想清楚了就行,我支持你的决定。"

邓弘兴盯着她的侧脸,灯光越亮,越觉得难以辨清。他张张嘴,声音有点发涩:"没……没关系吗?"

"当然呀,这本来也应该你来决定。"程琪说,"不过,既然指望不上赔偿了,那工作的事情还是要抓紧。你出来这么久,公司的项目怎么样了?"

邓弘兴道:"中午王总给我打了个电话。"

"他催你回去了吗?"

"倒是没有,反而说要提拔我。"

程琪眉头一挑,提高音量:"恭喜你了!我就知道金子总会发光的!那你应该更加努力,把公司的事情完成好,然后我们就可以回上海了。"

邓弘兴掏出手机,除了程琪的消息和未接来电,王总也发来了不少消息,都在催他快点完成系统提交。他按灭手机,放在桌子上,说:"明天就回。"

"啊?"程琪一愣,"回哪里?"

邓弘兴说:"回上海,你说的不是上海吗?"

"是啊,但,额,你的事情办完了吗?"

邓弘兴说:"我的事情已经办完了。全部都办完了。"

他的声音有一种少见的沉静。程琪再愚钝也察觉到了他的不对劲——何况，她并不愚钝。她站起来，走到邓弘兴对面，问："你在说什么？你说的是合同吗，还是王总给到的任务？"

　　"合同是你的事情，王总也是你的事，跟我没关系。"

　　"你在抽什么风！你的事情不都是我在管吗？你自己又没能力处理。"

　　邓弘兴一笑，"至少我还是有买一张机票的能力。"

　　"一张机票？"程琪掏出手机，划了几下，果然在手机上看到了自己的乘机信息，"我一个人走？"

　　她的眼睛瞪起来，眉毛上凸，瞳孔也凝成了尖锐的类三角形。这副表情很凶，加上她冰冷的气质，就更加骇人。往常邓弘兴在这种凝视下，必然一击即溃，但他现在坦然与程琪对视，说："当然，你也可以开车走。反正车是你的，只是开回去要一天半，你一个人，不太安全。我建议你乘机，车我回头给你托运回上海。"

　　几秒过后，程琪的五官往下垮了垮，柔声道："你到底怎么了呀？有什么不能好好说吗，非搞得这样？是不是哪里误会了呀？"她拉住邓弘兴的手，"你也是职场人，知道最好不要在晚上做决定。晚上做的决定，十有八九要后悔。"

　　"对了，说到晚上，"邓弘兴说，"今晚你也不能住在这里了。镇上有招待所，你知道怎么走吧——噢，你当然知道了。你白天才去过。"

　　程琪的手僵住。她有点惊讶，微微歪着头，盯着邓弘兴。

　　"原来你都知道了，怎么不早说呢？"她收回手，垂下来，指尖轻轻敲打着大腿外侧，"搞这么复杂，是要突然揭穿，来一场伏击吗?"

邓弘兴摇头,"我很笨,要花一点时间才能想明白。"

"你知道自己笨就好。"她轻声说,"坐下来好好聊吧,这事儿,我觉得还是可以做的。就算不是以伴侣的身份,至少,还可以是合作伙伴。"她的表情已经平静下来。事实上,从被邓弘兴戳穿起,她就没有丝毫慌乱或懊悔,只有惊讶在她眼中一闪即逝。

这下轮到邓弘兴好奇了。他索性坐直,问:"我确认一下——你说的这事儿,是指跟罗京合谋,骗走我父亲的尸骨,是吧?"

程琪面不改色,"你这人,说话总是不好听。是我认为你没有想清楚,耽误时间,增加沟通成本,如果错过这次机会,以后你肯定会后悔的。为了让你不至于以后每次想起这件事就懊恼,懊恼你错过了人生中仅有的两次走出泥潭的机会,所以我帮你做了决定。"

"两次?"

"跟我在一起,和得到这笔赔偿,都能让你走出困境。但你现在,要同时放弃这两次机会。"程琪说,"真的很蠢。你在上海时,虽然无能,但也不至于这么犯蠢,怎么一回这里,就变了个人一样?而且你要是得罪了我,你现在的工作也保不住,你会一无所有。"

这才是程琪。永远冷静,永远站在上风,居高临下俯视邓弘兴,永远可以把所有事情都变成生意,把所有人都变成谈判桌上的筹码。

"听我说,一千五百万是你一辈子都挣不到的钱,不管你是因为什么奇怪的原因在犹豫,那些原因都是错的。你签了疆域公司的合同，拿到这笔钱，在你人生路上，那些曾经一直关闭的门，才会为你打开。"

邓弘兴沉默不语。

程琪微笑，开始掌握自己的节奏。她直视邓弘兴的眼睛，"但你也得想想，如果不是我发现那份合同，你根本不知道要向疆域公司索赔；假设就算是你发现的，没有我确定价格，你多半几十万不到一百万就给签了。这件事，有我的一份。我不能让你的优柔寡断，损害到我的利益。"

"原来我家里的赔偿，是你的利益。"

程琪说："你不能否认渠道的力量。我们的工作就是资源对接，让合适的甲方找到合适的乙方，或者反过来。你也知道，这些案例中，我们抽成的比例能达到多少。"

邓弘兴问："所以，现在我是你的甲方了吗？"

程琪摇头，"不，你是乙方。我的甲方是罗京，是疆域公司。"

"你身份变得真快，前两天我还是你未婚夫，现在就成了你的客户。"

程琪不理他的嘲讽，继续说："事情其实没有那么复杂。你是看了我和罗京的聊天记录吧，其实没什么大不了的，我跟你在一起，难道你真的觉得是出于爱？哪怕夫妻，也只是一对资产组合。我建议你忘掉这件事，签下合同，我们先结婚，你再拿到钱。这笔钱会成为我们的共同资产。你有钱之后，会增加一些你原本没有的东西，比如魅力。我们接下来的关系会有一些调整，你会更舒服。"说着，她瞧了瞧邓弘兴的脸色，顿一顿，又继续道，"或者，你过不了这个坎，觉得把你和我都知道的真相说出来了，我们就不能继续过下去了。这个我虽然不赞同,但也理解。所以,就还是你跟我签一份授权书,全权委托我帮你去跟疆域公司谈判。疆域公司给我的账号打款,我再打一半给你。当然,如果你需要投资理财经理管理你的这部分钱,我也可以担任。不过就还要再签一份合同。"

说完这一大串,她终于停下,观察着邓弘兴的脸色。

这间屋子也因此难得地安静下来。邓弘兴木着脸,不知道在想什么,灯光斜铺在他脸上,阴影一片一片。

"你说的这两种情况,都建立在我得签署疆域公司合同的基础上。你就没想过,我不签这份合同吗?"

程琪一愣,"你只是犯了傻,一时没想通而已。这可是一千五百万呀,你什么都不用做,签一个名字,就能拿到。这种事,只有傻子才会拒绝。我觉得你现在犹豫不定,也只是被这个数字吓到。但你要相信我,也要相信疆域公司,这笔钱对你是天文数字,对他们只是九牛一毛。"

这句话有点熟悉。邓弘兴回忆了一下,罗京也说过。他们果然是一个世界的人。

"但有一件事你也没有想通,"邓弘兴一时有些疲倦,坐下来,用手指揉了揉眼眶,"那不是签一个名字,是卖掉自己的父亲。"

程琪一副难以理解的表情,"但你父亲已经死了,而且你们十一年没有见过。"

"所以你不会理解的。"

接下来,任凭程琪如何劝说,邓弘兴都不再开口。他像是被胶水粘住了嘴唇和眼皮。程琪还是第一次看到这样的邓弘兴,像是故乡的灯光打在他脸上,让他有了新的模样。一直说到半夜,邓弘兴都无动于衷,程琪终于知道他并不像从前无数次那样,能被自己轻易改变主意。

凌晨的时候,程琪开始收拾行李。她收拾得很慢,每叠一件衣服,每收拾一瓶化妆品,都是在给邓弘兴挽留的机会。但一直到全部收好,邓弘兴都只是半躺在床上,像是睡着了。但仔细看他,又会发现他的眼睛没完全闭上,留着一条缝,闪烁细光,不知道在想什么。

最后,程琪把行李箱搬到车上。汽车灯光亮起,一闪一没,照得邓弘兴的窗子也明明灭灭。这是一种无声地传递,却比之前她苦口婆心的劝说都有用,邓弘兴终于从床上起来,站在窗前。

他看到那辆熟悉的汽车停在院子口,玻璃太黑,他看不清里面的人影。

有那么一瞬间,他是心软的。可他的手刚伸到窗前,车子就启动了,车灯照亮大路,又被黑夜吞噬。一直到车子完全消失,邓弘兴都站在窗子旁。

他第二天才知道,程琪没有去住招待所,而是连夜开车去往市区,乘机回到上海。车子则交付给托运。

他以为罗京会来找他,但等了一上午,罗京也没出现。到下午时,二叔来看他,发现程琪不见了,便问程琪去哪里了。

"走了,"邓弘兴简短地说,"回上海了。"

"咦,怎么都走了?"

都?邓弘兴一问,才知道,罗京一大早也离开了小镇。不仅是他,那些开黑色轿车、穿黑色西装的男人们,也无声无息从各个角落里消失。小镇一下子恢复了平静,唯一的不速之客,反倒是他自己了。

不,现在自己不是客人,而是归人。

他很快适应了这个身份的变化。小镇变清静后,他也一下轻松许多,常年笼罩着他的职场压力不翼而飞。他花了一整天,把原本堆进仓库里的父亲遗物又收拾出来,按照久远的记忆,在家中摆放好。随着这些旧时物件的物归原位,时光逆流,记忆也慢慢清晰。当他抹着额上的汗珠,直起腰来,脸上被淡黄的斜晖侵染时,模样俨然回到了十五岁。

这一个晚上,不到九点他就睡了,而且睡得格外酣甜。这可是近十年来第一次。一觉醒来,日头初升,霞光照在他脸上。他迷迷糊糊地醒过来,习惯性摸出手机,发现昨天一天没碰,已经关机,按也按不开。他也不想去充电,把手机丢在一边。

在小镇上,有太多事情可以做了。他起床后,去商铺买了点油漆、铁钉和砂纸等材料,把家里都修缮一遍。这事儿耗时耗力,不是一天可以完成的,所以他一般都是上午粉刷和修补。叮叮当当的捶打声在这间沉寂已久的屋子里响起,让路过的人纷纷张望。

"老邓家这是……"一个老人看见邓弘兴踩在人字梯上,费力地在凹凸不平的墙壁补石灰,"要卖房子了吗?"

另一老人摇头说:"这里的房子怎么卖得出去?"

"可是,不卖,为啥要装修?"

邓弘兴挺直腰刷墙,腰杆累得够呛,听到这话,停下来,对两个长辈说:"刷墙不是为了卖房,是住人。"

"谁进来住?"

邓弘兴一指自己。

老人们便觉得邓弘兴是在开玩笑。一个在大城市好好上班的白领,突然要在这海边小镇住下,是他们不理解的。邓弘兴也懒得解释,继续把房子的角角落落都收拾出来。

修缮房子是上午的事情,而一到下午,他就会来到海边,开父亲的渔船出海。他越来越熟练,还计划着什么时候去考个证,就不用这么偷偷摸摸。在海上,时间变得更清澈,在他耳边流淌着。

父亲去世前,也是日复一日地在海面漂荡,这么单调的时光,他在想什么呢?邓弘兴以前不能理解,但现在,他多少感同身受了一些。父亲可能在想念自己,想象自己在上海的生活。父亲一辈子没有去过大城市。

邓弘兴想起差点儿遇难那一晚的梦。在梦里,他跟父亲相对而立,一轮巨大的明月在他们中间悬挂。梦里的父亲说,一直想去上海看看。但父亲再也没有机会了。

就这么胡思乱想,一下午的时光转瞬即逝。而到了晚上,他就把渔网撒下去,有时候能捕到很不错的鱼种,有时候也一无所获。他也不强求,只撒两三网,有没有收获都回家。

二叔担心他一个人太孤单,晚上都拉上他去不同的邻居家串门。这些在时光中变得依稀的面孔,随着每一晚的拜访,再次形象鲜明。老人们把对父亲的缅怀,转为对他的呵护,叫他一起吃饭,还把镇上的各种轶闻讲给他听。

有时候，会说到失火被烧死的拾荒人老陈，以及卖房后举家搬走的前首富刘大奇一家。

他们都是父亲的朋友。

"很多年前，他们还一起去岛上打工呢。"一个老人回忆道，"打什么工他们也不说，说是保密，不过刘大奇你们也知道，嘴巴哪守得了秘密。我记得有一次喝完酒，刘大奇说，他们三个人，在岛上养……"老人眯起眼睛，"喂海怪还是怎么的。这太邪门了，我们都不信，他还一直说。"

邓弘兴很好奇，但再追问，老人也想不起更多细节，只能作罢。

小镇的生活就是如此，每一秒都在做不同的事情，都很缓慢，但每一天却很快。一晃，七八天的日子就过了。

如果不是小静突然咳血，被送往医院，他都想不起来镇子之外的世界。

那天是中午，他正要去海边开船，一个邻居大声叫他的名字，让他赶紧去二叔家。原来是小静在午饭时咳了口血，虽然不是很严重，但足以令他和二叔惊心动魄。他们联系了一辆车，把小静送到县城医院，安排她住院，又守在病房外等检查结果。等全部弄完，已经是晚上了。

"二叔，"夜深人静，邓弘兴轻手轻脚地把小静病房的门掩上，转身看着二叔，"我得先走，我回一趟上海。"

"啊？"二叔心力交瘁，闻言反应了几秒钟，"哦哦，也该回去了。前几天催你回去，你还不肯走，想通了就好。坐办公室还是比赶海强。"

邓弘兴不置可否，拍拍二叔的肩膀，说："你先照顾小静，如果有好的心脏，哪怕是……疆域公司的人造心脏，都先预约着。我很快回来。"

二叔的目光满是困惑。

邓弘兴扭头，隔窗凝视病床上的小静。她刚入睡，一头黑发在枕头上散开，像是旺盛生长的蔓藤。她的脸被头发衬得更白皙。"我会把她的医药费带回来。"邓弘兴缓缓道。

赶回家后，邓弘兴翻箱倒柜，找到了自己的手机。毫不意外，手机早已没电。他又找出充电头，插上去，屏幕上立刻出现了充电图标。几分钟后，他深吸口气，按下开机键。

滴滴滴滴……刚开机，消息提示音顿时响成一片，屏幕都卡住了，划也划不动。邓弘兴不得不再次重启，等了好一会儿，新消息才完全接收。

他逐一点开。

消息虽多，归纳起来倒也简单：项目上的事情找他跟进；然后，项目有人接手；再然后，因没到岗，人事向他发出警告；最后一条消息，是他的开除通知。

这些他早有预料，倒不惊讶，让他吃惊的是，程琪居然在微信里向他道歉，以哀求的口吻求他原谅，希望他回上海好好聊聊。通话记录里，有二十多个她拨来的未接来电。

尽管他已经做好了决定，但看到一贯强势的程琪居然放下身段，这样轻声细气地刷屏道歉，还是五味杂陈。毕竟在一起这么久，也不是那么轻易能放下。不过他最终也没有回复她。

关手机前,他心里一动,特意翻了翻。

没有罗京的信息。

短信和电话都没有,仿佛这个人一下消失在了他生活中。

14

邓弘兴带着疑惑,买了票,辗转回到上海。他先回租房收拾行李。这间房是他和程琪一起租的,各付一半,但程琪不在家,想必去公司了。

他收拾得很快,只拿走必需品,其他的就都留给程琪。打完包,叫来快递寄回老家,他环视一周,默默关门离开。

接下来,他把股票抛售,去银行卖了基金,加上银行卡存款,一共三十多万。这是他工作这么多年的全部积蓄,虽然还不够小静全部的手术费用,但至少可以先安排住院。

他把钱全都汇给二叔。二叔收到款之后,立刻打来电话,声音都哽咽了,说了半天,邓弘兴愣是一句也没听清。

他不得不打断,然后轻声安抚二叔,说:"我这些年攒的全部,也就是这些了。小静要换心脏,好像得五十万,还有十几万的缺口,我再凑凑。"

"已经很好了,剩下的我也想想办法。这把老骨头虽然不中用,但拆了还是能换点钱。"二叔情绪冷静之后,声音才听得清楚。

邓弘兴心有不忍,在脑中想着可以找谁借钱。很快,他无奈地发现,自己在上海忙忙碌碌,闷头上班,竟然没有可以借钱的朋友。

"那你什么时候回来?"二叔不知道他在思索什么,问。

邓弘兴本想立刻买票回家,但查了查,今天的机票已经没了。他又看了一眼天色,夕阳垂落,在一栋栋高楼间拉扯出浓重的阴影。他便说:"再在上海待一晚吧,明天就回。"

于是他在机场附近定了酒店,赶地铁过去,出地铁时,天已黑透。夜晚的上海与白天全然不同,灯火璀璨,街上车流不息,每一辆车都拖曳着彩光,把这座城市涂抹得五颜六色,光彩熠熠。他才离开几日,对这景象竟已有些陌生,在街头踟蹰了几分钟,深吸口气,才敢汇入人群,穿过车流。

到了酒店,刚办完入住,程琪的电话就打过来了。

他看着手机上熟悉的名字,犹豫了很久。电话一直响着,因无人接听而断掉,他刚要松一口气,程琪又打过来了。

他心里五味杂陈,拿起手机,按下接听。

"喂,"程琪说,"你回上海了吗?"

肯定是发现家里他的东西被拿走了吧。邓弘兴说:"嗯,我来处理一点事情。"

"搬家吗?"

"嗯。"

"决定彻底离开上海了吗?"

邓弘兴没说话,走到窗前,城市的灯海在他面前缓缓铺开。

"接下来去哪里呢?"

邓弘兴抬高眼睛,视线顺着闪烁的灯火,慢慢往上移。上海靠海,视线越过车灯与霓虹,就能看到浩瀚的海洋。因为夜的关系,其实他只能看到一片幽暗,宁静又深邃,清洗着他被光污染侵蚀过的眼睛。"回海边。"他说,"回家。"

程琪噎了一下,声音变得有些急切和哀求:"你不要总是这么幼稚呀!躲避是解决不了问题的!"

"或许,我根本就不需要去解决问题,因为我没有问题。"邓弘兴平静地说,"想留在上海才是我的问题。这里是你们的舞台,不适合我,我不仅不应该出现在台前,我连观众席都不该靠近。"

"我们只是有一点误会,你给我机会解释清楚呀。"程琪声音终于软下来,"你现在在上海吧?今晚就在家住吧,我可以把一切解释清楚。"

程琪从来没有表露出这种脆弱忧伤的语气,邓弘兴也有点心软。他知道,自己一旦回去,在家里面对她的神情,在夜里听她的声音,一定会再度沦陷。所以他说:"不了。房子你就一个人住吧,下个季度的水电费我也交了,你可以放心住。"

程琪又求了几次,邓弘兴都努力让自己坚定信念,一一拒绝。到最后,程琪似乎已经认命,说:"如果你不想在家里见我,那就到公司见一次吧。也不全是见我,还有公司的一些手续,你回老家也得生活,也要再找工作。把离职手续办了,到时候会少很多麻烦。"

"我不是被开除了吗?"邓弘兴想起通知解雇的邮件。

"只是邮件通知,还没正式签署。我可以跟人事处求点情,把你从开除改成解聘。这样你还可以拿到一笔赔偿金。"

邓弘兴在脑中飞快回忆了一下劳工合同和《劳动法》:公司解聘员工,最高可以按"2N+1"原则进行赔偿。他在这家公司工作了五年,也就是能拿到近一年的薪水,来当作赔偿。加起来也有十万出头，正好可以补上小静手术费的缺口。

"人事处……"他犹豫了一下，"真的会听你的吗？"

程琪一听有希望，连忙说："人事处当然是听王总的，但王总我可以搞定。他有把柄在我手里呢。"

邓弘兴握着手机，经过了一番天人交战，才低声说了声"谢谢"。

"谢什么呢，你以前为我做了那么多事情，现在你要走了，我总得为你做点什么。"程琪温柔地说。

挂完电话后，邓弘兴久久难以入眠。程琪的形象在他脑中变得模糊起来。或许，她并没有那么冷血和势利。她多多少少是对自己有一些爱意的吧，只是平常她自己都没察觉到这一点，就像久食米饭，觉得索然乏味，但到了诀别之际，才蓦然回甘。

但还是太迟了。

两个人都觉醒得太迟。他决定回故乡，而程琪离不开上海，即使冰释前嫌，也再难回到从前。最好的办法，就是明天接受她最后的善意，自己不再恨她，让这段关系画上一个不完美但也不丑陋的句号。

这么想着，他不再遗憾，顺利入梦。

第二天，他早早起来，坐地铁来到公司。

上海的地铁依旧挤得如同沙丁鱼罐头。进地铁前，他还精神焕发，一出地铁，便有些精疲力竭。这是他之前生活的常态，通勤让他疲倦，而他得带着疲倦完成一整天的工作。他以为早已习惯，但从故乡回来后，他发现自己已经无法接受这种拥挤，也无法面对一张张只盯着手机、没有表情的脸。

好在这是最后一次了,他想着。

进了写字楼,他拿出工卡,却发现刷不开电梯门禁。看来卡早就被停了。他只得去前台,填了姓名和工号,想申请一张临时门禁卡。

但前台一看到他的名字,漫不经心的脸突然变得凝重,拿起电话,说了几句后,变脸似的恢复了职业笑容,对他说:"邓先生,请稍等。"

没一会儿,一身职业套装的程琪就风风火火地来到大堂,将他接上去。他跟在程琪身后,百感交集,好在程琪也没跟他说什么,对视一眼,点点头,把他带到了十七楼。

在电梯里,他们只有简短的交流。程琪指着他身后的背包,问:"不是来办离职吗,怎么背这么鼓的包?"

"是行李。"邓弘兴回答。

程琪还想说点什么,但看邓弘兴不咸不淡的表情,便也把话咽回肚子。

他们所在的公司,规模中等,两百余人,租下了这栋写字楼的三层。这种中型企业在上海随处可见,一般靠着创始人的人脉和关系,一年接几个活儿,也能盈利,再把报表做得好看一点,就能去吸引投资。拉到融资之后,老板一般会把公司卖掉,拿钱离开,再创立一个新公司……如此循环往复。

这就是资本游戏,玩得越久,有钱的人越有钱,打工人们却没有任何变化。

一般在这种企业,老板都主要在外面跑业务,不常出现在公司。但邓弘兴被程琪领着,到了十七楼,一路穿过拥挤的大厅,走向老板办公室。

许多人原本埋头工作的同事们——前同事们,都抬起头来,视线汇聚在邓弘兴脸上。这些目光里有太多意味,难以一一分辨,邓弘兴面无表情,径直走到最里间。

"小邓啊,"老板站起来,跟他握手,"好久不见。"

印象中,他没跟老板怎么接触过。对这个跟他发工资的人,他一直有种本能的畏惧。他点点头。

"有点遗憾呀,公司失去你这么个人才。"老板见他不怎么说话,客套了几句,便对程琪点点头,说,"你带他去办手续吧,要快,干净。"

邓弘兴在这间豪华办公室里一句话没说,又被程琪带出去,进了会议室。

里面有两个法务,以及一大堆资料等着他签。

"除了离职和赔偿,还有工作交接。你之前甩手不干,很多事情都只做了一半,或是开了个头。"程琪对他解释道,"签字确认一下工作量,让其他的同事好交接。"

邓弘兴于是埋头签字。环境对人的影响真的很大,在这间极具压迫力的办公室,他感觉连抬起头来都很难,脊背上压着一整个城市的重量。他加快签字速度,想早点离开这里。

程琪则转过身,朝向百叶窗外的天空,没有看他。

大概二十分钟,邓弘兴终于连不迭地签完字,站起来说:"签完了,没别的手续了吧?"

程琪回身,看了一眼邓弘兴。这个眼神有些奇怪。"先看看。"

她说。

就在法务逐一翻阅合同文件时,邓弘兴也站了起来,活动手脚。他环顾四周,发现周围有点异常:会议室是毛玻璃门,虽然模糊了视线,但还是能看到外面黑压压的人影,显然是有不少人在围观。

他心里掠过一丝阴影。

这时,法务已经检查好文件,冲程琪点了点头。程琪也颔首示意。法务把文件装进袋里,抱着走出会议室。

"咔嚓",邓弘兴听到了清脆的锁门声。

他有些错愕地看向门口,随后才意识到——法务离开之后,反锁了会议室。门外顿时传来一阵喧哗声,又迅速隐没。闹钟的声音被放大了,嘀嗒嘀嗒,像是锤子在敲打。

现在只剩他和程琪还在会议室里。他霍然转身,看向程琪。

"不用紧张。"程琪看出了他的惊惶,微微一笑,"门很快就会打开的。"

"那为什么要锁门?"

"为了防止你畏罪潜逃。"

这个词让邓弘兴心里一凛,"我犯了什么罪?"

"你,邓弘兴,利用职务之便,收受贿赂,让项目落到利益相关方手中,给公司资产造成巨大损失;你资料作假,侵吞公司款项,导致项目有损;你还泄露公司机密,给竞品企业提供信息……"程琪声音轻快,一口气说了一大堆,每一项都可以让邓弘兴蹲进监狱,有几个还需要进行巨额赔偿,"还要让我继续说下去吗?"

"你说的这些,我一件都没有做过。"

"或许吧,但谁知道呢?做没做过,不是靠你说,而是看证据。你来之前,很多东西都准备好了。没有经你手的工作流程里,已经有了你的名字;你的工作邮箱,多发了几封邮件出去;公司已经收到了七封举报信,都是检举你在工作中出现的各种问题。当然,这些还不够,还差一些决定性的证据——但刚刚,你已经替我们完成了。"

"我?"

"你刚刚签下的名字。"

邓弘兴的脸逐渐变白。刚刚他签的文件里,除了劳工合同解除文件和赔偿文件,还夹杂着乱七八糟的工作量确认单据。他刚开始还看了看,但上面数据冗杂,表述繁复,字句的意思总是游走在对错之间,他知道这是职场公文的典型风格。正常情况下,大家都心照不宣,因此他也就没再细看,一股脑儿全签了。

但显然,他面临的不是正常情况。这些模棱两可的签字文件,在手段高超的律师手中,会成为武器。

在他走进这间会议室,或者说,在他进这栋大楼之前,他们就挖好了陷阱,引诱他进入,最后一脚踏上。他自己的体重,成了这个陷阱最要紧的一环,压破伪装布,让他深陷谷底。

这并不是程琪为这段将要结束的感情而表露出的最后善意,这依旧是一场伏击。他曾以为看穿王总的套路后,他们不会再用这种方式——或许他们正是预料到了他的大意,才如此重复做局。

但……

"但是为什么?"他后退一步,会议桌桌角抵着他的后腰,硌得生疼,"为什么要害我?"

程琪微微一笑,露出雪白牙齿。这是胜利者的笑容,但在邓弘兴看起来,像是某种蛇类在咝咝吐芯子。

邓弘兴伸出右手,抚摸后腰,很艰难才从唇齿间吐出字眼:"就是为了报复我吗?"

这下,程琪的微笑变成了嗤笑,摇头道:"你真是至死都这么幼稚。"

"难道不是吗?这么大费周章,找来老板配合,让法务部出假资料,不就是为了报复我抛弃你吗?你没被人抛弃过,肯定咽不下这口气,想要报复我。"

"你既高估你自己,也低估我了。"程琪看了看门外,说,"这么大手笔来让你入套,连老板都在配合——你知道他一分钟能挣多少钱吗?法务部精英加班找你的黑料,这么大的工作量,怎么可能是因为我的感情问题?"

邓弘兴若有所思。是啊,能布下这个精致又昂贵的陷阱的,一定是更加庞大的存在。比这家公司还要庞大无数倍……

他脑袋突然闪过一道光,"疆域公司?"

程琪从鼻子里喷出一口气,算是默认。

"原来还没有放弃吗?"邓弘兴喃喃道。

"你不是也没有放弃?你到处收集资料,采访其他实验者,想把当年非法实验的事情公知于众,你以为能瞒得过他?"

"他?"邓弘兴说,"你是说罗京吧?"

"当然是他。你惹错了人,阿兴。"

211

邓弘兴依然捂着后腰，慢慢坐在椅子上，斜对着程琪，说："那你能得到多少钱呢？"

程琪转过身，不看他。

"应该很多吧。多到在这笔钱面前，设计陷害我的法律风险和道德愧疚都不值一提，多到可以无视同事和领导的非议……那算起来，至少百万吧。"

程琪扬起嘴角，似乎想要笑，但笑到一半，嘴边一阵抽搐，最终变成了叹息。"阿兴，我曾经给过你机会的。"

邓弘兴正想说什么，门外又传来一阵喧哗。围观的同事们被驱散开，有人在靠近。程琪说得没错，门很快就会被打开，而开门的，是警察。

15

邓弘兴被戴上手铐，押到了警局。

接下来的流程就如同梦中。他被带到了一个又一个房间，在一张张款式各异但同样冰冷的椅子上坐下，又被拎起来。很多人出现在他面前，都是站在强光下，用犀利的眼神审视他。这些人都说着同样的话。

请你们配合我们。请你配合我们。请你配合我们。

邓弘兴其实很配合。所有的流程，无论是采集声样还是指纹，他都快速完成；警察问什么，他也回答什么，毫无保留。问题是，在那些堆砌如山的资料和证据面前，他的坦诚回答全像是谎言。

公司还派了人过来协助调查，这些昔日同事们在警察面前，也是与他完全不同的说辞。

警察们的目光愈加冰冷。

请你配合我们。请你端正你的态度。请通知你的家人,最好是直系亲属。

邓弘兴告诉他们,自己已经没有了直系亲属。

"你要是一直这种态度,就没人能救得了你。"警察说。

再然后的几天,他一直被关在看押室里。时间变得黏稠。在他想象中,代表时间流逝的,应该是秒针的清脆嘀嗒声。但在这里,每一秒与下一秒之间,都隔着漫长的间隙,以至于他耳边响起了黏虫陷落于沙地后艰难蠕动的沙沙声。

他在这种幻听中度过了五天,浑浑噩噩,神情恍惚,直到有人来探视他。

他以为是二叔得到了消息,千方百计来到上海,但门被推开,进来的人却完全在他意料之外。

"很惊讶吗?"罗京站在他面前,露出他一贯的温和微笑,"我说过,我们是朋友。朋友有难,朋友帮忙。天经地义。"

邓弘兴愣愣地看着他。

他凑近到邓弘兴眼前,挥了挥手,似乎是想确认邓弘兴是不是还能看见。

"看来你这几天过得不太愉快呀,"他说,"我也很心疼。一想到接下来十几年,你可能都是这么度过的,我简直坐立不安呀。所以,我就过来了。"

邓弘兴想说话,但张了张嘴,长久沉默竟然导致了他一下子忘记了如何发音。

这个动作让罗京笑得更开心。在这间小小的屋子里，他是胜利者，俯视邓弘兴，说："现在，我们终于可以好好聊一聊了吧？"

罗京要聊的，还是关于邓弘兴的父亲。签下那份合同，把父亲的遗体交给疆域公司，再毁掉他所有的调查资料；而作为回报，罗京可以取消公司对他的指控，并给予一笔不菲的赔偿——虽然没有之前那么多，但也可以在家乡小镇上颇为优渥地生活一辈子。

"毕竟，我们还得给你未婚妻钱，哦不，应该说你前未婚妻。还得让总部给你们公司一些业务，让你们这种没有任何社会价值的小企业，成为疆域公司的供应商。"罗京解释完，又颇含意味地总结了一句，"为了你，你想象不到的巨量财富改变了流向。"

听完这一大堆，邓弘兴还是沉默着。

"怎么？还是要拒绝我吗？你瞧，这里可不是你那个穷乡僻壤的海边小镇，而是上海。这里的规则不一样。"

罗京盯着邓弘兴，良久一叹，作势欲走。

"等等。"邓弘兴终于像一台重启的电脑，功能逐一恢复，嗓子里开始发出完整的音节，"我答应你……"

罗京停下来。

"但我有一个条件。"

"加钱吗？"

"我想知道，为什么你们千方百计想要我爸的尸骨。"

"知道了又能怎么样呢？"

邓弘兴站起来，说："你也有父亲的吧？"

罗京俨然认真回忆了一下，然后才确认地点点头："我身体基因的一部分来自某个男人,按你的意思,他就是我父亲。但我从没有见过他。"

邓弘兴眼睛微微眯起,在消化他的话。顿了顿,他才说:"所以你不会懂。我跟我老头曾经很好,但后来出了一些事,我们关系崩裂,我十一年没有回到故乡。再回去时,他已经死了。我以为我们的隔阂,是性格问题,但现在,我知道很可能是因为你们的实验。如果不搞清楚真相,哪怕拿到钱,我也花不安心。"

罗京问:"知道了,就会答应吗?就不再找我们麻烦了吗?"

"当然。就算我想给你们找麻烦,凭我,我也做不到。你看过奥特曼吗?"

罗京一怔,没明白他在问什么。

"我只是一个普通人,疆域公司,是巨大的怪兽。我对抗不了的。我只是想知道得更多一点。"

"你这个比喻倒是出乎我意料。我很多年没从成年人口中听到奥特曼这三个字……但我明白。好的,我给你真相,你给我你的父亲。"

罗京果然手眼通天,没过两天,邓弘兴的保释手续就全部完成。接下来,他只要签署疆域公司的合同,移交父亲的遗体,所有起诉都会撤销,他会直接从保释到无罪,还能得到来自疆域公司和原公司的两份赔偿。

但——

在此之前,按照约定,罗京带他来到了疆域公司位于上海的大楼。这里位置优越,离海不远,在百叶窗后的白领们,可以一边抿着咖啡，一边俯视大海。

"亚洲区是我们非常重视的区域，公司相当一部分收入，都来源于亚洲的伙伴。所以公司总部虽然位于黎巴嫩，但上海的办公规模，也与总部相差无几。"罗京慢条斯理地向邓弘兴介绍，见他兴致缺乏的样子，微微一笑，才说到重点，"很多资料也都放在这里——包括你父亲的。"

"得有二十年了吧？"

"我们可是百年老企！"罗京做了个夸张的表情，随即正色道，"当年迈尔斯兄弟在欧洲成立这家公司时，就致力于改变世界，探索并拓宽人类的极限。为此，公司做了很多实验，即使是战争期间，都没有停止。当然，有些实验成功了，有些没有，但都会留下记录，成为公司的资产。从某些角度说，邓先生也是，所以他的资料会保存完好。"

"他是人，不是你们的资产。"邓弘兴微微眯眼。

"那得看你从哪个角度来谈了。"

显然这个问题继续讨论下去，也不会有结果。两人都沉默。罗京带着邓弘兴，进总部大厦，到前台去领访客证。

相比邓弘兴的前公司，这里的前台更奢华，行政人员站了一排，脸上都是一模一样的微笑和热情。

疆域公司人员众多，每天都有新入职的员工，又正值上班高峰，来这里谈事开会的人也不少。此时，前台每个行政小姐身前，都排了好几个人，正挨个登记。

罗京径直走到最右边的行政小姐面前，要求拿一张去四十二楼的准入证。

"先生，您需要排队办理。"行政小姐的微笑依旧挂在嘴边，但眼角微皱，语气里也带着不满，"另外，四十二层并不开放参观或举行项目会议。"

罗京掏出工牌，递过去。这张工牌是纯黑色的，格外显眼，与周围路过的普通员工身上的蓝色工牌截然不同。

一看到他的工牌，行政小姐脸色一变，也不顾罗京身后排着的长队，以及队首那个西装中年男人的满脸不满，接过工牌，在卡机上刷了一下。

"嘀"的一声，卡机上一排绿灯依次亮起。

连其他行政小姐也都放下手头的活儿，朝罗京看过来。

"罗先生，请上八号电梯。"行政把罗京的工牌和邓弘兴的访客证一起捧过来，语气毕恭毕敬，"会有人指引您。"

大堂里其他几部电梯都很拥挤，门口排着长队，八号电梯前却一个人都没有。

邓弘兴听说在有些公司，会有专供老板或高管的电梯，这还是他第一次见到。进了八号电梯之后，他惊讶地发现，这部电梯不仅空旷，装修也很奢华。他们正踩在一块看起来就昂贵的地毯上。

罗京一副驾轻就熟的样子，斜靠电梯壁。邓弘兴站在门口，背对他，站得笔直。

"你今天有点不一样。"身后的罗京说。

"是吗？"

"我第一次见到你的时候，你就像个婴儿，在你未婚妻的怀里，做什么都要征求她的意见。但现在，你看起来长大了不少。"

邓弘兴没有回头,"这听起来可不像是什么夸奖。"

"我也不是在夸你。反倒是,我现在有点儿不安,我还是更喜欢早些时候的你。"

这番话里有一点调侃,或者说,在试探。邓弘兴略微转头,看了他一眼,说:"我只是想真正了解我的父亲,了结一个心愿。"

罗京说:"那你有没有想过,了解以后会更失望?以我的经验,对任何一个人类,都不要完全了解。每个人都是一张纸,看起来整洁,但用放大镜凑近了看,上面全是油污和坑坑洼洼。比如你的未婚妻,你现在应该对她有更多的了解了吧?"

邓宏兴点点头。

"所以你们再也无法在一起。"罗京说,嘴角浮起一丝戏谑,"当然,我必须承认——我在这个过程中,也起了一些作用。"

"但我父亲不一样。"邓宏兴猛然转身,直视他,哪怕明知道这种行为会引起他的不悦,"他当然不是一个完人,他的缺点很多,很早我就发现了这一点。所以我才会离开他,十一年都没有再见过,一直到他死。但父子和情侣,是不一样的。情侣要不断试错,要从很多人中选择,要磨合,最后要完全匹配,不然这段关系就会结束。程琪瞧不起我,我害怕程琪,这两点注定我们最终会分开。但哪怕我和父亲彼此伤害,父子这种关系,始终改变不了。"

"你这种观点,按网上的话说,爹味太浓。当父母,是不需要经过考核的,对很多人来说,只是为了获得生物意义上的快感,孩子是纵欲和粗心的代价。他们不配为人父母,也不愿为人父母。父母和孩子,对双方而言,都是错误和折磨。"

"听起来,你很有感触的样子?"

罗京挑眉,"现在都学会试探我了吗?"

"我只是好奇。其他人要是像你这么年轻,能在疆域公司工作,就算是走运。而你,"邓弘兴指了指脚下,"能带我进这间电梯,能调用那么多资源,怎么做到的?"

"你觉得呢?"

"富二代?"

罗京脸上的微笑变成嗤鼻,颇不屑的样子,但刚要说点什么,电梯门开了。他便打住话头,带着邓弘兴走出电梯,走向封存着久远秘密的档案室。

在邓弘兴想象中,档案室应该很大,但满是书架,架子上整齐地放着文件夹。古老的纸张在幽暗光线中等待,可能几十年都无人来查阅。文件夹的编号都在时光中泛黄,空气有灰尘幽幽浮动。

然而,这个档案室只有一扇没有把手的狭窄银色金属门。罗京站在门前,用工牌扫过门的正中心。"咔咔咔"的机栝转动声响起,很是沉闷,金属门向左移开,露出一个不到十平方米的小房间。

"这就是档案室,疆域公司总部和二百六十四个分部的所有保密资料——"罗京转身对他说,"都在这里。"

邓弘兴走进去,却没发现一张纸。相反,这里干净得出奇,四壁洁白,只有靠门的角落处立着半人高的支架,支架顶端是一台产自疆域公司的平板电脑,很小巧,七八寸的样子。

罗京在平板电脑前进行虹膜扫描,又输入了复杂的密码。完成后，金属门猛地关闭，屋子暗下来；头顶天花板随即探出了十几根手指粗的金属探头，瞄准屋子的各个方向，射出纷乱的光线。

邓弘兴先是被门合上的声音吓了一跳，纷乱光线又让他两眼刺痛，他后退一步，靠到了墙壁上。墙壁在微微发热。

罗京解释道："十几年前，公司就对所有档案进行了无纸化处理，随后把所有过期的纸质合同都销毁了。'巨神'计划也包含在内。"

邓弘兴镇定了些，说："嗯，云端比纸张更适合保存信息。"

"但也更容易泄露信息。"罗京的手指在平板上划过，四周投射的光柱也随之变化，逐渐收拢，形成一道半米口径的光柱，竖在两人中间，"所以即使经过无纸化处理，数据能够随时备份，但这种档案室，连总部都没有，只是在大中华区分部设了一处。就是在上海，在我们所站立的地方。你看，疆域公司的业务遍布一百七十四个国家，却唯独在你的城市设立档案室，"他轻轻划动指尖，那道彩色光柱斜移过来，将邓弘兴笼罩，"简直就像是命运的礼物。"

"上海不是我的城市。"邓弘兴小声说。

"什么？"

邓弘兴摇摇头，提高声音说："那就开始吧。我想看我父亲当年做实验的资料。"

"当然，当然。屏住呼吸吧，我的朋友，我之前看'巨神'实验时，可是被吓了一跳呢。"

罗京微笑着说完，伸出手，在平板屏幕上划着什么。笼罩在邓弘兴身上的光柱忽然涣散，粉尘一样的光粒在四周游动，几秒后，它们聚合成数十股彗星状的光晕，在空中缠绕。

"我跟你说过，商业上的成功并非我们的追求，创立之初，公司就立下宗旨，决定要拓宽人类这一物种的边界。所以，早在一个世纪前，公司就在世界各地设立实验室。即使是个野鸡科学家，只要有点子，都可以来公司申请实验经费。哪怕这个实验再荒诞不经，再违背人伦，难度再高，也能从公司提走一大笔钱。那真是一段疯狂的岁月，公司的钱像盛夏雨水一样哗啦啦往外洒。"

随着他的话，空气中的光晕组成一个立体窗口，里面挤满了文件夹图标。罗京手指在平板屏幕上捏合，文件夹图标缩小，密密麻麻，有数百个之多。

"这是全息办公系统，还没有投产。"罗京解释，"绿色的文件夹，表示实验成功；而红色的，表示实验失败。"

邓弘兴往前一步，朝窗口看去，里面几乎满是刺眼的红色。他的脸被红光映亮。一大片红光中，偶尔有几个绿色的图标在浮动，但实在太少，稍不留神就会被淹没。他眯起眼睛，能看到离自己最近的一个文件夹，注明文字写着"人体线粒体供能多样化研究"。

见他凝视着这个文件夹，罗京一笑，"怎么，有兴趣吗？虽说我只申请了'巨神'计划的阅览许可，但我的权限，也可以查阅这里其他的资料。"他点击一下屏幕，标有"人体线粒体供能多样化研究"的文件夹开始摇晃，吃撑了似的，一些图片和影像资料被吐出来，悬在房间各处。

整个房间都是为这种高清的全息影像显示而设计，邓弘兴站在中间，一排照片在他眼前以弧形展开。

照片的图像是黑白的，显然来自对古老资料的扫描。每张照片上都有一具尸体，男女老少都有，唯一的共同点，是脸色乌青。

"你知道，线粒体是人体呼吸后，进行血氧反应的地方。如果线粒体有别的供能方式，人类就不需要氧气了。"罗京将这些照片放大，"换句话说，这个实验就是为了让人不呼吸也能活。听起来很搞笑是吧，但公司认为如果真能研发出这种药剂，人类就可以踏足更为极端的环境。于是，1972年，这个实验室在哥斯达黎加郊区建立；1978年，迫于压力，才关停它——其间，超过一百人被活活憋死。"

照片放大后，清晰度依旧很高。每具尸体的脸庞都毫发可见，其中几人死不瞑目，眼神凄厉。邓弘兴被亡者的目光环视，背后似有细蛇游过，又冷又黏，一阵鸡皮疙瘩在身上泛起。

罗京很满意他的反应，继续说："这只是这么多失败实验中的一个。科学就是这样的啦，大量失败，垫脚石足够多了，才有那么一两个成功的案例。"

邓弘兴问："有成功的吗？"

"当然有。"

空中的资料被收进文件夹，窗口缩小，一个个红色文件夹迅速掠过，几秒后，一个标绿的文件夹悬停在邓弘兴面前。

"新人类计划。"罗京缓缓说出这个文件夹的名字。

"什么叫新人类？"

"旧人类——也就是你这样的人类，像一块顽石，身上有很多冗余的、负面的组成部分，比如感情和道德观。顽石要成为美玉，需要提纯，而新人类，就是清除掉人性中的杂质，没有感情和道德的阻碍,追求更理性,更高智商,更快的反应速度。"

邓弘兴留意到,说到这个实验时,罗京的语气有点不一样了——之前介绍其他实验,哪怕四周有惨死之人的怨灵在徘徊,他也一副轻松的口吻,甚至带着不屑;但现在,他盯着空气中的绿色图标,语气有点儿……骄傲?

邓弘兴心里一动,问:"怎么做到呢?人可比石头复杂得多,也脆弱得多。"

"是的,很复杂,也很痛苦。精神药物、电疗、心理干预、大脑改造……什么都尝试过。最后,他们发现最好的提纯介质,是恐惧。用恐惧压垮实验对象。鬼怪、幽闭环境、巨大沉默物、躲在黑暗里的老太婆、染血的洋娃娃……你越害怕什么,他们就会营造什么。没有他们做不到的。"

"那你最害怕什么?"

"我的母亲。我所有的噩梦都来自她,她的尖叫,她在深夜里涂在额头上的口红,她那件红色的婚纱。八岁的时候,她穿着那件婚纱不告而别,警察找了她十年,始终音讯全无。"

"但新人类计划找到了她?"邓弘兴小心翼翼地问。

罗京眼角抽动,声音里也带着一丝颤抖,"是的,他们只花了三个月,就把她带到了实验……"他突然停下来,看着邓弘兴,眼神里闪过凶戾和诧异,"你套我的话。我现在真的有点对你刮目相看了。"

"你这么年轻,就爬到了疆域公司的高位,一般的职员,都做不到的。"

"我不是公司的职员,"罗京缓缓摇头,"我跟你的父亲一样,都是公司的资产。"

邓弘兴"嗯"了一声,说:"那这个实验,造出了几个像你这样的人?"

罗京收回目光,手指一划,空气中的绿色文件夹图标顿时涣散。"你不是想查'巨神'计划吗?"他说,"我们还是快点结束吧。你查了资料,在合同上签字。你就再也不会见到我了。"

"好,调出那个'巨神'计划的资料吧。"

"巨神"计划的文件夹在一个隐藏窗口里。窗口打开,里面是十几个黄色图标,"巨神"计划排在中间靠前。

"为什么标黄?"邓弘兴问。

"红色失败,绿色成功,但他们都是已完成的实验。黄色代表的,是实验还在进行中。"

"啊?"邓弘兴记得,那个无名小岛明明早就荒废了,连实验室都已成废墟。

在看过"新人类计划"后,罗京明显受到影响,不耐烦起来,说:"实验过程是结束了,但实验对象还没有找到……算了,你看过就会明白。"说完,他选中"巨神"计划,以指尖点击,文件夹再次破裂,文字、图片、影像资料像天女散花般洒出来,充斥整个房间。

在屋子中间的一张照片上,邓弘兴看到了一个熟悉的男人。

那是他的父亲,年轻时的父亲。相比棺材里那具被寒气包裹的苍老尸体,这张照片里的父亲,与他的记忆更吻合。

现在,隔着久远的时间,在掉帧的全息影像里,父亲与他对视。

"小兴……"耳畔似有人在低声呼喊。

邓弘兴眼圈顿时泛红,屏住呼吸,走向那张照片。

16

1999年秋天,渔民邓威看到海面驶来一艘黑色巨轮,在无名荒岛停靠时,浑然未觉自己的人生会因此剧变。

那时,他手头吃紧,满心想的都是怎么筹钱。所以当他听说一群外地人要在荒岛上建实验室,在招募工人时,就毫不犹豫地去报了名。起初,他只是想挣点小工费,一天八十,快赶得上旺季捕鱼的收入了。但不到一个月,他就发现这实验室,很是邪门。

那些外地人从海上用货轮运来了许多笼子或箱子,都很大,用黑布遮着,严严实实。每当这些箱笼运来时,工人们都会被要求离场,但夜里,他会听到实验室深处传来动物的嘶吼。

邓威帮工修建的地方,是个焚烧间。刚开始他还以为这是新殡仪馆,修好后,他看着这个直径二十多米、四壁遍布高温喷管的焚烧池,暗暗咋舌——得是多大的尸体,才会被用到这种规模的焚烧池啊?

再往后,工期加紧,他被排到夜班。偶然在风浪平歇的深夜,他能从实验室听到惨号——不是动物的,是人。

……

类似不寻常的地方,不胜枚举。

邓威寻思着不对劲,去跟镇长汇报。镇长压低声音,叫他别多管,赶紧修完,结工资走人,以后哪怕开船,都绕着荒岛离远点。"

邓威老实巴交，也只能点头。好在这伙外地人做事虽诡异，给钱却爽快，实验室提前修好，所有工人都拿到了一千块的奖金。邓威一共结了八千块工钱，虽然不解燃眉之急，但好歹是一大笔钱，他高兴地把钱揣进怀里，正要走，被一个戴着厚厚眼镜的矮个中年人叫住了。

邓威认得他。这个实验室上下几百号人，从蓝衣服的保安和清洁工，到红色着装的工人和穿白大褂的实验人员，以及偶尔从货轮上下来的神秘黑衣墨镜男，都得听他的。邓威不知道他是什么级别的领导，只记得别人都叫他"何博士"。尽管何博士身高只有普通人一半，但在他面前，所有人都毕恭毕敬。

所以邓威老实地停下来，问："啥事？"

"你这阵子做得不错，勤勤恳恳，"何博士拿出两千块现金，递给他，"这个当奖励，你个人的，拿好。别给其他人说。"

邓威捏着厚厚的一沓钱，低头看着这个面目斯文的男人，有些愣。"真给我？"他问。

何博士微笑点头。

八千涨到一万，邓威胸口变得更沉。他刚要转身，何博士又问："想挣更多钱吗？"

"啥？"

"我们在招人。"

"活儿不是干完了吗？"

何博士推了推眼镜，露出微笑，举止很是文雅，让邓威这个在海边生活了一辈子的粗犷渔夫本能地心生好感。"不是当小工,"何博士说,"你的价值远超过抹水泥和搬红砖,或者,开渔船。"

邓威不明白为什么突然被夸,客气地说:"我们这里的人都开船捕鱼,都是一样的。"

"但你可以做得更多,更好。"何博士说,"而且你比其他人更需要钱,是吧?"

邓威犹豫一下,点点头。

"我们也更需要你。你在这里干了那么久,知道我们是做什么实验吗?"

那些诡异的现象在他脑子里浮现,有点毛骨悚然,他吞吞吐吐地说:"不知道……但有点吓人。"

"伟大的进步,总会伴随着一点小小的崎岖。"何博士的笑容愈加和善,上下打量邓威,话锋一转,"你个子不矮,应该有一米八吧?"

"一米八二。"

何博士说:"我很羡慕你。我只有一米三一,从小就被欺负,要是有你这个个头,那些人肯定不敢惹我。"

邓威不明白他为什么说这个,但还是努力跟上他的思路,安慰道:"但你有知识,这个也很厉害。"

"是的,"何博士扣起食指,敲了敲自己的太阳穴,"或许是对身高的补偿吧,我这里很发达,所以才能爬到现在的位置。但小时候,孩子们是不在乎聪不聪明的,他们无知又残酷,只要你体型比他们小,他们就会来欺负你。"

邓威本能地想到了自己的儿子。

227

"不只是小孩子,成年人也是——或者说,所有的动物都是。蚂蚁不敢去招惹螳螂,黄鼠狼看到狗会吓跑,而狗在大象面前也只敢呜咽。这是动物的天性。人呢,虽然进化成高等动物,但骨子里依旧有着对巨大物体的敬畏。你想想,我们修建筑,摆雕塑,宗旨都是越大越好。这是我们基因里流淌的巨物崇拜情结。"

"呃……"邓威心里想着,文化人说话就是不一样,明明哪里不对劲,但他就是反驳不了。

何博士的目光又回到邓威身上,微微一笑,"所以,你有想过变得更高吗?"

邓威摇头,过了一秒,又老实地点头说:"每个人都想过吧。"

"那你想变得多高?"

"这个倒没认真想过,高一点就行?"

博士目光炯炯,"一米九?"

邓威刚想说"差不多",博士又说:"两米?"

"呃……"

"两米五?"

邓威一愣,发现何博士脸上并不是开玩笑的表情,相反,在那厚厚的眼镜片上,光华流转,而光晕下的眼睛无比坚毅和热忱。"十米呢,有想过吗?"何博士越说越快,声音透着一丝狂热,"十米也不够高大,想象一下,你要是变得有一百米高,那该有多威风?"

邓威后退一步,结结巴巴地说:"您真爱开玩笑……真要是有人长到一百米高,岂不成怪物了?"

"我不喜欢怪物这个词。在希腊神话的描述里,神族总是巨大无比，俯视众生，有泰坦之称。因为更大，意味着更有力量。这是古代希腊人的朴素想法，所以，我们实验的代号为'巨神'，不是培养怪物，而是塑造神灵。"顿了顿，他靠近邓威，"你想变成神吗？"

邓威只想早点回家。

他原本对这里的实验抱有好奇，但经过博士这番怪腔怪调的说辞，好奇早已经变成畏惧。他说："呃，不早了，我得回去给孩子做饭……"

"三十万。"

邓威刚转身，"什么？"

"如果你成为'巨神'实验的志愿者，我们会支付给你三十万的酬劳。"

邓威回家后，考虑一夜，第二天再次登上了孤岛。

看到这里时，邓弘兴难以置信。

在他印象中，父亲并不是贪财的人。相反，父亲有着沿海渔民常见的大大咧咧，给他一百块跟给他一万块，对他来说没有任何区别——都是请那些好兄弟吃饭喝酒。邓弘兴记忆最深的是，二叔有一大家子人要养活，手头窘迫，每次父亲带二叔出海打鱼，结钱的时候，父亲都只拿很少一部分。

"我就一个儿子养，两个男子汉，怎么都能对付过去。"每次二叔要表露感激之情时，父亲都会大力拍拍他的肩膀，哈哈大笑说，"你先拿着，要是哪天我有什么意外，我儿子可得去你家吃饭哩！"

但查看"巨神"的项目资料，在何博士的科研日记里，有对众多志愿者的描述；提到父亲时，只简单描述为"急需用钱，以利劝之，情绪稳定，服从实验管理"。

邓弘兴转头问罗京："这些都是真的吗？"

"何博士在公司留下来的私人名声不太好，但在业务上的评价很正面，是真正的科学家。"罗京显然早已看过这些资料，不咸不淡地回答，"他的实验记录，我建议可以相信。"

"但我爸并不贪财……"

"无意冒犯，但要是让我在一个科学家和一个渔民之间选择的话，我还是更相信前者。"

"无论拿谁跟我爸比，我都选择相信我爸。"

"或许，"罗京颇为玩味地看了一眼邓弘兴，"你并不是很了解你的父亲。"

邓弘兴没理会这句话里的嘲讽，又点开一个悬浮的文件夹，几十张扫描纸质资料而生成的图片在他周身环绕。这些资料详细记载了"巨神"项目的起源——跟何博士说得差不多，遵从人类对巨大物体的崇拜与恐惧，改造生物基因，培育出高达百米的新物种。在何博士的描述中，这项研究前景广阔，可控的巨型生物不仅能在生物和医疗方面大展拳脚，更可以延用于重工业、运输……甚至军事。

这也是何博士把实验室选址在海边小镇的原因——空间宽阔，破败，无人监管；偏远，但又便于用轮船运输大型动物。

"还有一个最重要的理由，"何博士在日记里特别注明，"世界上已知最大型的生物，蓝鲸，就生活在海洋里。海洋有孕育巨型生物的天然优势——不受重力扯拽，空间广阔，营养丰富。如果我们要造出'巨神'，绝不是在沙漠或丛林中，只能是在温暖的海水里。"

邓弘兴一页页翻看，速度越来越慢。

刚开始他对这些图片和资料嗤之以鼻，但何博士留下的记录，资料翔实，逻辑严密，论证过程环环相扣。虽然未知全貌，但他已隐隐觉出这个何博士就是给他和父亲带来厄运的幕后之人，本应对何博士反感鄙夷，但这些资料却塑造了一个真正意义上的科学家形象——对理想实验结果，极其狂热偏执，而在实验方法上，却又冷静克制。

在资料的最后，写着何博士对"巨神"计划的总预算。

"七千万？"邓弘兴不禁咋舌，"那还是1993年，疆域公司就给他投了七千万？"

"实际上是一亿三千万。"罗京等得有点无聊，摊摊手，"预算嘛，总会超额。"

"看来疆域公司的高层也不怎么聪明，能批准这么荒诞的实验。"

"首先，所有伟大的发明，在刚开始都很荒诞。两百年前的人听到人可以乘飞机满世界跑，也会觉得荒诞。其次，公司的策略是投资型的，投二十个实验，有一个能成，就符合商业逻辑。你可能不知道，在'巨神'计划的同期，公司还在亚洲建了另一个实验室，代号为'芥子'，专门研究如何将人类缩小。公司尊重每一个科学家的理想，并为此买单，哪怕这些理想是互相冲突的。"

"那……'芥子'项目，后来成功了吗？"

罗京嗤笑,却没有回答。

邓弘兴察觉到他的耐心正在消失,不再说话,专心查看资料。

17

成为志愿者后,邓威必须长时间待在实验室。他儿子以为他出海打鱼,每晚坐在海边,守着斜阳,希望他能在金色余晖中破浪出现,把自己抱回家。邓威也想这么做,许多个因被注射大量不明液体而疼痛难忍的夜晚,他就是靠在脑海中一遍遍构建这个画面撑过去的。

是的,实验很痛苦。

最开始,何博士主要在研究动物的基因变异。他提取了蓝鲸、大象等大型动物的基因,制成胚胎,在实验室培育。这种尝试早先有过几次成功案例,培养皿里诞生了一些新的两栖物种,生长奇快,跟菌类一样,几乎可以肉眼看到它们身上的瘤状物在增殖。但这些被何博士细心呵护的丑陋生物,最多长到一吨重,就病恹恹的,没几天就成了营养液里漂浮的软绵尸体。

那一阵,何博士红着眼,天天在实验室里骂人,有时候急了,还摔东西砸人。被他打骂的人,即使弯腰鞠躬,也比他的个子高,但都不敢顶嘴。

到了中期,实在没有办法,他们才想到人体实验。

人类是小型生物,再怎么培育,也无法爆发式生长。但在付出了几条人命和巨量钱财的代价后,他们发现,提取人类基因切片,嵌入被改造的细胞中,能提升新物种的活性。看来人类能成为这颗星球的主人,不是没有理由的。

邓威要做的,就是提供合适的基因样本。

在当年,提取骨髓细胞还是用的老式抽取法,即从髂骨的髂后上棘进针,抽取髂骨里的骨髓。毕竟是一根长针管刺进了骨头缝隙,麻醉剂失效后,他疼得坐都坐不住,只能长时间趴在床上。那种疼痛很难形容,阴柔绵长,渗进骨子里,明明是被抽取出骨髓细胞,却更像在骨缝里塞了颗种子,根茎在一点点绞噬血肉,让他又疼又冷,身上盖了三层被子也止不住打战。他记得打鱼时,差点儿被有水老虎之称的鳡鱼咬断手,也没这么折磨。

除了扎针,何博士还让他吃各种药,吃了之后,大汗淋漓,浑身乏力,脑子昏昏沉沉。

每次进实验室,这种状态就得持续好几天。

或许是折磨的代价,在一众实验者里,邓威提供的基因切片最契合。

得益于他,有一头半象半鱼的生物,在水箱里长到了两吨重。何博士时常站在玻璃墙前,与这个长满了不知是鼻子还是触手的球形生物对视,目光满是慈爱。

"世界上最伟大的事情,也莫过于此了吧?"有一次夜里,邓威路过试验大厅,听到何博士对着水箱喃喃自语,"培育远比人类强大的物种,上帝造人,而我们造神。"

邓威听不懂他的话,继续踉跄着往前走。他出来快三天了,身上药效刚过,忍着疼想早点回家。

何博士听到动静,转身见到他,温和笑道:"这么晚了还要回家?你刚刚取髓,还是要多休养。"

"谢谢博士，不过我跟孩子说是出海打鱼，太久了怕他闹。"

何博士便不再劝，"那你多拿点营养品回去，在家多补补，造血和细胞生成功能才好恢复。没记错的话，下个月中旬，你还得来吧？"

邓威迟疑一下，点点头。合同上的确是这么规定的。

"谢谢你。"何博士拍了拍他的臂膀，"如果项目成功，你会是神之父。"

邓威对他说的这些奇奇怪怪的话，早已不陌生，但最后三个字还是让他费解。"我只是志愿者，你才是实验室的领导，神之……"他口中说不出这么幼稚的话，"神的爸爸，也应该是你啊。"

"我说的，是遗传学意义上的父亲。"

那时，邓威还不知道这句话的意思。但当晚，他梦到自己被关在水箱里，窒息的感觉贯穿整个梦境。这个梦是一种预示，但他没有留意。

在这期间，邓弘兴还带着两个伙伴闯进实验室，被何博士抓个正着。邓威生怕这群人对孩子们动什么手段，跪地求饶，何博士看他的面子，还是把孩子们放了，只是再三叮嘱，这里发生的事情绝不能传出去。

再后来，按照合同约定，他又提供了三次髓细胞，最后一次完成时，酬金如数到账。看到银行卡里的那一大笔钱时，他终于松了口气。

他能带着儿子去医院了。

是的，邓威的儿子邓弘兴，生来就有重疾。这是一种家族病，体现在心冠功能的异常上。邓弘兴祖上出现过几例,都没有活到成年,因此被认为是绝症。邓弘兴和小静都是隔代遗传。

他的母亲便是不堪忍受看着孩子夭折,才在一个雨夜逃离小镇,再未归来。她走之前,提出想把孩子送到福利院,但被邓威拒绝了。这个渔民没太多文化,但在朴素的观念里,生下了孩子就要抚养。而且为了不让孩子背负身患重病和逼走母亲的压力,邓威隐瞒了一切,碰到孩子生病住院时,也只是说感冒发烧一类的小问题。

邓威独自拉扯孩子,家底全用来买药,本来也不抱希望,多活一天是一天。但邓弘兴赶上了好年头,适逢新世纪,医学进步,这个病有了治疗的机会,只是花费颇巨。邓弘兴九岁时,邓威终于约到市医院手术,但那笔巨额的医疗费令他一筹莫展。也就是这时,何博士向他抛出了橄榄枝,所以不管荒岛实验室多诡异多可怕,他都不能拒绝。

在任何年代,钱的力量都是无穷的。十万块的实验赔偿款,让邓弘兴得以续命。医生说手术情况良好,搭在冠状动脉间的旁路血管将为邓弘兴输送氧气,令心脏有力地搏动。邓威刚要高兴,医生话锋一转,又说这还是治标不治本,需要观察几年,视情况再做增强型手术。

邓弘兴从麻醉中苏醒,休养几天后,便回校读书。只是经过实验室的惊吓和手术的元气大伤,他性格急变,逐渐沉默寡言。

邓威身上也出现变化,却是完全相反的趋势。

他开始频繁做噩梦,梦里都是同一个场景——他被困在水箱中,视野里全是幽暗的波光,而在水箱外,不时走过一些白色的幽影。整个梦境压抑又阴沉，没有情节，也不出现其他人物，就只是这诡异场景的不断重复。每天早上，他醒来时，都比前一晚睡前更累。

这种折磨日复一日，让他脾气逐渐狂躁，一点小事都会惹他暴怒。他跟邓弘兴的关系，在这一年急转直下，他抱着儿子站在船头看夕阳入海的温馨画面，再难复现。

尤其那年冬天，看着儿子带回来一大堆奥特曼玩具和漫画，得知是一个侏儒男子的赠予后，他的怒火顿时燃遍全身，把儿子狠狠教训一顿。这种愤怒毫无来由——硬要说的话，是源自恐惧。

因为在那些困扰邓威的噩梦场景中，隔着水箱玻璃，他总能看到一些白色幽影。而其中有一个格外瘦小的影子，只到其他幽影一半高，但它一出现，其余影子都会散开。它会长久地伫立在玻璃外，与邓威对视。这是噩梦最可怕的部分，那小小的声影，能散发恐怖的压迫感。邓威能听到隐约的呜咽与哀泣，他朝四周看，只有晃动的波纹。过了许久，他才意识到，这些呜呜哭泣声，是自己发出来的。

听儿子形容那个玩具店里的侏儒后，邓威脑中划过一道闪电。这一刻，他终于看清了那张贴着玻璃凝视自己的惨白面孔——是何博士。

梦里的恐惧顿时延伸出来，让邓威呼吸急促，继而暴露。他用最响亮的吼叫告诫儿子，不要随便跟陌生人说话，尤其是远离可怕的何博士。在他的怒吼中，邓弘兴哇哇大哭，伙伴们也吓蒙了，连忙逃走。那时他还不知道，自己亲手毁掉了儿子的童年。

到了第二年秋天，某个夜晚过后，他突然不再做噩梦了。他醒来时，身体轻盈，大脑一片清明，这种久违的舒适状态甚至让他不知所措。噩梦就此消失，对他来说是件好事，但他隐隐不安，仿佛身体的某一部分已经死掉。

这期间，邓威还是能不时看到白色大船驶向荒岛，夜里听到车辖辘声，扒开窗，发现是由卡车和面包车组成的车队，穿过小镇，停在港口，把一箱箱货物搬上船，运到实验室。这说明实验还在继续，而且看物资吞吐量，实验规模比前几年大了不少。

他也听说，镇上有其他人也去做了志愿者，供何博士研究。比如住在海面的拾荒人老陈，以及镇西边的无业游民刘大奇——不用说，他们都是为了那笔不菲的酬金。

邓威家也穷，但只要儿子健康，苦日子也能过出甜滋味。他努力捕鱼，也够挣口饭吃，只是每次出海时，都远远地绕开荒岛。他想，只要不出意外，这辈子最好不要再跟那个奇怪的实验室扯上一点关系。

意外总会发生。

不久后，何博士找上门来，希望他再去做实验。

"啊？"邓威正在做饭，满脸的灰尘也遮不住惊恐表情，"我不是完成了合同吗？"

"是的，你完成得很好。正是因为你，'巨神'计划才取得重大进展，让我们寻找到了正确的方向。不过，秋天的时候，9号胚胎还是失去活性了。你应该也感觉到了吧？"何博士一边说，一边观察邓威的神色。他明明是站在别人家里，却比主人更自如，更强势。

"我……你们做实验，我怎么会感觉得到？"

何博士仰起头，厚厚的镜片上光晕流转，让他的视线更显咄咄逼人。"你还记得那些噩梦吗？"他说。

邓威悚然一惊。

"放心，我并不是在监控你。只是因为采用了脑谐技术，你会跟9号胚胎有神经层面的共联。你在梦里见到的，就是9号胚胎身处的环境，换句话说，你进入睡眠，就会跟它共享一具身体。"

这些话近乎天方夜谭，邓威本不相信，但久违的噩梦场景再次浮现。他想起玻璃水箱，视野里晃动的波纹，以及走来走去的幽影——的确，那完全就是那头半象半鱼的怪物在培养皿中的视角。他之前的联想也并没有错，幽影们就是忙碌的实验员，而其中最瘦小、最有压迫感的那个，正是何博士。

"呃……"邓威努力消化这些信息，"脑谐技术又是什么东西？"

"是公司其他实验室的成果，定向控制脑电波，你可以理解为增强精神控制。我们做'巨神'实验，除了培养巨型生物，还得保证培养出来之后，怎么控制他们，所以向总部申请了外援。"

"那怎么会是我跟9号……跟那个玩意儿感应呢？应该是你们控制啊！"

何博士皱起眉，脸上皮肤堆叠出层层褶皱，说："嗯，'巨神'胚胎的确只跟人类基因的提供者产生共联，这并不符合我们的预期。不过这个难题迟早会攻克的。"他摆摆手，"当务之急，是要增加胚胎的存活能力，9号生存状况最好，但也只坚持了一年。它一死，你们不再共联，所以你的噩梦也停止了。"

邓威恼怒："你怎么不来告诉我？"

"我们自顾不暇。而且,你的生理反应,也是实验的一部分。"

有那么几秒,邓威想在眼前这张皱巴巴的脸上狠揍一拳。他那漫长的折磨,全是来自何博士。但他也知道后果,努力忍住。

何博士注意到了他握紧的拳头,以及手臂上的青筋。"不要生气,"何博士并不害怕,反而上前一步,"科学是需要牺牲的。现在,我们有新的实验方法,需要你再提供基因样本。"

邓威摇头。

何博士说:"科学也有回报,你当志愿者,还是能拿到酬劳的。"

但邓威实在不想再经历大号针头扎进身体,再缓缓抽出髓细胞的痛苦,以及夜夜噩梦的折磨。他拒绝了何博士。

这时,刚放学的邓弘兴回到家里,也不跟人打招呼,就默默进卧室写作业。何博士看了眼他的背影,转头说:"你再想想吧。你知道我在哪里,有需要都可以来。"

何博士一语成谶。没多久,邓弘兴在一次医院的例行体检中,被查出手术材料畸变,需要重做手术。为了凑这笔开销,邓威只得再次赴岛,成为何博士的实验志愿者。

这一次,何博士的确找到了新方向。

此前,他一味追求的,是尽量将最巨大的物种与人类基因结合,比如大象和蓝鲸。而这是非常局限的。因为,蓝鲸虽然巨大,但幼鲸就重达两吨,长到成年态,平均重量是一百八十吨——也就是说,终其一生,蓝鲸体重只增长了约九十倍。大象则更少,只有八十倍。

"它们就像那种还不错的运动员,成绩优异,但再努力训练,提升的空间也有限。"何博士带着邓威，走向培养箱，"而我们要寻找的，是潜力最大的，是璞玉，是能让我们的胚胎在短时间内成百上千倍增长的基因。"

"那是什么呢？"

"你当了一辈子渔民，应该见过。"何博士说着，将盖在水箱上的黑布掀开，灯光透过玻璃，照亮了正在水里缓缓摆鳍的大鱼。

这鱼长达五米，体高也有三四米，但两侧略扁。它通体灰色，腹下和脊背各长了一片镰刀形的鱼鳍，正在摆动。乍一看，这鱼颇为凶猛，尤其那一对镰刀鳍，尖锐地耸起，像是要战斗似的。但再细看，它的嘴长在最前端，以"O"字形一直张开，像在笨拙地嘟囔；两侧的眼睛很大，鼓得高高的，看起来非常呆萌。

邓威脱口而出："月亮鱼！"

这种鱼在海边并不常见，但他还是有印象。它们扁平的身体上有一层发光物质，夜里时，偶尔能看到它们三五成群，从船下掠过，发光的鱼腹如同一轮轮月亮在水里晃荡。所以小镇的人称之为月亮鱼。

"是的，它的学名叫翻车鲀，叫翻车鱼的会多一点。它们很乖，即使被其他鱼类攻击，身体被咬掉一半，都不会反抗，依然在海里游着。"何博士把手贴在玻璃上，像是在凝视孩子的慈爱父亲，"这太违背进化规律了。海洋里布满猎手，这种迟钝又大型的鱼，早应该在千万年前就灭绝。"

邓威对翻车鱼的印象也是迟钝。偶尔天气好，翻车鱼会浮到海面，将身体翻平，慵懒地晒太阳——是的，鱼也会晒太阳，但它们并非出于闲情逸致，而是为了杀灭鱼腹上的寄生虫或微生物。

这时候用杆子去戳翻车鱼，它们甚至都懒得转身，晒够了才慢悠悠下潜。这期间要捕捞它们，可以说毫不费力。

何博士看了看鱼，又将目光定焦在邓威脸上，说："就是因为它们的生长能力。一条幼年翻车鱼，只有米粒大小，长到现在这么大，你知道体重增长了多少倍吗？六千——万倍。"他看着邓威脸上的震惊，满意地笑了，"是的，六千万倍。不谈细胞层面，仅从幼体到成年态来看，翻车鱼是自然界中生长速度最快的生物了。它也是'巨神'实验的福音。"

翻车鱼的出现，的确是实验的重大进展。邓威跟上次一样提供骨髓细胞，接受药物调养，还在脑袋上动了一个手术。整个流程下来，花了两个月，而在这短短的时间内，拥有他一部分基因的利维坦已经诞生。

利维坦，是何博士取的，在希伯来神话中，它是由上帝在第六日亲手创造的两头巨兽之一。其他胚胎都是编号，所以从代号，就可以看出何博士对它的重视。

邓威只见过它一次。

相比其他合成生物的丑陋，幼年利维坦竟然有一丝优雅。刚出生的它只有足球大，头部浑圆，像顶着个蘑菇，菇伞边缘垂下一些透明的丝缕。它身躯光滑狭长，通体无鳞，只有腹部两侧长出了宽阔但纤薄的蹼翼。它时而悬在水中，用蹼翼包裹自己，蝶蛹一样休眠；时而又张开两翼，缓缓振动，蝶一般游弋；也会身体弓成龙虾状，再猛地弹开，在水中疾速窜动，快撞到玻璃时，用蹼翼拨水来转向，险险避开。

它体现出来的从容、生命力，以及智慧，都让何博士格外惊喜。"巨神"计划立项近五年,最大的成果莫过于此。

邓威回家后,没睡几天安稳觉,夜晚就再次与异物共联。他寄宿在利维坦的身体里,见它所见,感它所感。这比上一次试验后的噩梦要好很多,因为利维坦是快乐的——这很难形容,邓威只能感觉到他在梦里游来游去,每一寸空间都是新奇的,连玻璃外路过的白色幽影,也能引起利维坦的好奇。

以前的噩梦中,只要何博士一出现,他都会瑟瑟发抖,缩在角落里。但现在,利维坦格外喜欢何博士,长久地与玻璃外的何博士对视。

所以即使一晚上都是魂游物外,第二天醒来也不觉得太疲倦。

可能实验的确在往好的方向走吧,他想。

转变发生在两年后。大概2003年的时候,梦境就变了,不再是水箱,而是海底。原因是利维坦的生长速度实在太快,水箱很快变得逼仄,换成了高二十米、面积数百平方米的水池,但几乎每过一夜,邓威都感觉到利维坦能游动的空间在变小。最后,迫于无奈,何博士在荒岛岸边修了个渔场,足有两千亩,堪比一所大学。渔场边缘插了几百根不锈钢柱,底部深入海底,顶部伸出海面数十米。杆柱间用特殊金属制成的钢网连接,形成围栏,这样既保证海水流通,又能防止利维坦游走。

其他渔船靠近围栏时,也会被巡逻的船只警告,只得远远绕开。

邓威记得利维坦刚搬进渔场的那一晚,它兴奋极了。体内的麻醉剂还没失效,它就在这片广阔水域到处游荡。那一晚梦境里的视角，全是高速掠过的水流波纹。它还摆动鱼尾和双鳍，跃水而出，划过优雅弧线，在月光下展露矫矫身姿。一觉醒来，他只觉得浑身酸痛，但那种愉悦和激动，一直留在灵魂里。

等适应真正的海洋后，利维坦又变得忧郁。因为在某一个夜晚，隔着围栏，它看到一群翻车鱼在缓缓游动。它也见过其他鱼，但对方一看到它庞大的体型，就立刻摆尾逃走——此时的利维坦，已体长三十米，重约两百吨。或许因为翻车鱼天性迟钝，并不害怕，游到网边后安静地悬浮。

它们幽幽发光，像是迷路的月亮。

利维坦很好奇，又有一种天然的亲近，于是贴近钢网，长久地凝视它们。邓威与之共联，视野里一直是暗灰色的网格和外面的翻车鱼。这场景持续了三个或四个小时。他都快在梦中再次睡着，这时，翻车鱼晃动尾巴和鳍，游走了。

利维坦着急地跟上去，旋即被钢网拦住。

从它进入渔场起，这些冰冷的金属就已布好，它以为这是天然存在的，渔场便是整个世界。但现在，与它有着共同基因的翻车鱼正去往更广阔的海域，而它只能困在这里。于是，它第一次生出敌意，用力撞击钢网。

紧绷的钢网在水中震颤，用以固定的柱却纹丝不动。

翻车鱼逐渐游远，那一团团光亮正被海洋吞噬，很快，利维坦就完全看不见它们的身影了。利维坦愤怒了，一次次撞向钢网，整个渔场的海水都被搅动，波浪掀起，如被煮沸。海面上亮起刺眼的红色警告灯，但它没留意到，铆足了劲，以炮弹般的速度撞过去。又弓起身体，巨尾狠狠拍在摇晃的围网上。

有三根不锈钢柱吃不住劲,往外斜倒,钢网也被拉扯得断裂不少。

利维坦惊喜,正要更大力撞过去,撞出一个窟窿,撞出通往广阔世界的通路。

这时,一道电光闪过。是那些坚固的不锈钢柱。每根柱子都涌出强大电流,向两侧蔓延。一瞬间,钢网变成了电网,整个海域都被照亮。

无数焦臭的鱼尸冒到海面,载沉载浮。利维坦也被击晕,沉入海底,它曾经光滑优雅的鱼脊,现在遍布焦痕。

而远处小镇里的邓威,也由沉睡陷入昏迷,第二天中午才悠悠转醒。他第一眼看到的,是儿子焦急的面容,但他没有搭理,转头望向窗外的大海。在他视野看不到的地方,一定有什么残酷的事情在发生。

果然,那一夜过后,邓威与利维坦共联的次数就变少了。一个月只有两三回,他能在梦中进入利维坦的身体。那时还没普及VR,但对他来说,每一次共联,都像是戴上最逼真的VR头显,浸入式体验最可怕的恐怖电影。

利维坦被电击,被注射大量药物,被抽取不同部位的细胞……以使它时刻保持虚弱,不足以冲撞围栏。这种虚弱是以痛苦、恐惧和麻醉为基础的,时间一久,利维坦也发生了由里到外的变化。

它不再快乐,不再好奇,只要岸边响起脚步声,它就缩在海底瑟瑟发抖;"白大褂"们给它做完手术离开后,它照样蜷缩着,一边喘息,一边磨牙,像是在咀嚼冰冷的海水。它的牙齿逐渐尖锐,脑袋边垂下的丝缕由透明转为黑色，蜿蜒卷曲，蛇一样钻进海底淤泥。至于它脊背上被电击出的焦痕，不但没有愈合，反而逐渐扩散，整个背上都是沟壑般的伤疤，以及大大小小的肉瘤。

不到一年，这个曾经优雅而快乐的生物，就只能用丑恶和糜烂来形容了。

唯一不变的，是它的生长速度。它依旧在变大。

在2004年到2008年之间，何博士就四次扩宽过渔场，每次都耗资百万以上。当然，这也不仅仅是为了利维坦。这几年间，因其他志愿者基因融合而诞生的新物种，也相继长大。有七八只水生生物投放在渔场里，成为利维坦的邻居；另有三头陆生巨兽，则关在地面铁笼里圈养。它们中仅有少数几个有自己的代号，其余都是数字编号。

这种进度已比预计要快。何博士日夜观察，记录新物种们的习性、状态和生长变化，以及特殊能力。这些资料呈给总部后，得到疆域公司高层的一致赞赏，不仅资金数度追加，总部还希望他将实验成功的经验，分享给其他项目的科学家们。大家虽然领域不同，但所有实验在方法论上，还是有共通之处。

总部很快传来文件，将集结一百余名顶尖科学家——他们都是疆域公司在全球各大秘密实验项目的负责人，共赴小镇，观摩"巨神"养殖场。时间定在2008年的春天。

这种举措，对疆域公司来说，也是罕见的。对何博士，就更是至高荣誉了。访问团的名单里，有他的老师、竞争者和后辈，他罕见地定制了西装，布置好渔场，在访问团来的前一天里，不停地擦拭自己的眼镜。

访问的前半程还算顺利。当利维坦被电流惊醒，循着生肉的血腥味爬上岸时，远处观景台上的各国科学家们纷纷瞠目；利维坦张嘴吞下数百公斤的牛羊肉后，张嘴咆哮，声浪伴着腥风席卷了所有人，瞠目就变成了响成一片的惊呼。

何博士谦逊地微笑着，眼神却藏不住骄傲。

唯一的不足，发生在参观后的交流会中。一位德国科学家问："这样宏伟的生物，堪称神迹。它最终能长到多大？"

"因为是完全的新生物种，参考有限，目前不能给出准确数据。"何博士抬头仰视这个比自己高一倍多的同僚，"但根据目前的生长速度，利维坦在十年后可达六百米，体重接近四千吨。"

"那的确是亘古未有之伟物了！"对方热情夸赞，继而问道，"但如果真的长到如此巨大，如何保证它是可控的呢？我留意到现在是需要电击和药物来抑制它的天性，当它大到药物也难以控制，或者对麻药免疫时，我们还是安全的吗？"

其他人的目光也凝聚过来。

何博士保证不了，只能解释，这是"巨神"计划下一阶段要攻克的难题。

访问结束后，公司高层反馈回来的意见，也是嘉奖和担忧掺杂。科学家醉心于创造，公司则把安全放在同等位置。高层简报里最后提到，如果他能使得巨兽可控，将会获得近乎无限的资源。

于是，何博士转而研究怎样让巨兽们听话。

资料里提及了数十种假设，但都被何博士一一证伪，到夏天的时候，他回到起点，试图用志愿者与巨兽们的"共联"，来控制它们。他再次找到邓威。

这一次，邓威毫不犹豫地答应了。他倒不是完全为了钱，因为儿子的第二次手术非常成功，身体已无大碍。当然，儿子即将高考，读大学会花一些钱，但他勤劳捕鱼，也供得起。他答应得这么干脆，主要是为了利维坦。

资料里对这一段的描述有些模糊。大意是，邓威与利维坦长达六年的共联，使二者有了某种感情上的羁绊。平时他常常遥望荒岛，担忧利维坦，而每次共联，他都会发现利维坦的处境在变得更糟。那阵子正好邓弘兴备战高考，在校住宿，两个月回来一次。邓威有足够的时间。

他知道自己救不了它，但想离它近一点。

而这种共情，正是何博士需要的。他把邓威的头发剃光，在头皮上贴满感应薄片，连上电线。仪器启动后，邓威触电似的颤抖，需要被好几个人按住，才缓缓镇定。何博士分析邓威和利维坦的脑波，发现两者的同频率很高，利用邓威，说不定可以控制利维坦。

在机器和药的帮助下，邓威与利维坦果然共联得更紧密。他不再只是旁观者，偶尔，他也能控制利维坦的肢体。这种感觉无法形容。他的手成了鳍，他的腿成了尾，水是他的空气。他当了一辈子渔民，现在，他成了鱼。

他也同样感受到了利维坦的痛苦。那些无法愈合的伤痕，高频的电击，以及每天混在饲料里的药剂，让它时刻遭受到灼烧、撕裂和恐惧组成的痛感。

而正是这种痛苦，拦在邓威和利维坦之间。

每次他即将与利维坦完美共联时，总会抽搐一下，脑波频率便错开。他始终无法完全控制利维坦。每次共联断开，他醒来后都觉得身体沉重，手都举不起来，脑袋也像被铁棍插进去再狠狠搅拌，剧痛如裂。

不管试多少次，都是如此。他只得暂时结束了对邓威的人体实验，放他回家。

何博士第一次感觉到后悔。利维坦之所以痛苦，是因为自从它那次冲撞渔场围网起，长年累月被抑制天性。它的外貌也发生了剧变。但现在后悔也迟了，利维坦接近成年，习性已经固定，始终对人类充满戒心和仇恨。想再让它恢复幼鱼时期的快乐，是不可能的。

那唯一的办法，是再培育一个新生物种，并从胚胎起，就对基因提供者进行训练，强化其共联能力。这样，当新一代"巨神"长大时，就可能实现完美共联——以人类的脑袋，遥控顶天立地的巨兽。

现在他需要新的志愿者。而基于前期实验的成功经验，以及对遗传学的尊崇，他将目光瞄准了邓弘兴。

那一年，邓弘兴刚刚高考结束，并度过十八岁生日，是一个成年人了。他面临长达三个月的暑假。这个年纪的男孩们，没一个愿意在家里待，要么去考驾照，要么就到市里打暑假工。邓弘兴尤其不愿意跟整天闷坐的父亲待在一个屋檐下，便也提出去市里找兼职，挣点儿生活费。反正市区里有亲戚，出什么事也可以照应。

这在当地的高考生中，很常见。而且邓威从实验室回家后，与利维坦断联，情绪一直失落，便没多想，就同意儿子的要求了，只是嘱咐他，要住在市里的亲戚家。

何博士在市汽车站等待着，邓弘兴一下车，便迎上去，提出正在招兼职。

邓弘兴立刻记起他来——小时候的一个冬天，何博士给自己买过许多奥特曼的玩具和漫画，虽然被暴躁的父亲搞砸了，但对何博士的感激一直从童年延伸至少年。邓弘兴诚惶诚恐地问："这份兼职是做什么的？"

"是给实验室捐赠一些非必要细胞，"何博士不屑于欺骗小孩，但也没有把实情全盘托出，"就跟献血一样。只不过，献血只发一点牛奶和补品，我们会有一万块的酬劳。"

邓弘兴献过血，毕竟年轻底子好，几乎没啥不良反应，再加上的确垂涎那一万块，就问："真的吗，不会有危险吧？"

何博士连忙保证，并且掏出一些照片，上面有邓威和其他渔民在实验室里吃饭或休息的场景。仅从照片看，父亲安静喝着补汤，并无不妥。邓弘兴点点头，看来何博士说得对，父亲的确是他的同事。他提出了最后一个要求："那能不能先给一半的钱？"

何博士当即掏出五千块，交给邓弘兴。邓弘兴口袋变得无比沉重，也彻底放下戒心，转头上了何博士的车。他还想给父亲打电话说一下，但当时没有手机，何博士承诺说会转告给父亲的，他就安心坐在副驾驶上，看着窗外飞掠的景色。

他们一路折返回到小镇，继而登船上岛。一进入实验室，尘封在记忆里的往事逐渐清晰，他记起童年的恐惧，变得不安。不过为了让提取的骨髓细胞状态最佳，刚开始的几天并没有对他动手术，而是让他在房间里静养，进补特殊食物，不时做一些常规检查。

邓弘兴待得无聊,想起小时候的习惯,就用餐刀在房间墙壁上凿刻,画的都是奥特曼打怪兽的简笔画。

大概三天后的夜晚,海上狂风大作,实验室里却安谧祥和。这时候,邓弘兴的各项体征数据都出来了,完全符合标准。何博士当即给他注射麻醉剂,待他完全昏睡,推入病房,准备进行细胞抽取,以及更加复杂和危险的脑部共联芯片填埋手术——这一部分,他对邓弘兴隐瞒了。

就在这时,实验室警报声响起,何博士有点诧异,问发生了什么。很快,保安回复,有人在试图闯进实验室。

毫不意外,这个人就是邓威。

在邓弘兴入城打工的当晚,邓威就给亲戚打电话,得知邓弘兴没有住亲戚家。当时他还以为邓弘兴是贪玩,说不定跟其他同学去了KTV或是网吧。到第二天晚上,邓弘兴还没有消息,他才着急,连夜赶到市里,到处问人。他找了近两天,终于,在市汽车站逐一询问后,一个胖胖的中年女售票员告诉他,他儿子是跟一个侏儒上轿车离开的。

侏儒这个词,邓威再熟悉不过了。这比他预想的最糟糕的情况还要糟。他打了个战,立刻往回赶,也是他运气好,在邓弘兴动手术前赶到了实验室。

邓威被保安押着,气喘吁吁,但奋力咆哮。这副凶神恶煞的模样,与他之前在实验室里的逆来顺受截然不同,何博士既恼怒,又诧异,质问他闯进来干什么。

"你放了我儿子,有什么你找我就行!我全部配合你!"邓威试图挣脱而不得，脸上青筋暴起。

"不，就算你再配合，利维坦也只是半成品。我们已经试过很多次了，除了增加你的痛苦和消磨我的耐心，没有别的用处。"何博士扶了扶眼镜，尽量让自己语气温和，"你已经对'巨神'项目做出了很大的贡献，是时候休息了。现在，我们要把希望放在下一代。"

邓威两眼充血，想扑过去，又被保安七手八脚地按住。他狠狠盯着何博士，每一个字都像是咬碎了一颗牙齿才蹦出来的："放了我儿子！不然我要你的命！"

"不不不，我没有抓他。他是自愿的，跟你一样。我跟他签了合同，也付了酬劳。"

"他还是个孩子啊，要合同只能找监护人签！你冲我来！"

何博士依旧摇头，"不不不不，他已经成年了。"

邓威怒道："那你要对他做什么？"

"你应该很熟悉。"

邓威再也按捺不住，暴喝一声，抡起拳头，想蹿起来揍何博士。两个保安合力都没拉住他。面对这种匹夫之怒，何博士也本能地后退好几步，差点绊倒。幸好另一个保安眼疾手快，掏出电警棍，戳中邓威腰部。

嗞嗞声中，邓威直挺挺地倒下，两脚抽搐，拳头却兀自握紧。

何博士抹掉额角沁出的冷汗，心有余悸，说："再电一下。"

保安依言行事，还踢了邓威一脚，见他毫无反抗能力，才对何博士谄媚道："您放心，这下他真的起不来了。"

岂止是起不来，邓威连两脚的抽搐都停止了，一动不动地躺着，像是睡着，又像是死去。

几个保安弯腰，拉住邓威的手脚，准备拖下去。

"等等！"何博士突然说。

保安们不解地看着他。

何博士蹲下来，仔细打量邓威的脸，发现他并不是浑身一动不动——他两眼闭紧，眼皮却在剧烈颤动。

这是进入梦境的标志。

一股不安掠过何博士心头。他后背一凉，打了个冷战。

几乎是同时，呜呜呜的警报灯又响了，连成一片。

"怎么了，外面又有谁闯进来了吗？"何博士压住心头的不安，厉声问。

一个保安连忙联系外面，但对讲机里只传来一阵电流杂音，偶尔能听出人类的惊呼或惨叫。另一个保安皱着眉，往外跑，要去查明情况。但他刚出去不到一分钟，就又连滚带爬地回来了，满脸惊恐，话不成句："快……快跑，是利……"

"跑什——"何博士刚要问，一声惊吼传来，大地也随之一震。周围的座椅和各式仪器都跳起来，摔得叮叮当当。

"是利维坦！"保安咽下唾沫，声音依旧是哭腔，但终于能说出完整的话，"它冲出来了，它……要吃人！"

又是一声巨响，砖石纷飞，实验室天花板被整个掀开。这是盛夏的风雨之夜，然而，在天花板破洞之上，有一个比电闪雷鸣更加骇人的巨大身影正在缓缓升起。闪电勾勒不出它的全貌，雷鸣也压不住它的咆哮。它便是利维坦。

18

资料到此为止,再无更多。

邓弘兴也无力再继续看下去。他蹲下来,全息光影在他脸上掠过,跟彩虹的倒影被搅浑了似的。他的眼泪就在这些光晕中流淌。

他记忆里缺失的拼图终于补全,困扰他十来年的谜团也变得清晰。难怪自己小时候需要经常吃药,偶尔还动手术,父亲每次都告诉他是小病,感冒发烧似的。而就是这些"小病",击碎了父亲的生活。妻子离开,家底掏空,甚至不得不接受生化实验,导致性格剧变,古怪暴躁。而整个童年,自己还不断责怪他。

尽管"巨神"项目的资料到此为止,但他也能猜到后续的事情——父亲与利维坦共联,或许达到了何博士所追求的"完美共联",以巨兽之躯,救出了自己。

父亲老实巴交了一辈子,能做出这种不计后果的举动,全是因为,不想让自己步他的后尘。他知道与怪物共联后,夜夜噩梦,折磨程度堪比钝刀割肉。这种伴随一生的痛苦,他可以自己承受,但如果有人要施加到儿子身上——哪怕只是有这个想法,都会让他暴怒。何况,邓弘兴已经被注射过麻药,正躺在病床上。但他毕竟只有一腔孤勇,难敌疆域公司的众多保安,被电警棍击晕。

当他的身体陷入昏迷,意识便与利维坦共联。这对有着精神联系的共生体,一个亟待守护,一个渴求复仇,却使他们同样愤怒。所以这一次,他们毫无隔阂。利维坦回应了他,挣开束缚,如

253

暴君压境，碾碎了所有挡在面前的人。那一战过后，无名岛实验室就彻底荒废。

而自己对这一切，毫不知情。

"我了解到你的高考志愿，是你父亲逼你填的。他选择上海，哪怕你读的学校并不算好，但只要远离小镇就行。"罗京慢条斯理地说，"他害怕遭到公司的报复，只能逼你留在学校，寒暑假都不让你回来。你觉得他对你苛刻是吗？并不是的，你在整个大学期间获得的求学资助，其实是他给的——就是第三次当志愿者的酬金。这其实很好查，你要是稍微上点儿心，早就能够查到。"

邓弘兴把脸埋得更深。此前，他对父亲的埋怨有多深，现在他的自责就有多重。不，再深重的自责也不够。他穿着尖刀舞鞋，踩着父亲的骨血长大，他在上海的每一次欢笑，背后都是父亲痛苦的喘息。

他的脊背似乎不堪重负，颤抖着。

罗京饶有兴致，双手插袋，甚至还轻轻吹了声口哨。对手情绪崩溃，才是他喜欢的戏码。

"这就是你要寻找的真相，"他俯下身，轻声说，"现在你知道了吧，那头怪兽，某种意义上就是你的父亲。你最大的噩梦，逃避的根源，原来是你的父亲。"

邓弘兴身体里有一部分东西在崩塌，连蹲都蹲不住，干脆坐下来。

"为了救你，他彻底与利维坦共联。整个实验室被毁，死了很多人，后来公司派人去把所有资料都处理了。我见过当时的照片，啧啧，太惨烈了，像是大象踩踏了蚁穴。这种血腥的杀戮，后来也成了你父亲的心理煎熬。"

"你不要再说了……"

"为什么不能说,这不是你提的条件吗?在你来之前,我看了资料,老实说,我这样没有人类冗余感情的人,都可怜你父亲。这个老渔夫,妻子病重去世,儿子也不争气,每一场病都几乎要了你的命。为了救你,他变成你最害怕的怪兽,结果你高考后就再没有回家。他还守在海上,每次公司想要去镇上调查实验室被毁的原因时,都会被他和利维坦给吓走。与利维坦共联是很耗精力的,他过早衰老,独自死去。这种人生,跟利维坦十几年躲在深海里一样,黑暗压抑。普通人早撑不住了,他到现在才死,真的是了不起。"

邓弘兴霍然站起,怒视罗京。后者毫无怯意,反而露出笑容,他脸颊瘦削,皮肤有些松弛,因此笑起来的时候嘴角堆叠起一层层褶皱,看起来十分诡异;他露出了牙齿,雪白,锋利,像是被皮肤包裹住的武器,正在缓缓出鞘。

"怎么了?"两排白牙上下开合,吐出比匕首还有刺透力的语言,"你很生气,但是我有哪里说错了吗?"

好半天,邓弘兴才泄气,愤怒转为无奈,"没有……你说的都是对的……是我一直在害他,还在错怪他……"

"现在,你可以弥补,把他的尸体交给我们。"

"你们到底为什么想要他的尸体?"

"这是何博士最新的研究成果——基因提供者的骨灰,有一种信息素,可以吸引巨兽们,将其捕杀。这种信息素是因为参与'巨神'实验才产生的,所以目前我们将之命名为何氏信息素。"

邓弘兴问:"等等,你说……何博士?"

罗京点头,"是的,何博士并没有在那场事故中丧生。他被救回公司,但人也完全垮了,去年刚提出骨灰的推论后,没熬过冬天,在哥德堡去世。在陈锋强身上——哦,就是你们镇上收垃圾的老陈,我是第一次尝试,证明何博士的推论没错,骨灰的确可以引来与之共联的巨兽。"

邓弘兴张大嘴,"陈叔叔是……并不是死于意外?是你杀了他?"

"我只是回收公司资产。当年的巨兽们,一共十一只,在你父亲摧毁实验室时全部逃走。其中六只陆续死亡,死亡地点遍布全球,但消息都被我们压住了。不久前我杀了一只,现在,包含利维坦在内的五只还藏在深海或者丛林,都要一一捕杀的。"

"那刘大奇……他的房子被你买走,也是因为这个吗?"

"主要是因为他留了很多资料藏在家里,干脆连房子也买了,但——是的,不久之后,他也会死于意外。他的骨灰要被送到巴拿马雨林,去诱捕一条大蛇。"说完,罗京盯着他,"你被搜过身,身上不会有录音设备,所以,这些你自己知道就好。我对你毫无保留,你也明白了一切。另外,我们本来可以直接抢走你父亲的遗体,但你二叔一直守着,那个老头似乎知道点什么……而且镇上的人都听他的。所以在镇上,我们不敢对你下手,只能答应你的赔偿协议。这其实很好,遇到了麻烦,我们的首先解决方式都是用钱,钱解决不了才会用其他办法。现在,你在上海,不是在你的家乡,没有人会保护你。但我真的很同情你和你父亲的遭遇,决定再给你一次机会,让所有人都可以满意。"

邓弘兴仰起头,在婆娑泪眼中,罗京的表情变得和蔼而诚挚。"签下合同,让我们处理你父亲的后事。"

邓弘兴在厚厚一沓合同上都签下了自己的名字,又手写一份委托书,让罗京回镇上代替自己处理父亲的遗体。

"对了,"在签字前,他犹不放心,"赔偿还算数吧?"

罗京说:"当然,只不过因为前几天的……活动,我们要支付给贵公司和程小姐一笔钱,相应的,你能获得的赔偿就少了一些,只有五百万。不过,也够了是吧,如果你接下来打算在镇上过小日子的话。"

看来罗京虽然早已离开小镇,但还一直在监视邓弘兴的生活。

邓弘兴倒也不气恼,只提了一个要求:"我要预付一百万。"

罗京不想夜长梦多,爽快答应,并用自己的权限申请了加急通道。不到一小时,邓弘兴就收到了到账短信。

邓弘兴松了口气,在委托书上签了字。

这一切办妥后,罗京也松了口气。

"你早该如此,但现在也为时不晚。"他把合同和委托书郑重地收好,说,"现在开始,享受你的自由吧。"

"人身自由吗?"

"还有财富自由。"

邓弘兴带着钱离开疆域公司,罗京则开始调集人手和武器,并带着合同赶赴小镇。离开前,他让邓弘兴暂时留在上海,因为对利维坦的捕杀工作可能有些……

257

"……残忍。"他如此说道,"你不会想见到的。我也不想再横生枝节。"

邓弘兴正好也有好几件事要留在上海办。第一件事,是在微信通讯录里寻找,找到一些人。他给这些人逐一发去信息。只有三个人回复了他,尽管他们也并不相信邓弘兴,但邓弘兴提出的条件足够有诱惑力。

他们在咖啡馆约见。邓弘兴把厚厚的资料袋递过去。"你们需要多久?"他问。

"最快一周吧,我们得策划,找渠道……"

"不行,只能两天。"

"那要加钱,"对方说,"还得提前付。"

邓弘兴算了一下,付完之后还剩十来万,便答应了。送走他们后,剩下的钱他汇给二叔,刚刚他还是百万富翁,现在已经身无分文。他把桌上的咖啡都喝完,仰着头,透过窗子看向上海午后的天空。他一直待到很晚,咖啡馆打烊后,才回到旅馆。

第二天,他回了趟公司。他上次来这里办离职,没办完就被警察抓走,当时自己背的包也忘在会议室,没来得及带走。除了背包,他工位上还有不少个人物品,尤其是那些辛苦收集的正版奥特曼手办,实在舍不得。

但前台一见到他,就对视一眼,叫来了保安。毕竟邓弘兴被警察带走,只是两天前的事,他们都以为邓弘兴是回来找麻烦的。邓弘兴只得耐心解释,说自己是来拿回个人物品,拿了就走,绝不纠缠。对方仍不让他进。

幸好程琪进公司,听到熟悉的争吵声,凑过来。邓弘兴一眼就看到了她，如遇救命稻草，指着她大声说："Vicky！Vicky！Vicky可以帮我作证，我真的只是回来拿个人物品的！"

程琪本来想离开，但被如此大声地叫到英文名，其他人都朝她看过来，也不好落荒而逃。她只得硬着头皮走过来。她狐疑地看着邓弘兴，只看到一脸焦急，看不出恨意或嘲讽。她已知道邓弘兴跟罗京达成了协议，才被释放，还得到了一大笔赔偿。现在定金估计都已经到手了。果然，钱实打实落袋后，人是会变得不一样。

"有什么东西这么重要？"她问。

"那些奥特曼手办呀，"邓弘兴连忙说，"当初收集它们可花了不少时间。"

程琪笑了，眼角藏不住鄙夷。但她也参与了设局，按照约定，邓弘兴向罗京妥协，她也能从疆域公司得到好处。想到这里，她心情不错。

"好吧，"她说，"我就帮你一个忙。"然后用自己的权限申请了一张参观卡，带邓弘兴上楼。

他们的办公层是三十八楼，出电梯后，程琪帮他刷开感应门。

"我跟你不同部门，就送到这里，你自己去找人事或物资部门要回自己的东西吧。"程琪说。

"好的，谢谢你。"邓弘兴由衷感谢。

"你……不恨我吗？"

"你只是在为自己争取利益，这是你一直在做的事情。只是，以前是对付别人，现在矛头对准了我。没什么的。"

程琪一愣，倒有些不知道说什么好。

感应门试图合上,撞到了邓弘兴的背,又缩回去。

"希望你能找到你的战友,无论你是对,还是错,都能一直跟你在一条阵线。"

程琪似被触动,伸出手,但看了看周围,又放下了。"我再给你一个机会,"她低声说,"我们还是可以在一起的。我们的利益一致,你看,我们都从疆域公司得到了好处。"

邓弘兴摇摇头,迈起步子。

"你别傻了,你这个性子,在哪里都混不下去!除了我,没有人会保护你的!"

邓弘兴走进感应门内,玻璃门缓缓合上,隔开了他和程琪。

看着他的背影,程琪暗骂一声。她理了理额头垂下的发丝,再抬起头时,已经恢复了职场女性的冷静和干练,走向自己的办公区域。

邓弘兴很快找到了自己的背包,检查一下,里面的东西都在,尤其是那个占据背包一多半空间的盒子。他背着这沉甸甸的包裹,又回到自己工位,却发现桌面早已经被清空。

他找到行政部,一问才知道,自己的物品被丢进仓库了。

回答他的人,英文名叫William,之前他俩关系还不错,经常在休息时间组队玩游戏。但现在,William视他如瘟神。

"那我怎么才能拿到呢?"邓弘兴问。

"得在OA系统上申请提取,领导批准后才行。"

邓弘兴皱眉道:"但我都离职了,账号已经注销,进不去公司的系统呀。"

"那我就没办法了。你快走吧,我要忙了!"

邓弘兴急了,"但那是我的私人物品啊,公司怎么能扣留呢?"

"什么私人物品,你的东西不都是公司发的工资买的吗?"William也大声说,"而且,不是扣留,说了嘛,你在OA上申请,通过了就能取走。"

"但我——"

这是个死循环。邓弘兴又哀求一阵,但William颇不耐烦,最后干脆置他不理。邓弘兴无奈,只能背着背包,离开公司。

接下来两天,他就在上海游荡,但凡出名些的旅游景点,他都去了一趟。他的背包太重,爬山爬楼时就更吃力了,额头不住地沁汗。但他一直没解下来。

东方明珠、城隍庙、外滩、静安寺……这些景点他也来过,但都行色匆匆,这两天晃下来,对上海的印象比此前十年都要深。他还是谈不上喜欢这座城市,但……无法否认,这的确是一座生机勃勃的大都市。

两天时光转瞬即逝,他收到了之前在咖啡馆委托的成果。很不错,不愧是行业老鸟,知道哪里抓人眼球,图文结合,辅以洗脑的BGM和大量表情包,完全就是为在新媒体上快速流通而量身定制。

邓弘兴很满意。

对方却颇多忧虑:"但这种东西,没人会信的。"

"不要紧,"邓弘兴说,"你们今晚发布就好。就当讲个故事给大家听。"

"但是……这种故事里,我们暗示是疆域公司弄的,会不会被告呀?"

"放心,他们今晚自顾不暇。"

说完,邓弘兴挂了电话,看看天色。这时已到傍晚。斜阳有气无力,冷风渐起,在高楼间穿梭。上海要变天了,得趁着夜雨降落前,做完最后一件事。

19

上海靠海,也有江。黄浦江贯穿整个城市,切分出浦东与浦西,最后在吴淞口码头与东海相连。邓弘兴来到码头时,已经开始稀稀拉拉地飘雨,配上十月中旬的秋意,落在皮肤上,点点冰凉。

邓弘兴背着包,倚在栏杆上,往后看向港口。

这里可比小镇的码头气派多了,昏暗天色下,港口的弧形穹顶璀璨放光,一刻不停地吞吐大巴和轮船。更远的天空上,乌云汇集,闷雷隐隐。

已经到了约定时间,他掏出手机,看到委托的内容已经发布。在不同的社交软件上,内容同步发出,正在慢慢发酵。他满意地点点头,刚想把手机揣回兜里,这时,手机震动,屏幕上显示一个号码正拨过来。

是罗京。

他咧嘴笑了,随即扬手一抛,手机划过悠长弧线,落入暗沉沉的江面。

他又解下背包,将跟随了自己好几天的木盒取出来,小心地揭开盒盖。风变大,一些粉末从盒里飘出来,又被雨水淋湿,落入河面。

远处一个保安走了过来。他老早就觉得邓弘兴不对劲,不撑伞站在栏杆边,还把手机丢进江里。"哎哎哎,干吗干吗!"他大声呵斥,"罚款!不许往江里丢——"但当他看到木盒前段的黑体"奠"字后,一下噎住。

邓弘兴没回头,手一翻转,满盒灰白色的粉末在空中拉成一条匹练,旋即被风吹成一团烟雾,最后在江面融化。

他拍拍手,转回身,掏出一百块钱递给保安。保安有点不知所措,好半天才犹豫地问:"要发票吗?"

邓弘兴笑了笑,离开码头。

所有的事情都已做完,接下来,他只需要等待。等待结果,也等待罗京。

邓弘兴沿着黄浦江往西走,雨越下越大,到十点时已接近滂沱。他没带伞,就躲在一家便利店门口。

"先生?"便利店小妹看他蹲了半个多小时,走出来提醒,"你是需要伞吗?店里有卖的。"

邓弘兴摇摇头,"不是,谢谢了。"

"如果你手头紧,可以关注我们公众号,可以免费拿一把伞。"小妹递过来一张宣传单,"正好还缺几个名额才可以交差。"

邓弘兴下意识摸摸口袋,想起来手机已经扔了,抱歉地说:"不好意思,我没带手机……"

小妹说:"没关系的,我有个小号,用来看八卦的。我用小号关注,算你的。就当送你一把伞吧。"

邓弘兴感谢她的好意,但还是强调:"我不用伞的,我是在这里等人。"

小妹好奇地左右看看,大雨之中,街道晶莹剔透,车辆和行人稀稀拉拉。"可你等了半个多小时。"她好奇地问,马尾辫在被梧桐树筛过的路灯下,一晃一晃,"而且你没有带手机,你的朋友们怎么找得到你呢?"

"他们会有办法的。"

便利店小妹打了个哈欠,决定不理这个神神道道的人了,转身欲回店。这时,邓弘兴突然想起什么,问:"说到八卦,今天有什么新八卦吗?"

小妹顿时来了精神,掏出手机,在邓弘兴眼前晃了一下,说:"今天奇了怪了,好多大V和公众号都在转发这一篇,说是什么大公司做生化实验,搞出来跟大厦一样高的怪兽。说得有模有样,还带着照片。"

邓弘兴点点头,又问:"那你信吗?"

小妹撇嘴,"这世界哪来的怪兽?深山老林或者海里,还可能有,我在城里长大,肯定见不到。"顿了顿,又说,"不过当个消遣看还挺好的,很精彩,都可以拍电视了。你也可以看看,现在网上到处都是……哦你没有手机。要看吗?我借给你,就在这里看。"

邓弘兴再次感谢她的热心。

小妹还有点遗憾,说:"真的,很精彩的,现在评论很——"这时,她的话停下来。

因为一辆黑色的中型商务车破雨而来,在便利店门口急刹,车轮压出一大片泥水。小妹的围裙被溅上了好几个泥点,顿时柳眉倒竖，大声说："你们怎么开车的！刚拿到驾照吗！"

厚重的车门从中滑开，三个西装壮汉走下来，都面色不善。小妹吓得后退两步，说："你……你们……要干什么？"

西装男却绕过她，走到邓弘兴身前。

邓弘兴半举着手，示意不会反抗。他站起来，先是对便利店小妹说："你看，我说他们会找到我的。"又看向商务车厢，里面没开灯，很暗，但他知道罗京坐在里面，"我可以跟你走，不抵抗，不过，你先帮我一个忙。"

"我现在，只想帮你从生命中解脱。"罗京的声音传来。听得出，他在竭力压制愤怒。

"你要是还想知道我家老头在哪里的话，就最好还是帮一下我。"

沉默了三秒钟后，罗京开口："你说。"

"用你们的手机，关注一下这家店的公众号。"

这话一出，不仅西装壮汉们蒙了，便利店小妹也愣住了。

"照他说的做。"罗京一字一顿地说。

西装男人们掏出手机，挨个扫码，一一关注。邓弘兴问小妹："现在够交差了吗？"

"还……"小妹结巴道，"还差一个……"

邓弘兴点头，提着一张宣传单，走到车厢前，把宣传单递到车门口。

"如果，你是在试探我耐心的话，"黑暗车厢里，罗京的声音更寒冷，"你马上就会知道，我根本没有耐心。"

邓弘兴抖了抖手上的纸张，催促道："所以你就更应该快一点了。还差一个呀。"

过了有那么半分钟,或者五分钟——总之很漫长,一个手机缓缓伸出来,闪光灯亮起继而发出嘀的一声,显示扫描成功。

邓弘兴满意地收回传单,对小妹说:"那我走了。"

"你……"小妹紧张地说,"要帮你报警吗?"

"不不不,我跟他们是……朋友。"邓弘兴刚走两步,又回头莞尔一笑,"你继续关注八卦呀,接下来可能会有更大的。"

商务车在雨中疾行,雨点打在玻璃上,每一滴都有子弹的气势。

车行得快且稳,邓弘兴完全不知道现在开到了哪里。他坐在一堆人中间,无人说话,气氛肃杀。

为了缓和气氛,他问罗京:"在我老家玩得怎么样?上网了吗,看到现在网上的热闹了吗?"

此话一出,车内温度立刻降至冰点。

"你骗了我!"罗京那洁白的牙齿在黑暗里摩擦,声音如野兽低语,"你父亲的遗体早就被火化了。在一个夜晚,悄悄火化的。但你继续租着冰棺,让我派过去监视的人,以为他还躺在里面。"

邓弘兴能想象,罗京在得知父亲遗体早已火化、骨灰被自己带走之后,想必怒火冲天。他稍微往后仰了仰,摊手说:"我完全是照着合同做的。合同上只说让你负责丧事,没直接说遗体让你处理。丧事还是要搞大的,我老头就喜欢热闹。"

罗京揪住邓弘兴的衣领,几乎将他从座位上提起来。"你!"他的眼睛幽幽亮光,"你来上海不仅是为了离职和取钱,你知道我们的计划，你故意往圈套里钻。就是为了让我白跑一趟，让我难堪，让我跟你说出真相，然后你爆料给网上那些二三流的自媒体？"

邓弘兴被勒得喘不过气，但脸上笑意绽放，一边咳嗽一边说："你不是一直喜欢设局吗，也该体验一下身在局里的感受了。"

是的，他并不是毫无准备地就来到了上海。来之前，他给殡仪馆塞钱，悄悄火化了父亲的遗体。因此，当罗京带着一大帮雇佣兵和满车满船的猎杀武器赶到小镇，却只能看到空荡荡的冰棺。

而邓弘兴留在上海的第一件事，就是找了之前在公司做新媒体时接触的网络红人们，给予重酬，把疆域公司的阴谋和"巨神"项目的详情，制作成长文或短视频，用大V们的账号，在网上传播——雇用网络红人们的酬劳，自然是来自于罗京给的那一百万定金。

所以，罗京发现自己在小镇被耍，急忙赶回上海；脚都没站稳，就又看到了网络舆情，想必也遭到了疆域公司高层的诘问，立刻来寻找邓弘兴。

邓弘兴知道躲不掉，于是在便利店等着。罗京和他的手下果然在意料之中到来。

啪，车灯开了。

灯光从头顶落下，照亮了罗京的额头，但他的眼睛依旧藏在眼眶的阴影里，看起来像是吞噬了光线。

邓弘兴睁大眼睛，直视着他，问："所以我们接下来去哪里呢？荒郊野外，还是某个废弃工厂？"

这两个猜测都是错的，因为车停后，邓弘兴被押下车，赫然发现他回到了疆域公司。

通过没有摄像头的特殊通道，罗京等人把邓弘兴带到疆域公司第十三层楼。出于欧美人的忌讳，这一层并不办公，平时也禁止普通员工进入，夜里更无人迹，整层都是漆黑的。很多员工都以为这一层是空的，甚至都没有装修，然而罗京刷了下自己的工卡，镶嵌在天花板上的灯管逐一亮起，由近及远，照亮了这硕大的空间。

这里装修豪华，地上一尘不染。他们拖着邓弘兴，每走一步，脚步声都会久久回荡。

窗外大雨不歇，唰唰作响。又因疆域公司离海很近，海浪声也隔墙传来。这一夜注定不平凡，风雨大作，海浪也在咆哮。

几个西装男把邓弘兴按在椅子上，罗京离他四五米远，来回踱步，步伐越来越快。嘴里还不停地念叨着同一句话："该死该死……为什么跟人类打交道，就是这么麻烦呢！"

这样烦躁的罗京，是邓弘兴从未见过的。

他正要仔细观察，罗京突然一个步子迈过来，整张脸几乎贴上了邓弘兴。

"你亲手毁掉了一切。你破坏了我们所有人遵守的规则，"罗京抬起手，那指节嶙峋的手指在邓弘兴面前握紧，像是捏碎空气中的灵魂，又像撕下一张不存在的面具，"你把我们逼得野蛮，逼得面目可憎，让我们不得不用最讨厌的方式来解决问题。"他的语气近乎咆哮，想必是忍了一路的愤怒突然爆发，声音盖过窗外的暴雨和海浪。

邓弘兴看着这张扭曲的面孔,反而笑了。

"你还笑?如果我处在你的位置,我哭都哭不出来,我只会求饶——但现在,求饶也没有用了。"

"我笑,是因为——"邓弘兴轻声说,"原来你也会生气。"

"我当然会——"罗京意识到邓弘兴在说什么,眼角一抽,脸上肌肉迅速集结,试图组成他那惯有的淡然微笑,"我怎么会生气呢?我跟你们可不一样,我——"他的尝试失败了,肌肉不受控制地扭曲,微笑变成狰狞,"我一定会毁了你!你的钱,你的工作,你的社交,全都不复存在!"

邓弘兴说:"我回上海时,就没想过会全身而退。我要做的,就是让你们这些伤害过我父亲的人,付出代价。"

"通过花钱买营销号,在网上公布?"

"你想在海边杀掉那些巨型生物,不就是为了掩人耳目,悄无声息吗?现在,全网都知道了。"

"这的确是我多年工作以来唯一的瑕疵。你发布的那些信息,只是让我在公司内部难堪,我的很多特权都因此而取消,但对公司,没有丝毫影响。公关部门很轻易就能解决。就在我们说话的功夫,那些文章或视频,正在一一被删除。"罗京说,"而且,你以为真的有人会信吗?海底巨兽,邪恶实验,新人类……拜托啊大哥,这些元素早就过时了,Cult电影都不屑于拍。"

"很快,就会有人信的。"

罗京低声发笑,经久不息。"我现在的确有强烈的挫败感。我居然是被你这么幼稚、愚蠢的人摆了一道,你以为所有人都跟你一样,相信世界上有奥特曼,有怪兽吗?"

邓弘兴直视他的愤怒，平静道："你们不就是怪兽吗？"

"那奥特曼呢，他在哪里？"

邓弘兴沉默。

或许这个世界上真的没有奥特曼，也没有光。世界本身就是一头巨大的怪兽，无论是程琪，还是罗京，抑或是疆域公司，都只是这头怪兽口中的一颗利齿。当他离开家乡，走向世界时，就是走向了怪兽的血盆大口，此后十年，他都在怪兽的胃液里被消融，被同化。

曝光疆域公司的恶行，是他唯一一次试图反抗，但他孤身一人，终究是战胜不了这巨大的怪兽。

见他不说话，罗京也摇头，似乎连争论这个都是在浪费时间。"所以，你父亲的骨灰，到底在哪里？"他问道，"现在交给我们，你的结局就不会那么悲惨。"

"我撒掉了。"

罗京眉毛拧紧，"你不是说，我们扫码，你就会告诉我吗？"

"所以我说了呀，我没有骗你。我已经把他的骨灰撒了。"

罗京仔细观察邓弘兴的脸，发现的确不像是在说谎。"那你要为你的行为，"他怒极反笑，深吸一口气，站起来后，转过身，"付出你根本承受不起的代价。"

"所以警察正在赶过来吗？"邓弘兴撇撇嘴，"接下来的一辈子，我应该都在监狱里度过了吧？"

罗京走到一张桌子前，打开桌上的银色冷藏盒。"没那么便宜了。我曾经把最好的机会放在你面前，但你掰开我的手指，还扇了我一耳光。"盒子被打开，袅袅寒气中，躺着一支注射器，"这一针会让你昏睡很久,等你醒来的时候,你就会到一个完全陌生的地方。你会在另一个实验室里,被注射更多的药,动很多手术。如果实验成功,说不定你能成为人类跨入量子态的第一人;如果失败,也没关系,你为公司做出了贡献,跟你的父亲一样。"

"不要再提他,你不配。"邓弘兴想喝骂他,但声音透出一丝颤抖。因为,他看到罗京熟练地拿出注射器,里面淡蓝色的液体在晃动,尖锐针头闪烁寒光。针尖在靠近,他下意识想往后缩,但被按住,动弹不得。

"一个愚昧的渔民,一个为钱财做人体实验的人,一个把自己的基因和鱼类融合而创造出怪物的人,我也不想提。"

邓弘兴顿时两眼充血,顾不得怕,手脚挣扎,口中怒骂,但完全敌不过这些壮汉的力气。很快,他连挣扎也不敢了,呼吸都紧憋着——因为罗京将针管贴在他颈动脉上,针头还未刺入,寒气已渗进皮肤。

罗京对人体器官了如指掌,也给许多人注射过这种麻醉剂,针头插入手腕静脉,缓缓注入,一切便都尘埃落定。他把针头压在邓弘兴脖子上,只是为了让他安静。这也的确起到了作用。他嗤笑一声,针头下移,沿着邓弘兴的脖子、肩膀和手臂,滑到手腕处。

"要记住,这一切都是你自找的。"罗京说。

针头下扎,却稍微偏移,扎到了邓弘兴的腕骨。

罗京抽回针头,皱眉道:"把他按好,别让他动。"

旁边几个西装男对视一眼,都很困惑。其中一个说:"按得很死,他没动。"

"他没动我怎么会扎偏了呢?"

西装男不敢跟他顶撞,点点头,更用力地按着。邓弘兴想骂,嘴也被堵住。

那针头已经被腕骨抵得些微弯曲,罗京换了根针头,正要扎时,一阵晃动传来。这次,他看清楚了,邓弘兴的手没有乱动,摇晃来自整个地板——或者说,整个房间。

"地震吗?"一个西装男问。晃动越来越快,越近,也越剧烈。

罗京脸色有点发白。如果这是地震的话,那震幅正在加重,震源竟在靠近。

这时,他瞥到邓弘兴脸上掠过一丝喜色。

"你做了什么?!"不祥的预感像是蓬松羽毛,从罗京的血管里涌出来,充斥全身。

邓弘兴说:"它来了。"

"谁来了?"

邓弘兴又纠正说:"不,是他来了。"

"什么来了?"

罗京听不懂邓弘兴这没头没脑的话,但很快,已经不用邓弘兴回答,他就明白发生什么事情了。几个西装男脸色大变,看向窗外,还忍不住齐齐后退。能让这些受过训练的职业雇佣兵本能害怕的⋯⋯答案显而易见。

罗京回过头,果然,他看到了一只眼睛。

这只眼睛看不到瞳仁,发着湛蓝色的光,窗子周围的工位都被照得蓝汪汪的。加上它如此浑圆,第一眼看过去,真的会误认为它是一轮大雨如注中的月亮,因盛不住雨水,降下来,垂在窗边。

接着,这只眼睛眨了下,粗粝黝黑的眼皮从斜对角将它包裹。窗外又变得漆黑。眼睛再睁开,射出的蓝光中,微微带黄。

"利维坦!"罗京颤声喊道,"你把怪兽引到上海来了!"

"我爸跟我说过,他一直想来上海看看的。"

"你这个疯子!"

罗京咬牙切齿,抓住注射器,就要往邓弘兴的脖子上扎去。

窗外巨眼骤然收缩,下一秒,一声怪吼爆发出来。整层写字楼的玻璃同时粉碎。巨大声浪中,所有人都被席卷至空中,与纷飞的A4纸、电脑和饮水桶一起,撞向墙壁。

这一声吼叫的音量超过所有人的常识。西装男们只是被轻微撞伤,却肝胆俱裂,丢在地上的枪械都顾不上捡,连滚带爬地向办公室出口跑去。罗京也是灰头土脸,躲在一张办公桌下,掏出手机,急切地说着什么。

只有邓弘兴,在双耳震鸣和天旋地转中,踉跄着,奔向窗户。他踩着倒下的桌子,爬到窗口。玻璃已经粉碎,外面的景象一览无余。

窗外蹲着一只庞然巨兽,浑身灰褐,双眼大如车轮,因此只能用一只眼凑近这层楼的窗子,凝视办公室。它整个身体被大雨冲刷,看不清全貌,但即使蹲着也有十三层楼高,站起来时可想而知有多巨大。

楼下街道上,白光密集闪烁,像雨中的星海。但多看两眼,就能明白,那是手机的闪光灯。

这里是办公区,周围也有住宅,即使深夜,人也不少。一头巨兽在海浪的掩盖下,爬上岸,蹲伏在离海岸不远的高楼间,这是只有电影里才会出现的画面。人群经过了初时的慌乱,也都忍不住好奇,掏出手机拍照或录下来。不用想也知道,他们接下来会把照片和视频发在各类社交媒体上。

邓弘兴转头,看到巨兽的斜后方,两排深陷的巨大脚印迤逦延伸,伸向大海。

这里虽然靠海很近,但周边设施齐全。巨兽从海上来,短短一公里多,也会途经海滩、街道和商圈,早已经让无数人惊恐和兴奋。汇聚在楼下的拍摄者,不全是周围的人。有一些本来是小主播,没多少粉丝,看到巨兽后,下意识把它在高楼间穿行的画面直播出去,观看量大涨,粉丝数也成千上万地增加。于是他们尝到甜头,驱车追逐,边拍边解说。

防空警报也响起来,划破夜色。警灯从四面八方涌过来,挤在路口,但警察也没有应付这种情况的预案,除了少数人在疯狂按警铃来驱散群众,其余警察都不知所措。

雨下得更大了。水从巨兽皮肤上倾泻而下,把邓弘兴也浇得湿透。他抹了一把脸上的水,回过头,发现罗京已经从办公桌下站了起来。

"你看,只要亲眼所见,再荒诞也是真实。"邓弘兴说,"现在人们会相信我说的了吧。哪怕B级片导演都不屑于拍,但这个世界的确有邪恶的公司,有怪兽,也有奥特曼。"

罗京像是咀嚼并吞下了一大把黄连,声音发涩:"这也是你早就计划好的吗?骗我去小镇,给你赢得时间,找营销号曝光,再把这头怪物引到上海,来佐证你的故事……我居然被你一步步牵着走,真是小瞧你了。"

邓弘兴伸出手,摸到了一层坚硬而温热的皮肤。他说:"我说过,我把骨灰撒了。你没继续问,你要是问,我就会告诉你——我把我老头的骨灰撒在了黄浦江,那里靠海。但他是不是真的来,我没有把握……好在,他还是来了。"

"他是怪兽,会被何氏信息素吸引。"

"不,他是父亲,会来接他的儿子。"

罗京还要说些什么,手机又响了。他按下接听键,手机里立刻传出愤怒的质问声。他脸色铁青,把手机抬到耳边,质问和怒骂声更大了。他张张嘴,却发不出声音,干脆挂了电话;铃声立刻又响起。

随后,手机被用力砸在地板上,成为满地办公碎片的一部分。

"感受一下失败的滋味吧,"邓弘兴说,"对你来说,这很难得。"

罗京突然狂叫一声,捡起一柄被雇佣兵们丢下的黑色短枪,向邓弘兴冲过来。他开了一枪,子弹掠过邓弘兴的肩头,在墙壁上钻了个孔。

他是来真的。邓弘兴不敢大意——毕竟罗京在小镇上,纵火烧死过拾荒的陈叔叔。枪声又响起,邓弘兴连忙爬上窗子,纵身一跃,跳进冰冷的雨夜。这是百米高空,不仅雨大,风也格外凛冽。他在空中被风雨裹挟,斜坠向大地。

罗京奔至窗口,往下看,只见邓弘兴的身影在雨中一闪即逝。他撇撇嘴,发出冷笑,随后,笑容在脸上冻结。

因为邓弘兴又出现了,在雨中上升,与窗口齐平。是布满了褶皱和瘤状物的巨兽脑袋托住了他，相比这颗头颅，邓弘兴简直是餐盘上的蚂蚁。他扶着一坨齐腰高的肉瘤，摇摇晃晃，但还是站立着，俯视罗京。

罗京举枪便射。但这一次，枪声都没来得及响起，一根触手急速从窗外刺来。他先是被横扫到空中，还未落地，触手又将他拦腰缠绕。罗京的双臂被缚在腰间，动弹不得，枪也不知道落到了什么地方。

这一横扫，罗京五脏六腑几乎移位，脑袋里也一片眩晕。他迷迷糊糊地，只知道自己被触手抓住，提到空中，出了窗户。大雨将他浇透，他才逐渐恢复意识。他睁开眼看到的第一个事物，便是那只巨眼。

近在咫尺，他才看清，这只眼睛并非湛蓝一片。只有一层蓝色眼膜在发光，而膜的后面，有一团淡褐色的瞳仁，是液态的，微微晃动。

他屠杀过好几头"巨神"计划培育出的怪物，之前在海边，用"陈垃圾"的骨灰捕猎G003号怪物时，利维坦也被钓出，显露过雄伟身姿。但现在，近距离与这个巨物对视，还是第一次。体型的悬殊在此刻毕露无遗，利维坦的呼吸在他耳边如飓风呼啸，利维坦的凝视如煌煌日光照耀。在利维坦面前，他只是一只蚂蚁——不，他只是一粒灰尘。他终于开始胆怯，发出呜咽。

利维坦站了起来。

罗京被触手攥紧，也疾速上升。

之前利维坦出现时，海面幽暗，所有人都没看清。此时，利维坦终于展现出它的伟岸，四十层高的大厦，不过与它齐平；一些直升机在四周盘绕,灯柱打在它身上,加上周围高楼的灯光,巨兽的轮廓被彻底照亮。

乍看过去,会认为它是一头巨鲸,头宽而粗,如同纺锤;两只眼睛对称地分布在头的两侧,脑袋往下,是更为宽壮的扁平身躯,背部呈黑褐色,混合着鳞片与肉瘤。那些鳞片看起来锋利又光滑,大雨落在上面就立刻被切割成更小的水滴。而内腹却一片灰白,布满了跟脑袋上一样的瘤状物和褶皱。腰两侧伸出有力的蹼翼,正是鱼尾加上这对蝶翅一样的蹼翼,抵在地面,弯成弓形,才把利维坦的身躯支撑住,让它得以挺立。

在利维坦的腮部,有许多气孔,随时在张合。每个气孔里都伸出大蛇一样的触手。罗京就是被其中一条触手缠住,提到百米高空,提到利维坦的巨嘴前。

这张嘴缓缓张开,牙床上嵌满了门板一样大的牙齿,但并不整齐,歪歪斜斜地生长着。与其说嘴,更像是一道深渊在他面前裂开,一片漆黑,蠕动的舌头如野兽在黑暗里蹲伏,随时择人而噬。

没有人可以承受这种体型悬殊差距所带来的压迫感。再强大的心智,再冷静的判断力,再迅捷的反应,在绝对力量的差距面前,都会被轻易碾碎。人类渺小的身体里,只允许存在一种情绪——恐惧。

罗京连呜咽都变得含混,脸上流淌的,说不清是雨水还是涕泪。随着利维坦张嘴,来自巨兽胃部的腥臭的气流在他身边涌动,他开始惊叫。这惊叫声在利维坦听来似乎成了某种挑衅。于是,它改变了原本要用牙齿将这个小小人类碾成血沫的想法,将他提到自己嘴外，对着他，爆出一声嘶吼。

这声吼叫持续了近半分钟，四周停驻的汽车纷纷发出警报声，围观人群惊慌四逃。直升机们也因巨兽的暴怒而下意识提升高度，远离这个超出认知的生物。

而罗京手脚被捆缚，无法捂耳，又处在吼声的最中心，简直是目睹了一次世界的崩塌。不过他只在前几秒感受到吼声的恐怖，因为随后脸颊流血，耳膜撕裂，嘶吼一下子消失。但依然有尖锐的声音沿着裂开的耳膜，钻进他的大脑。利维坦喉咙里涌出的气流，裹挟着夜雨，以及来自巨兽嘴里的不明黏液，打在他身上，他的衣衫猎猎后卷，他的脸颊上涌出一层层肉浪。

在巨响、气流和恐惧中，他肝胆俱裂，昏死过去。

20

见罗京不省人事，软绵绵地垂在半空，利维坦顿觉无趣。它鼻腔里喷出气息，似在嗤笑，触手一荡，随意地将罗京扔开，便缩回腮孔中。

邓弘兴停止捂耳，依然脑袋震荡，好一会儿才缓过来。

现在，他坐在利维坦头顶，四周开阔，城市正在以一幅前所未有的景象铺陈开来。大雨倾盆，上海如同沉入水底，与它的名字恰恰相反。它的璀璨灯火也被雨水稀释，一团一团，都是迤逦又模糊的光晕。高楼成了珊瑚，汽车像一颗颗发光的蜉蝣，而行人，行人早已融化在喧嚣的雨幕里。

整个城市，只剩下邓弘兴，以及他身下的这头巨兽。

就像五六岁的时候,夜里父亲把他顶在脖子上,在街头大呼小叫地奔跑。高度一变,世界就全然陌生了,那时他很害怕,但一抱紧父亲的脑袋,害怕就成了惊奇。过一会儿他连父亲都不抱,小手高高举起,想去哪儿,就拍拍父亲的脑门,都不用说话,父亲就能朝着他想去的方向奔跑。

现在,他再次回到幼年时代,下意识地拍了拍身下布满粗粝褶皱的皮肤。

利维坦扇动蹼翼,支撑身体,向东边走去。

见巨兽走动,人群慌乱四散,躲得看不见,直升机也只能远远地跟着。四周大楼的人来不及撤退,也就躲在办公室里,透过窗子,恐惧而好奇地观望。

轰隆隆的脚步声在城市里回荡,邓弘兴双目所及,只有在雨中静默的楼厦,街道空旷,一个人影都看不到。他仿佛走在过气的游乐场,所有游玩项目都开了,却没有顾客。尤其是那一栋栋灯火通明的高楼,被雨幕映得朦胧,在他两侧掠过,像极了摩天轮。

他抹了一把脸上的雨,深吸口气,把夜的清冷和城市的孤单都吸入肺腑。

这一刻,上海这座城市,失去了被昂贵和精致包装出来的威严,不再遥不可及;它只是一座游乐场。再孤单的孩子,也可以走进来,在摩天轮、旋转木马和滑梯之间尽兴游玩,玩到天黑,玩到天亮。不用担心管理员关门,也不担心严厉的父母在园外呵斥。

想到父母,邓弘兴下意识往身下看。

以他的视角,自然看不清利维坦的全貌,但在身后,一排排鳞片蠕动着,沿着壮硕的身躯往下,没入远处黑暗中。

利维坦选择的宽阔街道,除了所行之处留下黏液,并未造成多大破坏。行人也早已清空,前路通畅。

但即使如此,它带着邓弘兴一起一伏地前进,巨型蹼翼攀爬,还是有明显的迟钝感。他这才意识到,利维坦是海中生物,并不擅长陆地爬动,每走一步都很艰难。地面坚硬的路缘和街灯都在刮擦它的腹部皮肤——而它的腹部,远没有背上的鳞壳那么坚固。

好在目的地已经不远。

穿过两栋并列的尖顶大厦,再转个弯,他终于看到了那栋熟悉的大楼。

即使是深夜,每一扇窗子也几乎都是亮的。当然,现在肯定无人办公,要么已经提前撤离,要么来不及撤走,躲在窗子后面观望。

这是他工作了多年的地方,曾以为可以在这里拼搏出梦想,拼搏出上海的一套房。这里是他的战场,或者说祭坛。每次进去,他都是排队从大堂乘坐电梯,但今晚有点不同。

邓弘兴拍了拍身下的皮肤,什么都没说——说了利维坦也听不清,巨兽便会意地低下头,抵住墙,让他降到三十八层的一扇窗外。

他滑到窗边,敲了敲窗子。

无人回应。

难道都撤走了吗?邓弘兴疑惑地贴近玻璃,朝里面瞥,立马就看到窗内右侧缩着一个人。"嘿!"邓弘兴认出了他,"James!

James！帮我开一下窗！"

那人缩在窗户和饮水机的夹缝中，瑟瑟发抖，身上的格子衬衫都抖成了马赛克。

见他不回，邓弘兴又喊了一遍，他依旧没听见，或者听见了也不敢应。邓弘兴终于不耐烦，重重砸了下玻璃，直接喊他的中文名："赵大柱！你给我把窗子打开，不然我把你那个只关注福利姬的微博小号给爆出来！"

赵大柱哆哆嗦嗦地伸出手，把弧形插销剥开，又赶紧缩回去。邓弘兴扒开窗子，小心地爬进去，对依旧缩在夹缝中的赵大柱说了声谢谢。

"呃……"赵大柱使劲摆手，不知是不用谢，还是让他赶紧走。

邓弘兴一转身，发现屋子里居然人还不少。这是个四百多平方米的办公大厅，一条条长办公桌平行放置，又被磨砂玻璃隔成一个个小格子。每间格子里都有电脑、堆积的A4纸和错乱交织的充电线，电脑都是亮屏状态，莹莹光亮，照在一张张呆滞的脸上。这些都是邓弘兴平日里朝夕相处的同事，对他呼来喝去的领导，至少有一半还留在办公室。他们恐惧在楼外睁着眼往里看的巨兽利维坦，都缩在办公位后面，露出一双双眼睛，鸦雀无声。

"大……大家好。"邓弘兴没料到这个场景，有点局促，"我只是回来拿点东西，很快的，不耽误大家加班。"

人们眼神复杂，先是互相交流，几秒后又都汇聚于他。今晚对他们来说，也是相当魔幻的一夜。

"有人看到行政部William吗？"邓弘兴踮起脚，目光扫过整个办公大厅，"我的东西在他那里，我得拿走。"

邓弘兴的目光扫到哪里，哪里的人就会把眼睛移开。

"有人知道William在哪里吗？"

安静得掉根针，都能听出来是针头先落地还是针尾先落地。

邓弘兴无奈地转头看向窗外的利维坦。巨兽吐出吭哧吭哧的鼻息，突然，爆出一声低沉吼叫，如闷雷掠过。

接着便有十几只手从办公桌下伸出来，齐齐指向南边角落。

"谢了。"

邓弘兴走到南边角落，敲敲桌子。一个胖乎乎的脑袋探出一半，结巴道："弘……弘兴，你回来了。"

"嗯，我上次是要来拿奥特曼手办。现在，可以给我了吗？"

William说："可是……公司有规定……你不能带走……"

"那是我个人物品，不是公司资产，我为什么不能带走？"

"你得在OA系统里……"见邓弘兴脸色不对，William连忙改口，"要……要签字才行。"

邓弘兴问："找谁签？"

William的头完全伸出来，又指着朝北的方向，"赵经理主管物资。他签字管用。"

于是，邓弘兴又在办公室里来回跑了两趟，把手续办齐，才顺利地从仓库里拿走了那一大包奥特曼手办。做这一切的时候，窗外巨兽静静地看着他，屋子里其他人也屏住呼吸。他像是在无声的舞台上蹦蹦跶跶，独自玩耍，暗影里其实藏满了观众，但无人鼓掌，也不敢喧哗。

折腾了快半小时，他才打包好，跟其他同事道了声别，爬上窗台。

其余人自然不敢回应，就算胆大，也只悄悄探出头，看着他的背影。

这时，邓弘兴看到墙角里缩着一张熟悉的面孔。那是程琪，她脸色苍白，满是惊恐。邓弘兴想说些什么，但张张嘴，又犹豫一下，转头跳到窗外。

利维坦接住了他。

"那接下来，"邓弘兴抱紧背包，以防雨淋，但他的头被浇得湿透，茫然地望着周围在融化的高楼，"去哪里呢？"

话刚出口，四周就传来了轰隆隆的螺旋桨转动声。

几束光柱从直升机上投射下来，在邓弘兴身上汇聚。他视野里一片雪白，只得用手挡在眼眶上，才勉强视物。

最近的一架直升机上，响起喇叭声，在对他喊着什么。但雨太大，他根本听不清——不过他也猜得到，是在勒令他离开城市。

也对，就算利维坦再小心，一路上还是对市政建筑造成了破坏。而且利维坦显然不适应陆地环境，现在已经开始气喘，他能感觉身下的巨兽在不停颤抖。

那就去海上吧。他拍拍身下的冰冷皮肤，利维坦会意，向着海边走去。直升机远远地跟着，依旧将强光射到邓弘兴身上。被这种光笼罩着，时间一长，邓弘兴身上冒汗，脑袋也有些晕乎乎的。

好在没多久，利维坦就到了海边。这里沙滩广阔，人员早已被清空，是安全的入水——

轰！

沙滩公园的树林里，早已埋伏好的炮艇突然开火。炮弹洞穿雨幕，落在利维坦背上，气浪裹挟着焦黑的血肉，向四周爆开。硝烟和灼烧的气息弥漫开来。

"不要啊！"邓弘兴大急，站起来挥动双手，"不要开火！"

但他的声音太微渺，被周围的炮火、风雨和海浪掩盖，无人听到。

即使那些操持武器的士兵听到，也不会在意。当利维坦在上海出现时，政府就紧急召集专家，讨论如何处理。经过一番争论，最后决定，引导这头怪兽去到无人区域，同时部署重火力，一举剿杀。这些士兵就是来执行任务的。

当然，军人们不知道的是，提供方案的专家组中，为数不少在疆域公司供职。

利维坦吃痛，仰天咆哮，蹼翼高高扬起。它卷起的飓风，掀动了更大的浪。

但邓弘兴更着急了，连忙跺脚，喊道："不要，不要打啊！"

那一对遮天蔽日的蹼翼，又垂落下来。利维坦呜咽着。

炮火更猛烈了。血肉被炮弹炸开，从利维坦身上剥离，雨一般落在沙滩上。

这时，一道炮弹偏离预定轨迹，向着利维坦头部射来。利维坦发出怪啸，身子下缩，炮弹也随之变轨，但落在了利维坦肩头。这一声炸响和随之爆开的气浪，让邓弘兴如遭重锤，直挺挺倒下。

在他昏迷前的最后一刻，他耳边全是轰炸声，以及利维坦凄楚的呜咽。视野天旋地转，仿佛他的整个人生被压缩成了一秒钟，在他眼前回放。冰凉落雨，洗刷全身，他怀中的奥特曼手办，四处散落，有几个从利维坦身上滑下，坠向大地。

他见到了海。

随后,他失去意识。

尾　声

不知什么时候起,雨开始变小了。

邓弘兴呻吟着,爬起来往回看,雨雾氤氲中,上海的灯火已经变得模糊。这座吞食了他前半个人生的庞然城市,在雨夜的背景下,只剩下一些微弱的星星点点,像是溃烂皮肤的反光。

他又把脑袋垂下来,让利维坦的身影映入眼中。

但利维坦太过巨大,他怎么调整角度,都只能看到一部分躯壳。

"我们去哪里?"他问。

一声巨大的呼噜声响从利维坦身体里传出,像是闷雷滚过。这是利维坦的回应,但他一时猜测不出,也就含糊地"嗯"了一声,没有再问。

几只海鸟掠过,想要栖息,但它们显然没有见过这种巨兽驮着人类高速破水前行的状况,盘旋一周,又扑腾着翅膀离开。

邓弘兴有些失望,接下来保持沉默,缩进利维坦肩甲处的鳞片里。本来甲片是致密无缝的,但利维坦在战斗中受了伤,甲片崩碎,露出柔软的灰色的皮肉。他靠着这一块皮肉,能感觉到一丝温热,让他心里稍微安定了些。

这一去,就应该是对上海真正的诀别了。

他的证件,租房里的家具,甚至包含他在这个世界上所有人脉和关系的手机,都留在了身后。他重新变得孑然一身。

"现在真该发个朋友圈……"邓弘兴轻声嘟哝一句。

"呼噜噜,呼噜噜……"

利维坦的声音又从海里冒出,却轻盈了许多,如同儿时记忆里的渔歌。

"嗯,没事。"邓弘兴回答道,"估计也没人给我点赞了。"

父亲变成了怪兽,却比从前更理解他了,无须多言,沟通便结束。利维坦潜得更深了些,只露出邓弘兴倚靠的一小块鳍部,四肢更用力地摆动,速度逐渐加快。

经过了囚禁与逃亡,邓弘兴早已撑至极限,现在一松懈下来,疲倦便将他淹没。他缩在利维坦的身躯里,闭上眼睛,耳边是簌簌的破水声,很快就睡着了。

他做了一个梦。

梦境漫长,仿佛一生都在阖眼后度过。梦的主角自然是他,但奇怪的是,他是以旁观者的视角,俯视着名为邓弘兴的小男孩,在海边长大,巨细靡遗地看着他经历种种琐事,看着他最终离开故乡。

梦里最后的场景,是他站在黄沙飞扬的土路上,看着那个少年远去。

少年背着行囊,行囊硕大,显得他更加单薄。快走到车站时,少年转过身,轻声说:"爸,我走了。"

他错愕地回头,果然看到了父亲。

在此之前,这个梦的一切都是写实的,都是真正发生过的。但现在,梦境剪辑了他的记忆,他一下子无法区分:到底现在是虚幻，还是记忆根本就是一场梦？

"嗯，走吧。"父亲说。

少年便走进车站，没有再回头。

父亲一直在原地。直到鸣笛声响起，汽车驶离这破败的小镇，父亲才颤抖着嘴唇，说出后面的话。

"但记得回家。"

邓弘兴醒来时，天色将亮。

他有点冷，缩着脖子，手在肩膀上来回搓，好半天才缓过来。缓过来后，他才觉出哪里不对劲。

响了整夜的簌簌水花声消失了。利维坦没有继续破水行进，而是漂浮在海面上，随着水波，上下沉浮。他正是被海水漫了脚才惊醒的。

"老头？"他使劲拍了拍身下的利维坦。

毫无反应。

他只觉得手脚冰凉，身体里掠过一阵悲恸。他大声喊着父亲，更用力地拍打周遭的鳞和壳。海水上涨，他的手掌拍进水里，水花又溅到他脸上。

海水是温热的。

他还闻到了一股腥甜的味道，掺杂在空气中，即使海风猎猎吹拂，也依旧浓烈。这味道很特殊，但也很熟悉——昨晚，利维坦在上海被军队伏击时，受伤流血，他就闻见过。

只是，昨晚的味道似有似无，现在却几乎让他窒息。

可想而知，利维坦整夜都在大出血，血液融进海水，伤口不断扩大。就算他的身躯再庞然，被饥饿的海洋如此吮吸一夜，也彻底失去了生机。

邓弘兴一直拍到没有力气，喊到嗓子嘶哑，才扑倒在利维坦的尸体上，睁大眼睛，瞪着夜空中那一大团黑暗。

利维坦死在了黎明之前。

这一次，他的父亲真正离开了，就像奥特曼能源耗尽，胸口的红光不再亮起。从此之后，不管他如何召唤，再也没有巨大的人影从天而降，站在他面前，跟所有想伤害他的怪兽搏斗了。

他眼角涌过暖流，但不知是掺着血液的海水，还是某种别的液体。

他终于明白，他失去了生命中最重要的依凭。与之相比，手机、社保、离职证明，甚至上海的房子——他曾为之奋斗的一切，都轻得像是泪水，落进海里就再寻不见。

"爸……"他的声音因呜咽而断续。

利维坦全速航行了一夜，现在不知停在了哪里。或许，是大海的中央吧。没有信号，没有食物，他熬不过多久。

但这时，天幕中出现了几点星光，他身下的水流开始加速。刚开始他还错以为是利维坦重新在游动，坐起来后，才发现是风变得更大，洋流加速，海水托着利维坦的尸体，随波逐流。

借着星光，他勉强辨认出，漂去的方向，是东边。

而东边……

他心里突然咚咚咚打起鼓，站起来，极目向东。他只看到了一大片黑暗，比海洋更幽深的黑暗。

"爸，原来你要带我来这里……"他呢喃道。

天亮了，东边那一团黑暗渐渐清晰，连绵的屋宇和港口露出来。这些建筑本已破旧，但在朝阳的金色光芒下，瓦顶、桅杆、街道……每一处都熠熠生辉，连缀起一幅生动的海边小镇图景。

有几个人站在港口，好奇地向这边张望。这些面孔，邓弘兴都很熟悉。

"爸，我们回家了。"他说。

爱，能否重来*

*原文名为《再见至尊宝》，首次发表于《科幻世界》2021年7期—8期。

上

1

快到六点的时候,汪路特意瞟了一眼斜前方工位上的陈灵。她正在整理文件,看样子,不一定能准时下班。那太好了,就是今晚,汪路对自己说,一定要鼓起勇气,要跨出第一步。

老天也在帮他。六点一到,同事们呼啦啦站起来,拥出办公室。陈灵果然还端正地坐着,把文件分类,又处理表格。楼外天光渐暗,汪路只看得到她的一小半侧脸,被电脑屏幕的光勾勒出了莹莹的线条。

过了半小时,陈灵才站起来,活动了下脖子。

于是她也看到了身后的汪路。

"汪哥,"她有些诧异,"你也还没走啊。"

汪路瞥了一眼她的电脑屏幕,见是关机动画,知道是时候了,便说:"是啊,有点事刚处理完,要走了。你还要忙吗?"

"我也弄完了。"

汪路心头打鼓,说:"那一起走吧。"

他们出了办公室,走进电梯。里面只有他俩,以及一片沉默。明明只有十几楼,汪路却像是过了好些年。他让脑子转起来,试图打破这尴尬,说:"小陈啊,你来公司好几年了吧?"

陈灵"嗯"了一声,"三年零七个月。"

"你干得不错,同事们都很喜欢你。"他想了半天,只憋出这句话,含蓄地表达了对她的好感——他也算陈灵的同事之一嘛。

陈灵讷讷地点头,说:"谢谢。"

电梯到了一楼,停下,银白金属门滑开。陈灵正要走出去,汪路知道到了关键时刻,深吸口气,让声音变得从容和漫不经心:"对了小陈,一块儿吃个晚饭吧?"

陈灵扭头,顿了顿说:"就不了,我不太饿,而且一般我都是回家吃。"

"现在还早,吃点吧。"汪路没有了退路,说,"也一起聊聊天。你来公司好久了,平常上班也不方便,正好是个机会,聊聊吧,我想……多了解一下你。"

话里的意思已经很明显。陈灵看着他,有些犹豫。这小小的空间一片安静,沉默像是催化剂,凝固了空气。电梯门在她背后合上。

汪路松了口气。

他们下到负一楼,在一排排汽车间找到了那辆有年头的灰色汽车。汪路开车,陈灵坐副驾驶,很快出了办公楼,汇入街上繁忙的车流。

这个小城的秋天黑得早,一栋栋高楼隐在晦涩的天气里,有些亮起了灯,有些没有,因此灯光都是支离破碎的。正是晚高峰,车龙在城市的每一条街道上挣扎,翻身都难。

汪路默默开车,陈灵则扭头看着窗外。窗外暗下来。

"去哪儿吃呢?"汪路说。

陈灵却没回答,汪路也不催。车继续艰难地前行。过了好一会儿,陈灵才开口:"汪哥,我明白你的意思,但是……"

"嗯?"

陈灵慢慢吸口气,说:"那……那汪哥你先送我去市立小学。我接个人,等看到他,汪哥你再决定要不要吃这顿饭吧。"

汪路悬着的心放下了。陈灵来公司三年多,如今也近三十,出入都是一个人,又经常去小学接人……通过这些情况,他也基本上能推断出陈灵的身份——单亲妈妈。她长得清秀,气质娴静,要不是有孩子拖着,公司那些小伙子恐怕早就排着队追求了。

但这一点,汪路并不介意。他也是独自带着女儿,知道其中艰辛,更想跟她一起分担。他甚至想,陈灵的儿子刚读小学,跟女儿年纪差不多,还可以一起陪着玩耍,免得她太孤单。

这么乱糟糟地想着,他们驶离大路,来到学校门口。这时天已全黑,路灯在幽暗中撑开一蓬蓬光晕,放学的孩子们早被家长接走了,校门口冷清清的。

汪路放慢速度,左右巡视,发现除了校门右边站着的一个高大男人,并没有背着书包翘首等待的小孩。

"停车吧。"陈灵轻轻地说。

汪路把车停在路边,跟陈灵一起下了车。但校门口还是没有小孩。他说:"你儿子呢?要不要给老师打——"

话还没说完,就看到陈灵走向了那个高大男人。男人也看到

295

了她，原本木讷的脸上立刻绽开夸张的笑容，一跺脚，大踏步向她奔来，抱住她。

男人三十左右的样子，长了胡茬儿，比陈灵整整高出一个头，抱着她的时候，她的整个脑袋都埋进了他的胸膛。他脸上布满夸张的笑容，连声喊着："紫霞，紫霞……"声音很大，又透着与这个体型很不协调的奶声奶气。周围路过的人都侧目而视。

汪路被这一幕弄得懵了，后退一步。他这才留意到，这个男人背上还背着书包，是市小学的统一制式。书包后面的图案是一群小孩在朝阳下敬礼，本来很好看，在他背上却显得格外别扭。

陈灵挣开他的怀抱，说："别闹了。"

男人"哦"了一声，嘟着嘴，很不情愿的样子。

"好啦好啦，"陈灵拍拍他的脑袋——她个子本不矮，但依然要踮起脚才能完成这个动作，"乖，回家给你做好吃的。"

男人的表情立刻从郁闷变成欢喜，连连点头，又笑嘻嘻地拉着陈灵的手。陈灵向汪路走来，男人被她牵着，一边走，嘴里还一边嘟囔着什么。

走得近了，汪路才听出来——男人是在背乘法口诀。

"这就是我要接的人，"陈灵的声音里带着歉意，但更多的，还是深潭一样的平静，"他是我男朋友，在里面读二年级。"

汪路再后退一步，抵住了车门。他脑子里乱哄哄的，不知说什么好。

"所以，"陈灵看着他，"你现在还愿意吃那顿饭吗？"

2

回到小区,已经有些晚了,陈灵让李钻风先上楼,自己则去超市买菜。她在打折区逛了很久,最后才抱着一堆蔬菜结账回家,但刚出电梯,就发现李钻风还蹲在家门口。

他把作业本放在腿上,手拿铅笔,认真地做着题。走道里光线昏暗,感应灯隔几秒就会熄灭,所以他一边做题,还要不时拍一下手。

"你怎么不进去?"陈灵问。

李钻风抬起头,撇了撇嘴,"钥匙丢了……"

陈灵叹口气,把一大袋菜放下,掏钥匙开门。李钻风意识到她不开心,赶忙又说:"我不是故意的……下午活动课的时候,我跟他们玩捉迷藏,玩的时候掉了……"

"你是跟班上的同学们玩吗?"

"是啊,我玩得可好呢!我藏在操场的树后面,藏了一整节课,他们都没有找到我。"

陈灵看了他一眼。李钻风一米八几,又高又壮,他那些同学恐怕连他的腰都达不到。这么硕大的体型,那些刚栽的树根本藏不住。"不是他们找不到你,而是他们不——"她想了想,还是摇头,"你去做作业吧。"

等她做完饭出来,李钻风已把作业写完。她一边吃一边检查,点头赞道:"不错,全是正确的。"

李钻风得了表扬,高兴地多扒了几口饭。但看着他这副稚气天真的样子,陈灵心里又默默叹息了声,说:"吃完饭,你陪我看电影吧。"

"还看至尊宝吗?"

"对。"

"好啊好啊!"

陈灵心里稍微宽慰了些——就算他忘了一切,变成这副模样,但他还是爱看这部电影,多少遍都不腻。

于是,这一天剩下的时间里,他们就窝在沙发上,又看了一遍《仙履奇缘》。陈灵本来是坐直的,看着看着,身子就歪了;她用额头挤开李钻风的手臂,斜靠在他左边胸膛,让那条厚实有力的臂膀搭在自己肩上。这是以前他们一起看电影时,她最喜欢的姿势,足够亲昵,有安全感,还能听到他胸膛传出的心跳声。

如今,一切都变了,只有这样依偎着,她才会恍惚觉得又回到从前——噩梦没来,生活永远那么甜蜜,他还是她的至尊宝,会踩着七色云彩来娶自己。

这么想着,她的眼睛湿润了。李钻风却被电影里夸张的无厘头表演逗得哈哈直笑。

他们每次看这部电影,都会这样——他笑得开心,她默默垂泪。

《仙履奇缘》是"大话西游"系列的第二部,年代久远,尽管画质是高清,但在大屏电视上,还是出现了细细麻麻的颗粒。他们却依旧很认真地看着。一个半小时后,电影结束,李钻风大声说:"我还要看另一部!"

"很晚了,你明天还要上学,"陈灵坐直了,声音闷闷的,"过几天再看吧。"

"好吧……"李钻风不舍地看着屏幕上滚动的演职人员表,揉了揉左边腋下,咦了一声,"我这里的衣服怎么又湿了?"

"是天气热,出的汗。"陈灵随口打发,说,"去给你洗漱,然后乖乖上床睡觉。"

李钻风却嘟着嘴,晃了晃脑袋说:"我自己洗,我会用热水器啦!"

"也行。"

但李钻风在调水温时,还是把自己烫着了。听到尖叫时,陈灵心里一揪,连忙推门进去,看到李钻风光着身体,抱胸蹲在角落,而莲蓬头还在喷着滚烫的热水。浴室里一片水汽氤氲。她一阵心疼,连忙关了水管把手,柔声安慰道:"没事没事,水关了。"

浴室水温最高也不到六十摄氏度,虽然觉得烫,但也只是在李钻风背上留下一片通红。陈灵检查了一遍,见没烫伤,拍拍他说:"还是我给你洗吧。"

李钻风蹲着,一边抽噎一边点头。

陈灵又好气又好笑。这时,她突然发现李钻风背上有几道瘀痕,不是很深,但摸上去的时候,还是能明显感觉到他的肌肉紧了紧,想来是觉得痛了。

"你背上怎么回事?"她问。

李钻风说:"摔倒了,不疼……"

陈灵疑虑重重,但问了几遍,李钻风也还是这么说,只得作罢。洗完后,李钻风扭扭捏捏不肯上床,说:"我应该一个人睡……"

"为什么?"陈灵微恼。

"别的小朋友都这么说的,他们早就一个人睡啦!"

陈灵看着他,"但你不是小朋友,在这个家里,你三十一岁,你是我的男朋友,"顿了顿,又补充了几个字,"和未婚夫。"

李钻风皱皱鼻子,显然对后两个身份不以为然。但他也察觉到了陈灵的怒气,以及某种隐忍悲怆的情绪,便不再多话,乖乖地躺到床上,两手平放在腿边,一副规规矩矩的样子。很快,陈灵也躺到了他身旁。

灯熄了,窗外有一些游离的光,但屋子里一片幽暗。

"我想听睡前故事……"过了许久,李钻风说。

陈灵没有理他,似乎还在生气。

"对不起嘛。"

"抱我。"

李钻风挪了挪身子,把她环抱住,又试探地道:"我想听睡前故事……孙悟空遇见唐僧之前,是什么样子啊?"

但陈灵蜷缩在他的怀抱里,嗅着他的气息,浑身软绵绵的。她不想说话。疲劳和灰暗在她身体里褪去,她感到了温度,感到了幸福,鼻子有些酸楚,但还是绵长地呼吸着。世界在这一天的尾声,终于收起了狰狞爪牙,向她示以平和安宁。她躺在巨大的温柔里。

过了许久,她才想起李钻风的话,说:"孙悟空啊,那个时候,他的名字叫至尊宝……"她停下来,因为她听到了李钻风的轻微鼾声。他总是这样,以为能听完一个故事,却每次都早早地入睡——嘴角还挂着浅笑，想来是做着好梦。

陈灵却没有这样的运气，迷迷糊糊地睡着后，噩梦如约而至。

在梦里，飓风四起，黑暗中狂浪滔天。这样的天气里她本应什么都看不清，但梦就是这么奇怪，狡黠而充满恶意，非让她直面人生中最惨痛的一幕。一柱光连接了她和远处的游船。于是，她看到小船在海浪里颠簸，李钻风父母的脸失去血色，他们明明在大声呼救，却听不到一点声音。充斥梦境的，是狂风呼啸，是波浪翻涌，以及，李钻风痛苦的呻吟。

"对不起，"她在现实和梦境中同时泪流满面，"对不起……"

李钻风在下沉，脸越来越淡。梦里的海水不再是盐，都变成了酸，这些黑暗的液体消解了他的模样。"没关系，"他被完全溶解前，嘴角轻轻扬起，笑容平淡又悲伤，"你要活下去……"

"对不起……"在枕上，她轻轻呢喃。

"对不起！"在梦里，她声嘶力竭。

3

一进办公室，陈灵就感觉气氛跟平常不同，好几个同事在偷偷瞟她，但她扭头过去，同事们的视线又连忙移开。

她不禁微恼——定然是汪路把昨天小学门口的事情，跟同事们说了。她知道同事们会怎样想。"智障男友"，这个词能引发的好奇和闲言碎语，可比"单亲妈妈"要多。虽然她已经习惯这种目光，但还是皱眉，她原本觉得汪路是个内敛得体的人，所以才没有像拒绝其他人一样，随便找个理由来敷衍。但没想到汪路见到李钻风后,还是……

陈灵深吸口气,平静地走到工位上,坐下,开始一天的工作。

但很快,她就发现自己猜错了——同事们看自己的目光,并不是怜悯和质疑,而是羡慕。因为开例会时,老板指派她做一个出差采访。

"啊?"她抬起头,诧异地看着长桌尽头的老板。

"今天凌晨的热门微博你没看吗?"老板说,"一个网友在新疆赶夜路时,见到了寒夜灯柱。"说着,老板在会议室屏幕上投影出了那张微博图片。

图片上是一条深夜里的公路,但路的两旁,一道道五彩斑斓的光柱从地面升起,直入云霄。云层都被照得氤氲迷离,像染上了胭脂,而云彩的间隙,露出了点点星辰。

尽管图片被放得很大,有些模糊,陈灵还是被这幅奇景惊得深吸了一口气。她更难以想象,那个夜里赶路的旅人,在抬头的一瞬间看到它时,会是怎样的震撼,又是怎样的幸运。

她还没说话,坐她对面的汪路却露出迟疑神色,说:"光柱现象还算常见吧,只要温度够低加上湿度大,就能形成悬浮冰晶,折射光线形成光柱。需要派人专门去吗?"

老板赞许地点头,说:"汪老师厉害。不过我这边收到的消息是,太阳出来后,光柱还没消失,已经不是冰晕造光能解释的了。听说军方已经包围了那片区域,但我在附近一个叫至元村的地方有线人,小陈过去后能进去拍摄,出一份特稿。"

这就是同事们羡慕的原因。公费出差待遇颇丰不说,旅游观光也不提,对媒体工作者来说,最重要的还是能遇上一个勾起大众关注的新闻。这幅光柱图仅仅在微博上就有几万转发量,而谁都闻得到,它背后还藏着能将职业生涯推到高峰的巨大秘密。

但出乎所有人意料的是,陈灵摇摇头,说:"这是好机会,但我不能出差。"

老板皱起眉头。他这才想起,陈灵进公司这几年来,的确没有出过差。"为什么?"他问。

"我家里有人要照顾,走不开。"陈灵低声说。

"小陈啊,你进公司时间不短了,这个机会,我是觉得你应该要争取的。"

谁都听出了老板的不满,没人敢作声。陈灵垂下眼睑,低声说:"谢谢老板,但我确实去不了。"

老板脸上作色,正要说什么,汪路突然道:"我对超自然现象还挺好奇的,让我过去吧。"

"汪老师,你不是……手头还有那么多活儿要忙吗?"

汪路笑了笑,说:"加点班就弄完了。"见老板还在犹豫,又道,"我虽然是老员工,但也别光想着压榨我,也给个出去玩的机会嘛!大不了我自费,回来后还写一份游记,哦不,报道。"

他说得轻松又委屈,其他人都笑了。坚冰一样的氛围出现了缝隙,不再尴尬,老板顺着台阶下,也没多纠结,点头让汪路负责这次采访。这事儿也就揭过了。

"刚才谢谢了。"出会议室后,陈灵在微信里给汪路发了这句话。

消息发出去后,对话框里很快显示"对方正在输入中"。但这种显示一直持续着,三分多钟后,对话框里只多了两个字。

"没事。"

陈灵怔怔地看着手机,又抬头看了看不远处工位上汪路的背影,有些怅然。她按熄屏幕。手机刚放下,又在桌面上震动起来。

她正想按掉,但一垂眼,看到了"张老师"三个字。

是李钻风的班主任。

"有什么事情吗?"她快步走出办公室,在过道里接了电话。

"你来学校一趟吧,"张老师在电话里说,"李钻风出事了。"

4

陈灵匆匆赶到学校办公室,还没进去,就听到里面传来了尖锐的嚷嚷声。

"你们这学校怎么搞的,这么大个人了还是小学生?"是女人的声音,"我可以告你们的!我查过,教育部规定的小学生,是六岁以上的儿童——儿童!他这模样恐怕三十多了吧,还是儿童吗?"

陈灵眉头一皱,走进办公室。

李钻风站在角落里,撇嘴垂头,脸上有干涸的泪痕,皱巴巴的。不远处一个办公桌旁,坐着富态的张老师。他对面是一个四十左右的妇女,干瘦精明,拉着一个小胖男孩的手。嚷嚷声正是出自她口。

其他座位上的老师都朝他们看过来,表情各异。

"阿风,"陈灵穿过妇女与张老师之间,径直走到李钻风身前,低声问,"怎么了?"

李钻风低着头，胸口一起一伏，不肯说话。

见她来了，张老师倒是如释重负，连忙说："你终于来了。"又转头看向妇女，"罗集妈妈，这位是李钻风同学的监护人。"

妇女斜眼看过来，上下打量，迅速判断出了敌我的战斗力，轻蔑一笑："第一次在学校里看到监护人比被监护人小的，难怪这么奇葩。"

陈灵仍不看她，见李钻风不肯开口，又走到张老师座侧，问："出什么事了吗？"

"你们李钻风跟人打架了，"张老师脸上的肉颤了颤，说，"当然了，小孩子打闹本来常见，也没出什么事来……"

一旁的罗集妈妈插口道："这是小孩打闹吗？"拉起矮胖男孩的手，又抬手指了指李钻风，"这是以大欺小啊，自长这么大个子，得有一米九了吧，公德去哪儿了？吃的是白饭，把屎留肚子里，公德给拉出来了？那还上什么学呀，在厕所就能吃饱喝足衣食无忧啊。"

话说得难听，周围老师们都面面相觑，但也没人吱声。罗集妈妈的气场已然笼罩整个办公室。他们都知道这是最难缠的一类家长，被市井和琐屑的生活磨砺过，唇舌锐可杀人，脸皮厚能筑墙；而且看年龄，罗集多半是他妈三十多以后生下来的，虽不算老来得子，但肯定也护得跟心肝儿似的。

陈灵却似充耳未闻，又转头对李钻风低声道："你打他了吗？"

李钻风点点头。

"为什么？"

"是他先打我……"

305

这一刻，陈灵想起了昨晚给他洗澡时，他背后的那些瘀青。"不是第一次打你了吧？"她问。

李钻风头垂得更低，泫然欲泣，但咬牙忍住，只让泪光在眼眶里打转。

"别怕，"她低声说，"我不会让人欺负你的。"话刚说完，她心里微颤，好像有苦涩的种子在胸膛里萌动——这句话，她以前也对他说过。

那时，他们刚刚确定关系，又看了一遍《月光宝盒》。她开玩笑对他说，从现在开始，你就是我的人了，如果有人欺负你，你就报我的名字——在《月光宝盒》的结尾，紫霞第一次出现时，就是这么对至尊宝说的。

想不到一语成谶。

她把甜苦交杂的回忆压回心底，走回张老师身旁，说："那，现在您这边打算怎么处理？"

张老师连忙说："都在一个班里，学校也不想弄得不好看，这样，道个歉，赔点医药费就可以了。"

陈灵点点头："嗯嗯，也可以，不过赔偿我就不需要了，歉是怎么道呢？是孩子给孩子道歉，还是家长给我道歉？"

张老师和罗集妈妈都抬起头，看着她。

"嗯？"陈灵说，"是我没说明白吗？"

张老师说："是我没说明白，我说道歉和赔偿……"

"是啊，我听明白了，但我不需要赔偿，道歉的话，态度好一点就行。"

罗集妈妈终于反应过来，叉腰大骂："你是不是神经病啊，明明是那个傻瓜欺负我家孩子,还让我们道歉,我呸!"又拉起罗集的手,"集集,你说,是不是他欺负你啊?"

男孩连忙点头:"是他打我,我都够不着他……"

陈灵依然不看她,问张老师:"谁欺负谁,是孩子们说的吗?"

"是啊,还有同学作证。"

"那监控呢?"

"倒还没看,但孩子们都说了,应该——"

陈灵深吸口气,"那现在看监控吧。"

张老师面露难色,犹豫道:"手续有点麻烦,要校长签字……我看事情也不大……"

罗集妈妈也尖声道:"看就看!我非得——"这时,罗集拉了一下她的衣袖,被她一把甩开,"放心!妈给你做主!"

陈灵说:"学校收的费用里,有一部分是用于监控的吧,交了钱,我就要看。我请了假,今天不用上班,有很长时间可以看。"

张老师只得起身去校长办公室,半小时后回来,带两个家长和孩子去了监控室。很快,他们调出了视频,果然是罗集趁课间老师不在,用书砸李钻风的头。李钻风个子高,站起来躲,罗集又在哄笑声中爬到桌子上,嘴里尖叫着什么,边叫边砸。直到最后他用铅笔扎李钻风,李钻风受不了,才推了他一把,将他推下桌子。他一屁股摔到椅子上,哭起来,正好老师进教室,他便告了状。

看完监控,罗集妈妈脸色由白变红,结束时又变白了,说:"那……那我家集集也只有八岁,打闹一下能疼到哪里去?"

陈灵没抬头,对张老师说:"再把前几天的视频也调出来吧。"

"这……"

"我说过了,我有一整天的时间。而且我也有看视频的权利。"

于是,他们又在前几天的监控里看到了罗集和几个男孩把李钻风逼在角落里欺负的画面。他们远不如李钻风高大,身高一半都不到,但仗着李钻风不还手,拳捶脚踢,还有拿着笤帚砸的。他们脸上都没有咬牙切齿的恨意,只是一片欢快,这种欺负,是出于纯粹而原始的恶意——打败比自己体型大那么多的人,会给他们带来一种残忍的成就感。而周围人的起哄,无疑加重了这种感觉。

整个过程中,陈灵的脸都是沉静的。张老师担忧地瞥了几眼,但看不出她的表情。

"这确实是学校的失误,这样吧,"张老师关了电脑屏幕,对罗集妈妈说,"罗集妈妈,你让孩子道个歉,态度好一点。都是同学嘛,以后还要相处……"

"凭什么我们给这个怪胎道歉……"罗集妈妈狠狠掐了儿子一把,罗集大哭起来,哇哇叫妈。但她没理会,转过头,声音尖锐似刀,"我就说,这怪胎就不应该在学校里。听说他以前在这里上过学,过了十几年变白痴又回来了——这是小学啊,又不是智障收容所!喂你,你赶紧把这怪胎领回去……"她是指着陈灵在说,但发现陈灵没看自己;她继而想起,整个过程中,陈灵的目光压根没往自己身上落一下。

她心里突然掠过一丝不祥——自己纵有千百战斗力,对方却从未接招。

果然,她听到了陈灵对张老师说的话。

"我家李钻风是跟常人不一样,但他来这里上学是特批的,手续齐全,也有医疗证明。他应该跟所有小孩一样。"陈灵的声音不高,只是隐隐颤抖,那是极力压制某种情绪的表现,"而且我改变主意了,道歉我要,赔偿我也要,我会找医生来鉴定他的伤——我认识很多医生。"

张老师犹豫道:"要不再……"

陈灵没等他说完,亮出握在掌中的手机,说:"刚刚的视频我已经录下来了,张老师,您应该知道我的职业吧——我是做新闻传播的。"

张老师像被蜇了似的,眼皮一跳。他总算醒悟过来,最难缠的一类家长,并不是悍妇,而是眼前这个有着冷静眼神和凌厉手腕的年轻女人。他也上网,知道这种跟"校园暴力"沾边的视频,经过专门的营销包装,能在网上引起多大的轰动。

事关学校声誉,已经超出了张老师的职权。他又去了一趟校长办公室,最后在校长的调解之下,罗集妈妈赔了两千块钱——事后会由学校补给她。然后,罗集和那些欺负过李钻风的小孩,逐一向李钻风道歉,并罚写检讨。

他们道歉的时候,李钻风却像是自己犯错了一样,后退几步,连连摆手,无助地看着陈灵。

等事情落定,已经是下午渐晚了,众人各自离开。陈灵也要走,但被校长叫住了。

李钻风在办公室外等着,里面只有陈灵和校长。

"我觉得,"校长犹豫了一下,"李钻风可能不适合在这所小学里了。"

陈灵低头看了一眼手机。

校长连忙道："我不是那个意思。"喝口水，又说，"本来就算没这事儿，我也要跟你说的——他太聪明了，已经不是小学能教的了。"

陈灵转头看向窗外的李钻风，只能看到他的背影。他的头依然垂着。更远处，风把树叶吹得哗哗作响。

校长接着说："他刚进学校时，确实什么都不记得了，一切都要重新教。但这两年，他学得很快，别的小孩最聪明也就是听一遍能记住，而他，听半句话就知道后面的意思。他的试卷就是标准答案。"校长拿出一沓试卷，往下一扒，露出一串整齐的红色"100"字样，"我们本来是商量让他跳级，但从三年级到六年级的所有内容，他都知道——所以我们建议，他可以读初中了。"

陈灵沉默了。

校长以为她生气，连忙又道："当然，我们也只是建议——你考虑考虑。"

回到家，陈灵才感觉疲倦。她陷进沙发里，眼皮重得像铁，闭目养神。

李钻风本来站在客厅，见她疲倦的样子，也坐在她身旁。她的呼吸清晰可闻。渐渐地，他也歪着身子，头枕在她腿上，也闭上了眼睛。

傍晚未到，太阳尚有金辉。但斜阳被城市的高楼大厦切割着，落到这栋楼时，只剩下微弱的一抹。它穿过阳台玻璃，在地板上爬行，最后落到了陈灵脸上。

这时,李钻风悄悄看了眼陈灵,见她似乎睡着了,嘴边轻轻呢喃出一个字。

"妈……"

陈灵的眼皮动了动,但没睁开。

阳光落在她眼睛下,有些细细的辉芒在闪,不知是因为皮肤反光,还是别的什么。

5

他们第一次认识,也是在这样一个布满霞光的傍晚。

那时候李钻风大三,是学长,在一楼教室门口走来走去背单词。那是在第二教学楼,以迂杂曲折著称,很多人找不到去教室的路,当时还有不少关于在二教迷路的段子。陈灵是新生,从宿舍走来教学区,走了很久,还经过了长桥和明远湖。她站在楼前,仰视整栋大楼。

于是,他看到了这个面带新奇的学妹。她正仰着头,沐浴在金黄霞光里,整个人都快融化的样子。

她也留意到了这个奇怪的男生,问:"老师?"见他没回,她皱皱眉,"学长?"

他还是没说话。

"谢谢。"她低低地说了一声,准备走进去。

他说:"哎,二教不要乱闯。"

"二教?"她转过头,指着斜上方的塑料大字,"你当我不识字啊,明明是综合楼嘛!"

他顺着看去，果然是综合楼。原来自己默背单词，不自觉间走到了这里。他有些不好意思，正要道歉，她已经走进去，身子一转，消失在楼道间。

再一次见面，是在期末的院际辩论比赛上。两人各是正反方的一辩。李钻风看着对面认真辩驳的陈灵，一下子想起了半年前那片夕阳，有些失神。他在后面的辩论环节出现了好些漏洞，被陈灵抓住，最后让传媒学院拿了冠军。

但也就是这个契机，让李钻风知道了陈灵的联系方式，开始频频约她。陈灵对这个学长有点反感，觉得烦人，每次都推掉。有一次晚上他又约她逛校园，陈灵想也不想就回短信拒绝了："晚上要上选修课。"

但其实她的选修已经结课，当晚没什么事情。晚饭后她路过商业街，看到学校的内部电影厅要播放的电影片名：《大话西游》。这是她最喜欢的电影，就买了票——很便宜，估计片源也是盗版的。

她走进昏暗的电影厅，来看这老片子的人不多，人影稀稀拉拉，她找了个座位坐下。电影已经看过无数遍，但她还是能被星爷的无厘头表演逗笑，整个过程笑声就没停过，惹得斜前排的男生老是回头看她。光线昏暗，她看不清是谁，连忙收敛了笑声，但没多久又忍不住笑起来。

后来电影放完，影厅灯光亮起，她才看清男生的脸。正是李钻风。她还残存的笑容顿时僵在嘴角。好在李钻风并没有走过来，冲她点点头，便转身走了。

打那以后，李钻风就再没有约过她。但她发现，电影厅里重放《大话西游》的频率变高了,只要她看到告示,每次都会去看;而只要进电影院,都能发现李钻风。他们没有交谈,座位也隔得远,散场就离开。

这样一直持续了一年,到大二课变得多起来,一忙时间就过得飞快。其间她也在校外见过几次李钻风,他是在兼职,倒卖小商品和发传单之类的。她面无表情地路过,他也没打招呼。后来陈灵把精力花在学习上,没再参加辩论赛,只在比赛结束后看了结果,发现最佳辩手居然是李钻风。再一打听,发现李钻风大一时也是最佳辩手,只在大二那年落选——就是跟自己辩论那次。她找出当时的录像,重看李钻风跟自己的辩论过程,发现李钻风在前半截口齿伶俐,逻辑清晰,而且是他熟悉的题目,本来胜券在握,直到遇到了自己。他那些辩论中的漏洞,一半是失神导致的,一半看起来像是故意的。

于是,下一次再看《大话西游》散场后,她总觉得该说点什么,便在厅外等着李钻风出来。但等了一会儿也没动静,她纳闷地走进去,看到影厅老板正在给李钻风付钱。

"就不知道你这样图什么,每次都包场看这部电影。"影厅老板掏出钱,点了点,"还让我正常卖票。包一场三百,卖一张票六块,喏,这是今天的五十四块。"

李钻风低头接过钱,也不说话,转过身。他看到了门口的陈灵。

那个晚上,他们在学校里走了很久。刚开始他们没说话,也不知道说什么好,就默默地走着。走过人群熙攘的商业街,走过漫长的湖上步行桥,还有在夜里幽静空旷的环形大道。

"你说,"快走到宿舍区时,陈灵突然问,"为什么紫霞会喜欢至尊宝?因为他拔出了紫青宝剑吗,还是他说的那个一万年的谎言?"

"都不是吧。"

陈灵停下脚步,看着比她高半个头的李钻风。

"是在市集的时候,紫霞进到至尊宝的心里时,他也进了紫霞心里。"李钻风皱眉回忆,声音很慢,但很笃定。

宿舍楼就在不远处,每一扇窗里都亮起了灯。陈灵的心也像这些窗子一样,慢慢亮起来,她深吸口气,突然说:"以后你不用包场看电影了,兼职挣钱也不容易。"

"啊?"李钻风一愣,继而沮丧地点点头,"噢……"

"我们可以在别的地方看《大话西游》。"

6

平静的日子没过多久,陈灵又接到了初中班主任的电话,让她去一趟学校。

她做好了再跟那些凶悍的、无理的家长们针锋相对的准备,万一斗不过,她也能承受辱骂和鄙夷的目光。但她没想到,这一次李钻风做的事情,将她彻底击败了。

李钻风给同班女孩写了情书。

从班主任嘴里听到这个消息的时候,陈灵身体里像是被抽走了几根骨头。她后退一步,靠到了墙,又茫然地抬起头。

班主任又说了一遍:"他给班上的女同学写情书,影响很坏,你看,这要是其他同学写,我疏导疏导就行——但他生理年龄三十多了,女同学才十三岁,这,总有个伦理上的……"

陈灵转头看向李钻风,他低着头,还是一副做错了事情的样子。但这一次,她帮不了他,她甚至帮不了自己。她再也没有了跟所有人抗争的勇气。

"我……"过了好久,她才深吸口气,"他是真的写情书了吗?"

"证据确凿。"

"我能看一下吗?"

那张薄薄的纸伸了过来,她下意识去接,手又被蜇了似的缩了缩。班主任皱着眉往前递。她躲不过了,接过来,展开看。

是的,是李钻风的笔迹,是他的语气,是他的好感和爱意——只是给了另一个人。他用笨拙的语言表达好感,想跟她交往,在信的结尾,他说了那四个字。

我喜欢你。

陈灵手一抖,信落在地上。

班主任悲悯地看着她——他知道陈灵和李钻风的关系,是监护人,也曾经是情侣,是未婚夫妻。李钻风给别的女孩写了情书,在李钻风看来,这可能是同龄人都会做的事情,但对陈灵来说,这张纸上透着浓浓的残忍和荒诞。

"老师,我……"陈灵啜嚅着,过了许久才缓过来,垂下眼睑,"那个女孩怎么样了?"

"也还好,没怎么吓到——但她家长反应有点大。"

"对不起……"

"这个对不起我可以转达,"班主任叹了口气,"他这样可能是受了周围同学的影响,你也别想太多……至少在学习上,他是很聪明的,有些教师不会做的题目,他都……"

后面的话陈灵就没听进去了,她脑子里满是往昔那些破碎的画面,那些凌乱的语句。多年来被某种执念压住的疲倦一下子翻涌上来,在身体里一浪一浪地拍打,让她站立不稳。

"你……你没事吧?"班主任见她摇摇晃晃,嘴唇煞白,问道。

"没……"陈灵反应过来,看了眼李钻风,咬咬牙,"我想给他请几天假。"

学校的假好请,毕竟李钻风成绩很好,落几天也不会怎么样;倒是陈灵给自己请假时,遇到了一点麻烦。

"这几天请假?"老板有些不满,"成都和印度的苏拉特,同时爆发了同等级的地震,我还想派你去成都做个震后访谈呢。"

地震?她想起昨晚回家后,她在沙发上确实感到了一阵天旋地转,但她以为是自己的幻觉。后来倦极,整夜也都没有开手机。

"实在抱歉,"陈灵说,"能有别的同事先顶上吗?我回来后无偿加班,把事情弄完。"

"哪还有人?汪老师也是刚请假,说是陪女儿出国玩……"说着,老板突然一愣,想到什么,低头看了眼她写的请假表,"噢噢我明白了,那可以,可以批准!你们好好玩儿!工作的事我找其他人顶上。"

陈灵一头雾水。

很快,她就明白老板为什么有那副奇怪的表情——在机场,她见到了汪路父女二人。

"好巧啊!"汪路也很惊奇,问了下航班号,居然是同一趟,"你们也去泰国玩?"

"是啊,我们去……散散心。"

"挺好的。"汪路看了一眼旁边撇着嘴有些不高兴的李钻凤,点点头,又重复了一遍,"挺好的。"

"对了,上次出差,多谢你。"

汪路摇摇头,说:"没啥,本来我对那张照片也很感兴趣,就算你要去,我也得跟你抢呢。"

"那查出什么来了吗?"

"没有……"汪路的眉头皱成川字,"那边已经被封锁了。不过我在至元村待了几天,又发现了新情况——晴天闪电,天空都像要撕裂的样子。那里肯定要出什么事,但我回来后,这个选题被禁了,我跟不进去。"

"哦。"

接下来他们就没怎么说话了,可能因为那顿始终没吃的饭,总是有些尴尬。他们在登机口沉默地坐着,倒是李钻凤和汪路的女儿汪乐仪聊了起来,在空地上玩得开心。他们以机场的方方地板为格子,蹦蹦跳跳地踢着文具盒。

路过的人看到一个高大的青年陪八岁小孩玩这么幼稚的游戏,都露出笑容。但看到李钻凤脸上单纯稚气的表情后,又愣一下,摇摇头,快步走开。

"他这样……"汪路犹豫了一下,"很久了吗?"

陈灵没有看他。晨霞透过巨大的落地玻璃,落在她脸上,像是补上的一层妆,让她这几天失血的脸上有了一丝红润。

317

"嗯,很久了。"

"是……天生的吗?"

"是意外。"

"怎么造成的?"

"溺水了。"

汪路听她语气淡淡的,转过头,只看到她在霞光中的侧脸。他低头看了眼机票,到达地是普吉岛,眼皮一跳,说:"难道……不会几年前普吉岛海难那次吧?"

陈灵点头:"是那次。"咬了下嘴唇,脸上掠过一丝痛苦,"本来他很忙,不想去泰国的。是我,刚刚订完婚,闹着要旅游,还把他父母也带去了。那天天气不好,旅游局不建议出海,但还是我,非要买票去海上玩。回来的时候,遇到了风浪……"

"没人能预料得到,你别太自责了……"

"他父母遇难了,他溺水重新变成婴儿,只有我,什么事都没有。我宁愿出事的是我——也应该是我,一切都是我作出来的。"

汪路不知如何安慰,沉默了。太阳升起来,广播开始播报登机准备,四周的人影移动起来,早早在检票台前排成长龙。但陈灵没有动,沉浸在苦难的往事里,嘴唇快咬破了也不自知。

"严重吗?"汪路看了一眼玩得正开心的李钻风,"如果是脑损伤的话,我认识几个医生,可以再看看。"

陈灵回过神来,低头整理了下表情,才说:"不是损伤,是记忆清掉了。"见汪路露出诧异神色,她苦笑一声,解释道,"是罕见病例,医生也没办法——总之就是脑袋被冷水灌入过,但没有器官损伤,只是什么都不记得了。"

"如果只是失忆,也有办法吧……"

"是所有的记忆——不仅仅是他经历的事情和认识的人,"陈灵看着蹲在地板上捡文具盒的李钻风——他一玩起来就忘了不快,额头上都沁出了细细的汗珠,嘴里还发出兴奋的呜呜声,"所有的习惯、常识,对世界的认知,都不记得了,连怎么说话都忘了。"

汪路咋舌:"那就是——跟婴儿一样?"

"嗯,医生也是这么说的——他重新成了婴儿,一切都要重新学,知识、礼貌……但没关系,他还会再长大的,只是时间问题。"

开始检票了,人龙缓慢地向前蠕动。汪路也站起来,唤来女儿,摸着她的头。他犹豫了一下,转头对陈灵说:"那你有没有想过一个问题?"

"嗯?"

但汪路想了想,终究没有开口。他掏出登机牌,跟女儿一起走向VIP通道,检票员立刻让人龙停下来,看过他们的登机牌后,让他们直接进了长廊。

陈灵带着李钻风在后面排队,进飞机后找到靠窗的座位。李钻风想跟她说话,但看她表情冷冷的,撇撇嘴,也不敢多话。

直到飞机降落,陈灵手机有了信号,才收到一条微信——是汪路那没说完的半句话。

"他重新长大,还会是以前那个人吗?"

这个问题,她是想过的,但只在脑海里浮现了一瞬间,就被压下去了。

当时她在医院,听医生讲李钻风的伤情分析。那是个老医生,头发花白,很瘦,眼镜很厚。办公室里还煮着茶,青烟袅袅,咕噜噜作响。四周的摆设简洁明净,门的隔音很好,关上门,这里仿佛就不是嘈杂混乱的医院里,而是某间茶室。

但陈灵脑子里乱糟糟的,医生的话很多都没听清,只记得他提到了"海马体""大脑皮层"和"全息影像"这些词语。

"全息影像?"她终于反应过来,觉得这个词很突兀。

"是啊,这是脑科学对记忆的一个假设。"医生说话的时候,手指在桌上轻轻点着,嗒嗒嗒,像是心跳,"1971年,工程师丹尼斯·伽柏无意中发现了全息影像现象——现在这项技术已经成熟了,很多地方都在用。简单来说,就是把一道激光分成两束,一束照在这个桌子上反射,另一束通过镜子反射,最后两束光又汇聚投射到感光底片上,冲洗出来后,就是全息照片了。你再用同类激光照它,会发现桌子的立体影像在空中飘浮。但神奇的是,即使把照片撕碎,用激光去照任何一个碎片,都能得到这张桌子的完整影像——你听明白了吗?"

陈灵迟疑着点头,只点了一下,又摇头。

医生的厚底镜片后面,目光炯炯,道:"这就跟人的记忆很像。现行的理论是说,记忆都是储存在海马区,但越来越多的实验证明其他部位也有完整记忆,就像全息照片的碎片散落在大脑各处。比如海马体受损的失忆病人,至少还记得说话和一些习惯,这就是其他地方还在支持记忆。"

"但你不是说过,他的脑袋没有损伤吗?"

"是啊,这是最奇特和让人不解的地方——他在冷水里浸泡,接近窒息,但最后还是活过来了,脑袋完好无损,就是……所有的碎片都不见了,就像,"医生想了想,"就像电脑磁盘被清空了。"

"那,只要没有损坏,"顺着这个比喻,陈灵燃起了一丝希望,"是不是只要再往里面复制进数据……就是记忆,那就能恢复?"

医生说:"理论上是这样,但他的数据已经被抹掉了,从哪里去复制呢?"

办公室里一片沉默。煮茶的咕噜声更明显了,水汽在他们之间弥漫。

"这个病很麻烦。我有两个建议——从人情上说,我的建议是你把他交给福利院,由专人照顾。你也有你自己的生活。"

"另一个呢?"

"另一个就是从理智上说的了。我接下来说的话可能有点不近人情,你不要介意,但你男朋友这个病例很——"医生斟酌着字句,慢慢道,"很珍贵,只要他的监护人,噢,他的监护人就是你了……只要你同意,我们希望能签一份合同,配合我们对他进行研究。放心,我们是正经医疗机构,不会有不人道的举措,所有的手术和研究手段都会经过你的同意。作为回报,我们会给你一大笔……"

最终,陈灵两个建议都没有听,她选择了带李钻风出院。

"那你接下来呢,"办完手续后,医生追着问道,"你要带他去哪里?"

"回家。"

她只说了这两个字,就出了医院。她把李钻风带回他小时候生活的地方,找关系开证明,让他重新进了以前的小学。这个证明还得由医生开,当医生看到证明的内容时,就明白了大概,长叹一声。

"虽然我的专业不是心理学,但也知道,人性格的形成有很多因素,是无数偶然组合来的。你可以把他带回以前的学校,但他那些同学呢?难道你还能一一找回来吗?"医生劝道,"只要有一点不同,他的性格就会改变,就不是当年的李钻风了。"

"这样至少我们还在一起。"陈灵坚定地把证明往医生面前推过去,"我爱他,只要是他就行。"

医生看着她的眼睛,镜片上有些泛光。他犹豫半天,说:"但你抚养他,让他长大,你们的关系就更像是母子,而非情侣。你还爱他,想跟他在一起,但他还会爱你吗?"

陈灵的脸倏忽间变得惨白,手指也跳动了一下。她突然想起了《大话西游》,在最后的情节中,至尊宝忘掉了往日情谊,紫霞依然爱他;但他变成了孙悟空,心里只有成佛之路。

医生看着她的表情,似乎也有点不忍。过了许久,他拿起笔,签下了自己的名字。

显然,汪路和医生的担忧并没错。

哪怕陈灵把家安在了李钻风以前住过的地方,小学也是原小学,甚至刻意找了原来的教室。但李钻风却在她给他庇护之后,叫了她一声——

"妈……"

这是扎在她心里最锐利也锯齿最多的刀。

所以她带他来到了泰国,所有变故起源之地。

他们落地普吉岛,也没跟汪路打招呼就出了机场,径直来到海边。他们在长椅上坐着,从下午坐到晚上,游客们渐渐散去,夕阳沉入海下。起风了,雨点也啪啪打下来,海水显得暗沉沉的,在越来越大的海风吹动下,更加阴森可怖。

陈灵站起来,拉着李钻风来到沙滩,让他直视冰冷又汹涌的海潮。李钻风有些畏缩,想往后退,被陈灵拉住,问:"你记起来了吗?"

李钻风眼角泛着水花,"想起什么来啊?我……我害怕……"他抓紧陈灵的衣服,嗫嚅道,"我要回家,妈,回家……"

这个针一样锋利的字眼刺痛了陈灵。这些年所有的委屈都涌上心口。她脸色骤白,一咬牙,揪住李钻风的衣领,大步向海里走去。

海水漫上来,淹没了他们的脚踝,冰冷刺骨。

李钻风吓得哇哇哭叫。他本来又高又壮,要挣开陈灵轻而易举,但他似乎忘了这一点,只是哭喊着,被一步步拉进海里。海水到了腰部,他一个激灵,喊道:"我错了,我好好做作业,好好学习!我不敢了……"

陈灵也是满脸泪水,大声问:"你记得了吗?"

"记得了记得了!"

"记得什么?"

李钻风一愣,继而说:"我记得乘法口诀,解方程组,做应用题,我要当全年级第一,我不给别人写情书了……"他的声音又快又急,混在海风里,被撕成一丝一缕。

陈灵更是面如死灰,嘴角一下子咬出了血。雨滴变得稠密,风更大了,海浪起伏,退的时候到她的膝盖,浪涨时又到了胸口,拍打得他们站都站不稳。但陈灵没有后退,抓住李钻风的手臂,指甲都要掐进肉里了。

风浪翻卷,天地一片昏暗,雨滴狂暴地打在脑袋上。恍惚间,她又回到了那一夜,游轮倾覆,四周都是惊慌的叫声。她被吓蒙了。要不是李钻风拉着她到了栏杆旁,让她扶好,她早已经跟甲板上的人一样被卷进海里了。但她宁愿被卷进去的是自己。死亡只是一瞬间,这些年如蜂虫一样啃噬她、让她无法安睡的愧疚才是真正的折磨。是她的任性害了李钻风一家。她唯一的希望是李钻风快些恢复,但这份希望日渐缥缈。她的怒气被冰冷的海浪和雨水浇灭,浑身凉透,哀声道:"求求你,你记起来好不好……"

李钻风哭嚷着,语不成声,只是连连摇头。

陈灵心哀如死,叫道:"为什么要这么对我,我错了,你记起来啊,我不是你妈妈,我是紫霞啊……"李钻风想往后退,她死死攥住他的衣服,"如果这是惩罚,我宁愿不记得!让我也被海水淹一回吧!"

潮水涨起,半人高的水墙撞过来,她站立不稳,被卷进冰冷的海水里。她失却了所有力气,松开手,外面风急雨骤,水冷浪啸,她心里却一片宁静。就这样吧,她想。

但一只手抓住了她。格外稳,带着令人心安的温度,有一种久违的熟悉。

她心里一喜,从海水里挣出来,看到了那个抓住自己的人,是汪路——这个本来要陪女儿玩耍的男人,不放心他们,跟过来了。她的喜悦再次浇灭,奋力挣扎,但挣不过汪路的手,被拖到了浅水区。李钻风也吓坏了,快步跟在他们身后。

看着他胆怯又可怜的样子,陈灵突然怒气勃勃,向他扑过去,声音变得凄厉:"你记起来!你不是我的至尊宝吗,你不是要爱我一万年吗,你怎么什么都记不得了!"

风浪暴躁,一道闪电划过,李钻风哇哇大哭。

汪路也冷得发抖,但一言不发,紧紧箍住陈灵。陈灵依旧挣扎,依旧哭喊。李钻风站在一旁,走也不是,靠近又不敢,无助地看着汪路。

"没事了没事了……"汪路一遍遍道,不知道是对陈灵说,还是对李钻风说。但随着他的声音,两个人都平静下来了,海浪也不再汹涌,慢慢退去。

汪路低头看着怀里的陈灵,她似乎累了,低声抽泣,嘴里喃喃着什么。她脸上一片湿润,布满水痕,不知道是海水,还是流下的泪。

下

1

李钻风越来越聪明——这是罗老师对他的评语。

两年前,从泰国回来后,陈灵就给李钻风办了退学手续,请了姓罗的家教。罗老师是市里有名的特级教师,许多高端活动上都有他的身影。本来这种家教都很贵，但罗老师听说了李钻风的病情，很感兴趣，折了一多半的价。

　　不过陈灵刚看到这类评语时，还有点不以为然，一来老师的褒奖本来当不得真，都是给家长看的，她自己的求学之路也是铺满了好评；二来李钻风虽然记忆被清空，生理年龄却仍是三十三岁，比其他小孩聪明本也正常。

　　但很快，她就发现这个评语的比较对象，并不是那些初中生。

　　"我带过很多学生，"罗老师说，"其中不乏天才，远超同龄人的天才，所以他们才需要特殊家教，所以我才收费那么贵。但李钻风跟所有人都不一样。"

　　陈灵扭头看一眼正在低头做题的李钻风，只"哦"了一声。

　　罗老师见她不以为然，正色道："我没有开玩笑，他的知识水平虽然不及我们，但学习能力远超世界上任何一个人——你想，他是四年前出的事，但现在已经学到了初三的水平。哪怕是天才中的天才，也不可能四岁的时候就初中毕业——而且还是以全校第一的成绩。"

　　"可能是他残留的记忆在起作用吧。"陈灵说。

　　但这句话她自己也难以真的相信。记得李钻风刚出院时，对世界一无所知，连话都不会说，饭也吃不了——前一个月是靠输营养液才活下去的。他的大脑已经完全清空，连在泰国遇到海难，也想不起半点。连他的性格都跟以前不一样了。他在家学习后，变得沉默，不爱说话，仿佛真的是一个遭遇青春期困扰的男孩。

　　他身上唯一跟原来的李钻风相似的，是爱看《大话西游》。

　　也就是凭着这一点，她才有勇气坚持下去。

"那他很聪明，"陈灵回过神，"总是好事吧。"

罗老师说："是啊，是好事，也是稀罕事。所以要跟你商量，我想给他定制新的教学方案，不按照高中的填鸭法——反正他也不用去参加高考。"

"那就照您的方法来吧。"

说完，陈灵疲倦地揉了揉眼睛。

这一阵子她确实很累。她还待在原公司，位置比以前高，工作量自然也增加了。加上这两年又太邪门，至元村的晴天闪电过后，全球极端天气频现，天灾肆虐——法国小镇格拉斯被奇怪的浓雾笼罩，雾气散开后，里面的一半的人死亡，另一半人昏迷；塔林城在一个夜晚突然沉入海中；纽约遭受了罕见的地震，伤亡惨重……每一件事都是大新闻，都要出专题。他们便忙得要命。连陈灵这种不肯出差的人，也不得不跑了几趟外地，了解灾情，联系专家分析起因。

而前不久，中国成都又发生了一次地震，她刚回来还没休息多久，就又得去一趟四川。高强度的工作已经让她脑袋里的弦越来越紧。

要不是汪路一直帮衬着，那根弦恐怕早就断了。

她总感觉欠着汪路，但有些东西是没法还的，她也只能沉默。好在汪路也只是默默地帮着，没有要回报——这无疑增加了她的愧疚感。她唯一的希望，就是李钻风快些长大，恢复成年人的智力，再当回她的至尊宝。那她就不会这么累了。

李钻风也仿佛感受到了她的希望，飞快地成长着。有时候她白天去上班，晚上再回家时，李钻风都会变得不一样。他的稚气在消散,眼神变得宁和,甚至有些悲悯。

但只要在陈灵面前,他就会恢复孩子气的一面,经常很得意地向她炫耀今天又学了什么。陈灵太累,有时候听着听着就在沙发上睡着,他便停下,依偎在她身旁。如此几次,他就没再说学习的事情了。

才过半年多,罗老师就向她辞职。

"我已经没什么可以教他的了,他很聪明,嗯,很聪明……"罗老师将后面这几个字重复了好几遍,神情欣慰又有些恍惚,继而担忧道,"但我也不知道这样做对不对,接下来……"他摇摇头,有些落魄地离开了这个家。

如果陈灵没有这么身心俱疲,会听出罗老师话里的奇怪之处。但她被工作弄得反应迟钝,罗老师走后几天,两个警察找上门,她才后知后觉地心里一凛,察觉出不对劲。

"别紧张,跟你没关系,"一个警察见她脸色泛白,道,"我们是来问罗老师的事情。"

"他怎么了?"

"被抓了。"另一个警察说。

前一个警察耐心解释道:"利用特级教师的身份,与官商结交,借机宣传一些……很危险的思想,有邪教嫌疑。"

"就是邪教。"

"总之他老跟人说什么人类是外星人制造的,地球也是,现在外星人要把地球收回去,末日要来了,这一阵子的频繁天灾就是征兆……这种言论造成了很恶劣的影响。"警察一边解释一边皱眉,又问陈灵,"他前一阵在你家做家教,有没有什么奇怪的举动？也跟你说了那些话吗？借机敛财了吗？"

陈灵摇头。

见跟陈灵聊不出什么，警察又去跟李钻风问话。这时的李钻风已经跟三年前那副稚气未脱的样子完全不同，他面无表情地坐在沙发上，问一句答一句，绝大多数时间都拘谨地沉默着。

"他没有说很奇怪的话，"他回忆着答道，"就是让我读书。"

"读什么书？"

"《忧郁的热带》《枪炮、病菌与钢铁》《妮萨》《我们都是食人族》《象征之林》《西太平洋上的领航者》……"李钻风面无表情，嘴唇翕动着吐出一大串书名。

陈灵在一旁也听愣住了。前几本书她大概听说过，后面的就都很生僻了，但听书名应该也是人类学著作。罗老师让他读那么多人类学的书干吗？她皱起眉头。

警察关心的却是另一个点："你说的这些书，你都看了？"他显然不太相信，因为家里书架上摆着的，只有高中教辅书籍。

"嗯，都看过了。"李钻风说，又指了指不远处的电脑，"是电子版。一个U盘能装下的知识，超过一个图书馆。"说完他就往后仰了仰，眼睛微闭，仿佛刚才解释的那句都有点多余。

两个警察仍是一副不信的样子，但也问不出更多了，便起身离开。

他们走后，陈灵刚要说话，却发现李钻风从沙发上站了起来，扭了扭手指。他刚才的拘谨和沉默，在噼啪的指节扭响中完全消失，仿佛换了个人。

"你……"陈灵一愣，但疑心是自己多想了，摇头问道，"那些书,你真的都看了吗?"

"当然啊,"李钻风露齿一笑,"他们不信,你也不信吗?"见陈灵还在犹疑,他上前拉住她的手,说,"我证明给你看!"

仿佛孩子急着向父母展示刚拿到的满分试卷。

这个联想让陈灵心里微痛,等回过神,发现李钻风已经开了电脑,窗口文件夹里,摆着一列列整齐的Word文档。刚才李钻风说的书名,在里面都有,且只是很小的一部分。

"罗老师让我看的,是这几百本书,但我怕我全说出来,警察会怀疑。"李钻风说。

"怀疑什么?"

"只要是反常的事情,他们都会怀疑。但我还是高估低等人类了,我只说了几本,他们就都不信。"

其实陈灵也不信。

李钻风看出了她的疑惑,表情一黯,过了几秒又抬头笑着说:"我看书很快的,不信你随便说一本书。"

陈灵想了想,说道:"《起风之城》。"这是陈灵很喜欢的一本科幻小说,写得很好,但比较小众,李钻风应该没看过。

果然,李钻风皱皱眉,说:"没看过……我找一下书。"他的手指在键盘上跳跃,屏幕上页面跳转,除了正常的网页页面,右下角还出现一个黑框的代码页。本来这本书需要付费阅读,但李钻风敲了几行代码,就顺利进入了网页后台,将整本书下载下来。

"这样……"陈灵提醒道,"这样看盗版书是不对的……"

"哦。"李钻风随后应道,打开《起风之城》的文档,"原来是小说集啊,我看看。"

这本书的确是由十二个中短篇小说组成,陈灵以为他要看至少要花几个小时,便打算去忙点工作。但她刚要离开,又呆住了——只见李钻风熟练地将《起风之城》word文档的缩放比调到40%,屏幕上便一下子显示八个页面,密密麻麻都是文字。李钻风移动鼠标滚轮,那些文字在屏幕上如流水上涌般掠过,他坐得很端正,神情认真。

"你……你是在看吗?"陈灵问。

李钻风点头。

但这也有点夸张了……陈灵下意识又看了眼屏幕:上面被文字挤满,八个页面,差不多也有六千多字,而且还在迅速滚动翻页。这样的阅读速度,只有机器人才能办到。她再观察李钻风的表情,发现他虽然盯着文档,偶尔眨眼,但整个过程中瞳孔都静止着,不像正常人阅读时眼球会左右移动——也就是说,他是同时看着八个页面上的所有文字?

"看完了。"李钻风说,"写得很好啊,比绝大多数科幻小说都好。"

"噢——啊?你看完了?"陈灵瞥了眼显示屏下的时间,这才过了不到五分钟。

五分钟看完二十万字?

"那我考一下你吧?"她说。

李钻风垂下眼睑,低声说:"你说吧。"

"《以太》里面,男主角最喜欢什么乐队?"

"金属乐队、U2,还有滚石。"

"《太阳坠落之时》的第二幕,发生在哪里?"

"美国新墨西哥州奥特罗县。"

"顾铁的名字,来源于作者的另一篇小说,叫什么名字?"

"叫《星空王座》,在《大饥之年》的后记里有提到,我待会儿搜一下,晚饭前也看了吧。"李钻风说,又抬起眼睛,"我没有骗你,我看书很快,理解也很快。"

陈灵沉浸在震惊里,没有听出他声音里的失落,说:"可这是怎么办到的……你看书根本没按照顺序来,同时看八页文档,别说情节了,连字句都是断裂的。那上下文、段落、对白,这些是怎么看进去的?"

"就很简单啊。"李钻风关了文档,站起来,又坐回沙发。他有些疲倦,头仰在靠垫上,眼睛闭上了。

"不简单啊,"陈灵追问道,"怎么看进去的?"

"因为所有的文字,就在那里。"

晚上休息时,李钻风早早入睡,陈灵却睁着眼睛,回忆着白天的事情。她听到过很多关于李钻风聪明的评价,但从未在意,毕竟他生理年龄三十多岁了,比小孩子强也正常。但今天他展示出来的,是远超常人的阅读和理解能力。

她突然觉得一切都陌生起来。

汪路和老医生都说对了,李钻风再次长大,已经不是当年那个全心爱她的男人了。他成了另一个人。

但没关系的……她默默安慰自己,谁都会变的,他就是李钻风,只是变得快了一点。没关系,只要他跟自己在一起。

这么想着,她安心了些,闭上眼睛。但睡意还未来,她就突然想起了李钻风说的一句话，一下子惊得坐了起来。

李钻风感觉到被子扰动，咂咂嘴，又翻身睡过去。

借着灯光，陈灵凝视他的侧脸。他睡着时跟以前一样，安静，睫毛微微颤动，不知在做什么梦。但他白天说的那句话，如钟声一样在陈灵脑海里回荡，手脚都有点冰凉。

"但我还是高估低等人类了……"

低等人类？

那他的自我定位是什么呢？以及，在他心里，自己是否也是所谓的"低等人类"？

2

这个念头在陈灵心中缠了一整晚，搅得她睡意混乱，头疼欲裂。第二天上班路上，她开着车，突然转向，开向了市医院。

这几年地震频发，她经常跑医院，往往都是人多得挤满走道，寸步难行。但这座小城还好，目前没有被波及，她很轻易就找到了当年治疗李钻风的老医生。

几年过了，这间办公室似乎都没有变化，茶壶在跳跃的炉火上煮着，咕噜咕噜的声音和水汽一起冒出。

"是你啊。"老医生显然还记得她，点头微笑，"是他出了什么事吗？"

陈灵犹豫一下，如实说出了李钻风的近况。

老医生听得很认真，不时插嘴问两句，听完后道："如果你说的是真的的话，那我当初的猜想就没有错——他这个罕见病情给

333

他带来了超高智商,是很有价值的特例,说不定会促进脑科学进一步发展。"

陈灵显然没有老医生这种兴奋,皱着眉头说:"可是,智商太高了,会不会……有什么办法,能限制一个人的智商吗?"

老医生一下明白她过来的用意,一时愣住了。茶壶的咕噜声延绵不绝,水汽在他们中间袅袅上升。

"有些事情,是我们医生不愿意做的——也做不到。"

"求求您了……"陈灵说,"我不是要让他变笨,只要正常就行……我只想要一个平静安稳的生活。"

过了一会,老医生才低头倒一杯茶,抿了一口,说:"那你先带他来检查一下吧,如果真的高得离谱,我们再想办法。"

当天下午,陈灵就把李钻风带到了医院。他有些不解,问了好几遍要做什么,陈灵支吾着没回答。

老医生见到李钻风,一贯平静的脸上都有些动容,盯着他看了许久。李钻风显然不太习惯,皱眉看着陈灵。陈灵扭过头,假装没看见。

"那就去测试吧。"老医生收回目光,说。

几个护士把李钻风带出办公室,他走之前,扭头看了一眼陈灵。那一眼的眼神很复杂,仿佛突然明白了什么,又带着难以掩饰的失望和倦怠。

陈灵愣住了,她突然意识到自己可能做错了什么。

见她神情恍惚,老医生以为她担心,说道:"你别想太多,只是去做智商测试。其实现在测智商都不用在医院,找个网页做做题就行,但他情况特殊,还是要有人盯着,做比较细致的测试好一些。"

一个小时后,测试结果出来了。老医生看到结果的时候,愣了一下,又问护士道:"没弄错吧?"

"没有,"护士说,"每个结果都如实记下来了。"

"再做一遍。"

很快,新的测试成绩也送到了办公室。老医生脸上的皱纹抖了抖,满是不悦,对陈灵道:"你是来浪费我时间的吗?"

陈灵不明所以,凑近电脑,发现两次的测试成绩是103和105——是普通人的成绩,远远谈不上天才。

"呃……"她也愣住了。

老医生沉着脸,摆摆手,意思不言自明。

直到陈灵走出医院,她都有些蒙——此前李钻风表现出来的,绝对远超常人,但智商测试怎么会这么普通,难道……

她看向身旁的李钻风。

斜阳移到医院大楼侧面,金黄的光斜照而下,勾勒出李钻风的脸侧线条。他的表情完全藏在光芒后,陈灵仰着头,只能看到一片刺眼的金芒。夕阳黯淡,李钻风的眼神显露出来,如此冰冷与警觉,与之前在医院的彷徨疑惑截然不同。

这一瞬间,陈灵明白了。

"那个IQ测试的结果,"她说,"是你故意的?"

李钻风俯下身子与她对视,慢慢道:"我只是在自保。"

陈灵一凛,又想起他在应对警察前后的表情变化,不禁心里发冷。她一直以为李钻风还是那个纯良幼稚的孩子,即使有过人的聪明,即使身躯如此巨大——但从什么时候起,他心里开始装

335

了那么多东西？从什么时候起，他变得这样陌生？

3

打那以后，陈灵就对李钻风多留了个心眼。

李钻风一直在家，以前他要花钱，只要跟陈灵说，她一般都会给；现在，她每次都得问清楚钱要用在什么地方，如果是要买书或网上课程，她就会迟疑，支支吾吾地不给。刚开始李钻风还会撇撇嘴，一脸不满的样子，到后来他也明白了什么，就不再问她要钱了。

但满箱满箱的书还是在往家里送。

陈灵回家看到快递箱，一愣，说："谁下的单？"

李钻风蹲在地上，认真把书分类，头都没抬起来，"我买的。"

"你用我的账号了？"陈灵皱眉问。

她也蹲下来，翻了翻地上的书，发现有些是复刻，还贴着绝版标签——总之不便宜。但她想了想，这几天好像没收到扣款信息。

"没有，我有自己的账号。"

"我不是说网购账号，买东西总要……"

李钻风点点头，说："嗯，我说的也是银行卡。不是网购账号。"

"那你……"

"我挣了钱。"李钻风掏出一张卡，递给她，"买完书还剩一点钱，正好把你剩下的车贷还了。"

陈灵一时没反应过来，问："还剩多少？"

"十七万七千九百五十七块三。"仿佛料到了陈灵接下来要问什么，不等她开口，李钻风便说，"是我挣的，合法手段——买进和卖出而已。挣钱只是一种能力，而且是很好掌握的那种。"

说完，他就抱着书走到书架前，两手同时翻页。书纸仿佛树叶翻飞，没几分钟两本书就翻完了，他扔在一边，又拿起另外两本。

看着他坐在落日书桌前认真汲取这些孤本上的知识，陈灵心里百感交集。李钻风的变化已经超过她的预期，虽然他还是对自己千依百顺，但这只是冰山露出的一角，海面以下，黑暗又庞大，是她完全不了解的东西。

但好在李钻风虽然智力过人，却都只用在了读书上面。他开始了大规模阅读，在网上下载了各种各样的文档，论文、小说和绘画，有一次陈灵还见到他在认真看汽车发动机的原理图……那些网上下载不了的资料，他就买书。这一阵负责小区配送的快递员都快疯了，每天都要用小推车摞好几箱书送到家门口，走的时候，又要把前一天送过来的书拖走，自行处理——因李钻风买得太多，又看得太快，家里堆不下，只能扔了。

陈灵往往只能从书海间看到李钻风的背影，他被埋在书堆里，认真地看着，汲取古往今来、各门各类的知识，仿佛一切都与他无关。

就这样，也挺好吧……陈灵这么想着。

哪怕他跟以前的李钻风截然不同，但只要他在，那他就还是她的至尊宝。

直到不久后,李钻风突然咳出了血,晕倒在书堆里。

陈灵回家看到后,吓坏了,连忙叫了救护车。医生来得很快,过来只看了一眼昏迷的李钻风,就皱眉道:"这多久没休息了?"

陈灵一愣。

这些天她调查地震原因,身心疲倦,睡得很早。早上醒来时,就看到李钻风已经坐在书堆里或电脑前。她以为他休息过了,现在看来,他是不眠不休地这样持续了……几个月。

好在经过医生检查,只是过度疲劳,在病房里注射血糖液后,安静休息就行。陈灵不敢回家,就在病房里陪着昏迷不醒的李钻风。

第二天李钻风依然在酣睡,似乎要把之前欠下来的觉补回来。陈灵依旧不放心,一直等到傍晚,李钻风没醒来,却等来了一脸惶急的汪路。

"你怎么……"陈灵迟疑道。

"他们说你在医院,我不放心,过来看……"汪路说着,看到病床上的李钻风,声音便停了。

陈灵这才想起,自己上不了班,请假时只说了在医院。汪路多半以为是自己出了什么事。看到他额头上沁出的细密汗珠,陈灵不禁更加愧疚,却不知说什么好,只点点头。

汪路也愣了愣,说:"他……没事吧?"

"只是疲劳了,休息一阵就好。"

"那你吃了吗?"

陈灵这才想起自己守了一整天,水米未进,腹里空空荡荡。她还没客气,汪路已经看出来了,点了下头,就转身出了病房。

等他再回来时,已经提着了几袋饭食,递给陈灵。他自己也是一下班就赶过来,没来得及吃,便坐在陈灵身边,也拿起饭盒。

夹菜,咀嚼。

整个过程,他们都是无声的。

吃完后,汪路把饭盒收拾好,扔到外面。

"谢谢你。"陈灵有些过意不去,犹豫一下,还是道,"但你不——"

汪路摆摆手,打断她道:"别说了,我知道。我不是为了什么,我只是愿意。"刚说完,他扭过头,声音变得诧异,"你醒了?"

陈灵先一愣,随即明白后面这句话不是对自己说的。她转过头,果然看到李钻风已经睁开眼睛,正与汪路对视着。

"你什么时候醒过来的?"陈灵没有留意到那眼神里的冷漠和敌意,问道。

李钻风扭头看她,脸上恢复烂漫而憔悴的笑容,说:"刚醒……这是医院吗?"还没等回答,又说,"我要回家。"

医生检查过后,确认可以出院,陈灵才去办了出院手续。但此时天色已晚,她正要打车,一旁待着没走的汪路说道:"我送你们回去吧。"

"不用了,"陈灵说,"太麻烦你了。"

"顺路的。"说完,汪路转过身,按开电梯门。

陈灵只得扶着虚弱的李钻风,跟在后面,一路下到停车场。李钻风眼睛闭着,斜倚着她,虽然身材高大,但好在还是顺利进了汪路的车。

李钻风坐进车后座,身子歪倒,似眠未眠的样子。

陈灵一路扶他，累得微微气喘，没急着进车里，而是背靠车门休息。汪路也没有进去，陪她站着，但没有说话。车库的冷光在汽车外壳上流转，在他们脸上凝结，像是一层霜。

"你……"汪路说。

陈灵垂下头，没有看他的眼睛。

于是沉默继续着。休息够了，陈灵才拉开后座车门，准备进去。

"你坐前面吧，"汪路见李钻风斜睡着，三个后座全占了，道，"让他休息一会儿。"

陈灵坐到了前排。

后排躺着自己的男友，旁边坐着自己的追求者，这个场景怎么说都有点尴尬。但好在汪路是个识趣的男人，全程沉默，且车开得很慢，似乎怕打扰后排休息的李钻风。

车子就这么缓慢穿过黑暗幽静的街道，穿过各种色彩的灯，穿过无数行色匆匆又面无表情的人流。

陈灵头枕着玻璃，睡着了。

"到了。"汪路小声叫醒她。

她连忙道谢，到后排把熟睡的李钻风叫醒，扶着他下了车。确认没有问题后，汪路点点头，驾车离开。陈灵扶李钻风往前走，扭头回看了车的背影一眼，看着它滑入夜色，突然想起——整个回来的过程中，汪路只说了"到了"两个字。

"他走了。"耳旁有人道。

"嗯……嗯？"陈灵过了两秒才反应过来是李钻风在说话，回头看他，发现他也看着车的背影，嘴角勾着冷笑。

刚才的憔悴和困倦早已消失。

"你……没事了？"陈灵问。

李钻风收回目光，脸上又变得一派亲昵无邪，点头说："休息够了就好了。我以后会注意的，不会再让你担心了。"

他们一起走向屋子。但李钻风刚才那冷漠残忍的笑意一直刻在陈灵心里，让她有些不安，她又扭头看了一眼小区外的街道，然而夜色如幕，她已经找不到汪路的车了。

但愿是自己的错觉吧，她暗暗想道。

第二天，她正要去上班，李钻风叫住了她。

"你为什么还要工作呢？"李钻风说，"我能挣钱，可以养活我们一辈子。"

陈灵当然知道这一点。她见过李钻风是怎么挣钱的——在网上浏览各种各样的新闻，大多与频发的地震有关，速度极快，页面刚刷新就关闭，看得差不多了，他就将钱投进股市。几进几出，挣的钱就超过了她大半年的工资。有一次她发现除了股票，李钻风还买电子货币，投了不少。后来听说电子货币崩盘，她心里一惊，打电话回家，得到的却是轻描淡写的回复："早就料到，昨天已经全卖出去了。"他就是这么从细枝末节的线索和看似无关的新闻中，摸索出了财富的流向，并将之引向自己。

她也想过，既然无须为钱奔波，那就可以辞了工作，但又想到如果整天待在家里，跟这样的李钻风相处，总有点瘆得慌。他还依赖自己，但已经越来越陌生，越来越像一个……神。

这个联想让她心里一悸。

"工作也不全是为了钱。"她敷衍解释道，"我也有些想做的事情。"

李钻风撇撇嘴,便转身去翻书了。

陈灵来到公司,照例处理了点工作,总觉得哪里不对劲,抬头望一圈才恍然。她问隔壁工位上的同事:"汪经理今天没来上班?"

"你不知道吗?"同事看她的眼神有些奇怪,过了会儿才说,"他出车祸了。"

下午回家,陈灵推开门,直视着书堆里的李钻风。李钻风还是在看书,但已经节制了许多,看一会儿就揉揉眼睛。

陈灵慢慢走到他身边。

"怎么了?"李钻风看到阴影覆盖在书页上,才抬起头,冲她笑道,"今天怎么回来得这么早?"

"我今天没上班。"

"嗯。"李钻风点点头。

"因为我的同事出了车祸。"

"挺遗憾的。"

陈灵直视着他,"就是昨天送我们回来的同事,汪路。"

"原来他叫这个名字。"

"他昨晚开车回家,路上发动机故障,撞到了对面的车。幸好速度不快,现在在医院,抢救过来了。"

李钻风耸了下肩,脸上没什么表情。

"是不是你做的?"

"是呀。"

这次轮到陈灵怔住了。今天上午,她听说汪路出事后,立刻赶到了医院,汪路还在急救,一旁有警察询问医生情况。她隔着玻璃看向手术房,但焦急也没用,就走到了警察旁边。听了几句,她大致听出汪路是昨晚开车回家时,汽车突发故障,撞到了对面的车。至于故障的原因,警察也很费解——发动机突然熄火,刹车同时失灵。她当时没想太多,等到医生从手术室里出来,告诉他们汪路脱离了生命危险,她才松了口气。这一口气一松,无数画面就像纷飞的书页,在她脑海里交替划过。

——不久前李钻风看的那本发动机原理图。

——李钻风与汪路对视的冰冷眼神。

——李钻风一进车里,就斜倒着,而她和汪路站在车外,看不到他在里面的动作。

所以她确定汪路没大碍后,立刻赶回家,想与李钻风对峙。但没想到,他没有任何迟疑地承认了,仿佛这只是一件再正常不过的事情。

"你……"怔怔过后,陈灵的怒气才升腾上来,"你为什么要这么做?!"

李钻风低下头,"他喜欢你。"

"那又怎么样?所以你就要害死他吗?"

李钻风想说什么,但只张张嘴,随即点了点头。

陈灵手都气得抖了起来,说:"你知不知道这样是犯法的?"

"知道,但法律只是人类对自身和他人行为过于谨慎的约束,没有法律,人类会进步得更快。"

"但如果你害死了一个人,心里不会愧疚吗!"

李钻风皱了皱眉,说:"愧疚?那更是人类感情的冗余,完全没有必要存在。"说完,他直视陈灵的眼睛,"所以你会报警抓我吗?"

陈灵后退一步,身子有些失去支撑。这已经是她全然陌生的李钻风了,智商高绝,掌握人类所有知识,蔑视法理。

"神"这个字眼再次在她脑袋里闪过。她心里一凉,随即猛咬牙——她想要的只是至尊宝,不是神;如果神出现了,那就……就弑神吧。

"从今天起,你不准出门,不准看书,不准上网!"

李钻风似乎以为自己听错了,问道:"什么?"

陈灵一字一顿地重复了一遍。

"那我干什么呢?"

陈灵冷冷道:"就待着,什么都不许干!"

为了监督李钻风,陈灵索性请了长假,陪李钻风待在家里。家里大门紧锁,书籍全部扔了,网络也给掐断,手机关机,两人坐在沙发上,往往沉默很长时间。

以李钻风的体型和智力,要摆脱这种束缚当然很简单,但这次陈灵是动了真格。他可以无视法律与道德,不在意所有"低等人类"的看法,但他无法面对陈灵难过的神情。

所以尽管"无聊"对他来说是最大的煎熬,但他还是在尽量忍着。

他们整天待在家里,唯一的消遣,就是看电视。新闻里依然充斥着各种天气异象,仿佛世界濒临瓦解。这些看久了令人压抑,后来,陈灵便找出电影资源。

他们再次看起了《大话西游》，一遍一遍地放。

李钻风对信息的提取能力早已超过了电影能表达的极限，《大话西游》又是看过无数遍的，但也只有在这个时候，他才会安静坐下来。仿佛他那一直高速转动的大脑也终于倦怠，不再饥渴地汲取知识，隐于尘嚣，归于寂静。

后来陈灵回忆往昔，会有些难过地想：这大概是她跟李钻风相处得最安静、最舒服的时间了。

直到他们家的门被人敲响。

4

"罗老师？"陈灵看着门外的人，诧异道。

门外站着的，正是之前给李钻风家教的特级教师罗老师。但他不是……

"我被放出来了。"罗老师看出了她的疑惑，苦笑道，"因为事实证明，我的说法没错。"

"什么说法？"陈灵一愣。

罗老师说："看来你在家里待得太久了，不知道外面发生了什么。"说着朝里看了一眼，"他在家吗？"

陈灵犹豫一下，点了点头。

"世界需要他的时候到了。"

陈灵一头雾水，但还是把罗老师请进了屋。看到罗老师，李钻风站起来，却没像以前那样给他礼貌问好，只是面无表情地看着他。

罗老师也盯着他,眼角微微抽动,像是盯着一件珍宝。他看了很久,却始终没有开口对李钻风说话,而是转身对陈灵道:"你打开电视吧。"

电视打开后的第一个频道就是新闻台。半分钟后,陈灵就知道,她闭门隐居的这段时间,世界真的变了。

三天前,芬兰首都赫尔辛基再次出现了天气异象。这一次比以往更加诡谲,明明太阳高照,大雪却直接从空气里结晶飘落,落到海面上后,刚刚还波浪起伏的波罗的海迅速结冰——从海面到海底,整个大海都被冻成了冰块,体积因而增大,冰块高出地面几十米。城里也被波及,一切能凝固的液体都冻结了,水管迸裂,泳池成块,还有人没来得及爬出来,活生生冻在了冰块里。当人们惊惶地跑到街上,惴惴不安时,高出海面的冰山突然居中裂开,在裂出的通道里,走出了一个外星人。

关于外星人的相貌,每个看到的人的说法都不同。有人说他看到的是一条上半截长满触手、下半截则是四条粗壮的腿的生物,仿佛章鱼和大象的结合体;有人说它明明没有实体,只是一个光团,在空气中移动;还有人信誓旦旦说,外星人是类似机甲盒子的造型,六个面都长了脸……即使电视台拍到了它,它在屏幕上的样子,也是每个人之前认定的模样。

此时陈灵看到新闻画面,看到的外星人就是一团模糊的光晕,里面隐隐有个端坐的白色人影,却始终看不清。

"我看到的是浑身冒火的恶犬,"一旁的罗老师及时解释道,"每个人都不一样,不管是在现场,还是在视频里。"

但与外星人诡谲的外形相比,更令人震惊的,是祂的目的。

"人类真是个令人失望的物种。"这时祂的第一句话,落到耳里都是人们最熟悉的语言,有些人甚至听到的是方言,"我给了你们两百万年,这段时间里,科奇拉尔那星人已经走进太空,发现了联盟;02878763星人完成了自身改造,适应所有极端环境;***星人领悟宇宙奥义,精神达到一统,整个种族不分彼此……只有你们,还留在如此野蛮、落后又贫瘠的阶段。"

祂的声音从四面八方响起,祂的本体笔直地穿过人群。尽管城市的每个角落都听得清,但人群回过神后,忘了芬兰人天生的隔阂,蜂拥着追上去。

外星人随后列举了人类的种种劣迹,诸如屠杀、战争和疾病,还有人类在科技树上的懒惰。等祂走到城市另一边的海边时,这种带着愤怒和不甘的控诉才停下来。

祂站在冰墙前,缓缓转身,扫视跟过来的人群。

"你们,让我的打赌输掉了。"

人们一愣,随即喧嚣四起。但每个人的声音混在一起,都压不住外星人接下来的一句话:"我为我的失误付出了代价,接下来,是你们要为你们的懒惰付出代价的时候了!"

这句话犹如山呼海啸,在整个城市、整个人类世界回荡。外星人身后的冰墙瓦解成粉,城里所有冻结的冰块也爆炸开,为祂的愤怒做出了最好的注解。

随后发生的事情就没有新闻画面了。据说是各国领导紧急协商,与外星人沟通,向祂展示人类文明的种种闪光之处,艺术品、文学、绘画、物理学的最新进展……但传出来的消息是,外星人都嗤之以鼻。当然,小道消息也说,有激进组织打算对祂进行刺杀，一劳永逸，结果自然可想而知。

陈灵拿起手机，刷了几下新闻，看到了最新进展：外星人对人类整体的文明并不满意，但提出想见最聪明的个体，如果还不满意，将毁灭整个人类。

看完后，陈灵有些恍惚，抬起头又问："这些是真的吗？"

罗老师点点头。

陈灵的恍惚消失了。她笑了笑，随即感到的，是荒诞和不真实。这真是……一个三流科幻小说都不屑于写的桥段，就这么在现实里发生了。一直以来困扰人类的天气异象，都是为外星人的出现而做铺垫，而整个辉煌的人类文明，存亡竟在个体外星人的一念之间。

"所以现在各国都在挑选，优先从科学家群体里找，但社会人士也可以报名。"罗老师在一旁道，"本来当代公认最聪明的人是霍金，但他前几年去世了——即使他在，恐怕也不如李钻风聪明。"

陈灵下意识摇头，"这怎么可能？"

"我没有夸张，我见过很多人，我也见过霍金本人，"罗老师一本正色道，"我深信我的判断没有错。李钻风的学习能力和大脑运算能力，已经跟普通人类不是一个层次了。所以我来，希望他去参加评选，拯救整个人类。"

陈灵看了李钻风一眼——后者依然面无表情，仿佛一切与自己无关。她想了想，问："如果去了，会发生什么吗？"

"我不知道……"

"你都不知道？"陈灵有些气急。

"外星人的来历和目的,对我们来说都是未知,祂说的赌约,也不知道具体内容。确实很惭愧,祂对我们了如指掌,我们却对祂一无所知。如果人类选出了最聪明的个体,送到祂面前,能不能说服祂,之后会怎么样,能不能安全回来,这些我确实不能保证——但他是我们最好的选择。"

陈灵说:"但并不是唯一的选择。"

说完,她就露出了送客之意。罗老师也没有赖着不走,深深看了一样李钻风,便低头出了门。临走前,他又对陈灵道:"你再好好考虑一下。他——他出现的意义已经远超过个体的层面,是人类整体的幸运,你把他藏在你的生活里,不是浪费,是犯罪啊。"

陈灵面色微变,但随即恢复了冷漠,关上了门。

罗老师走后,陈灵转身回到屋里。李钻风还站在电视前,目不转睛地看着画面上的外星人,天已经晚了,一片幽暗。他的脸被屏幕的光勾勒着,左边脸颊光怪陆离,右边沉在阴影里。

"啪",屏幕熄灭。陈灵握着遥控器走过来,说:"别看了。"

李钻风点点头,又坐回沙发。

接下来他们把下半部《大话西游》看完了,但整个过程中,陈灵都心不在焉的,总觉得这间屋子里有什么东西已经变了。她再扭头看李钻风——他倒是一切如常,专心致志地看着电影。

"对了,"她实在忍不住,问道,"你刚才看电视里的外星人,是什么样子?"

"我。"

"啊?"陈灵一时没反应过来,"什么?"

"我是说,我看到的外星人的形象,"李钻风转过头,与她对视,说,"是我自己。"

5

这座小城有一种奇怪的能力——不管世界怎么变化,它始终被浓重的烟火气息包围,街道里不见末日前的慌乱,依然充斥着叫卖、吆喝和无处不在的汽车鸣笛声。陈灵在街上转了一圈,都有些疑心外星人要毁灭地球的消息是不是记错了。

但回到家,打开电视,就会知道末日的阴霾依然笼罩。

"最聪明个体"的选拔,在各国进行得如火如荼。无数科研精英被推到台前,供政府审核,由于国情不同,审核条件也千差万别。最终,有四个国家选出了代表,与外星人谈判。

德国选出的是杰出的工程师;中国选出的是中国科学院院士;美国公投出的最聪明人,是本届总统;而英国派出的,是一名籍籍无名的精神病人,该病人平时沉默怯弱,发病时却一直念叨意义不明的话语——英国人认为,这些话里包含着能说服外星人的哲理。

这四个"聪明个体"乘坐一架飞机,飞到太平洋上空。飞机头顶,空间裂开,露出逐级而下的台阶,供他们落脚。

随后,外星人开始提问。

"人类文明到达最终归宿的标志是什么?"

德国工程师回道:"利用AI,进化为机械文明。"

中国科学家答道:"进入星辰大海。"

美国总统答道:"每个人都能享受真正公平的就业和税收。"

英国精神病人笑嘻嘻地说:"脱离身体形态,思想充斥宇宙。"

短暂的停顿过后,德国工程师脚下的台阶骤然消失,他惨叫着摔落云层。其余人踏上台阶一步。随后,外星人又问:"人类文明到达最终归宿的阻碍是什么?"

中国科学家略一思索,答道:"傲慢。"

美国总统直接说:"歧视。"

英国精神病人依旧笑嘻嘻的,说:"婆媳矛盾。"

这一次,几人脚下的台阶都没消失,科学家和总统松了口气,精神病人摇头晃脑。他们同时踏上一步。

接下来,外星人不断发问,几人或快或慢地回答。爬到第七阶时,外星人问道:"人类发明的最伟大的游戏是什么?"科学家回答:"战争。"精神病人回答:"《塞尔达·旷野之息》。"而总统犹豫一下,回答:"政治。"刚说完,总统就被抛下云霄。

到十五阶时,科学家回答错误,脚下台阶消失;到第四十七阶时,外星人问:"人类的本质是什么?"精神病人立刻答道:"人类的本质是什么?"外星人良久地看着他,然后摇摇头,台阶缓慢消失。

"如果这四个人,是你们最聪明的个体,"外星人的声音响彻天际,也从每一台收看直播的电视里传出来,"那我的失望已经无以复加。"

说完,祂闭上了眼睛。

在祂闭眼的这几分钟里,哥斯达黎加、塔林、昆明三座城市被突如其来的暴风雪掩埋,无人幸存。

这一幕震惊了世人。虽然屏幕上看到的是一片雪白,但纯净如纸的画面里,透着真正的愤怒。外星人的威胁并非空穴来风。

但在各国领导的恳请下,外星人答应再给人类一次机会,选出真正代表整个人类智力巅峰的个体。

看到这个结果时,陈灵脑子里再次浮现出罗老师的脸。她转头看着李钻风。李钻风也看着她,犹豫一下,说:"我可以……"

陈灵想起那四个坠入云霄、摔成肉泥的"聪明人",下意识摇头,说:"不行!"

"哦。"李钻风闷闷地说。

过了一会儿,他又说:"但我能拯救世界呀。"

"这个世界不需要你拯救,"陈灵闭上眼睛,"你要陪在我身边。"

然而,就算他们安守一隅,家里也毕竟不是水帘洞,总会有人来找到他们。不久后,罗老师再次敲开了他家里的门,但这次不同的是,他背后还站着六个黑衣服的男人。

"这是什么意思?"陈灵诧异问。

"我从教多年,最不能容忍的,就是对一个天才的浪费。"罗老师说,"既然你不愿意让他发挥真正的作用,那我们只能硬来了。"

陈灵冷笑一声,说:"你想用强吗?我会报警的。"

罗老师看着他,眼睛里神色复杂。"你报警吧。"他说,"然后你就会知道你面临的处境。"

陈灵不明白这句话里的意思,她转头看了眼身后的李钻风,发现李钻风的表情居然跟罗老师一模一样,眼神里交织着各种感情,最后融汇成深深的悲悯哀伤。她不明所以,还是掏出手机报了警,罗老师和他身后的男人们没有阻止她。

但她刚拨通,罗老师身后一个高大男人的身上也响起了铃声。他接通电话,低声说道:"现在明白了吧。"

这六个字,也从陈灵的手机声筒里传出来。

"他不只是你的男朋友,你的未婚夫,他是整个国家整个人类的财产。"罗老师顿了顿,似乎不愿再解释,"让他跟我们走吧,别弄得太难看。"

说完,几个男人走上前,面无表情地看着她。

她后退一步,有些慌乱地看着李钻风。李钻风扶住她的肩膀,低声说:"他们有很强大的势力,有坚定的意志,他们要把我从你身边夺走。"他再凑近了些,温热的气息在她耳边流动,"我不想离开你。只要你愿意,我们可以反抗,但代价很高,高到我无法预测……"

陈灵扭头与他对视,这才明白,在罗老师带着面目冷峻的男人们来敲门时,他就看清了整个形势,知道他们要面临的,是整个世界的压力。但他沉默地站在身后,一直等着她做出决定。

"所以,要反抗吗?"他再次低声问。

陈灵点点头。

"好。"

话音刚起,李钻风已跨步移到了罗老师右边,右手重重砍在他脖颈上。罗老师向左倒地,挡在左边三个男人前面;李钻风原地转身,手肘扬起,击中身边一个男人的太阳穴。他们终于反应过来,怒喝惊叫皆有。李钻风面无表情,起身靠近离得最近的黑衣男，先是提膝，黑衣男因下体剧痛而弯腰的时候，他再双手合拍在黑衣男的耳朵后侧。黑衣男倒地。剩下四个男人惊恐后退，同时掏出了枪，但最右边一个刚掏出来，手便被李钻风扭住，枪落下，被李钻风接住。李钻风拉开保险，来不及瞄准了，他就近开枪击中男人膝盖，再以男人的腋下为掩护，砰砰砰砰砰砰连射六枪。前三枪打在三个男人的三柄枪上，三柄枪全部飞出，后三枪则击中了三个人的各自膝盖，三个男人捂腿倒地。

而这些事情从开始到结束，不到五秒钟。

陈灵一晃神，刚才还把屋门堵得严严实实的黑衣男人们，就全都倒下了。

"你……"

"嗯？"李钻风把枪插进裤袋，逐一击打黑衣男人们的颈动脉。每一记手刀过后，都有一个男人昏迷。

"你、你学过格斗吗？"

李钻风摇头，"没学过。"见陈灵有些惊吓的样子，皱眉解释道，"并不难，只需要会计算，把最合适的力施加在最合适的地方——本来可以更快的，但我想你肯定不愿意杀人。"

他们离开的时候，罗老师挣扎着爬起来，但脑袋剧痛，想说的话全变成了呻吟。"你们……"他努力抬起身子，"你们不能走啊……这世界都要毁了，你们能去哪里？"

李钻风蹲下来，近距离盯着他。罗老师颤抖着伸出手，抓住他的衣领，他皱了皱眉，抓起一旁的厚底杯，砸在罗老师额头。罗老师一声不吭倒了下去。

"走吧。"李钻风站起来，"这里肯定待不下去了。他们的人也不止这点儿。"见陈灵还愣着,又道,"既然选择反抗,就没有退路了,我们只能逃亡。"

但逃到哪里去呢?陈灵心里想。

想归想,他们还是来到停车场,陈灵刚要掏车钥匙,却被李钻风拦住了。"你的车肯定是它们的目标。"他低声说着,走到一辆白色旧车旁,用枪击碎玻璃,探身进去。

十几秒后,车门打开,他坐上了驾驶座。

"走吧。"

看样子,李钻风是要自己开车。但他什么时候学的驾驶呢?陈灵已经不想问了,默默坐上副驾驶。

车在街上穿行。开了一会儿,陈灵突然发现李钻风既不是去机场,也不是去车站,便问:"你去哪里"?

李钻风转头看了她一眼,又正视前方,淡淡道:"机场和车站肯定有埋伏,我们去找汪路。"

"啊?"

"他是唯一肯帮你的人。"

"但你不是……"陈灵想起前一阵他还设计陷害汪路的事情,又想到汪路一直暗恋自己,自己现在却带着男朋友去向他求助,下意识摇头,"这样不太合适吧?"

"我明白你的顾虑,但那是没必要的。理性的角度来说,我们的安全是最重要的——你让我动手的时候,就要想到这一点。"

陈灵便没再说话了。

如李钻风所料,汪路看到狼狈的他们,没问什么就让他们进屋了。屋子不小,装修很简单,但看得出是用了心的。九岁的汪乐仪正在吃晚饭,看到李钻风进来,立刻放下筷子跑过来,脆生生地说:"你来啦!"

陈灵这才想起,两年前他们去泰国,李钻风和汪乐仪在机场一起踢过格子。但汪乐仪从七岁到九岁,依然是小孩心性,李钻风却飞速长成了现在"神"的样子。

"是啊,我来找你玩啊。"李钻风出乎意料地和善起来,蹲下来摸摸小女孩的头。

"那我们去外面踢格子吧!"

李钻风点点头。

陈灵还想阻止,一转眼,李钻风已经带着汪乐仪出了门。她是担心外面不安全,但又想,李钻风肯定比她思考得缜密,自己不用多心。但这下只剩她和汪路在家,又难免有些尴尬。

好在汪路什么都没说,只起身去给她倒茶。

她左右看看,发现客厅里挂着很多汪路和汪乐仪的照片,从汪乐仪还是婴孩,到现在长得亭亭可爱。

"你们一直一起生活吗?"陈灵打破了沉默。

"是啊,她妈妈难产去世后,一直是我在带。"汪路站在相册前,凝神看着,"九年就像一瞬间,过得好快。"

"也很辛苦吧。"

汪路低下头笑了笑,"带孩子肯定有很多艰辛的地方。"

陈灵想起李钻风出事后的那些年,自己也是咬着牙熬过来的,心有戚戚地点头。

"但有时候又想,这个过程其实也不全是为了孩子,有一部分也是为了自己。"他转过身,"如果没有乐怡,这些年我也撑不过来。为人父母就是这样的,既在奉献,又是自私的,也很难说是孩子更需要我,还是我更需要孩子。"

陈灵一怔。这几年生活的画面像幻灯片一样在她脑海里一幕幕划过。是啊,她总是以为自己是在赎罪,是牺牲者,但如果没有李钻风,自己也是熬不下去的。

汪路没留意到她的神色,把茶递给她。

陈灵怔怔地接过茶杯。

"不过孩子总是要长大的,"汪路自嘲地笑笑,摇了摇头,"再自私也不能把她一直留在身边——也留不住。"

陈灵手一软,杯子掉在地板上。水渍和茶叶流了一地。

"怎么了?"汪路吓一跳。

"没什么……对不起……我去看看李钻风。"陈灵心不在焉地道着歉,往门外走去。她跌跌撞撞下了电梯,来到小区花园,李钻风和汪乐仪就在不远处踢着格子。

斜阳被高楼切割,扑下来棱角分明的影子。他们是在阳光下画的格子线,踢格子的时候,身上总笼罩着淡淡的光辉。陈灵则站在阴影里,有风,身上还有些凉。

陈灵向他们走过去,但走到高楼影子的边缘,又站住了。

在她的视线里,李钻风高大的身子跳来跳去,脸上却一直没有表情。他真的跟那个在电影院里追自己的男生不一样了。那是两个无法重合的形象。她希望他再长大,成为自己的男朋友,但现在,他成了她的孩子。

汪路的话又在耳边响起。

她迈起步子,又放下了。影子缓缓移动,她站着不动,却在阴影里越来越深。过了很久,她转身,离开了这个小区。

在三条街之外,陈灵看到了正到处搜寻的黑衣男子。她深吸口气,迎面走了过去。

6

没有李钻风在身边的日子,陈灵颇有些不适应。她没去上班,天天守在电视机前,追着选拔天才的进程。在众多竞争者中,她看到了李钻风的身影——罗老师他们把李钻风带走后,让他参加了这次选拔。

而这一次的选拔,完全由人民做主。每个人都有投票权,而对"天才们"的选拔,全程有电视直播。由于海选没有限制,这次参与的人超过了历史上任何一次选拔,凡认为自己有一技之长的,都报了名——其所长从天文到地理再到生物学,无所不包;职业从导演到保安再到民工,无一落下。

但在近亿人中,李钻风还是很快脱颖而出。在一对一或一对多的知识对抗环节,他永远冷着一张脸,然后在听完题目后的一秒内开始陈述答案。无论哪种学科,无论艰深还是浅薄,他都答得上来。事实上,由于他回答得过快过准,观众们都开始质疑他是不是作弊了,还专门为李钻风设置了随机提问环节。当然,李钻风用冷峻的脸和平静的语气,让他们的疑虑转化为惊叹。

很快,李钻风通过了一层层选拔,成为中国区最聪明的人。随后他被送往联合国,跟其他国家最聪明的人待在一起。一天后,其余人全部退出。

最后去见外星人的，只有李钻风。

而李钻风刚走出会议室，他面前的空气就开始变形，涌现了许多奇诡的颜色，汇聚成外星人的形象。说明不只是人类在关注这场声势浩大的选举，外星人也留意着。祂停在李钻风身前，仔细打量他，李钻风冷冷地对视着。

陈灵在电视前看到这一幕，突然想起李钻风说过，他看外星人的形象，是他自己。那么，此时他是不是像站在镜子前，与自己对视？

"你跟他们都不一样，"外星人说，"来吧，让我看一下人类进化的巅峰。"

李钻风点了点头，又摇头道："但不是在这里。"

"你想去哪里？"

"你最初来到地球的地方。"

"也好，我希望最初和最终，都在那里。"

有关整个世界存亡的最终考验，没有像前一次那样在海上进行，而是挪到了戈壁滩——位于中国新疆，一个叫至元村的地方，晴天闪电最先出现之地。

外星人听到后，身影立刻溃散，下一刻便出现在至元村的荒漠上空，安静地飘浮着。李钻风则由专机护送，一路横跨大陆海洋，将在十个小时后，也到达戈壁滩。

而这十个小时里，国内的媒体早已做好准备，几十架无人机在围着外星人旋转，没有丝毫拍摄死角。地面也汇聚了众多来看热闹的人，脑袋挤在一起，像是黄沙成海，上面长了一大丛漆黑海藻。海藻还有越长越大的趋势。

人们仰着头,人们围在电视机前,人们祈祷或诅咒。所有人都在等着李钻风直面外星人的时刻。

而对陈灵来说,这份等待更加煎熬。这些天她一直待在家里,守着电视,看李钻风在一轮轮选拔中脱颖而出。而电视里李钻风休息时,她又会打开回放,重看几遍他的表现。只有这样,她才会心安。因此这么多天来,她都睡得很少,眼里布满血丝,脚边全是速食盒的包装袋。她全身心都在电视屏幕上,连手机一直震动都没有留意到。

等到李钻风上了飞机飞往新疆时,她的身体已接近极限。但她依然看着空中网络传过来的直播。在临近最终考验时,他依旧冷静如前,端坐在有着豪华内饰的客舱沙发上,面对镜头,脸上一点表情都没有。

整个直播,他都是这样一副表情。画面里只有他的脸,与电视前的陈灵对视着。她这样长久地看着屏幕,脑袋里掠过无数往事……

直到敲门声响起。

她以为是罗老师又来了,便坐着没理会,任由敲门声一声声响着。一分钟后,敲门声停了,寂静持续了一分钟,她的手机又震动起来。她拿起来一看,发现上面有几十个未接来电,都是汪路打来的——最早的是几天前,最近的是刚才。

她拨了回去,铃声自门外响起。她一愣,便走过去,打开门。

汪路在门外站着,握着手机,头上缠着纱布。

看到她,汪路也愣住了,说:"你气色怎么这么差?"

陈灵转身坐回沙发,呆滞地看着电视。汪路艰难地在速食包装袋间寻找落脚处,走了进来,又叫了陈灵一声,见她没反应,便小心地将手搭在她额头上。

只碰了一下,他皱起眉头:"你发高烧了!走,我们去医院!"

陈灵这才意识到,自己眼前早已出现了无数黑点和光圈。电视里李钻风的脸都变得模糊了。但当汪路来拉她时,她还是一把推开,说:"马上就到……他要面对外星人了,我帮不了他,但我要看着……"

"你这样根本撑不到那时候!"汪路的声音有些急,"你看你过的是什么日子!他要是平安回来,你却撑不住了,那你这几年就太不值了!"

但陈灵咬着牙,汪路怎么劝都不动摇。汪路叹息一声,只得下去买药,冲好了给她服下;在她喝完药又继续盯着的时候,他找出扫把,开始打扫家里,把垃圾清掉,拖了地,打开窗子,让空气涌进来。

汪路在家里前后忙碌着,在陈灵眼里,他的身影很淡,很模糊,像是虚影一样在她视野的边缘上进进出出。她睁大眼睛,抗拒着体内的睡意,但脑子越来越昏沉。喝下药后,睡意更明显了,像是海潮一样在她身体里起伏涌动,每一次潮水拍打,她的眼睛都沉重一分。到最后,上眼皮成了磁,下眼皮成了铁,拼命地想合上,而她则拼命地撑着。

终于,电视里画面有了变化,飞机在缓缓降落,李钻风下飞机后被接上了车,开往至元村。直播画面由跟随在车后的无人机拍摄,因此,陈灵只能看到一行车队在荒漠里穿行,掀起的黄沙遮住了车窗里的李钻风。

沿路上，无数人在围观。有些人甚至驱车跟随，有人从车窗里探出身子，向李钻风大声喊着什么。尽管喊声被风沙和引擎轰鸣撕得粉碎，陈灵还是能从那些狂热的表情上看出来，他们把李钻风当作英雄，当作救世主。

她心里一阵苦涩——李钻风明明是她的至尊宝，现在却成了其他人的孙悟空。

很快，李钻风就到了目的地。那是一座立在戈壁滩上的小镇，人烟稀少，一边是废旧的老房子，一边是新建的特色旅游区。镇子尽头还有一面残破的墙壁，写满了标语。

李钻风下了车，走向墙壁。他周围汇聚了无数人，跟着他移动，但靠近墙壁时，另一堵无形的墙出现了，人们和无人机被挡住，只有李钻风能穿过凝成实质的空气，慢吞吞地爬上标语墙。

正是下午已过，傍晚未到，一轮太阳斜在天边，将他的影子拉得很长。起风了，他的头发凌乱，衣服猎猎抖动。他没有看身后的人群，在墙壁边缘站了一会儿，突然往前一步。

人们发出惊呼，正以为他要摔下去时，他的脚却结结实实踩在空气上。他再踏一步，踩得更高，仿佛走在透明的台阶上。

这一幕很熟悉，人们抬起头，果然，外星人的身影出现了。

祂俯视李钻风。李钻风却低着头，一步步踩上去，走到离地近百米的高空时，才停下来。

由于无人机不能靠近，直播画面只是远景，陈灵只能看到李钻风孤零零地站在高空，风想必更大了，他的衣服和头发都在向后掠起，他似乎随时会摔下来。

汪路也停下忙碌的身影，站在她身边，紧张地看着电视。

画面中，李钻风直视外星人，外星人的身体却渐渐庞大，遮住斜阳，投下的巨大阴影笼罩了李钻风。"你，"祂雄浑的声音再次响起，"你准备好了吗？"

所有人都盯着李钻风。无人机的摄像头被调到最大精度，对准李钻风的脸。这一刻，全球所有人都看着他，如果视线有温度，那他的脸一定成了太阳。

顿了顿，他点点头。

下一瞬，外星人的身体开始无限扩大，有形而无质，像是烟幕弹骤然炸开，斜阳的光辉立刻暗淡。而这一瞬间，陈灵也看清了外星人在她眼中的样子——笼罩在外星人身上的光晕膨胀后，里面端坐的白色人影也变得清晰，竟神似莲座上的观音大士，手托宝瓶，法相庄严。

观音大士……陈灵脑子里突然掠过《大话西游》里的一幕——至尊宝死后，在水帘洞里皈依醒悟，提点他的人，正是观音。

一股不祥的预感涌起，她只觉眼前一黑，便昏了过去。

我知道有一天，他会在一个万众瞩目的情况下出现，身披金甲圣衣，脚踏七色云彩来娶我。

诡云低压，群魔乱舞，陈灵身穿婚袍，安居于无数狰狞妖物间。处处挂着红灯，鬼影乱舞，魔王抓着她的头发，流涎而笑，"拜过祖师爷，喝过合亲酒，你就是我的人了！"

广场上，群妖狂啸，火焰高涨。阴云压得极低，也极暗，仿佛末日将至。

陈灵眼角滑泪，无助地垂下头。

云层上响起了隆隆声响，仿佛战车碾过。她抬起头，眼睛睁大，犹有泪光闪烁。云开始变色，由灰暗迅速成为七彩，并卷起旋涡。旋涡的最下端，一个闪着金光的人影缓缓降落。是李钻风。他以天神的姿态出现，大笑着冲入满地的妖魔鬼怪中。

妖怪惨叫奔逃，魔王狂吼，但也被打得落花流水。

陈灵笑了，抹掉眼角泪痕，跑到他身边，眼泪又迸出来了。"至尊宝，你终于回来了！"她说。

但他的眼神里，却满是陌生。

"姑娘，你认错人了。"

陈灵从梦里惊醒，一下子坐起来，满头大汗，大口喘气。她睁眼环顾，发现四周墙壁雪白，床旁还有一排医疗仪器。这是在医院。

她怔了怔，觉得哪里不对，这时病房的门被推开，汪路走了进来。她突然想起李钻风，一个激灵，不顾身上还插着输液管，挣扎着爬起来。

汪路连忙拦住她，说："你要做什么？"

"李钻风……他还在回答外星人的问题，我要看……"

汪路看着她，"你不知道自己昏迷了多久吗？"

陈灵迟疑了一下，看向窗外。天已经黑了，外面的高楼都亮起灯火，如同发光的蜂巢。车流声透窗传来。

"我直接昏到晚上了？"她喃喃道。

"你昏到了第三天的晚上。"汪路指了指输液管，"所以才要给你输液。"

"那李钻风……"

"他赢了。"

这三个字说出来,陈灵像是抽去了一直钉在骨头里的刺,瘫倒在床头。是啊,外面的城市依旧喧嚣,世界并未毁灭,一切都在暗示着李钻风最后说服了外星人。

"那他回来了吗?"她问,"过去三天了,应该能到家了吧。"

汪路扭过头,再转回来,笑了笑道:"你先调养好身体。"

"怎么了?"见他表情不对,陈灵心中再次掠过一丝不祥,问,"他怎么了?是不是外星人伤害他了?"

汪路坐在床边椅子上,给她把被子掖好,才慢慢吐出三个字,道:"他走了。"

"很好,虽然人类的整体文明不值一哂,但居然有个体达到甚至超过了联盟标准智力。"在回放视频画面里,外星人缓缓在李钻风周围飘浮,打量着他,语气也不再愤怒,"那我的打赌虽不至全胜,至少也是平局了。"

所有人都松了口气。但云端之上的李钻风,脸色还是冷峻沉郁,不知道在想什么。

"好了,你回去吧。"

外星人说完,一条向下的透明台阶出现在李钻风脚下,逐级延伸至地面。

但李钻风没有动。

外星人有些诧异,又说了一遍:"你可以回去了。你放心,人类文明依然可以存续。"

"我知道。"李钻风停顿了一下——由于镜头太远,他的声音很小,但电视台根据他的口型配出了字幕,"但那跟我没有关系。"

外星人停止旋转的身体,飘到他跟前。风更大了,祂的光晕似乎要被吹散,云朵也被撕成碎片,流丝一样在他们中间掠过。

"你问了我那么多,我也有些问题想问你。"

"你说。"

"你提到的赌约,是跟谁打的?"

"我不能告诉你。"

"具体内容是什么?"

"我不能告诉你。"

李钻风点点头,又问:"你来自哪里?"

"我不能告诉你。"

"宇宙中,是不是还有很多像你这样先进的文明是不能告诉我的?"

"我不能告诉你……"外星人顿了顿,又说,"你很狡猾。"

"那请你带我走。"李钻风抬起头,脸上第一次有了表情——那是融合了狂热和诚挚的复杂神色,"带我去见识那些神奇的文明,带我了解伟大的知识。我请求你。"

外星人身影胀大,与李钻风贴得极近。祂紧紧地盯着他,说:"你知道你在说什么吗?"

"如果我不知道,我也不会站在这里。"

外星人似乎明白了,"所以这才是你来见我的目的?"

"是的,我对拯救人类没有什么兴趣,我回答你的问题,是要证明我自己,再提出请求。"

"你真的跟他们……不一样。"外星人缓缓向前,穿透他的身体,点点头,"你的大脑有二次发育。我答应你,我会让你见到你无法想象但能理解的知识,我还会送你回来,让你将知识传授给他们。但你要明白这样的代价,如果你要跟我走,你身上要改造的地方会更多,你会偏离'人类'更远。还有时间——尽管我可以照顾你此前的时间观念,但文明之间的距离无法忽略。这是漫长的旅程,五年十年不可能结束,几十年,也不可能。你最快回来,也要在数百年后。"

"我想过,我能接受。"

外星人说:"那我们可以走了,你不用收拾行李。"

"收拾了也没用。"

"还有需要告别的人吗?"

听到这句话,李钻风微微抿了下嘴,转过头,看向摄像头的方向。他的目光穿过云丝,穿透屏幕,落在了陈灵身上。他长久地看着,嘴唇翕动。

字幕上显示那是三个字的唇语——对不起。

过了好一会儿,李钻风才转回头,神色如常,说:"我们走吧。"

画面随即变得漆黑,成了一面模糊的镜子,倒映出陈灵流泪的脸。

尾　声

外星人离开后,人类社会长舒了口气,人们关注的焦点不再是恐惧，而是那个拯救了地球的年轻人。李钻风虽然远走异星，但他掀起的热潮才刚刚成形。许多人成了他的崇拜者，很长一段时间里，他都占据着网络搜索的榜首。微博，公众号，还有实体传媒——他的名字无处不在。

在这样的形势下，他的过往不再是秘密，陈灵也被牵连出来了。

采访、通告邀请和官方调查纷至沓来，将她的生活彻底颠覆。还有粉丝聚在她家门口，整夜不走。几家影视公司打听到了她和李钻风的故事，想以此拍摄电影，看到陈灵五官精致，气质上佳，甚至直接邀请她本色出演。

陈灵疲于应对。她和李钻风的往事，是蛰伏的伤，每提起一次都会痛一次。但那些人偏偏要一次次揭开，网络又是谣言流传和发酵的培养基，很快，她和李钻风的往事有了无数版本，善意的，也有恶意的。

她拒绝了所有采访，关掉手机，闭门不出。但不久之后，还是有人敲开了她的家门。

是几个美国人。

"我不接受采访了，那些事也不想再提，你们走吧。"陈灵疲倦地对他们道。

领头的美国人须发皆白，推了推眼镜架，用英文说："我们知道你的处境，我们来这里也不是要增加你的困扰，是李钻风让我们来的——准确地说，是他离开地球之前，让我们来的。"

原来李钻风离开前，给这家致力于研发人体休眠技术的工作室发了一封邮件。邮件正文里，李钻风分析了他们技术上的误区，而在附件的文档中,他又给出了所有问题的解法。当时工作室里的专家很吃惊,虽然他们研发人体休眠技术已经很久,但一直没有发布成果,邮件里提到的内容都是绝密的。他们下意识想报警,但看过附件后,又都怔住了。

"那的确是非常高明的解决办法,尤其是在冷却液的制取上,规避了我们此前的误区。对人体细胞在低温下的保护,他也有更好的见解。但我们还需要时间验证他的理论,所以马不停蹄做了实验,当然,结果毋庸置疑。"美国人道,"感谢他,一封邮件,让我们省掉了至少二十年的科研时间。"

陈灵看着他,等着他后面的话。

"这样慷慨的馈赠,他没有收取回报,只在邮件结尾里提到——如果我们验证了他的理论是正确的,让我们来找你。"

陈灵明白了李钻风的意思,心里像是掠过了一阵凉风。

美国人显然也知道了前情,见她迟疑,又说:"虽然是初步验证,只做了几例试验,但我可以保证,我们的技术能够让你在冷冻箱里休眠至少五百年的时间——实际上可能更长。这不会对你的身体有丝毫损害。至于费用,你不用担心,李先生的赠予值得我们永久回报,而我们工作室背后的投资是美国最大的财阀集团,绝不会出问题。"

陈灵愣愣地听着,"五百年……"她喃喃道。

"是觉得很久吗?"美国人连忙说,"但在休眠技术下,你只会感觉是睡了一觉,不会有时间的流逝感!"

陈灵摇头说:"可能你不明白五百年的意义,不是因为久,而是……"见美国人眼睛里的困惑,她低头笑了下,"算了,让我考虑一下吧,你们明天再来。"

李钻风的意思不言自明——等我。

等我五百年。

他去了异星,那里与地球截然不同,或许能将他改造成永生,或许那里的时间流动也不一样,五百年对他不过是弹指一挥。但陈灵留在地球,所以他留下了休眠技术,让她可以在休眠舱等他,等他归来。

可以想见,他再回来时,会带来崭新的科技,推动人类新一轮的进步。他会脚踩七色云彩,身披金甲圣衣,是所有人心里的盖世英雄——但他已舍弃了七情六欲。

她的至尊宝,终于成了别人的齐天大圣。

第二天,美国科学家们再次敲响陈灵的家门,但久久没有回应。他们对视一眼,等到天黑后,报了警。警察强行打开门,看到屋子里一切如常,却再也没有了陈灵的身影。

陈灵搬了家,辞了工作,恢复了孑然一身的状态。她先回了趟老家,待了几个月,等风声渐渐平息后,便背起行囊,到处旅游。

她去了很多地方,走了很多路,走路时不会想很多。仿佛她走得足够快,迎面刮来的风就能吹散往日迷雾。等到她终于忘掉很多事情的时候,她发现自己又来到了普吉岛的海边。那正是傍晚,海边汇聚了很多人,她走过去,有人叫住了她。

她转过头,看到了汪路。汪路穿着宽大的沙滩衫,露出的肌肤已经晒成了古铜色,他手里还牵着一个女孩。陈灵见过,是汪路的女儿汪乐仪。

"你们也来这里玩吗?"陈灵问。

"我们是来——"汪乐仪嘟着嘴说,但没说完,就被汪路轻轻扯了扯发尾。她便不说话了,走过来,拉着陈灵的衣摆。

"是啊,我们过来玩。"他说。

他们走在沙滩上。傍晚的阳光很好,天边像铺着一层流动的黄金,脚下的沙子也不再炙烤,踩在上面,感觉温热绵软。他们每一步都陷进沙子里,因此走得很慢,影子也慢慢拉长。

"饿了吗?"汪路突然问。

汪乐仪使劲点头。陈灵犹豫一下,也"嗯"了声。

"那我们去吃饭吧,"汪路说,"我们还有一顿饭,一直没吃。"

"我记得。"

汪路牵起汪乐仪,汪乐仪又拉着陈灵的手。陈灵被她小而肉的手捏着,犹豫了下,没有挣开。斜阳融金,从天上流进海里,碎成波光点点。汪路低下头,笑了笑,说:"那走吧。"

\>\>\>\>\>\>\>\>

去星辰燃烧的地方

第一个夏天

每到夏天,记忆都会与炎热一起浮现。炎热是实在的,小依的所有毛孔都在抱怨,泛出涔涔汗珠;记忆却很模糊,海马体里的每一个细胞都喃喃呓语,试图构建陈旧的童年,还原那年夏天到底发生了什么。

在夏天,很多城里孩子被送到乡村老家,在绿荫和蝉鸣中度过暑假。小依却截然相反,她在乡镇读书、长大,却连着三年都被姨妈接到北京去过暑假。她记忆里的混乱,就是在第三年暑假发生的。

不过,我们先说姨妈。姨妈一直是全家的骄傲,很早就去城里打拼并扎根下来,每年开车回老家都会引起一片艳羡声;同时,她也是家里的一根刺,因为她离了婚,独自带着儿子生活。小依听过镇里人背后说起姨妈,先说她如何如何厉害,拉扯儿子长大,买房又买车,经常出国玩。而这时,总会有人接一句:"那又怎么样,还不是没人要?"随后,所有人都会嗤嗤发笑。

小依很不理解,似乎对女人来说,哪怕战胜了全世界,都敌不过一句轻飘飘的"没人要"。

小依很亲姨妈,姨妈也喜欢她。姨妈曾想过带她到北京读书,但一来学籍难办,二来小依的父母也不情愿女儿背井离乡,只得退而求其次,每年暑假都带小依到北京小住。

那时是世纪之初,北京房价还未飙涨,姨妈在芍药居附近的小区买了房。房子九十多平方米,三室一厅,姨妈和堂哥各用一个房间,剩下一室,专门装修成粉色风格。"这就是你的房间,"姨妈对小依说,"不只暑假,什么时候都给你空着。你看,专门为你装修的。"顿了顿,又笑着说,"等你以后来北京读大学,就可以住家里。"

那年小依才十三岁,刚读完初一,大学生活太遥远,连憧憬都缺乏想象。她只关心,眼下这个暑假怎么度过。

刚来的几天,姨妈带她在北京城里转来转去,爬过长城,进过故宫,也花了整个下午在颐和园拍照。但不到两周,该玩的就都玩遍了,小依也黑了一圈。她本来就瘦,这下还黑,简直跟烧焦的火柴一样。有一天洗完澡,姨妈给她换新买的裙子。镜子里,白裙黑肤,脸上的小鼻子小眼睛像融化的巧克力,都要分不清了。看着一脸无辜的小依,姨妈一边嘀咕,要这么下去,暑假完不好跟小依父母交代,一边又把裙子换下来。加上姨妈工作变忙,此后,便让小依待在家里,嘱咐堂哥辅导她学习。

但比她大五岁的堂哥刚高考结束,恰似野马脱缰,哪能在家待得住?于是他答应得好好的,但姨妈前脚一去上班,后脚他就溜出门,去找那些哥们儿玩。他也不愿意带着小依——带过一次,被他的哥们儿嘲笑了:"哟,雇这小黑妞当跟班不便宜吧?毕竟发工资的话,得跨国转账到非洲!"

小依也试过跟小区里的孩子们交朋友,但那时,北京少爷们普遍瞧不起外地孩子。尤其是一个叫魏刚的男孩,一看到小依就过来揪她辫子,边揪边发出骑马的驾驾声。被欺负过两三次后,小依就断了在这里交朋友的想法。

于是,又黑又土、还瘦的小女孩小依,只能老实在家里看看电视,发发呆。夏日光阴,在窗外明明暗暗地流逝。

那时的小依,也不是娴静性子,时间一长就无聊起来了。她开始想念老家的树荫、小伙伴和潺潺流动的河水,但这三样,在北京都找不……哦不对,小区北边有一条河,河水清澈;倒与她家后面的河很相似。

许多个黄昏,姨妈加班未归,堂哥也不知道在哪儿胡混,小依就溜达到北面,沿着河畔来回走。河的另一边,是逐渐亮起的商场和写字楼,在黯淡的夜幕中,遥远又高大。对小依来说,这是一种全然陌生的情景。老家的镇子背后也有一座山,但夜里时,它沉默灰暗,像讲完了自己一生故事的老人。而北京的每个商场,都是一座山,流光溢彩,每秒钟都在吞吐人群。

一河之隔,此岸则充满市井人间烟火。

杂乱的小区,操着利索京片子的老人们,沿街一溜儿摆好的小吃店和烧烤摊,这才是让小依感觉到安心的地方。她在河畔的褐石板路上,在夕阳下,蹦蹦跳跳。许多路过的人都冲她笑。

拐个弯,河面飘来一只纸船,纸船上还有蜡烛。烛光在水面摇曳,映出一大片淡黄色的光晕,有点像故乡的渔火。小依停止蹦跶,专注地看着纸船,抬头,发现河上游还有更多纸船载着烛火漂下来。

谁在河里放这么精致的纸船呢?

她往前走了几十米,都看到了答案——是个中年叔叔。但与纸船的精巧和秀气不同,这人看起来分外邋遢,穿个背心,在靠右肩的地方上还有俩破洞。男人蹲在河边,他身后还围着一堆男孩,都只有十岁左右的样子。男孩们叽叽喳喳,似在催促,但男人慢慢地将剩余的十几只纸船都放进河里,每放一只,都目送它漂远,又接着放下一只。

或许是水光映照,小依能看到男人眼中泛着一丝光,似乎是泪痕。但下一秒,他转过身面对男孩们,脸上顿时堆着夸张的笑容。"走!"他咧嘴大笑,"我们继续去通关!"

男孩们欢呼雀跃,簇拥着他,离开河畔。

小依倒也不是凑热闹的人,但她分明看到男人脸上由哀至喜,比舞台上的川剧大师还要迅捷。这让小依有了印象。她跟在这群人身后,发现他们跟自己住的是同一个小区,且还是隔壁二号楼。

男人带着孩子们进楼梯后,小依就没继续跟着了。天色不早,她继续往前,回到姨妈家中。但家里空荡荡的,堂哥和姨妈都没有回来。她没开灯,在黑暗里等了很久。

后来堂哥回家,一边用手机发短信,一边问小依今天过得怎么样。

小依知道堂哥的心思在手机另一头,只是随口问自己,但还是一五一十地讲述今天发生的所有事情。

"嗯嗯……"堂哥边听边应声。

手机一震,他连忙按亮屏幕,看到消息后,露出一抹甜蜜微笑;思索几秒,他手指按动如飞,连着回复了几条短信。

这个过程中，小依一直保持安静。

堂哥发完短信，说："噢……你继续。"

小依接着便说到那个被男孩们簇拥的邋遢男人。

堂哥说："那个人是不是住在二栋？"

"嗯，我看他是进了隔壁楼。"小依问，"他是谁呀？看起来游手好闲的。"

堂哥一边回消息一边说："一个无业闲汉而已，脏得很，你还是离他远点。"发完短信又想起什么，嗤笑一声，"嘿！听说他还给自己取了个英文名字，叫约翰·陈。怪别扭的，我们干脆都叫他陈约翰。"

陈约翰此人，在小区可谓大名鼎鼎。

他的经历颇为传奇。他在胡同里出生，成年后出门闯荡世界，又在2001年深冬的一个黄昏，突然回到小区，从此再未离开。他回来时孑然一身，破旧的背包里，只有一台游戏机。

相比他回京时的落魄，邻居们更愿意回忆的，是他早年带着全家搬去美国居住的风光。

陈约翰是远近闻名的高才生，十六岁就考上了北大。他学习好，脑筋也不死板，毕业后没去单位，而是跟几个同学一起做了"倒爷"。当时其他倒爷们还在千辛万苦地从俄罗斯倒回物资，利润微薄不说，还很危险，许多人都把命留在了那条著名的K3/4国际列车上。但陈约翰另辟蹊径，托同学关系，顺利办下美国签证，直接从纽约带名牌商品回来，没几年就挣了大钱。

那可是在1992年，他开着那辆大奔，把父母从胡同接到小区。整个街巷都轰动了。邻居们都来到他的新家,实在太挤,有人坐在门槛上,有人蹲在阳台,都向他打听大苹果城的事。陈约翰从容地给街坊们派烟,逐一回答他们的问题。他潇洒的派头,深深凿进老人们的记忆。

次年,他才二十四岁,就又干了一件震惊四方的事——办下美国绿卡。他不仅自己走,还把父母也接去美国享福。临走时,锣鼓喧天,宴席摆了快一百桌。只要是附近街坊的人,不管亲不亲戚都可以去吃,还不用给礼金。那欢送的氛围比过年还热闹。

尽管老人们常抱怨他挣点钱就颠了,颠到美利坚。但私下里,人人艳羡,那地球另一端的黄金海岸,多年来都萦绕在他们梦中。

陈约翰是家中独子,把父母接走后,就跟邻里断了联系。他的事迹却口口相传。每当有孩子不好好写作业时,老人们就会用陈约翰当案例,证明读书可以改变命运,考上大学就能当富翁,考不上就只能去什刹海当街溜子;当他们喝多后,又会拍着胸膛,喷着酒气说当年陈约翰是他们的干儿子/外甥/结义兄弟,就是听他们的教导才一飞冲天……总之,每个人叙述里的陈约翰,都熠熠生辉,都是百年才出孵一只的金凤凰。

所以他风尘仆仆、穷困潦倒地回来时,所有人都愣住。他打破了大家的幻想。

那年他才三十二岁,却鬓角半白,脸上瘦得硌眼。他推开位于十一层的老屋,门才打开一道缝,陈年灰尘就将他笼罩,让他连连咳嗽。

当晚,也有不少人围在他家,跟他打听这八年的事。

"你咋回来了,你的大奔呢?"

陈约翰的眼睛似乎失去了聚焦功能,目光涣散,虽然正对邻居,却像是在凝视远处的斑驳墙壁,好半天才说:"车吗?车没了。"

"你在美国的房子呢?"

"房子也没了,房子没用……"陈约翰下巴抽搐了下,青筋在脖颈上暴起,又即刻隐没。这个动作吓到了周围人。人们才意识到,他可能有点不正常。

"对了,咋不见老陈两口子回来?"

陈约翰没回答,但神情明显黯然。

人们暗自唏嘘。

有人不死心,问:"你就带了一个背包回来,里面是啥?"

陈约翰这才抬起头。他把背包拉链拉开,捧出一个黑色方形盒子,盒子中间是个绿色按钮。所有人都没见过这玩意儿,屏气凝神,等着他公布答案。陈约翰目光炯炯,提高音量,郑重宣布道:"我带回来的,是现在功能最强的游戏机——XBOX!"

打这之后,他就留在小区。其实他的房子并不老,当年刚买时,还是北京第一批精装小区。只是八年没住人,房子的精气神全被北方的酷暑与寒冬消磨殆尽,看起来阴沉又破旧。街坊们其实打过这屋子的主意,因为没人想过陈约翰还会回来,闲置这房子太浪费。但盯着这块肥肉的狼太多了,谁一张嘴,其余流口水的狼就纷纷去居委会、派出所和房建局投诉。大家彼此较劲,明里闲言碎语,暗里到处去找关系,想给自己和陈约翰的亲属关系出证明,好合法继承这间屋子。而就在大家彼此防备和试探时,陈约翰回来,所有人的坏主意都成了水中泡影。

但街坊们不解的是,陈约翰并没有收拾这间屋子,而是把铺盖一卷,住到天台。他在水泥空地上搭了个油布棚,接好电线,把一台老式大屁股电视往中间一摆,也不装天线,就只连上那台游戏机的信号线。油棚里又脏又乱,但他每天坐在密布的电线中,拿着手柄,在电视上玩游戏。

这一玩,就是一年半。

他靠变卖家具过活,偶尔出门打打零工——尽管很多人建议,说把房子租出去,租金混个温饱肯定没问题。但他不同意,说十一层楼不吉利,不能害人。同楼层的邻居听了顿时黑脸,嚷着去投诉他。街道办来了几趟,调查原委,并了解陈约翰当年的传奇经历,心底还是佩服的,于是两头说好话,给压了下来。好在陈约翰蜗居天台,甚少扰民,那些投诉也就慢慢不了了之。

对这种疯疯癫癫的人,成年人肯定避而远之,小孩们却很喜欢他。原因很简单——他的游戏机。

又一个白天,小依刚把电视拧开,广告声还没传出,就听到了屋外小孩们的吵闹声。

小依留了个心眼,循声望去,果然是从隔壁楼天台上传来的。她又想起昨晚河边见到的纸船,那一抹转瞬即逝的哀伤,还有堂哥提到的陈约翰古怪事迹……好奇心因生活的无聊而更具驱动力,推着她出门,噔噔噔下楼,又上到二号楼楼顶。

这时太阳已挂得老高,天台堪比热锅,连空气都在阳光炙烤中变得沸腾,扭曲了光线。而在天台靠左,电机房的旁边,有一个用铁杆撑起的褐色油布棚。棚子里坐满了小孩,最小的七八岁,大的也不过十二三,一眼望去,都是男孩子。每个人的脑门都在冒汗,但每个人都聚精会神地盯着最中间的电视机。

小依更好奇了,但不敢进去,拼命踮脚,才能看到棚中央的电视屏幕上,是一艘飞船内部的画面。

她在好莱坞科幻电影里见过类似画面,但显然,没有哪部电影会让这群心野的男孩如此痴迷。小依又踮高了些,终于看到,电视前坐着一个高壮男孩——只看背影,也能认出是欺负过她的淘气鬼魏刚。魏刚被簇拥在正当中,弯腰伸头,看起来像一只将被煮熟的虾。他拿着一只黑色手柄,随着手柄上两根摇杆的拨动,画面也在旋转,电视屏幕上的枪管突突开火,将从飞船各个角落里冒出的外星怪物射杀。

不过魏刚不知是因为紧张还是生疏,总是操作失误,枪的准星也瞄不准,在怪物头上晃来晃去,就是打不着。怪物向他冲来,他手忙脚乱,被连连击中,画面出现危险的闪烁提示。

几道汗迹从魏刚额角滑下。

周围的孩子们开始起哄:"这里得躲!哎呀你看,呆站着干吗!"

魏刚吼道:"别叫!等我回血,马上就通了这关,你们睁大狗眼瞧——"后几个字还没出口,几个怪物一拥而上,视觉效果颇为逼真,似乎要撕裂电视屏幕冲出来。

随后画面黯淡。

"你死了!"坐他旁边的一个赤膊男孩大声喊,"快,把手柄给我!"

魏刚脸上发白,右手松开手柄的握把,但一秒之后又牢牢握紧,说:"不行!让我复活再试一次,我肯定能把这关玩完!"

赤膊男孩显然不乐意,眼睛都快红了,但他不如魏刚健壮,只能求助地看向左边。

小依这才留意到,棚子里除了这群男孩,还蹲着昨天见到的中年男人。这自然就是陈约翰了。在男孩们聚精会神打游戏的时候,他蹲在棚子边,从油布缝隙里望向外面的天空。"陈约翰!"赤膊男孩见他望得出神,喊道,"魏刚明明被星盟打死了,还不给手柄……"

陈约翰回过头,打了个哈欠,"噢噢,这样,魏刚,你把手柄给阿立。"

魏刚瞪大眼睛,说:"不,我要再试一次。"

"其他士兵,"陈约翰环视满屋子的男孩们,每个男孩都仰着一张渴望的脸,"也都在等着。每个人都有成为士官长的机会。"

"我不!"魏刚嚷着,"我就要玩!"

"给我。"

"就一个破游戏,我多玩会儿怎么了嘛……"魏刚声音低了些,依旧紧紧抓着手柄。

"不,这不仅是游戏!更不是破游戏!"陈约翰眼角一抽,霍然站立,目光炯炯地俯视魏刚,"这是战争!真到了战场上,星盟也不会给你第二次复活的机会!所有的马虎和大意都会给敌人可乘之机,都会让自己的士兵陷入险境!士官长绝不能犯错!"

他说得郑重其事,每个字都跟钉子似的凿在魏刚脸上。魏刚被吓到了,微张着嘴巴,甚至忘了合拢。其余人也都停止嚷嚷,鸦雀无声。

"现在，"陈约翰继续说，"把机会留给下一任士官长。"

魏刚连忙把游戏手柄塞到旁边的男孩阿立手里，站起身，连板凳都一并让了。阿立坐上去，但有点怯。陈约翰点头说："轮到你了。开始吧，看你最远能走到哪里，能否担任起士官长的职责。"阿立便按下手柄的按键，退回游戏主界面，选了个存档，重新开始玩。

原来这陈约翰是带着一群调皮捣蛋的孩子打电动。小依撇撇嘴，好奇心大减，于是落回脚跟，准备回家。

好巧不巧，被陈约翰吓到的魏刚也正悻悻地挤开人群，看到了小依。"嘿，这不是乡下小黑妞吗！"魏刚找到了撒气桶，拔高声音，"怎么着！你也想来玩？这游戏可不是女孩子能玩的！"

小依低头，转身离开，但辫子立刻被魏刚揪住。

她疼得尖叫起来。棚子里其他人循声望来，但他们都是十来岁的男孩，是没有同理心的残忍生物，也只是嬉笑着看热闹。

而在场唯一的成年人——陈约翰，也没有来制止。他又恢复了蹲姿，依然望着油布棚外炎热的天空，不知道有没有听到小依的尖叫声。反正他没有回头。

小依完全承受了魏刚的怒火。这种恶意其实与小依无关，只是他被陈约翰呵斥，在所有人面前丢了脸，他需要欺负更弱小的对象来找回面子。小依只是恰好倒霉地出现在了他面前。

她不仅被揪辫子，被捏脸，哭的时候眼泪刚流出，魏刚就在地上抹了把灰，涂在她脸上，然后嘲笑她哭得像土猫……这无疑是一个屈辱的上午。

后来她回家越想越气，当晚，就跟姨妈告了状。姨妈也没顾现在是深夜,直接带着她去敲魏刚家的门,把小依的遭遇往夸张里说,还尖声说要带小依去看心理医生,要报警。

魏家爸爸也知道姨妈是个难缠的主,心烦意乱地应付,听到姨妈说要打官司赔偿后,反手一个巴掌抽到魏刚脸上,又扭头问姨妈够不够,不够还可以多抽几个。看着被打蒙的魏刚,小依也不觉得他可怜,哼一声,把姨妈拉回家。

魏刚这口气是出了,但小依觉得还有一个人也不能放过——陈约翰!

她是在陈约翰家被欺负的。作为成年人,他理应制止,却只顾着玩游戏和发呆,实在可恶!

深夜,小依站在窗前,望向隔壁楼的天台。以这个角度,能看到天台边缘的电机房和陈约翰的油布棚,棚里亮着光,说明电视机还开着。但这么晚了,男孩们肯定都回家了,所以现在是陈约翰还在玩……游戏是他的命吗?

一个主意突然跳进小依的脑袋。

天台上依然是男孩们围着游戏机和电视,而陈约翰也同样坐在旁边,与昨天的景象一样——除了魏刚被罚禁足,没在里面。

就在所有人的注意力都被游戏吸引时,小依悄悄绕到一旁的电机房,又回头看向油布棚。

哼,让你们玩游戏,我倒要看看,没电了你们怎么玩!她暗想着,抓住从油布棚里延伸出的电线插头,猛一拔,将之从电机房的插座上拔出来。

十米开外,电视机顿时黑屏,而放在角落里的那台方方正正的游戏机,响起"咔嗒"一声。

空气蹿出烧焦的味道。

陈约翰站起来,抽了抽鼻子,闻到焦味后整张脸唰地变得惨白。"别别……千万不要……"他扑到游戏机前,抱住它,嘴里发出含糊的祈祷声。

小依只是想打断他们玩游戏,但看陈约翰的模样,隐约觉得闯了大祸。其他男孩们都一脸错愕,互相问是不是停电了。趁他们还没看过来,小依连忙弯下腰,踮起步子,打算悄悄从电机房的另一侧绕过到楼道口。

这时,她回头看了一眼。

油布棚里,在一群茫然的男孩中间,陈约翰还抱着那台黑色的游戏机。小依看到,陈约翰的手在抖,嘴唇也颤个不停。

小依本来打算匆匆逃走,但看陈约翰的表情,她的脚被粘在水泥地板上,动弹不得。

"是她!"有眼尖的男孩发现了小依,大声叫着,"有人拔了电线!"

几个男生围过来,抓住小依的胳膊。小依没有挣扎,仰着头,看到陈约翰抱着游戏机走过来。近了之后能看到,他脸上弥漫着可怕的怒气,五官都扭曲了。

陈约翰看到小依脚边被拔下来的插头,嘴角一抽。

"你拔的吗?"他颤声问。

小依仰着头,脑袋里空空如也。好半天,她才轻轻"嗯"了声。

"为什么?!"陈约翰消瘦的身体里爆发出一声咆哮,不只是小依,其余男孩们也被吓得不知所措,"你知道你做了什么吗?XBOX是不能突然断电的!它要是坏了,我——"

说着,他的手高高扬起,手背上爆出一条条青筋。

小依只觉得眼前一暗,吓得尖叫,但她无处可躲,只能闭上眼睛。

过了许久——或许只是几秒钟,但每一秒都被恐惧拉扯得像一年般漫长——那巴掌却迟迟没有扇下来。小依疑惑地睁开眼,看到陈约翰的手还悬在空中,发着抖,似乎是他在努力控制,不让手掌扇在小依脸上。而他的眼角,微微泛光。

咦,他……哭了吗?小依想。

第二个夏天

如果记忆是一串项链,那对小依来说,每个夏天都是项链上硕大闪烁的珍珠,而另外三个季节,仅是串连珍珠的丝线,短暂又平淡,很容易遗忘。从北京回老家后的一年,过得飞快,上完一学期课,再跨过朱红色的春节,又熬过被二元一次方程组、英语时态和文言文鉴赏充斥得满满当当的下学期,就又到了夏天。

这期间还是发生了值得一提的事:小依来月经了。她是在洗澡时,第一次小腹坠痛,随后看到那刺眼的酱红色从腿间流下。她羞愧地站在热水中,脸比鲜血还红。她并非什么都不懂,但依然害怕,也不敢跟父母说。她妈倒是察觉到了。第二天早上,她的床头多了一包卫生巾,此后每月的这几天,卫生巾都会如约而至。她们就在这种默契中,沉默地完成了女性成长蜕变的仪式。

在这件事上,姨妈比母亲更称职。夏天来时,她照例来接小依去北京,发现小依的书包里有卫生巾后,她详细地将月经的由来和经期注意事项告诉小依。小依红着脸,听得认真。她在北京的第二个夏天,就以这样既忐忑又心安的感觉为开端。

　　隔一年再来,北京就完全变了样,不仅市貌像抛光了似的锃光瓦亮,新鲜玩意儿层出不穷,更重要的是——城市节奏大大加快。小依明显感觉到,每个人走起路来都风风火火,步伐又大又快,连说话声都变得洪亮。整个城市像被按下了快进键。姨妈跟她解释,这是2004年,前所未有的经济时代,尤其是北京的房子,即将升值。

　　小依点头,但还是懵懂。

　　在人人都拼命搞钱的激昂大时代,她只是一个十三岁的小女孩,一个外乡人,一个站在舞台前的旁观者。因此,这个暑假对她来说,比上一个夏天还无聊——姨妈要去工作,堂哥天天神出鬼没,见不到人影。大多数时间,她都一个人在家。

　　姨妈为了让她好打发时间,买了一台最新式的DVD。她终于不用准时守着电视台,不用忍受漫长的广告才能看一两集想看的电视剧。只需放入两张轻薄的DVD碟片,她就能随时把整部连续剧看完。

　　唯一的问题是,购买DVD时附赠的碟片很快看完,小依只得揣着姨妈给的零花钱,去街上租影碟。

　　这条街民生繁盛,但临街商铺一溜烟都是饭馆或服装店,她绕小区走了一遍,只见到一家音像店。

　　一进这家店,小依就觉得气氛诡异,光线昏暗不说,店里还有一道合拢的门帘。她怯生生地喊了声"老板",往里屋走,两旁的货架上,花花绿绿的影碟封面都泛着迷离的光。这气氛诡异又暧昧。隔着门帘,她听到了一阵奇怪的声音,男人和女人的声音,是从电视机里传出来的。随即响起脚步声,显然是店主听到了叫喊,不耐烦地挪动桌凳,往外走。他扒开门帘时,小依瞥到了里屋的景象——更加昏暗,唯一的光源是电视机,屏幕光照亮了四五个伸长脖子的头颅;而屏幕的画面,是一些花白的肉体。

小依吓了一跳。还没等店主走过来,她就逃也似的离开了这诡异的音像店;店主骂了一句,又走回里屋。

小依一直跑到街对面,才喘着气停下。刚刚那一瞥而过的不堪画面,在她心里留下了深深墨迹,而更让她困惑的是——在黑屋子里看三级片的人中,有一张脸似乎很熟悉,好像是堂哥……但那一刻实在太快,她不确定,更不敢去跟深夜才回家的堂哥确认。

经此一事,她对租影碟有了阴影,对这个无聊暑假更是失望透顶。她开始考虑,该怎么跟姨妈说想早点回老家。然而,隔天下午她去街边小卖部买雪糕,竟然看到靠河边一侧摆了个地摊,摊布上全是VCD和DVD光盘。

小依本以为又像上一个音像店,尽卖成人片。但她路过了十几米,突然意识到——这可是北京,不会有人这么明目张胆吧?于是她返回地摊,蹲下来,只扫了一眼,就简直像发现了宝藏。

《楚门的世界》《黑客帝国》《星球大战》《哈利·波特与魔法石》……许多她只在电视里听过的电影,都摆在面前。

"这张,这张,还有这张……"小依简直欣喜若狂,一连选了七八张好莱坞大片的碟,"加起来多少钱啊?"

地摊老板缩在树荫里,懒洋洋回答:"租金是一天五毛,押金一张十块,你给五十吧,看完了还回来。"

小依痛快地付钱。但就在她把钱递过去、摊主接到钱的那一瞬,两人都看清了彼此。

"是你啊。"摊主说,瘦削的脸上看不出表情。

小依的脸先红后白,大脑宕机了好几秒,才讪讪地重复:"是你啊……"

这个摆地摊的人,正是小依去年得罪过的陈约翰。当时,她趁所有人都在玩游戏时,拔了油布棚的电线插头,导致陈约翰的游戏机冒烟。她亲眼见到陈约翰两眼血红,表情在愤怒与悲伤中摇晃。那可怕的画面,是她对上一个夏天的最后印象。

"敢情你每个夏天都来啊,"陈约翰轻笑,"跟当年老佛爷去颐和园避暑似的。"

小依没理会这种北京大爷式的调侃,放下影碟,起身要走。

"别啊。"身后的陈约翰又说,"又不是什么深仇大恨。你选的这些电影都很好看,小丫头品位不错。"

小依转头,看着保持蹲姿的陈约翰,又将目光移到地摊上那些闪烁诱惑光芒的电影光盘上。最后,她还是付了租金,抱上影碟,红着脸离开。

当晚回家,小依就问姨妈,隔壁楼那个怪人怎么去租光盘了。

姨妈皱着眉头,叹息道:"这事……跟你还有点关系。"

原来,自从小依拉闸断电,烧坏了陈约翰的游戏机后,那群男孩们就不再簇拥着他。他重新恢复了当年回到小区时孑然一身的状态。整个秋天他都待在天台棚屋里,试图把游戏机修好。

但这款由微软研发的初代XBOX，当时在国内根本就没有售卖，配件很难搞到。秋去冬来，到北京城被寒意笼罩时，他终于放弃。

这事对他打击很大，他在棚屋闭门不出，即使最冷的时候，也只是裹着又厚又脏的被子，整日睡觉，连零工也不打，饿了就吃一点邻居们施舍给他的食物。"那时候街道办都以为他要冻死了。"姨妈唏嘘不已，"北京的冬天跟老家不一样，最低零下几十摄氏度，天台上又没暖气。没人觉得他能熬过冬天。"

小依听得面色黯淡。她想象那番寒酸凄凉的场景，心里有个声音在悄悄说，这都是你自己造成的。

"那，"小依问，"他熬过来了吗？"

陈约翰熬过来了。

他在2003年的寒冷冬天里幸存，但今年开春时，已经很是虚弱，社区担心他随时会死，主要是担心死了人晦气，对小区影响不好。每天都有人来查看，蹲在他床边，一边捂着鼻子，一边苦口婆心劝他振作起来，再不济，换个地方躺尸也行。但陈约翰从不理会，眼睛闭紧，要不是眼皮偶尔蠕动，真跟尸体没啥区别。社工们也不敢用强，看他现在要死不活的，一旦去拖他，真死了，多少张嘴都说不清。很快，社工也不来了，大家都在等陈约翰的坏消息。

然而到了春天的一个雨夜，浓云盖城，骤然间电闪雷鸣，大雨倾盆。人们在家里看着窗外的厚重雨幕，正感慨北京城要变成陈塘关时，有人突然意识到：陈约翰怎么办？人们对他的噩耗等待太久，甚至变成了期待。住户们不约而同地聚在楼道里，窃窃私语。谁都想知道天台上的陈约翰怎么样了，但妖风邪雨本就骇人，要是还跟死尸扯上关系，那霉运怕是一整年都洗不掉，所以谁都不敢去。

最终，一个胆子大的壮汉被推举出，去查看陈约翰的死活。壮汉先撑着伞，但刚打开天台门，就被一道撕裂天空的闪电和随之而来的惊雷吓到。

"不行不行，太危险了！"他的退堂鼓打得砰砰响，恰如他彼时的心跳，"这伞是金属的，万一被雷打到，岂不是得把我劈得外焦里嫩？"

于是人们对陈约翰的处境更不乐观。他那棚屋还接了电线，在雷雨之夜，简直是活体引雷针。

"可怜啊，"有人哀叹，"早知道被雷劈死，还不如冬天挨不过来呐。"

又有人说："你还是去看看吧，真有啥不测，得通知社区。他的房子，我也好早点去过户。"

有人顿时开骂："嘿，老李！你这就不地道了啊，他房子明明是给我了，上次他亲口说的，大家伙儿都听到了的，是不是？"

大家伙儿都摇头。

争吵间，还是一个老人拿了主意。"不管怎么死，都得确认一下，"老人说，"我记得家里还有雨披，我给你找出来。"

最后，壮汉披着这件蒙尘多年的塑胶雨衣，上了天台。大雨如注，打在壮汉身上，步伐都重了几十斤，饶是他身强体壮，走路也摇摇晃晃。天台没灯，民用手电又防不住这么大的雨，他只有靠着不时掠过的闪电来辨清脚下。他大着胆子扯开油布棚的帘，颤巍巍喊道："陈约翰，你还活——还有人吗？"

无人回应，耳边只有轰然坠落的水声。

看来是凶多吉少了。壮汉心想，连忙回去跟邻居汇报此番见闻。众人一片嗟叹和唏嘘声。那翻出雨披的老人却摇摇头说："还是亲眼确认一下比较好。"

壮汉又被推出去，屏着呼吸进棚屋里，在地上摸索。他摸到了叮当作响的北冰洋汽水瓶和可乐罐，随后是散落各处的塑料面包袋、碗筷和衣物。再往里，他终于找到陈约翰裹了一个冬天的棉被。

这被子原本不厚，但冬天实在太冷，陈约翰把邻居们施舍给他的旧衣物都缝了上去，成了千重十几斤的百家被；油棚顶不住雨势，屋里被浇透，这条棉被吸水后简直重愈铅铁。壮汉拉着被角，第一下竟没扯动。

"喂……"他喃喃自语，"兄弟别怪我啊！我这也是为了你好，不能让你孤苦伶仃当个野鬼呀。"

壮汉用力掀开被子，往里一探，竟直接摸到冰凉的地板。这时，浓云中恰好蹿出一道蛇形闪电，照得周围如同白昼。他终于看清——被子下，竟空空如也。

陈约翰不在棚屋？

壮汉心里发毛，脊背上像有比夜雨还冰冷的蛇在滑走。他返身夺门而出，但就在刚要冲进安全的楼道时，一阵人声突然传进他耳朵。

四周雨声如瀑，电闪雷鸣，几乎令人失聪。而就在这混乱的场景里，的确夹杂着男人的喊叫，听声音，像是陈约翰的。

壮汉看了一眼近在咫尺的楼道，以及楼道里几十个邻居期待着噩耗的脸庞,又回望呼喊声传来的方向。他站在大雨中,几秒后,暗骂一声,又折返回天台。他循着吼声,绕过油布棚屋,借电光一路走到天台最南角。在储水屋和生锈的防护栏之间,他看到了陈约翰。

陈约翰须发凌乱,只穿单薄的秋衣,就这么站在大雨中,对着翻滚的浓云与劈裂天幕的闪电,大声呼喊。

陈约翰声嘶力竭:"带我回去!"

陈约翰语带呜咽:"求求你们,我在这个年代已经等得够久了!我想回家!我的孩子还在舰队里!"

陈约翰面露绝望:"不会的,一定有办法的……"

陈约翰又一脸惊喜:"什么?"

……

他把茫茫雨幕当成舞台,大声朗诵着或激昂或悲伤的台词,表情在雨中剧烈变幻。他是如此认真地表演这出单人剧,浑身湿透也未察觉,仿佛面前真的有观众在欣赏这卖力的演出——但壮汉明明看得一清二楚,陈约翰面前只有一片虚空。难道,空气里有看不见的人?

壮汉吞了口唾沫,连雨水也一并吞进咽喉,才勉强镇定了些。他隔着好几米远,伸出手,喊道:"陈约翰,你在干吗?你快跟我回楼里。"

听到声音,陈约翰转回头。他五官扭曲,眼睛睁得老大,此时一道枝状闪电在他背后炸开。电光将陈约翰的身影衬托得巨大,投下的影子笼罩了壮汉。

这是整个诡异夜晚里最惊骇的画面。壮汉终于被吓得肝胆皆裂，一屁股摔在水坑里，雨衣掉了都顾不上，连滚带爬逃离天台。他直接逃回家中，在卧室里瑟瑟发抖。

邻居们误解了他的慌张，以为他是见到陈约翰的尸体才被吓到。他们纷纷叹息，给派出所和居委会打电话，告知了这个噩耗。但由于雨太大，拖到后半夜雨势变小，民警和社工才姗姗来迟，推开天台门后，他们打着手电，准备收拣尸体，并做好登记。

但电筒光刺破棚屋的黑暗后，也落在了陈约翰的身上。他正蹲在地上，收拾被浸泡的杂物，虽然他依然又瘦又脏，一身破烂，却很有精神。看到一大帮民警、社工和邻居后，他也不惊讶或害怕，还微笑地打招呼："这么晚了大家都来串门啊？哎呀地方小，你们随便坐。"

他明明还活着，其余人却都是一副见了鬼的惊讶表情。

那一场奇怪的夜雨过后，陈约翰就变了。暴雨洗掉他身上的萎靡，雷电映亮了他眼中的神光。天气还未放晴，他就终于离开缩居近一年的天台，回到属于他的房子。隔不久，就有收废品的大爷被他叫上门，把他家的陈年家具都给搬走，并给了他一笔钱。从大爷笑呵呵的表情来看，这一单想必挣了不少，毕竟这些家具虽然年头久，但用材好，八年未用，毫无磨损，搬回去擦掉灰尘再补个漆，简直可以当新的卖。而陈约翰脸上也是一片喜悦，毫不在意自己的损失。

拿到第一笔钱后，他去了趟潘家园。潘家园最有名的是古董文玩，但在那几年，它同时也是各类地下商品的交易中心，其中就包括大量的VCD、DVD碟片。陈约翰用全部家当，进了一批没在内地上映的好莱坞大片，在小区外摆地摊。

新世纪之初,国门大敞,中外交流繁盛,而来自大洋彼岸的影视特效技术,让老百姓大开眼界。引进片名额有限,人们只能从盗版影碟中一窥究竟。陈约翰抓住这个缺口,先摆地摊租光盘,吸引了许多顾客。他选片的品位不错,很少有难看的片子,一传十十传百,很快碟片就供不应求。

他这门生意,本小利薄,但两个月下来还是挣了好几千。他立刻用这笔钱,去买了一个手机。人们都说,陈约翰又变回了九年前那个脑子活络、意气风发的"倒爷",与大家最早记忆里的形象开始重合。想必要不了多久,他就能卷土重来,发家致富,再次成为小区之光。

小依在傍晚的街道上徘徊许久,迟迟拿不定主意。

陈约翰的地摊就在半条街之外,隔着铺洒一地的昏黄灯光,能看到他正在快乐地租售影碟。这时候刚过晚七点,人们吃完饭出来散步消食,虽不成群,但三三两两,满街都是人,很热闹。而几乎每个人路过地摊时,都会跟陈约翰打声招呼,或驻足聊几句,或蹲下来选几张碟片。

街上人影纷沓,像快进的电影画面,而流动的光影中,陈约翰瘦削的面孔始终固定在画幅正中心。他沉浸在忙碌中,五官有一种欢快的神采,但小依隔街相望,脑中浮现的,依然是他蜷缩在天台的可怜模样。

小依长长地吸口气,走过去。

"这些都看完了,还给你。"她装作神色如常,蹲下来,又翻其他的碟片。

"嚯,你倒是看得快。"

小依说:"挺好看的,就一口气看完了。"

陈约翰点头:"那是!我这里的电影,都是精挑细选的。"

他跟她说话时,与对其他街坊的口吻毫无二致。小依的道歉堵在嗓子眼,吞不下,也说不出口。最终,她也只是又挑了几张盘租走。

再往后,她就每天晚上租三五盘碟,隔天还回去,再租新的。如此一周后,她要再租《星河舰队》时,陈约翰却按住了这张光盘。

"不能租给你了。"陈约翰说。

小依一愣,"啊?这张已经有人租了吗?"她又拿起另一张碟,"那我换这个。"

"是因为你根本就没看。"陈约翰把她还回来的《肖申克的救赎》光盘盒打开,里面竟是空的,"你看,你连盒子都没打开。"

小依的脸顿时映上天边晚霞,一片驼红。

"如果你是想来道歉,"陈约翰从身侧的盒子里把《肖申克的救赎》的光盘拿出来,放回盒子里,"那租我的碟,这个方式未免太拧巴了。你还不如直接把钱给我呢。"

小依连忙说:"那押金我不要了。你留着吧。"

"哈,你这孩子真实诚。"陈约翰掏出一张五十块钱,递给她,"拿着吧。你姨妈已经替你赔过了,你不用愧疚。"

"但还是没有修好嘛。"

话刚出口,小依就后悔了。因为陈约翰脸上明显黯淡下去,像是整条街的路灯,都在这一瞬间电压不稳。但这一瞬过后,陈约翰又摇摇头,神色如常,说:"那也没有办法。几百年后的机器,以现在的技术,很难修好。"

"啊?多少年后?"小依怀疑自己听错了。

陈约翰没再多说,只让小依把押金拿回去。但小依看似柔弱且有点怯生,脾气却倔,执意不收。这张可怜的五十块钱,就在这两人之间被推来攘去,很是憋屈。其余人路过,看到这幅景象,也纷纷失笑。几个来退光盘的客人站在一旁,含笑看着他们。

眼见周围人越来越多,陈约翰皱起眉头,忽而又眼里一亮,说:"那这样吧,你帮我记账吧,每天这时候客人都多,我有点忙不过来。"

小依略一思索,点点头。她接过钱,往前挪了挪,坐到陈约翰身边。

这时的路灯,比先前更亮。

小依接下来的暑假时光,每一天都像复制粘贴——上午,在家做作业,吃完午饭后就跑到隔壁楼。陈约翰下午不摆摊,就在家看影碟,小依便也搬把凳子,坐在他旁边看。通常看个两部电影,天就渐暗,小依跟着陈约翰,去街边一家卖北方小吃的店,蹭一顿晚饭。然后便到了摆摊时间,两人一个张罗买卖,一个闷头记账,配合得天衣无缝。临近九点时,街上行人变少,两人便收了摊,互相抱拳道一声辛苦,随即各回各家。

时间一长,小依就发现,陈约翰这人看似落拓懒惰,实则心思活络。他摆了几个月地摊,手里资金充裕些后,就立刻又返回潘家园,买了一大批影碟。

"你进这么多货干吗,"小依问,"你的摊子根本摆不下。"

"谁说要摆在外面了？"陈约翰把这几箱影碟囤在他那空荡荡的房子里，喘着气。

"不摆外面别人怎么租？"

"你呀，还是旧思维——但也不能怪你，谁叫你出生在这个落后时代。"见小依脸上的雾水更浓，陈约翰耐着性子解释，"一张张给人租出去，都只能挣散碎的钱。而且，别人租了碟，一天五毛，要是今天没看，就会觉得亏，有压力。长此以往，留不下客人。在未来，商业模式都是会员制。懂什么叫会员制吗？"

来自偏远乡镇的十四岁小女孩小依，先点点头，又迟疑着摇头。

"就是办会员。一个月二十块钱，这个月之内，随便来我这边换影碟，一次能拿走两张盘，只要看得多，不限次数。在国外，会员制已经有了苗头，再加上即将迎来互联网时代，会员制就更加风靡全球了。等着看吧，以后你去理发，去电影院，玩游戏，甚至上网，都会变成会员制的。"

小依对商业自然缺乏敏锐度，但听着这番话，被他极具感染力的腔调震慑，当即深信不疑。她频频点头，又问："你怎么知道的？"

陈约翰笑而不语。

而事实证明，这个策略是对的。他已经摆了几个月摊，片子质量好，收费公允，早已有口皆碑。现在突然变了规矩，除了少部分人持迟疑态度，其余客人都顺利转为会员制。

小依的工作也相应变化，不再蹲在街边算每张光盘的账，而是坐镇陈约翰家，把会员名单记下来。这样她也清闲许多，有更多的时间跟陈约翰一起看电影。而他们每天下午看的电影，都是从那几箱新买的影碟里随手挑出的。

慢慢地，她又发现陈约翰一些神秘之处。

比如下午看电影，遇到好莱坞大片都还正常，两人都看得全神贯注。但有一次，他们一起看《阿波罗13号》，当电视屏幕上出现深邃幽暗的宇宙，小依瞟一眼陈约翰，竟然发现他眼眶闪烁泪光。

"咦，你哭了？"小依心直口快，脱口而出。

陈约翰侧过头，手指在脸颊上拭过，再转回头时，已然神色如常。"没有，"他说，"你看错了。"

这种情况后来还出现过两三回，都是宏大的宇宙画面，引得陈约翰两眼湿润。小依便留了心思，在陈约翰的影碟海洋里翻找，找了半小时，居然找出一套DVD，封面很显眼，是一片呈瑰红色缭绕的星云。她将这套名为 *Cosmos: A Personal Voyage* 的碟抽出来，放进DVD碟机里。

陈约翰看了下碟壳，浓厚的眉毛一挑，说："你要看这个吗？这不是故事片，是纪录片。"

"是太空纪录片吗？"

陈约翰点头。

那就行了，小依心里说。

她按下播放键，漫长的读盘过后，银河与星云在屏幕上缠绕。她立刻听到了陈约翰悠长的呼吸声，仿佛那充满噪点、偶尔闪屏的电视画面，是他阔别已久的故乡。

果然没错，小依继续在心里确认。

"你好像对有宇宙的画面反应特别不一样?"

这一次,陈约翰没有回避,点头轻声说:"是啊,美丽又危险的太空,是我的来处和归处。"

"但太空不是很远吗?"小依想到了在家乡看到的夜空,那里没有笼罩城市上空的光污染,遥远的星辰粒粒可见。

"是啊,离这个时代很遥远,远到我没办法回到太空,但……会很快地,这个世纪尾声,人类就会迎来大规模外空间探索的热潮,普通人都可以花钱乘航天器来一趟地月之旅,淘金客更是会远赴系外星域。到了下世纪末,"他指向电视上的纪录片画面,"这种景象,就不是出现在电视机里了,而是在每个人的窗外。"

现在是2003年,到世纪尾声需要一百年,到下个世纪末又要一百年……这样漫长的年限,已经超过了小依对时间的理解。她感到了一丝不符合她年龄的怅然,叹息道:"可惜我见不到了。"说完她才意识到不对,在心里嘀咕,我怎么这么轻易就信了他的话?明明这么离谱……

陈约翰拍了下她的脑袋,说:"放心,只要你成为士官长,就有机会跟我去太空的。"

"啊?什么士官长?"

"还不能告诉你!这是机密。"

两人又继续看电视。光盘的序幕播完,进入正片,画面上却只显示出一串英文字幕。小依才刚上完初二,英语是她的短板,不由得大失所望,说:"没有中文字幕吗?我看不懂啊。"

"没关系!"陈约翰兴致颇高,说,"我教你。"他指着那一串英文字幕,解释每个单词的意思,然后整句解释。

小依早已习惯了他那口带着戏谑和懒散的京片子，乍一听他说英文，发音竟十分纯正，立刻惊讶得眼睛睁圆，怀疑他又在胡编乱造。但随后她想起，陈约翰毕竟是去美国待过八年的人。是美国啊……在她概念里，去美国，跟去太空差不多，都是遥不可及的距离。

她把目光移到陈约翰脸上，这是她第一次正视这个常年邋遢落拓的中年人。而陈约翰显然不知道她的心理转变，还在逐词翻译，见她走神，还不耐烦地说："你想不想学啊，练好外语对你这个年代的人来说，很重要的。"

小依连忙点头，连忙凑到电视前，跟着他练习发音。通过翻译，她才知道这套DVD叫《卡尔萨根的宇宙》，一共十三集，再加上每个句子都要再三朗读，就看得很慢。这个夏天剩下的午后时光，便是在星空的旋律和笨拙的台词朗读中度过。

到了八月中旬，小依统计账本上的金额，发现改为会员制后，陈约翰的收入的确涨了不少。她不禁更为叹服，说："会员制真的有用哎，你现在每个月能挣三千多！"

"那可不！"陈约翰把钞票从抽屉里拿出来，一边美滋滋地数钱，一边说，"这还只是附近几条街的生意，按这个模式，进更多片子，租门店，把生意扩张。再搞个网站，让父老乡亲们在网上选片，我们雇人送过去，整个北京城都是我们的生意！啊对，再过几年，等电视机更先进了，能联网，再搞个电视会员，只有充了会员的人才能在电视上看我们的片子。不，这还不够！我们直接花钱去雇导演和演员，拍好的片子不进电影院，就只在我们的网站和电视上给会员们看,那到时候来充会员的人,简直跟春天的蝌蚪一样,数都数不清!"

小依听得心潮澎湃。她明明坐在陈约翰这间昏暗的房子里,但她眼前,却有一个金碧辉煌的巨型商业帝国在拔地而起。她昂着头说:"太厉害啦!等我长大了读完书,就来给你打工!"

陈约翰哈哈大笑,数清钱后用橡皮筋扎紧,又摇头说:"但挣钱这件事太无聊了。我可不想我死的时候是被人从办公室里抬走的。"

小依一愣,"那你不进货了吗?"

"钱嘛,够用就行。"

这也是陈约翰的另一个神秘之处。他明明有预测世界发展趋势的笃定信念,且逐一被验证,但显然缺乏顺着这种趋势去改变世界——或者仅是发家致富——的动力。这与笼罩北京城的那种激昂、奋进、争先恐后的时代氛围格格不入。他在日历上的11月9日上画了一个圈,时常喃喃自语:"只要在这一天前,我能攒到两万块,我就能回去啦。"

趁他不在时,小依也凑到日历前,端详那个把纸都快划破了的黑圆圈。11月9号,是什么特别的日子吗?她百思不解。

但她管账,算了一下:现在是八月中旬,陈约翰的积蓄再加上三个月的会员费,的确刚刚到两万。

他完全在按照这个攒钱的节点和金额在做事,除此之外,他甚至不想多挣一分钱。而空闲下来的时间,他下午给小依翻译那部太空纪录片,教她练英语,晚上关店后,他又会回到楼顶天台。

小依有几次去天台找他,见他趴在栏杆上,手里拿着他那个黑亮色的翻盖手机。他没有把手机凑到耳边，而是半举着，像在寻找空气中的信号。再走近一点，还能听到他正在对着手机喊话。

"呼叫舰队……收到请回答！"

"请求舰队支援，我失陷于公元2004年8月17日的地球，坐标东经116.44，北纬39.991949。收到请回答。"

"呼叫舰队，前方战情如何？星盟是否有下一步异动，收到请分享情报。"

……但无论他怎么呼叫，那部手机都沉默着。

小依在后面听得直撇嘴。她知道陈约翰昂贵的这部手机是他挣的第一笔钱买的，但有一天下午，她好奇地打开，发现手机上信号格是空的——连手机卡都没插，有回应才有鬼呢。但看着陈约翰在夜风中无比认真的样子，仿佛他随时会被风吹走，抑或融化在夜色中，小依便始终不忍心上前去打扰他。

这个暑假终于到了尾声。

其实小依并没有意识到这一点，是姨妈提醒她的。"你快开学了，我这两天给你买火车票哈，让你堂哥送你回去。"有一天晚上，姨妈突然对她说。

小依听到这话，脑中的第一个念头竟然是，自己回去，陈约翰的音像店该怎么办？她往沙发后面挪了挪，没有说话。

姨妈误解了她的失落，愧疚地说，"对不起啊，这两个月姨妈太忙了，都没带你好好玩。对了，我看电视上铺天盖地都是那个读书郎学生电脑的广告，来这四千块你拿着，明天你去商场买一台，带回老家！"

那一年，读书郎的初代学习电脑P4上市，许多城里人都买不起，更别说小依老家的乡镇学校了。在那年月，有一台这么酷的设备，不仅有助学习，还会让所有同龄人羡慕不已。

但小依依然兴致缺缺，接过姨妈递过来的钱，勉强笑了笑。姨妈做的决定难以更改，而且她也的确该准备开学了——下学期是初三，中考在即，压力更大。那么，这个充满了电影、星空和陈约翰各种谜团的夏天，真的要结束了。

小依想了想，跟姨妈说要下楼去买冰激凌。姨妈一般不让她晚上吃甜食，但今晚出于愧疚，姨妈不但没制止，还多给了她十块钱。小依下楼后，在灯光下踟蹰了一会儿，忽一扭头，转身上了二栋。

往常这个时候陈约翰都在天台，所以小依都没有去敲他的屋门，径直走上天台，绕过水房，果然见到了陈约翰。

只是今晚陈约翰稍有不一样，他没有趴上栏杆，而是搬了把旧折叠躺椅，半躺着，似乎已经睡着了。连他那只没有插卡的手机，都放在脚边，手机盖是开的，但屏幕漆黑。

想必他已经来这里很久了，一直对着手机，发出奇怪的呼叫，后来就慢慢睡着了。

在离天台很近的天空中，夜色明朗，几缕丝絮般的云随着晚风晃晃悠悠。一轮硕大的月亮从夜空坠落下来，但又被某只透明的手提着，离头顶这么近，却掉不下来。月光浸透了整座城市，到处都是水盈盈亮晶晶的。不知是不是错觉，小依看到陈约翰的眼角，也淌出了一条发光的印记。不知道他在梦中见到了什么景象。

小依是来告知他自己要回老家的消息的，但现在，看着他歪头熟睡的消瘦身影,喊叫声便堵在了嗓子眼。

她站了好一会儿,转身想下楼。

"收到呼叫……收到呼叫……"

耳边突然传来微弱又断断续续的声音。小依疑惑地停下,转头看向陈约翰。他依然睡得很死,沉溺于能让他眼角湿润的梦境中。小依把目光移向躺椅边右侧,在椅腿边,有什么东西在闪闪发光,比满地流淌的月光还亮。

是陈约翰的手机。

这个没有插卡的、翻开盖的手机,屏幕亮起,话筒里传出人声。

由于声音太微弱,小依过去捡起手机,凑到耳边,才勉强听清这阵声音里的只言片语。

"士官长,终于收到了你的信息……我们想念你,我们也需要你……星盟在反扑,在扩张,战事吃紧,许多战士都牺牲了……士官长,请你尽快回到我们身边……"

手机里还传来了更多的话音,但太微弱,又被嗞嗞作响的电流音遮住,完全听不清。小依屏息听了几分钟,最后,手机听筒里的声音像落潮般隐去,屏幕也熄灭了。她的疑惑更加浓重:这个没有插卡的手机,怎么会突然出声;士官长是谁?星盟这个词有点耳熟,哦对,是陈约翰曾经语焉不详地提起过……这些问题变成了一群麻雀,在她脑袋里叽叽喳喳,而要解开它们,只有一个办法。

小依拍了拍陈约翰的手臂,把他叫醒。

陈约翰发出不满的哼哼,似乎不愿离开梦乡,但几秒后,他揉着眼睛,坐起身来。他把眼角的湿痕擦去,看到小依,打了个哈欠。"噢,晚上这里起风了,风一吹,忍不住就睡着了。"他以为小依是提醒自己回屋去睡,歉意地笑了笑,"放心,我没着凉。哎对了,我手机呢?"

小依把手机递过去,说:"刚刚它响了。"

"噢幸亏你——什么!"陈约翰脸上大梦初醒的困倦瞬间消失,五官绷紧,双眼更是睁圆,"他们回应我了吗!"

小依把刚才听到声音的事情说了。陈约翰激动得脸颊微微抽搐,连忙举着手机,又大声喊叫:"呼叫舰队!呼叫舰队!我是约翰·陈,我失陷于公元2004年8月25日的地球,坐标是东经116.44,北纬39.991949……请求舰队支援!"他一直在念这段话,又快又急,显然不知重复过多少遍。

然而手机再也没响起过。月亮悬于头顶,像在冷眼看着半癫半狂的陈约翰。

他的声音慢慢降下来,眼睛里也满是失落。"我该死!好不容易有一次能收到舰队的回应,我却睡着了……"他抓紧生锈的栏杆,手背上青筋一根根隆起。

看他这副自责的模样,小依也着急起来,想安慰却不知如何开口。

陈约翰喃喃自语了一会儿,又转回头,问小依:"但是你都听到了是吧?"

小依先点头,又摇头。她把能听清的部分复述给陈约翰听,他反复确认,神色一会儿凝重,一会儿沮丧,某几个瞬间,双眼还闪过坚毅的光芒。

"这到底……"小依小心翼翼地问,"是怎么回事啊?你这手机都没电话卡,怎么能接到电话呢?"

"那不是电话,是召唤。"陈约翰说。

"谁在召唤你呀?"

陈约翰仰头望天,那轮月亮沉进他的眼眸,塞得太满,几颗光点慢慢从他眼角溢出。他长久地与月亮对视,然后垂首叹息,转头对小依说:"你不是问过我,什么是士官长吗?"

"是啊,但你不告诉我。"

"这是超越你们时代的秘密,知道了对你没有好处。但星盟在扩张,人类危在旦夕,亟须支援。或许你这个夏天跟我混,并不是偶然,而是先知的安排。我现在告诉你我的秘密——我不是陈约翰,我也不是这个年代的人,我来自未来!"

小依皱着眉,吓道:"这时候了你还开玩笑。"

"我说的都是真的。"陈约翰脸上是前所未有的严肃,"我出生在2511年,在那个年代,人类早已实现了星际旅行,文明的种子像蒲公英一样在各个星球间传播。我见过你们这个年代的人绝对无法置信的事物,我目睹了战船在猎户星座的端沿起火燃烧,我看着C射线在唐怀瑟之门附近的黑暗中闪耀……所有这些时刻,终将随时间消逝,一如眼泪消失在雨中。"

"等等!"小依叫道,"这不是《银翼杀手》里的台词吗?"

陈约翰咳嗽一声,说:"噢,记错了……但也差不多,我们都经历过战火。茫茫宇宙,人类并不是唯一的文明。我在离地球很遥远的波江座出生,从我出生起,人类舰队就身陷战争。一个名叫星盟的外星势力在围剿人类,战争旷日持久,星球被战火焚烧。

所以我立志走上战场,想成为对抗星盟的军人。我运气好,也够努力,顺利地加入军队,并且报名参与了一项名为'斯巴达II项目'的人体改造计划,强化身体机能,成为地球及所有殖民地的守护者。我还遇到了爱情,在飞船里结婚,许多人都见证了这场血与火的婚礼。我有一个儿子,他叫查理德,很像我,也立志要加入军队。有这样的希望代代传承,人类就是不可战胜的。"

小依本来觉得他在逗自己,但这番漫长的叙述因太过荒诞,反而有种说服力,让她逐渐动摇,下意识问:"那你怎么来到我们这里了呢?"

"因为事实证明,人类并不是星盟的对手。我们并不缺兵源,但那种能够统帅战场的将才,十分稀少。于是,舰队想出了一个办法——打破时间裂缝,将我们的思维折叠,继而发送,投射到不同的年代,为舰队秘密选拔有着卓越军事才能的天才。我自告奋勇报了名,等我从折叠空间里再次睁眼时,就已经寄身到了这副身体里。"陈约翰敲了敲自己的胸膛,"按照计划,我要操纵这副身躯,寻找军事天才,送往未来,拯救人类。"

"那……你怎么从士官长,变成了租碟小贩?"

陈约翰看着她,"因为,我重返舰队的时空穿梭器,被你弄坏了。"

"跟我有什么关——!"小依顿了顿,"你是说那台XBOX游戏机吗?"

"它可不是简单的游戏机!"陈约翰竖起一根指头,说,"首先,它是选拔军事天才的关键。为了训练反应、策略和战场直觉,我们很早就派了一批艺术家去到上个世纪,研发了一款游戏,叫《光晕》。这款游戏风靡全球，但并不是为了挣钱，而是要挑选出玩得最好的那一批人，再从他们中选拔新的士官长。更重要的是——"他又竖起第二根指头，"它里面还内置了时空定位器，当我完成任务，可以靠它跟舰队联络。但你——对，就是你，拔掉了我的插头，把它弄坏了！"

"噢……是我……"小依不知所措。

"当时我可难过了，我以为我要流落到这个世纪，永远困在这副身躯里，见不到我的战友和家人……所以上一个冬天，我都绝望得不想活了。"

"对不起……"

陈约翰摆摆手。"不过，天不绝我！"他拔高声音，"今年春上，北京下了一场雷暴雨，可能是磁场影响了时空，舰队终于联系上我了！"

小依想起姨妈告诉过她，在那个春雷之夜，小区里很多人都以为陈约翰熬不过当晚，还推选一个壮汉去天台查探他的死活，结果发现他在天台边缘，对这雨幕大喊大叫。而那一晚过后，陈约翰的确性格大变。

"……舰队已经知道我的困境，但时空裂隙已经关闭，不能直接将我接回飞船。但他们告诉我，还有一个办法，就是今年年底《光晕2》即将发售，跟游戏一起上市的，还有一批数量极少的XBOX士官长限定机，这批机器里，是新的时空穿梭器。"

小依问："但刚刚……噢！"她突然明白过来，激动得捂住嘴，"刚刚就是舰队的人在联系你吗？"

"是的！"陈约翰重重点头，"刚刚就是舰队的消息。我买这个特殊手机，就是一直在搜索舰队的信号，但只有今晚才收到……幸好你听到了，不然我就彻底错过了。"

小依闭上眼睛。陈约翰的话里有太多信息，她小小的脑袋一时消化不了。她本能地怀疑这番话，但她越想越觉得，许多细节都在印证这番离奇经历的真实性——陈约翰最早在河上放灯船，怕是缅怀自己的战友；他对未来商业预测精准，是因为他本来就来自未来；他看到电影里出现宇宙星空时，会格外感触，是因为思乡……

几分钟后，小依睁开眼。

不知是不是巧合，此时天台之外，那些向四面八方蔓延的高楼和街道，每一扇窗户都在发光，每一根路灯都熠熠生辉。这些光点汇聚成了海洋，不，连海洋也无法盛满这样浩瀚无边的光晕。只有深邃的宇宙，只有亿万年流转不息的星云，才能孕育这种星辉。

小依感觉身体脱离引力，悬浮起来，星光托举着她，她左侧是慵懒而危险的黑洞，右侧是划过的流星。而她向上飘荡，穿过银河后看到了更加恢宏的场面——

巨量的舰队挤满了宇宙空间，战舰身侧伸出造型奇异的炮口，那些光柱向四面八方射击。不少战舰被射得千疮百孔，氧气逸出，随后在真空中燃烧。有几艘战舰甚至被整个炸开，光照四野。而在战场之外，有一条超越想象极限的巨型环绕带。战舰相比于这条发光的环带，还不如蝼蚁匍匐于巨鲸前，连星球都能在光晕内穿梭。

小依漫长的十四年人生中，从未拥有过这种视角。这一瞬间，杂乱成堆的习题试卷,她父母之间的冰冷矛盾,隔壁班那个有着挺拔眉峰的男生……都变得轻飘如鸿毛。

夜风吹过,小依宽大的衣衫猎猎鼓荡。风里分明带着午夜的凉意,她的血液却犹如灼烧,渐渐发热。她鼻头一酸,泪水盈至眼眶,她连忙用手指揉了揉,将之擦去。

"原来,你有这么伟大的经历……"小依喃喃地说,"那你这阵子租光盘,就是为了去买XBOX限定机吗?"

"是啊,《光晕2》这款游戏马上就要发售了,今年11月9号。它是舰队向我们散落在过去时代的士兵们开通的回归渠道。但因为这件事太过机密,就设置了门槛——除了得买到限定机,还要通过限定机去挑战《光晕2》里的隐藏BOSS,并且是在最高难度下。只有完成这些,才能证明我们的身份,时空裂隙才会开启。"

"恭喜你,你要回去了。"

"但……"陈约翰脸上的激动像雪崩一样垮下来,颓然坐下,叹息道,"但星盟的爪牙也伸到了这里。我听说,XBOX的《光晕2》主题限定机,已经开始预售,我得提前去美国买,不然它们就落在星盟手里了。算上这些路费,我攒的钱可能不够……但时间又来不及了。"

"要去美国吗……啊,你等我一下!"

小依说完,快步跑回家,在自己房间里摸索一番,又迅速跑回天台。

陈约翰依然在,耷拉着肩。

"别担心了,喏,这个给你。"她拿出自己的钱包,把里面的一沓钱抽出来,递给他。

陈约翰愣住了,"你这是……"

小依说:"你拿着呀!是我姨妈给我去买学习电脑的钱,加上你自己的钱,应该能买机票和游戏机。"

"但你的学习电脑怎么办呢?"

"学习哪有拯救宇宙重要?"小依用力挥手,脸上是坚毅如铁的神情,"如果人类的未来都被摧毁,那我就算考到好的高中,有什么意义!你是士官长,舰队需要你的领导,所以你得赶紧重返未来,回到战场。"

陈约翰郑重地点头,随后伸出手。两人像各自苦战的友军终于会师一样,双手紧握,还上下摇了摇。

唯一不符合这种悲壮氛围的,是他们的身高差异——小依仰着脑袋,而陈约翰得低头俯视,瘦长的脖子成了弓形,看起来像是长颈鹿从小白兔手中接过礼物。

小依把钱拿给陈约翰,自然买不了学习电脑,她左思右想,决定跟姨妈谎称钱丢了。姨妈倒没责怪她,只是问了好几遍在哪里丢的,小依说在去商场的路上,姨妈就带着她来回找了几遍。看着姨妈东张西望的背影,小依很是愧疚,但又想到这笔钱能去拯救人类舰队,便忍住了向姨妈坦白的冲动。

最后,姨妈苦觅无果,也只是叹了口气,摸摸小依的头说:"钱很难挣,丢了钱,自己也要承担后果。如果我再给你买一个学习电脑,你就会觉得丢点钱很无所谓,不会珍惜。真不是姨妈小气,你别怪我。"

小依当然不敢怪姨妈,只能拼命点头。在愧疚和不安中,这个夏天便结束了。姨妈买好火车票,让堂哥送小依回老家。那天时间很仓促,小依跟姨妈一起收拾好行李,就快到出发时间,只能匆匆上车去北京西站。

汽车驶离小区时,小依往二号楼方向望了望,默默跟陈约翰道别。

她这一走,就要回学校备战中考,估计一整年都不能分心。而陈约翰11月就能买到XBOX限定机,只要达到全成就,就能打开时间裂隙,回到故乡。而他的故乡,在时间和空间意义上都离她无比遥远。那么,很可能再无相见的机会。

"别担心,"姨妈瞄了一眼车内后视镜,看到她神情怅然,以为她是对北京依依不舍,"明年等你考完中考,姨妈再带你过来。那时候姨妈应该不忙了,每天带你玩,要是你考得不错,给你买好多礼物和衣服。"

"嗯嗯。"

"等你再大一点,考上北京的大学,就直接来住姨妈家。你那个房间,给你留着呢,不过到时候你大了,估计不喜欢粉嘟嘟的风格了……没事,再装修一次就好。"

小依心不在焉地点头。

这时,姨妈又看了眼正坐在副驾玩手机的堂哥,骂道:"别一天到晚抱着个手机,你送妹妹回去,一路上留点心。她要是有个磕磕碰碰,看我不把你头打开花。"

堂哥有点不耐烦,但还是连声保证没问题。

他们从北京西站回乡,上车时,是傍晚七点。金黄夕阳透过车窗洒在小依脸上,让她视野里的一切都变得朦胧起来。

她捏着火车票,为接下来漫长的旅途感到忐忑。堂哥坐他对面,戴着耳机,一会儿听歌,一会儿跟女朋友发短信。小依能看得出他对送自己回乡这趟差事并不乐意,因此也不敢跟他说话。

西站是始发站,很早就开始鸣笛,却迟迟未发车。那年月的火车站,管理尚未成熟,不用身份证也可以买票,亲友更能直接进入月台送行。小依靠着窗,看外面那些形形色色的离别景象。

一道熟悉的身影进入她眼帘。

"陈约翰!"她低声惊呼。

是的,那是陈约翰。他个子高,瘦长的脖子从一片黑压压的脑袋上探出来,正焦急地四下环顾。看到坐车窗边的小依后,他顿时面露喜色,伸手拨开人群,在一片抱怨和骂声中跌跌撞撞地跑过来,简直像一只大鹅,在满是水草的湖面上扑腾而来。

陈约翰没来得及刹住,头撞到车窗,五官顿时在玻璃挤成一团。

小依赶忙把窗子拉开一条缝,说:"你小心点!"又放低声音,"你怎么来了?"

"我来送你呀,"陈约翰疼得龇牙咧嘴,边揉额头边说,"你要走了都不说一声,简直无组织无纪律!"

他虽然语气严厉,小依却一点都没被吓到,反而很是开心。她说:"我回老家去,下次来估计是明年夏天了。希望到时候你已经回到舰队,带领你的士兵们战胜了星盟。"

一直在玩手机的堂哥抬起头,诧异地扫视小依和窗外佝偻着背的陈约翰。

陈约翰又凑近了些,神色郑重:"放心,我会等你回来的!即使是士官长,没有了士兵,也只是孤零零的光杆司令,根本不是星盟的对手。"

"但我回家……至少要一年。"

"一年算什么?对人类的历史来说,一年太短暂,对宇宙来说更不过一眨眼。"陈约翰一边说话,一边双眼连眨,仿佛在示意已经过去了许多年,"明年我等你,我们一起去舰队!"

说完,他从口袋里掏出一张折成长条形的海报,顺着窗子的缝隙递进来。小依展开后,看到海报正中间印着一个手握双枪的机甲战士,而它背后,是弥漫着的红黑色硝烟,以及一大片倾圮的高楼。小依当然认识,这就是士官长。她想象着,在这副重型战斗装甲的内部,却是瘦削邋遢的陈约翰在操纵,不禁有点想笑。

小依的视线往下,最后看到海报底部的字样——*HALO 2*。"这是……"她惊喜地说,"这是《光晕2》的海报吗?不是还没发售吗,怎么弄到的!"

陈约翰得意地点头,"哈哈哈是吧,很珍贵的,但是送给你了!这一年,就让士官长陪着你。"

小依鼻尖一酸,说话声都有点哽咽。好在火车鸣笛声适时地响起,车身也隆隆发颤,将她的声音遮住。陈约翰凑近了,大声问她在说什么。

小依却没再开口,只是挥挥手。

窗外的陈约翰也后退一步,两手插兜,斜着肩膀。他以这个姿势目送火车离开北京,驶向南方大地。

直到火车开出去许久,小依都在研究手中的海报,堂哥见了,忍不住问:"你跟陈约翰很熟吗?"

小依头也没抬,含糊道:"也不是很熟,在他那里租了几次影碟。"

堂哥点点头:"那就好。你还是不要跟陈约翰走得太近,他忽悠小孩子可有一手了。"

小依皱皱眉,又满不在乎地撇嘴。哼,陈约翰这么伟大的经历,普通人肯定无法理解,只会当作说胡话。再说了,自己又不是小孩,怎么会这么容易被骗。

堂哥见她不以为然,还在自顾自地钻研那幅海报,有点生气,一把将海报抢过来。

"你还我!"小依气急。

堂哥上下打量一番,鼻子喷出一口气,将海报扔回给她。"这种破烂玩意儿,就把你的魂给勾飞了?"他不屑地说,"给我还不要呢!"

"这不是破烂,是还没发售的《光晕2》的海报,你要买到,得三个月之后才行!"

"不管你在北京待多久,都改不了这种乡下人见识啊。"堂哥摇头说,伸手搓了搓那张海报的边角,指尖顿时沾上了一层黑色油墨,"看到没,这哪是买的?就是陈约翰从网上下载了一张海报图片,然后找打印店印刷出来的,你看看,这彩印上的墨还没干。"

小依凑近海报闻了闻,的确嗅到了一丝油墨味。

堂哥接着嗤笑道:"他是不是跟你说,他是星际舰队里的士官长,来地球选拔绝世天才?"

小依诧异地抬起头:"你怎么知道的?"

"因为，他也对我说过。"堂哥从鼻子里喷出一口气，"他刚回北京时，我也去找他蹭游戏玩。我玩得最好，一条命都没死就通关了，通关时，他也跟我说了什么士官长的屁话。你知道吗，我当时还信了，直到他找我要钱……嘿，提到钱我可就不迷糊了！你也要小心，别被——等等，你不会真被他骗了钱吧？"

小依闷着脸，没说话。

"放心，我不跟我妈说。"堂哥大获全胜，用手枕着头，笑道，"以后多跟我混，你才不会吃亏。"

接下来的一路，小依都没有跟堂哥说话。堂哥也乐得玩手机，只有在火车穿山过隧时，才闲得无聊，挖苦她几句。

老式绿皮车从北至南，到老家省会的火车站时，已经第二天中午。堂哥又带着小依一路转客车和摩托车，辗转了半天，深夜时才回到县城。

说来也怪，明明只过了一天，但一到家，北京的两个月暑假就变得虚幻又邈远。她忘记了北京热火朝天的挣钱氛围，对那些密集的街道和商场也记不清晰；至于陈约翰，就变得更模糊，想到他，先是会联想到银河、星环、星际战争等这些莫名其妙的词，然后脑海里会冒出两个字，将这些词碾成齑粉——

骗子！

而随着堂哥匆匆返回北京，她就彻底变回乡镇女孩。接下来，她要全力备战中考，就像她周围的所有人那样。

那么，这个夏天就此结束。

后来她收拾行李，发现几件内衣没带回家，焦急地四处寻找后，也没看到。就在失望之时，那张油印的海报从衣堆里掉下，落到她脚边。

才没过几天，士官长脸上的油墨已经洇开，原本锃光瓦亮的防护头罩也被染得很模糊。但隔着墨汁、面罩和粗粝的纸张，小依能感受到士官长的目光直射到自己脸上。

小依与士官长对视良久。最后，她将海报对折四五次，塞到一堆中考模拟试卷的最底层。

第三个夏天

中考成绩出来后，全家人都很高兴。小依的分数比任何一次模拟考都要高，尤其是被她列为严重短板的英语，竟然接近满分。她排在全校第一，市重点高中的招生办也很早就打来电话，保证她能进奥赛班，学费还可以减免一半。

姨妈得知喜讯后，激动得声音都在颤抖。那是真切的喜悦。姨妈简直把小依当作亲生女儿，还在小依身上看到了自己，那个当年从贫苦乡镇走向繁华都市的孤单身影——不，她对小依的期待更高，不是复制，必须要超越。小依以后要去比都市更大的舞台，那就是——世界。

所以，姨妈在电话里对小依承诺，为了奖励她，这个夏天要带她去美国旅游。

挂电话后，小依有点恍惚。出国吗？去地球的另一端，到达大洋彼岸的美国……这对在乡镇里长大的小依来说，简直难以置信。

而姨妈并未食言，不久后就带着堂哥回乡，部分原因是探亲，更重要的目的则是帮小依办理护照。

一年没见，姨妈还是老样子，堂哥却变得斯文和客气了许多，有时看到小依，还会故意把视线错开。

护照办得很顺利，办完后，姨妈立刻报了去美国两周游的旅行团。这家旅行社很有经验，提供资料后，七天内就能预约大使馆的签证面谈。所以他们又匆匆赶回北京，一边等着去美国大使馆，一边收拾行囊。

再次回到熟悉的小区，和熟悉的姨妈家，打开专属于她的那间房，依然是粉色的装潢。姨妈已经默认这是她的房间，一整年了，连客人都没进来过。

他们风尘仆仆，来不及做晚饭，放下行李就出门去餐馆吃饭。等吃完回来，刚爬上楼梯准备进门，所有人都愣住了。

家门口蹲着一个人。

"你回来啦！"那人站起来，比小依一家三人都要高，他又很瘦，简直像门口杵着一根竹竿，"他们说你回来了，我等了好久！"

小依愣了一秒钟，才认出这是陈约翰。一年没见，他更潦倒了，不仅面黄肌瘦，两眼充血，连身上褪色的老式衬衫，也散发着奇怪的气味。但他似乎意识不到这些，目光炯炯，咧嘴谄笑，简直像遇到了多年未见的老友那样激动。

也正是这种激动，让小依有点害怕，没有作声。姨妈更是把她拉到身后，对陈约翰大声道："你来我家干什么？我们跟你可没瓜葛！"

陈约翰被姨妈的喝声镇住，往后缩了一步，抵到了墙，但还是朝小依指了指，"她说过，再来北京的时候，一起去宇——一起打游戏啊。"

姨妈狐疑地看向小依,"真的吗?"

小依侧头,楼道昏黄的灯光像纱布一样笼罩着几步之外的陈约翰,这让他看起来格外陌生。他们上次见面,是去年夏天。而小依才十五岁,陈约翰接近四十,两人对时间的感知是不一样的:从上个夏天到现在,陈约翰或许只觉得宛如昨日,但对于小依,这一年漫长得足够将许多记忆稀释。她对那份友谊已经模糊,而记得清楚的,是陈约翰对她的欺骗。

所以,她朝面色凝重的姨妈摇摇头,"没有啊,完全不熟的。"

姨妈点头,示意她别害怕,又转头对陈约翰厉声道:"你快走!你们这种北京油子,仗着爹妈的户口,整天游手好闲,到处惹是生非!我告诉你,我可不惯着你,你再来骚扰我们,我马上报警!我看你在号子里蹲着比哪里都舒服!"

姨妈闯荡世界已久,气场强大,这番厉声喝骂,连小依在一旁听了也害怕。陈约翰首当其冲,却仿佛没听见,他缩着肩膀,有点愣神。这一刻的他,比刚才似乎矮了一大截。几秒后他回过神,对从姨妈背后探出半个脑袋的小依说:"可是,士官长需要你啊。"

"你……你还是去骗别人吧。"说完,小依就缩回姨妈身后。

姨妈又对陈约翰吼了几句,他才垂着头,慢吞吞挪开。楼道很窄,他与小依错身而过,他还想说什么,但被姨妈恶狠狠的目光逼了回去。

确认陈约翰走后,姨妈才带小依和堂哥回家。"吓到了吧?"姨妈一边收拾行李,一边说,"那个家伙比前两年更疯了,现在小区里都绕着他走,真是鬼见愁。不知道怎么瞄上你了,放心,他要是纠缠你,就跟姨妈说!"

小依"嗯"了声,犹豫了下,还是问:"但是他去年不是还挺正常的吗?"

"是啊,去年他还开店租影碟,听说挣了不少钱。那阵子,你不是还跟他混过一段时间吗?"姨妈瞪了她一眼,随即又坐下来,神色也有些疑惑,"那时候我们都以为他要重新振作,跟当年那样,不说一夜暴富,至少也慢慢发家奔小康。但到去年冬天,他突然去了一趟香港,明明一趟飞机都能飞过去,他非要坐火车到广东,再乘船去香港。而且,据说他在香港把挣来的钱全都花了,得上万了吧,就为了买一台……"

"游戏机。"小依接道。

"对,游戏机。"姨妈说完又问,"你怎么知道?"

"他就是用游戏机来骗小孩的嘛。"

"是啊,以前大家还可怜他,时不时接济一下。你说,那个游戏机在美国才卖两百美元,他花上万去买,这不是又懒又蠢吗?好多帮过他的老人,一个月都只能领几百块补助。这下可没人觉得他可怜了,都把他当瘟神。"

那是因为他买的是限定机,而且只能偷偷运回国内,价格肯定涨了许多倍。小依想,但没有说出口。

接下来几天,小依和姨妈都在配合旅行社,准备资料,进行签证培训,过得非常快。好在结果也顺利,初次面签就通过了。出发前一晚,小依激动得凌晨三点都没睡着,干脆趴到阳台,看着夜空,想象世界的另一边是不是也是同一片星辰在照耀——她立刻哑然失笑,因为意识到,美国此时是白天。她正要回屋,眼角一眨,看到隔壁楼上有一扇窗口还亮着。这是老式小区,不像办公楼,过了十二点几乎所有人都休息了,所以这扇窗在一片漆黑中格外惹眼。

小依愣住的原因是——那是陈约翰的家。

这么晚了,万家灯火俱灭,整个东半球都被浓稠的脑脊液浸泡着,人们陷入沉眠。这种时候,陈约翰却凑到电视面前,消瘦的身体在窗子上剪出形似虾类的影子。他保持着同一个姿势,似乎无须睡眠,整个世界都没有眼前的电视屏幕重要。

"神经病。"小依喃喃道,转身回屋。

美国之行很愉快。

小依对两个景点印象很深,第一个是洛杉矶的海滩。那是她第一次见到大海,泛着金光的大西洋在她视野里铺开,无边无际。而在沙滩上,穿着连体泳衣的小依在踢沙子,把一蓬蓬细沙踢进斜阳和涟漪中。姨妈在一旁,看到小依虽然穿得严实,仍难掩曲线,比同龄的女孩出落得更加高挑和饱满。

"怎么啦?"小依发现姨妈眼神复杂,担心自己做错了什么,"我没把沙子弄到身上……"

"小依,你长大了。"

小依一愣,说:"是啊,我都十五岁了。"

"时间过得太快。"姨妈叹息一声,"长大了就会有各种各样的麻烦,尤其你这样,来找你的麻烦会比其他人更多。"见小依一副不知所措的模样,姨妈又展颜一笑,抱着她说,"不过你放心,我会保护你的。"

小依有点茫然。她看着周围穿着泳衣的白人女性,有一种羡慕和畏惧,既想加入她们,又害怕承受更沉重的目光。

除了海滩,另一个让小依震撼的地方,是纽约的"9·11"旧址。

这本来不在姨妈的旅行计划里,但当时是八月初,离"9·11"四周年纪念日很近了,纽约又大雨滂沱,整个城市充斥着伤心的氛围。于是,姨妈带着小依和堂哥,去参观被撞毁的世贸大厦。

"9·11"发生时,小依虽远在中国,但对于这起震惊世界的恐袭事件,还是了解不少。她知道这不仅是整个美国的伤痛,也有不少中国人遇难。

当时"9·11"国家纪念博物馆还没建成,她站在纪念碑前,看着那些逝者的名字:Marie Kreutzer, Regina Fritsch, Richard Chen, Wolfram Berger……每个名字背后都是一个伤心的家庭。

后来小依又站在大屏幕前,看循环播放的"9·11"纪录片。姨妈在后面叫她,她刚要转身离开,突然眼角一跳——

在大屏幕上,有一张熟悉的脸。

画面是恐袭事件后,遇难者家属的采访。看时间,画面是三年前录下的。而在画面角落,陈约翰穿着黑色西装,身形笔挺,五官也比现在丰润很多,但他脸上布满哀伤,嘴唇被西装衬得更加惨白。记者走向他,他的脸在画面中被放大,眼睛里血丝清晰可见。在画面下方,写着他的儿子死于恐怖袭击。

"先生,"记者说,"请节哀。"

陈约翰缓缓转头,看着摄影机,神情有点恍惚。"你看到我的孩子了吗?"他说的是英文,声音沙哑,"我买到了他最想玩的《光晕》,请你转告他早点回家。"

记者摇摇头,小声对摄像头说:"看吧,这又是一个伤心的人。"他走远后,陈约翰便在画面里消失。

但站在巨大屏幕前的小依,如被雷电贯穿全身,毛孔逐一炸开。她对姨妈的喊声置之不理,迈着步子,又回到纪念墙前,凝视着那个之前一掠而过的名字。

Richard Chen。

陈约翰提过,他的儿子就叫查理德……

她终于明白事情的始末:是的,陈约翰跟她说的什么未来的经历,的确是假的。但他不是骗子,他只是自己都相信了自己的谎言,把死于恐袭的儿子最憧憬的游戏当成精神避难所,把自己想象成了游戏里面的角色。

只有这样,他才能保持孩子还活着的幻想。

回北京后,小依水都没有喝一口,就快步跑到陈约翰家门口,砰砰砰敲门。

过了好久陈约翰才揉着眼睛开门,看到小依,惊讶得打哈欠的嘴都没有闭上。

"都下午了,你还在睡!"小依大声说。

"我……"

"我什么我?银河系——不,整个宇宙都危在旦夕,星盟步步紧逼,你还睡得着?快,我们得赶紧通关,送你回去!"

"你……"

"你什么你!你真是没用啊,去年冬天就买了士官长限定机,怎么过了半年还没打通？"小依一副恨铁不成钢的语气，又叹口气说，"也对，即使是士官长，没有了士兵，也只是光杆司令。看来，还得需要我来帮你！"

陈约翰没再说话，而是认真地看着这个外地来的小女孩。一个月前，在小依姨妈家的楼道里，她还是那么冷漠和生疏，但现在，她从美国回来，成了完全不一样的人。那些冰冷的隔阂消失了，仿佛回到上一个夏天，她再次成了他的士兵，并督促着他早日踏上战场。这一趟美国之行到底发生了什么？陈约翰想开口问，但或许，答案是什么并不重要。重要的是，这个夏天所剩无几，每一天都弥足珍贵，都要去做伟大的事情。

"欢迎归队！"陈约翰大笑，"舰队欢迎每一个迷途的士兵！"

小依捂着鼻子走进去，扭头问："现在进展到哪里了？"

据陈约翰说，现在已到关键时刻——通关《光晕2》游戏本体并不难，但要让时空裂隙打开，就必须在联机环境下，以最高难度打通隐藏关卡。

这一关的剧情非常简明，就是玩家操控角色，闯入星盟的主舰并最终击杀星盟最强大的领袖之一——先知。从进入主舰起，每个角落都会涌出潮水般的小怪，偶尔还有可怕的精英怪。在最高难度下，玩家必须反应快，瞄准能力强，还得利用地形来躲开怪物的攻击，并合理分配背包里的弹药，什么时候该近战，什么时候必须把怪物引到一起，用炸弹进行范围伤害……更变态的是，整个关卡流程里都没有存档点。也就是说，如果在中途死掉，会回到最开始，重打一遍整个流程。而怪物的刷新和攻击模式，都是随机的，根本无法靠记忆来背板。

"太难了吧……"小依只是看陈约翰玩了几次,头就开始剧痛,"这是人设计的吗?摆明了不让玩家通关啊!"

陈约翰放下手柄,揉了揉满是血丝的眼睛,说:"这本来就不是为了玩家设计的,而是专门给我们这些士官长的考验。只有完成了挑战,才能证明士官长的身份,时空裂隙才可以打开。"

小依听他说得如此郑重其事,又想起他在"9·11"事件采访视频里的模样,欲言又止,最后叹息一声,说:"好吧,我来帮你。"

小依说到做到。在陈约翰玩累了休息的时候,她就拿起手柄,训练快速瞄准。玩过游戏的人都知道,用手柄玩射击游戏,难度远高于用鼠标操控,但小依一尝试,却发现自己格外得心应手。

"哟,还会用手柄微操?"陈约翰惊喜地看着她轻轻拨动摇杆,画面上的准星就迅速在不同怪物的头上跳跃,毫无迟滞,"这就是天赋!太好了,我们可以配合!"

于是,在小依熟悉操作之后,两人就开始合作——陈约翰指挥,观察局势后迅速制定战略,而小依操作角色,完成击杀。

之前陈约翰尝试了几个月,连关卡的一半都没打到,而小依加入后,只用几天就超过了他的进度。有一次还打到舰桥位置,只要再进一步,就能见到先知。但由于涌过来的怪物太多,小依拇指有汗,摇杆侧滑了一下——这个失误让角色在掩体后停顿了不到半秒,精英怪闪现而来,一刀斩杀,画面变暗。

"啊太可惜了!"陈约翰叫道,"只要攻进去,就能打BOSS战了!"

小依擦擦手上的汗渍,说:"没事,再试一遍。"于是又从头打起。

整个八月份,小依都耗在这里,跟陈约翰一起闯关。游戏的确有这样的魅力,让人拿起手柄就忘却时间。她只记得盛夏的阳光在窗外移动,照进来的树影从地板移到天花板,一天就结束了。

小依已经不记得尝试过多少次。她对星盟主舰的内部构造比自己家还熟悉,对每个怪物的出招模式了如指掌,但哪怕一个细微失误,游戏就宣告结束,必须全部重来。

这样低的容错率,让她倍感挫折,但每次想放弃时,她扭头看到陈约翰的侧脸,以及他灼热的眼神,便会想起在美国世贸大厦旧址的见闻。那些灰心的念头,就会被她压回脑海。

反正暑假也没几天了。小依想,如果开学前还没通关,自己也算仁至义尽。

如此一想,她心态变得轻松,操作反而更流畅。就在八月底的一个下午,她和陈约翰配合,终于打进了星盟主舰的舰桥,见到了名为先知的最终BOSS。

与杂兵和精英怪相比,先知拥有更多进攻手段和更灵活的走位,血条打到一半时,还涌出许多小怪,令战局更混乱。

这是他们第一次进到BOSS战,陈约翰紧张到大气都不敢喘,死死盯着屏幕,嘴里不断念叨着该怎么躲闪和引敌;小依按照他的策略,先清小怪,再引精英怪进陷阱,收集战场资源,最后集中火力对付先知。

这场战斗持续了近半小时,好几次小依都差点儿被先知击中,但在陈约翰的指挥和她的精准操纵下,都惊险地躲过。随着先知的血条变短,通关的希望越来越大。

终于,当仅剩一丝血的先知被电浆炮击中后,陷入了僵直。

血量也见底的小依,则捡起地上的火箭炮,推动摇杆,在高速旋转的画面中,扣下了手柄右侧的扳机键。

这最后、最关键的一炮,却是无声的。光柱射向屏幕右边,没入先知的身体。画面静止了几秒。不知是不是错觉,在静止画面中,先知那原本狰狞的脸上竟然绽开了笑容。

"恭喜你,"它缓缓说道,"士官长,你打败了我。与你战斗,是我的光荣。"

"亦是我的荣幸。"屏幕外的陈约翰也喃喃道。

随后,先知的图像瓦解,散成星星点点。电视变暗,但跟其他游戏通关后会出现过场动画不一样,此时的画面,就是单纯的黑暗,连制作人员名单的报幕都没有。

小依有点困惑,问:"我们到底……通没通关啊?"

陈约翰的呼吸急促起来,"按照那天夜里,士兵们给我的提示,通关了呀。这就是隐藏BOSS,打败它,证明我有士官长的实力,时空之门就会打开。"他又凑近了些,几乎快贴着暗下来的电视屏幕了,语气变得坚定,"马上我就可以回去了。"

小依说:"恭喜你呀,你完成心愿了。"

"是啊,也谢谢你。我是在你的协助下通关的,没有你,估计还要很久。"陈约翰郑重道,"你的天赋很高!"

"是你领导有方。"

两人这么客气了一番,电视画面里依然一片漆黑。会不会是游戏盘卡住了?小依想,但没有说出来。她之所以帮陈约翰打游戏,是因为知晓了他是"9·11"事件的受害者,才可怜他,想帮他完成臆想中的心愿。但现在陈约翰这么郑重,加上通关画面的确不寻常,让她也终于有了一丝紧张——会不会……他真的来自未来,是遥远星际舰队的失落之人?下一秒钟,时空裂隙就会打开,将他送回星空战场,再度披甲,成为威风凛凛的士官长?

小依压低呼吸,也向电视凑近。屏幕上映出陈约翰和她一大一小的两张脸。

窗外,八月底的风渐起,蝉鸣声阵阵。午后阳光带来的炎热依旧烘烤着这座城市,但此时,小依却觉得皮肤上掠过一丝凉意,外面的光线也渐渐暗了下来。

要来了吗?她的心跳变快了许多。

电视喇叭里传出嗡嗡声,桌子都开始震颤。同时,一团蓝色的光点从屏幕四角涌现,且向中间汇合,组成旋转的星云。在两人的目光中,星云一分为二,落在屏幕左右边,而屏幕正中间,窜出一条蓝色光带,歪歪扭扭,像雨夜划过天际的枝状闪电。

这一瞬间,小依都怀疑这到底是屏幕显示的动画,还是电视机真的被劈开了。她转头去看陈约翰,发现他脸上露出了笑容,是那种迷途之人久经跋涉、失去一切,最终遥望家门时的表情,掺杂着喜悦与疲惫。

"他们真的来接你了吗?"小依被这一幕惊呆。

"是的!这就是时空裂隙,舰队正在为我打开回家的路。"陈约翰转头对小依说,"你要一起去吗?你的作战技巧很厉害,舰队也需要你。"

"我……我不知道,我还要参加高——"

话音未落,电视画面突然黯淡,星云消失了,时空裂隙也消失了。漆黑的屏幕上,只有陈约翰惊诧的脸。

后来几天，小依每每想起上面一幕，都会为自己的幼稚而无地自容。

她明明知道陈约翰说的什么士官长啊，星盟啊，都是因亲人去世，太过悲伤，而混淆了现实与幻想。然而，当她看到电视屏幕的裂缝特效时，再配合上陈约翰的表情与语气，那一刻她又鬼使神差，对这个荒诞的故事信以为真。

好在最后时刻，屏幕黯淡，时空裂隙没有打开，未来士兵没有出现。世界一切如常。小依才清醒过来，暗骂自己：小依啊小依，你怎么跟初中二年级的小屁孩一样，这么容易动摇？你明明都快高一了呀！

当然，这对她而言，只是一次尴尬的一时糊涂；但对陈约翰，简直如遭重击。

那天下午，陈约翰跟疯了一样抱着电视摇晃，看是哪里出了问题。要不是小依拉住他，恐怕电视机都得报废。后来他精疲力竭，瘫坐在地，嘴里来来去去都是那几句话："不可能的……没道理啊……怎么会这样……"

看他这失魂落魄的模样，小依也不忍拆穿，只是道："或许还有什么隐藏BOSS没有打，我们再研究研究。"

"不会的，那天雷雨夜，他们就是这么告诉我的。用《光晕2》的限定机，打通内置隐藏关卡的最高难度，时空裂隙就会开启，我就能回到未来，跟我的士兵和家人团聚。"陈约翰反复念叨这个流程，"我明明都做到了啊！"

小依又劝了几句，但陈约翰失魂落魄，根本听不进一个字。

她想起了姨妈说过，前年夏天陈约翰的旧游戏机坏了之后，他就萎靡不振，整个冬天缩在天台上。要不是在那可怕的电闪雷鸣之夜，他产生臆想，自己给自己编造了打通《光晕2》的故事，并信以为真，恐怕都活不到现在。她虽然年纪小，但明白人要活下去，是需要希望的——哪怕是虚假的希望。

但现在，熄灭的电视屏幕戳穿了他的臆想，他受到的打击，比上一次更严重。他的身体里，有什么东西正在死去。

那是他们最后一次玩游戏。那天之后，他就把自己关在家里，小依去找他，隔着门都能闻到浓重的酒味。

靠酒精麻醉自己，是很不好的信号。但小依也阻止不了，每次跟陈约翰说话，他都醉醺醺的，什么都听不进去。到后来，她也就不往陈约翰家跑了，一方面是不想看到他颓废的样子，另一方面，是姨妈警告了她。

"你也不小了，"姨妈说，"不要老去别人家，邻居会有闲话的。"

"哦……"小依点头说。

直到暑假将尽，在回老家的前一天下午——小依记得那天是8月26号，她才最后一次去陈约翰家，跟他道别。

当时陈约翰半躺在沙发上，眼睛眯着，似睡未睡。他家里一片狼藉，柜子上还摆着酒瓶。

"我是来跟你道别的。我明天就要走了，你得振作起来，好好生活。"

"生活……回不去舰队，我就没有生活。"陈约翰没起身，喃喃道。

"那你至少要继续打游戏呀。你看看,上次打完之后,你就根本没碰过手柄了。手柄都没电了吧?要记得插上充电线。"

陈约翰挥了挥手,"游戏是骗人的,我被他们骗了……"

小依犹豫了下,突然大声说:"你自己才是骗子!你还想骗自己多久!你根本不是士官长!我知道'9·11'对你的影响很大,但逝者已矣,你再怎么臆想,你儿子理查德也活不过来了。向前看吧,别再骗自己了!"

"你……"陈约翰抬起头,诧异地看着她。

"我在世贸大厦的纪念碑上,看到他的名字了。我帮你通关,就是想让你打破幻想,看清现实啊!"

陈约翰嘴唇颤抖,想说什么。小依等了半天,却只看到他又伸手去抓地上的二锅头。

"酒就这么好喝吗?"她气不打一处来,从陈约翰手中抢过酒瓶。

陈约翰满地摸索,拿起另一瓶,拧开盖喝了一口。

"你不愿意醒来,我也没办法。既然酒那么好喝,我陪你喝一点吧,以后我就不管你啦。"她气呼呼地说,凑近瓶口,熏人的酒气顿时直冲鼻腔。她捏住鼻子,抿了一口。这是她第一次喝酒,只觉得又灼烧又苦涩,得拼命才能咽下去。

"你别喝,"陈约翰终于开口,"你还没成年,不能喝酒。"

"那你成年了,也没好到哪里去!"小依说,又赌气地仰头,咕咚咚灌进嘴里。她这一口喝急了,连连咳嗽,呛出不少酒液,但还是有小半口烈酒顺着咽喉流进肚子。除了胃部灼烧,她还感觉到一丝眩晕。

陈约翰把她的酒瓶又夺回去，拧好盖，放在脚边。"别浪费我的酒，"他说，"我都没钱再买了。"

"那不是更好？"

"你不懂……最好也不要有懂的那一天。"

也是，毕竟自己没有经历过他的苦难。小依的怒气变成无奈，说："好吧，总之……还是很高兴认识你，谢谢你带我打游戏。"她想起身离开，但脑袋更晕了，险些摔倒。

"你休息休息再回去吧，你姨妈闻到酒味了，肯定得骂你。"陈约翰瞥了她一眼，"现在知道喝酒的难受了吧？以后也不要喝。"

小依的头越来越沉，于是斜倚着沙发，一边揉太阳穴一边闭上眼。

世界顿时黑下来，像舞台在散场，像电影结局后的落幕。

这是夏天的最后时光，她想，以后回忆起这三个奇妙的暑假，一定会记得与陈约翰的这段友谊吧。这让她感到安宁，随后放心地睡过去。但她还不知道，这一闭眼，一昏睡，许多人的命运就因此改变。

不知过了多久，小依迷糊地想睁眼，眼皮却像被粘住似的，一下竟没睁开。随着午后的光线透过眼皮，渗入身体，她的知觉才像蛇在冬眠过后那样逐渐恢复。但身体跟灌注了铁水似的，格外沉，尤其是脑袋。她艰难抬头，睁开眼后的视野很昏暗，但还是能看到四周地上散落的啤酒瓶，和一些凌乱的电线，不远处是布满噪点的电视机……

耳边很吵,鼻尖闻到了浓重的烧焦味……她有点难受,呕了一下却没吐出任何东西。

知觉继续恢复,视野更清晰,看到的东西也更多。记忆也逐一清晰:这是陈约翰的家,她喝了酒。原来喝酒之后是这样的感觉,看什么都是模糊的,还有凉飕飕的感觉在皮肤上掠过。

周围的人声更响了,简直像有人在她耳边尖叫。

不,就是有人在尖叫!而且声音很耳熟。

小依悚然一惊,意识迅速回到身体。她坐起身,先是看到了姨妈的脸,那张脸上满是焦急和愤怒;又转头,发现陈约翰坐在电视机右边,正揉着后脑勺,满面通红,看起来很迷茫,嘴里还不停地念叨着什么。

而屋子里并不是只有姨妈和陈约翰。在尖叫和怒骂声中,还有纷乱的脚步声,许多人正在拥进来,他们带来了更多、更复杂的声音。

"唉呀呀,作孽啊!"

"该不是误会吧,这种事,是个人都做不出来啊。"

"您可别当滥好人嘿!证据确凿,亲眼所见,这还能误会到哪儿去?"

"那可不!不是我马后放炮事后诸葛,这陈约翰啊,天天跟小姑娘混在一起,我就说没什么好心眼!你们看看,这不就……"

"你看你看,他这个迷糊的表情,嘿,还想装傻充愣呢!"

小依很是困惑,不明白这些街坊在说什么。

"怎么了……"她的声音听起来含混不清,连自己都很惊讶,"姨妈,我的头好疼……"

姨妈抱住她。她感受到了姨妈的颤抖，她也被这阵颤抖传染，一种本能的恐惧在她身体里升起。周围人更多了，几乎把这间屋子挤得水泄不通，她看到堂哥也挤了进来，正一脸错愕地看着人群中心的陈约翰。

堂哥的五官都在因愤怒而扭曲。

这时，屋门又被推开，人群一边爆发出更洪亮的喧哗，一边为进来的三个人让开通道。那三人的表情都很威严，且穿着同一种衣服，小依认出那是警察的制服。

不对劲，肯定发生了什么……小依终于恢复了全部知觉，试着挣了下，但没有挣开姨妈的怀抱；她正要用力，才发现自己身上还有更不对劲的地方——那股凉飕飕的感觉，来自自己的双腿之间。

她惊骇地捂住裙子，夹紧腿，整张脸刷一下变得惨白。但这个动作无法掩饰那个可怕的事实。周围无数张脸在掠过，无数声音灌进她耳朵，显然，他们也都知道了，这才是他们挤在这里的原因。这个事实就是，小依现在近乎半裸。

有人在她昏睡时，脱掉了她的内裤，衬衫的纽扣被全部解开，吊带只剩下右肩那根细细的绳。

小依羞惧难当，放声大哭。

人群被这阵哭声彻底点燃，有人大声斥责，有人唉声叹气，还有人嘻嘻笑闹。而在一片混乱中，姨妈上前从陈约翰手中抢过来一个粉色的东西，交给堂哥，又转头对陈约翰大声斥责："这就是证据！我们要保管好！"

几个警察也大步上前，一左一右将陈约翰架着往外拖。他嘴里发出奇怪的呜咽，挣扎了一下，但完全不是警察们的对手。就在陈约翰被拖出门的前一秒，小依看到了从他手中被夺过的、堂哥正在保管的粉色布料——那是她的内裤。

后来发生了许多事，但都太快，像八倍速播放的DVD，以至于很多年后小依回想起来都觉得并不真切。但这些年父母经常露出的欲言又止的表情，镇里人的闲言碎语，还有时不时从北京法院打来的电话，都在提醒她：那些事都发生过，而且影响了许多人。

首先自然是陈约翰。

他被朝阳区人民法院判以猥亵妇女罪，判处十年监禁。在当时其他的猥亵罪判罚结果中，十年刑期是较重的。这么判，一来是碰上严打，被某个高官在卷宗上画了个圈，并嘱咐"这案子要好好判，给人民群众一个交代"；二来，小依当时是十五岁，属未成年；三来，陈约翰刚脱下小依的内裤，就被姨妈发现，叫来了许多邻居。这个情况，在法庭上被律师强调为"当众猥亵"。当然，更重要的是，在物证人证齐全的情况下，陈约翰一直拒不认罪，还胡言乱语，装疯卖傻。这激怒了法庭上的所有人。因此，即使他的猥亵行为被及时制止，没有真正侵犯到小依，但犯罪意图明显，性质恶劣，且拒不悔改。综合之下，做出如此判决，强制执行。

当然，这整个过程，小依都是事后被告知的。作为受害者，她本应上庭指控，但姨妈为了保护她，以未成年和开学在即这两个名义，为她申请了庭外资格。

只有最开始几天她在警局记笔录，之后就回老家，所有后续情况都是姨妈告诉父母,再由父母斟酌之后,择情转告给她。那一场激烈的、引得众多报纸报道的庭审,似乎离她无比遥远。

其实在录口供时,她就浑浑噩噩,警察们小心翼翼地询问当时被侵犯的情形。但她又惊又怕,对那些问题都回答不上来。她能记得的,是喝酒之前的情形,以及醒过来后的混乱场面。

这也正常,许多被迷奸或迷奸未遂的受害者,都无法描述受害过程。甚至连描述本身,都会成为二次伤害。所以警察们并没有为难她,循照类似案例的经验,走访街坊、询问证人、复原现场。一套流程走下来,事实就还原得差不多了。

独居的怪异中年男人,用谎言和游戏机,蓄意靠近正在发育的乡下女孩。加上喝了酒,酒壮恶胆,于是脱掉小侬的衣裙,好在察觉到不对劲的姨妈及时闯进来……

得知这些时,小侬只是茫然地点点头。

她当然愤怒,毕竟她把跟陈约翰的关系视为友谊,没想到成了被侵犯的目标。这么说来,陈约翰说的一切都值得怀疑,他不是来自未来,不是士官长,甚至不是"9·11"事件的幸存者——那个纪念碑上的名字,说不定都是巧合。他只是一个处心积虑的猥亵犯。记忆里的三个夏天,都因此失色,一回忆起来就觉得后怕和恶心。

但是……她知道这么想是不对的,但侵害毕竟没有实质性发生,所有的经过都是被转告得知,她一直有种身为旁观者的错觉。

而这件事对她的真正影响,是持续的,是潜移默化的,是改变了一切的。这一点,多年以后她才意识到。

不知是父亲酒后的一句抱怨,还是母亲在难过时的呜咽,总之纸没有包住火,小依的事情很快被镇上的人得知。就像风从灶口吹到烟囱,被完全改变了颜色。人们说,小依在暑假时被一个中年男人强奸;人们又说,是小依主动接近那个男人,给了他可乘之机;人们还说,那个男人是北京人,很富有,与其说强奸,倒更像是勾引或包养……人们在这种事情上的想象力,总是无比旺盛。

一年又一年,父母亲变得越来越沉默,鲜少在外人面前提起小依,仿佛某种禁忌。

不只小镇,谣言也逐渐蔓延到学校。整个高中三年,她都是在同学们的异样目光中度过的,她也不傻,隐约知道原因,但从来没人挑明,她也无从去解释。

直到一次模拟考,她考进了全校前十,领完奖状往回走,在教室过道里听到两个男生在窃窃私语。

"她能考这么好?我不相信……"

"可能又勾引了谁吧。"

小依深吸口气,继续往前走,但两步之后,这口气都没咽进喉咙里。她转身,把奖状拍在那个男生的桌上,"啪"的一声大响不仅让男生错愕,全班的目光也齐刷刷汇聚过来。

在一片起哄声中,她揪住那个男生的衣领,问:"你刚刚说什么?"

"说的就是你,你他妈想……"错愕过后,男生立刻怒不可遏,满脸的痘痘都因愤怒而涨红,像熟透了要从脸上掉下来似的。

但他的脏话并没有说完,因为小依直接抓起桌上开了盖的墨水,泼到了他脸上。

碳素黑的墨水不仅浇灭了男生的愤怒,也让全班变得鸦雀无声。上了年纪的班主任取下眼镜,擦了擦后又戴上,才确认发生了什么。他咳嗽一声,向小依他们走过来。

那男生反应过来,知道要是什么都不做,以后在班上就混不下去了。他骂骂咧咧地站起来,扇了小依一巴掌,小依忍住口腔里的血腥味,拿起文具盒里的铅笔,要戳男生的脸。

"喂你别——"他终于胆怯了,直往后缩,把后桌女生堆着的课本都掀翻了。

小依的笔最终也没戳到他,因为班主任及时赶到,抓住了小依的手臂。

"胡闹!"班主任说。

男生找到了撑腰的,立刻大声说:"是她先动手的!"

小依任班主任把笔夺下,但仍目光凛然,凶狠地盯着那个男生。她挨了一巴掌,喉头腥咸,但她知道,从此以后再也没人敢当着她的面嚼舌根了。

而看在她学习好的份上,这件事最终没有上报给学校。班主任只是把小依的父母叫过来,让他们好好管教。出了办公室后,小依终于忍不住委屈,哭出声。

妈妈抱住她,叹着气说:"你真跟你姨妈一模一样,比男娃子还凶。这以后可怎么办呀?"

像姨妈一样,是坏事吗?她心里想。

答案显而易见。姨妈是镇上人的骄傲,对她的引导更胜过母亲。因此,她虽然写了检讨,却并不认错。在此后的高中生涯里,她并没有交到朋友，但也无人敢惹。她靠近全校前列的次数越来越多，到高考时，以全校第一的好成绩被北大录取。

在当地，学子高考完，都要办升学宴。一来是庆祝金榜题名，将喜讯广为告知；二来也是为了收收礼金，筹措学费。小依的其他同学，连考上三本或专科的都办了升学宴，她这样好的成绩，家里却迟迟没动静。

"妈，我们什么时候办升学宴啊？"她没忍住，问母亲。

母亲犹豫一下，缓缓摇头说："我们家……不办。"

"为什么啊？"小依睁大眼睛，满是不解。但妈妈一如既往地用沉默做出了回答。小依也明白过来，那一双大眼睛里顿时盈满泪水。她知道，妈妈并不是不爱她，只是妈妈是一个连月经都耻于讨论的人，所有关于性——哪怕是性侵——的事情，母亲都会回避。

于是，小依哭着给久未联系的姨妈打了电话。她诉说了所有事情。这通电话打了半个多小时，姨妈一直在听她说。直到小依说完，沉默了半分钟之后，才听到姨妈说："别担心，你的学费姨妈出了。但是现在有点忙，先挂了哈。"嘟嘟嘟的忙音在小依耳边响了很久，她才失望地放下手机，继续哭。

那天，她哭得很伤心，一直停不下来。姨妈是她最后的依靠，但自从陈约翰被判刑后，姨妈就一下子疏远了她，再也没有叫她去过北京，也很少主动打电话回来。或许是因为自责吧，毕竟如果姨妈不叫她去北京过暑假，她就不会受到侵犯。但……

但是为什么突然之间，所有人都讳莫如深，所有人都疏远她？施害者被判十年刑期，受害者却是无期徒刑。

难道被伤害,她想问所有人,也是我的错吗?

夏天以外的季节

后来,小依就长大了。

长大虽然是一件无可奈何的事情,但好处还是有很多,可以去新的环境,所有往事都被埋在身后。尤其是在北大那几年,小依交到了真正的朋友,也谈过两次恋爱——可惜时间都不长。她的两任男友对她有着共同的评价:"虽然看起来笑得很开心,白齿灿烂,但总觉得隔了一层,眼睛怎么都捂不热。"小依对这个评价不置可否。她当然爱过他们,但爱情是生活中的唯一吗?在她的排序里,爱情甚至排不到前三。

除开爱情的波折,其余都很顺利。在牛人云集的北大校园里,小依也足够突出,整个四年拿了大大小小十几个奖,大三末,系里的出国培养名单里赫然有她的名字。

彼时已经是2011年,留学镀金早就不新鲜了,但她所学的互联网金融专业,在国内才刚兴起,要学精的话还是得去西方。所以出国名额对她很珍贵,唯一的问题是,她没有申请上全额奖学金,而在美国的花费显然是她家里承担不了的。

好在这个时候,姨妈的电话打来了:"别担心,姨妈给你出,你就放心去就好了。"

姨妈总是这样,在她最需要的时候出现,解决她最大的难题。但除此之外,姨妈就在她的生活里消失了。姨妈家明明就在北京,而整个大学期间,她们从未见过面。

姨妈曾说她读大学可以不住学校，就住家里，那个粉色的房间会一直为她保留。但2005年的夏天过后，这个被提了很多次的承诺就突然静默。据说姨妈很快升职加薪，卖掉原来的房子，换了新住处，但从未邀请过小依去家里。小依倒是提过几次，但每次都不凑巧，姨妈不是在加班就是要出差，家里无人招待。

到底是因为忙，还是心结未消呢？小依很想跟姨妈说，当年的事情并不怪她，是自己不小心，不必一直这么内疚。但姨妈没有给她摊开说的机会，渐渐地，小依也就没有主动联系过她。

凭借姨妈的资助，小依留学的三年都还算轻松，不必像其他同学那样去兼职，而是把时间都花在了学习上。她依然优秀。她的毕业课题是关于"会员制"在互联网时代的前景，她做了许多调研和实习，其结果不仅得到了教授们的一致认可，还被Netflix和微软等几家大公司看上，抛来了橄榄枝。

小依没有经过太多犹豫，就选择了微软公司的运营岗。那是2015年年底，雷德蒙德的冬天大雪纷飞，小依站在路灯下，打电话告诉了父母这个消息。

"你是说，就留在美国了吗？"跨洋电话里，父母都凑在手机前，妈妈保持沉默，爸爸小心翼翼地问。

小依裹紧衣领，斜靠着灯柱，说："应该是吧，这个offer——这个工作机会很难得。"她顿了顿，语气稍软，"但偶尔还是会回国看看的。"

父母知道她的眼界已经远超小镇，无法给出意见，只是叮嘱她照顾好自己。打这以后，小依就成为镇上的另一个骄傲，比去首都定居的姨妈更传奇，更令人羡慕。当然，在一些人的嘴里，提起小依的厉害时，总不忘再加一句"那又怎么样，还不是被人强奸过？"随后，所有人都会嗤嗤发笑。

小依远在海外，都能猜到这副场景，所以很长一段时间，即使有年假，她都没有选择回国。她通常会去更远的地方，有海洋，有沙漠，还有一次她跟团去智利徒步，在奇洛埃岛上看到壮观的、近在咫尺的流星雨。同行的一个大胡子法国人举着相机，连声惊叹："不可思议！不可思议！"

他叫伯纳德，是来自圣康丁城的建筑设计师，后来成了小依的丈夫。他被小依吸引，从法国小城来到西雅图一家事务所工作，每个周末他们会见一面，看电影、远游，或者在家宅着。恋情到了第三年，也就是2018年冬天的时候，他们在好友和同事的见证下，举行了婚礼。

他们本来计划，要在次年夏天回国再办一场。伯纳德对她的故乡很感兴趣，早早就订好了机票。但新年刚过，她突然有一场工作调动，被指派到微软的游戏部门，协助一款新游戏的宣发。这项任务十分紧迫，她只得将回国结婚的计划推迟到冬季。

微软游戏部门的总部也在雷德蒙德，小依免去了搬家的麻烦，只是换了层办公室，组员也都是新人。他们第一天开会过后，才知道这款要全力宣发的游戏是什么。

《光环：无限》。

看到这几个字时，小依心尖一跳。她在微软工作，自然是知道XBOX的名声，微软就是凭借XBOX主机，成为能与索尼和任天堂抗衡的三大游戏平台之一。而XBOX上面的当家游戏，就是大名鼎鼎的《光环》系列。

只是,她总记得,很久以前这款游戏在国内还叫《光晕》;而封面上那个高大、身披重甲的未来战士,也总会勾起她的痛苦回忆。在这份回忆里,有欺骗,有伤害,也有一直隐隐作痛的漫长成长。很多时候,她会刻意回避这款游戏。

但作为职场人,个人喜好必须被摒弃。而且,《光环: 无限》是整个《光环》系列的最新作,承载了无数粉丝的希望,也是整个微软游戏部门的重头戏。微软拨给制作方343工作室的预算,达到了惊人的五亿美元。

五亿美元啊……小依看到这个数字时,暗自惊讶。这个预算,如果丢给好莱坞,能制作两部《复仇者联盟》这种顶级大片,可见微软的重视程度。

当然了,电子游戏也比电影有着更长的销售期,运营得当的话,会成为公司新的摇钱树。因此,除了开发,营销也很重要。

小依一头扎进工作中,迅速融入团队,花了大量时间整理游戏资料,做市场调研,还跟游戏制作方频繁碰头,了解开发进度。她甚至还提前玩到了《光环: 无限》的内部试玩版。

试玩之前,要签保密协议,且只能在343工作室指定的会议室里,无法携带任何电子产品。还有三个游戏策划全程在场,面无表情地盯着小依。

小依也明白,虽然同属于微软,但游戏开发人员跟运营人员,就像程序员和产品经理一样,完全是两类人。这三个游戏策划虽然负责接待小依,但全程冷漠,把手柄塞到小依手里后,其中一个戴厚眼镜的胖子还露出了讥诮的笑容。

等着看我操作失误的笑话是吧? 小依心里门清。这群宅男们，总是以为游戏——尤其是FPS游戏，是男人的专属玩具。而她做过调研，广大的女玩家群体也是游戏市场的重要支撑。

但她没有辩解，抿一口咖啡，便按下XBOX精英手柄的A键，进入游戏。在难度选项上，她毫不犹豫地选择了"传奇"。

三个游戏策划各自对视一眼，几秒后，那个胖一点的策划开口道："依小姐，我不得不提醒你——第一次游玩的情况下，选择'简单'或'普通'难度，会有更好的体验。"

小依假装没听到，在后续设定里，甚至都没有打开瞄准辅助功能——用手柄玩射击游戏的人都知道，纯靠手柄上两个摇杆来进行瞄准有多困难，所以几乎所有FPS游戏都内置了辅助瞄准，让玩家可以轻松击中敌人。

策划们又提醒了一次，见小依没理会，他们也就都安静了，满脸嘲讽地等着小依闹笑话。

但过了开场动画，士官长遇到敌人，小依开的第一枪就让他们的嘲笑在脸上消失了。

第一枪是爆头，还可以用运气来解释，但紧接着屏幕中心的准星都像是粘在怪物头上，连续三枪爆头，完成了初次击杀。

三个策划都微微张开嘴。

小依却没有丝毫得意之色，事实上，从进入过场动画开始，她就完全沉浸在游戏中。

其实，《光环：无限》虽还未发售，在玩家群体中已颇受质疑。主要原因是，343工作室并非《光环》系列的缔造者，最早是Bungie（中国玩家戏称为"棒鸡"）塑造了士官长这一伟大角色，并为微软带来了巨大声望与利润。只是后来商场诡谲，棒鸡脱离了微软，成为独立开发商，去制作另一款闻名天下的游戏——《命运》系列。而版权留在微软的《光环》，就由匆匆成立的343工作室接手，即使有着令业界艳羡的开发资源——是的，很多玩家戏称:《光环：无限》中的"无限"，是指游戏的制作预算——忠诚于棒鸡的玩家们仍不买账。

现在小依玩到的试玩版，其实也有很多别扭之处；再加上还是半成品，画面精度不够，人物移动时还经常遇到场景加载跟不上的问题，一推摇杆，画面就一阵乱闪。整个游玩体验，实在称不上愉快。每次出现bug时，三个策划都面色羞惭，左顾右盼。

但那又怎样？现在她手里操控的，可是士官长啊。

最新、最强大的士官长，能用抓钩高速移动的士官长，与鬼面族战斗的士官长，袒露出柔情的士官长……不知觉间，这间昏暗的会议室已经离开雷德蒙德，离开地球，成为茫茫太空中一艘战斗飞船里的船舱。只要拉开窗帘，看到的就不再是微软总部的钢筋水泥，而是璀璨星空。

小依也不再是戴着工牌才能在钢筋水泥中存活的互联网女工。一切生活烦扰都已远去，被埋葬的回忆蒙上心头，她再度成了那个十五岁的少女，在遥远北京一家透风的客厅里，坐在地板上，全神贯注地盯着老式电视机。她什么都不用管，她只需要打败屏幕里那些敌人，将游戏通关。

几个策划惊讶地发现，不知何时小依已经热泪盈眶，手柄上甚至都落了一滴。他们错愕地提醒小依，她却浑然不觉。

本来只预定了两小时的试玩，一直持续到深夜。在最高难度下，小依过关斩将，一路打到进入命令尖塔的进度。这里已经是游戏的中后期了,因为是未完成版,到这里程序崩溃了几次,小依只能到此为止。

她放下手柄时,三个策划看她的眼神已经完全不一样。

这件事在343工作室广为流传,成为佳话。

打这之后,小依每次去343开会,都会被一大批人围观。工作室的高层也专门排出档期,来跟她对接。他们对小依的游戏技术,以及她流露出的对士官长的特殊感情,都非常好奇。小依只得告诉他们,小时候跟人一起玩过,还打通过《光环2》联机版的隐藏关卡,而且是在最高难度下。

她说这话时,是在微软食堂里颇受欢迎的名厨餐厅,正跟343工作室的四个总监用餐。十七美元的三道式午餐被她被用刀叉划来划去,让不远处的厨师频频侧目,好几次试图来阻止她这么对待美食——要搁外面,这份午餐至少值上百美元。但小依回忆起往事,心头百感交集,的确无心品尝。

她对面的总监们也皱起眉头,互相看看,其中一个创意总监说道:"依小姐,你确定你没有记错吗?《光环2》虽然不是我们研发,但我一直是士官长的忠实粉丝,所以可以肯定——《光环2》的联机版并没有这个隐藏关卡。"

小依摇头,"我并没有记错。我甚至记得那些关卡的细节。"然后她把隐藏关卡的整个流程复述了一遍。

几个领导出于礼貌,耐着性子听,但很快,他们的笑容就变成了凝重。

"等下,"创意总监咳了一声,说,"你介意我记下来吗?"

小依点点头,示意无妨。

创意总监掏出金色钢笔，又扯了张餐巾纸，一边听小依说流程，一边在纸上记下关键信息。听到后来，那张餐巾纸上已经写得密密麻麻。

小依将记忆里的游玩过程和盘托出，包括了最终的BOSS——先知，以及打法。"……把它打败后，它会告诉玩家，与你战斗是我的荣幸。"最后，她犹豫了下，声音变低，"还有人说，打败它之后，就会跳出一个彩蛋。"

"什么彩蛋？"对面四个总监听得入神，见她突然停止，异口同声地问。

"说是可以打开时空之门，将玩家送到士官长的年代。"

总监们把这句话当成了小依的幽默感，示之以礼貌的微笑。"哈哈，咳咳。"创意总监笑完后咳嗽一声，将钢笔的笔帽盖上，在餐巾纸上敲了敲，"感谢依小姐的分享。老实说，我震惊于你的关卡设计与剧情编写能力，因为你所说的整个游戏流程，从玩法到故事，完成度非常高，已经超过了我们工作室许多资深的剧情策划和关卡。如果你有兴趣的话，不如转岗过来，与我们一起工作？我们需要你的热情和创造性，我也保证，这份工作给你的报酬和成就感，会比营销岗位要丰厚得多。"

小依把刀叉放下，认真地说："我不是在开玩笑，这些剧情和玩法不是我想出来的，我的确游玩过。"

她的语气让总监们也不得不正色起来。最边上那个高瘦的秃头白人说："但根据你说的游戏过程，比如同屏出现几十个敌人，还各自用不同武器，分散进攻……这种显示效果与怪物AI的智能程度，哪怕用即将发售的Xbox Series X来玩，也很容易掉帧或卡顿。而以十四年前初代XBOX的机能——你知道它的运行内存只有64M吧——是绝对做不到的。"他的头衔是技术总监，性格也很技术宅，整个午餐过程中几乎没有说话，但一开口，语气十分笃定。

这一点小依也清楚。但那个夏天里成百上千的尝试依然清晰，以至于时隔多年，她在会议室里拿起手柄就会唤醒肌肉记忆，绝不可能记错。

见小依不说话，总监们也有点愧疚，像是不小心戳破了孩童天真幻想的成年人。创意总监一边小心地将餐巾纸叠好，放进昂贵西装的胸前口袋，一边对小依说："然而，你说的故事仍然很有价值，对我们启发很大。《光环：无限》已到开发后期，故事定型，难以修改，不过士官长的步伐永不停止！我会考虑将你的想法放进《光环》的下一作里。"

这个提议令其他人振奋，轻轻鼓掌；小依也莞尔一笑。这顿饭就在如此轻松的氛围中结束。

但旧事重提，让小依心里埋下了种子，下午时种子还在懵懂，到夜晚已然长成参天大树。小转辗转反侧，连身旁的丈夫都察觉到了她的反常，问她发生了什么。她从未跟丈夫提过当年差点儿被性侵的事，于是也只是摇头，但到深夜，她终于忍不住，在手机上找出了姨妈的电话。

此时的北京，正是白天，这个电话不会打扰姨妈休息。但小依盯着那串号码，良久，还是按熄了屏幕。

此后，小依加班加点地工作，在整个团队的运作下，《光环：无限》的实机演示在当年六月召开的E3展[①]上正式公布。尽管这一届E3，在游戏圈可谓诸神降临，备受期待的《艾尔登法环》《塞尔达传说2：旷野之息》《赛博朋克2077》等大作，都发布了全新预告。而在这井喷的3A大作中，《光环：无限》也毫不逊色，震撼的实机演示播完后，现场观众的欢呼声近乎疯狂。所有人都在等着以士官长为主角的全新冒险。

E3展的成功，也让营销部门松了口气。按照宣传节奏，接下来的重点是343工作室继续打磨游戏品质，尽早确定发售日期，而小依终于可以暂时休息。

七月中旬，她休了假，计划跟伯纳德一起回国，在故乡举办婚礼。随着飞机靠近省会机场，并最终降落，出国七年的小依终于体会到了"近乡情怯"的滋味。伯纳德倒是新奇，四处看个没完，在机场见到小依爸妈时，还大踏步上前去拥抱他们。

这个法国男人的热情让来自小乡镇的小依爸妈吓了一跳。尤其是小依爸爸，被熊抱住后，两手尴尬地张开，不知道该不该去反拍女婿的背部。

还是小依及时上前，拉开丈夫，才让爸妈得以解围。在回家的路上，他们慢慢聊天，说起这些年来家乡和亲戚们的变化，语气平淡，偶尔夹杂一些感慨。小依一边听，一边看着车窗外飞逝的白云和绿树。

原来又到夏天了，她想。

[①] 即Electronic Entertainment Expo，全称电子娱乐展览会，是全球规模最大、知名度最高的互动娱乐展示会。每年E3展上，都会有各大游戏公司携重磅作品参展。

最后一个夏天

小依的婚礼很热闹,家里大摆宴席,吹拉弹唱连夜不息,奢华程度让左邻右舍大为艳羡。热闹的另一个原因,是小依的丈夫。

在这个偏远闭塞的小乡镇,出现了一个外国女婿,还是高身板大胡子,简直跟珍稀动物似的。尤其是小孩子,总是远远地围着伯纳德,给他取各种各样的绰号。有些是善意的,有些则相反,伯纳德反正听不懂,一律报以咧嘴大笑。

镇上所有街坊都来送了礼金或蹭了饭,对这场婚礼赞不绝口。老人们都说小依家祖坟埋得好,上一代有女强人姨妈,在首都扎下根,这一代又出了国际人才。

而说到姨妈,这一次,她依旧没有出现。小依回国前,给姨妈发过邀请,但姨妈只是托人带来了礼金,并未到场。那八万礼金,比许多家里女儿出嫁的嫁妆都要高,心意算是尽到。只是小依爸妈还是有点气愤——自从小依初三过后,姨妈就再没回来过。他们虽然理解姨妈的愧疚,但十四年光阴,再深的心结也该解开。连小依结婚她都不来,怎么都说不过去。

"你姨妈啊,脑筋太直了。"妈妈说,"她从小就这样,眼睛揉不得沙,这些年一直在自责。"

一旁的爸爸却忍不住抱怨道:"你也别尽给她说好话。我看啊,你这个姐姐十多年都不回来,没别的,就是在外面富贵发达了。也是,她现在全家都是北京人,瞧不起我们这小地方很正常。对了,她儿子不也娶了个北京姑娘吗?结婚时也没叫我们。"

453

"你别这么说。"妈妈看了小依一眼,打了下爸爸的手背,"小依的读书和留学费,都是她出的,这次她随的礼,有八万呢。"

"她住高档小区,开豪车,才不在乎这点钱。"爸爸嘟囔着,可能也觉得不占理,声音小了许多,"我们也每年给她寄腊肉和小橘子嘛……"

小依在一旁听着,没有插嘴。对于姨妈不会参加她婚礼这件事,她早有预感,并未抱怨,只是按部就班地把所有结婚的流程走完。

按计划,结完婚他们就得回美国,连在国内游玩的时间都没有了——伯纳德唯一抱怨的,就是这一点,他还想去成都见识闻名遐迩的熊猫,尝一尝更加有名的川味火锅。

整个婚礼流程又长又累,小依筋疲力尽,连手机都没空看。到了婚礼第二天晚上,她拿起手机,屏幕一亮她就愣住了。

上面有十多个未接来电,来自同一个英文名——是343工作室的创意总监。

在微软,员工之间界限分明,下班之后都不轻易联系,更别说给休假的员工打电话了——而且小依还并不归属于343工作室。

那一定是有什么重要的事情吧。小依心跳加速,回拨了电话。

"依小姐,终于听到你的声音了!"创意总监在电话里的声音很急切,"很抱歉打扰你的婚礼。但我听到了一些消息,我觉得你会感兴趣的。"

"你说吧。"

"在E3展后,《光环:无限》引发的讨论很大,我们收到了许多祝贺。其中有一封奇怪的邮件,回忆了《光环》系列的辉煌历史,提到《光环2》时是这么说的——它在整个系列中至关重要,不仅在发售前一周就收到了一百五十万份订单,其内置的隐藏关卡,更是未来人类的希望。"

小依的心跳一下子加速,呼吸也急促起来。

创意总监察觉到了她呼吸的变化,顿了几秒,才继续说:"是的,我记得依小姐也说过类似的话。但我作为《光环》的死忠粉,和一名资深游戏从业者,的确没听过《光环2》还有隐藏关卡。网络上也查不到任何与之相关的信息。所以,我回复了邮件,询问他的身份和隐藏关卡的细节,因为这是我第二次听到这个不存在的游戏内容。他很快也回信,自称是Bungie的老员工,参与过《光环2》的研发,但没有透露姓名。他也很好奇,问我还在哪里听过隐藏关卡……我就不一一转述我们之间来来回回的邮件内容了。我想说的重点是,依小姐,当他知道你说在十四年前也玩过这个隐藏关卡,并以最高难度通关后,相当激动。他说,这十四年他一直在找你。"

十四年前……久远的记忆汹涌而来,在小依脑中掠起无数影像,将她淹没。她活了二十九岁,前十五年快乐无忧,后半段则背负着屈辱、指责和沉重的异样目光。这一切阴影,都来自十四年前的那次侵犯。

"依小姐?"创意总监等了好一会儿,听筒里还是一片沉默,"你还在吗?"

"噢……还在。"小依回过神,"他找我有什么事情吗?"

"他说的话很奇怪,说是请你尽快回去,士官长,舰队需要你。"创意总监语气迟疑，显然也觉得有点中二，"我可以把你的号码给他吗？由他来说，会更直接一点。当然，如果你不愿意，也完全没关系。"

小依犹豫了几秒钟，还是道："可以的。也谢谢你了。"

"别客气。Bungie的老员工，都是我儿时的偶像。"顿了顿，创意总监又补充道，"对了，还有一件很奇怪的事情，或许你能帮我找到答案——我们前几天检查《光环: 无限》试玩版的安装包，发现其中有部分加密的文件，像是冗余，但删不掉。我们破解了很久，才解析出一个PNG文件。"

"是图片吗？"

"是的，是一张地形图，只有局部，但能看出是星盟飞船内部的构造。我猜这部分加密的文件，应该是游戏里的新区域。"

小依的眉角挑起来，"你是说……"

"是的，《光环: 无限》里也有你们说的隐藏关卡，但我问过所有开发人员，他们都表示不知情。如果你得到了什么线索，请告诉我。现在，我把你的号码给那位神秘先生发过去。"

电话挂断后，小依没有进屋，在老屋的堂前踟蹰着。她背着手，手机被她紧紧攥住，手背上青筋都看得到。她思绪万千，抬起头，夜空中流云如絮，冷风让她终于冷静了些。

手机响了。

是国外的号码，小依接通后，刚把手机放到耳边，就听到对面传来一连串沙哑的英语："士官长！我终于找到你了！你怎么样，传输中断会对大脑造成——"

"你是？"小依听得一头雾水，不得不打断对方。

对面一下子停了下来,沉默持续了半分钟。"他没说你是女人,"对方应该指的是创意总监,"噢,打扰了,对不起,可能是我弄错了。"

"等等,你是在找约翰·陈吗?"

对方说:"是的,是约翰,也是斯巴达117,更是我们的士官长。你认识他吗?"

"是的,他以前带我打过游戏,但后来——"小依深吸口气,摇摇头,"你找他干什么?他不是个骗子吗?"

"他怎么会是骗子呢,谁说出这样的话,是要上军事法庭的!士官长明明是整个银河系最伟大的战士!"

"你到底是谁?"

对面顿了顿,把通话改为FaceTime。手机屏幕上出现一个男人的脸庞,看起五十岁左右,五官英挺,脸颊上还有一道七八厘米长的疤痕。"我在地球的身份,是Bungie的前员工,在2001年到2004年间参与过《光环2》的制作。"他的目光穿过两块手机屏幕,穿过整个地球直径的距离,落到小依脸上,"但实际上,我是士官长的下属,也是编号为204的斯巴达改造士兵。"

小依愣了愣,随后眉头紧皱,"现在已经七月了,可不是四月一号,收起这些拙劣的玩笑吧!"

"好吧,我对这种不理解已经习以为常。"刀疤男往后挪了挪,但依旧坐得笔直,"我只是想打听,约翰现在在哪里?我一直在等他。"

"他在监狱里。"

刀疤男浑身一震,眼睛睁圆,"什么!星盟已经抓住并监禁他了吗?!"

"不是星盟,"小依说,"是……朝阳区人民群众。"

"这是什么势力?比星盟还厉害吗?"

"差不多吧,要厉害一点。"小依随口道,又问,"你找他干什么?"

刀疤男说:"我说过了,我要接他回舰队。他在十四年前就应该回去,其他战友都已经回到了舰队,只剩下他。"

小依看他外表如此硬朗刚毅,却一本正经地说着这种中二的话,实在觉得荒诞。她想起以前陈约翰也是用这种语气骗了她,于是讥诮道:"你们是用XBOX初代限定机来打开时空裂隙,才回去的吗?"

"你果然知道!"

小依更觉可笑,说:"但时空裂隙不是假的吗?我跟他明明已经打通了《光环2》的隐藏关卡,打败了先知,时空裂隙却没有开。"

"啊你也是士官长的下属吗!"刀疤男面色肃然,敬了个礼,"那我们就是战友了!不过,是这样,打开时间裂隙的前置任务你们都完成了,但你们遗落了一个重要的环节。"

"什么?"

"通关之后,要给手柄连上充电线。在有线环境下,时空裂隙才会在电视上打开,士官长的意识数据必须顺着线缆,进入星云,穿越时空。"

"插根数据线而已,算什么重要——"小依刚要骂,一个细节突然从回忆之海里冒出来,令她如坠冰窟,她缓缓呼吸,继续说,

"对了，你最开始说中断传输，是什么意思？"

"你不是与士官长并肩作战吗，应该知道呀……"刀疤男嘀咕着，掏出一个小笔记本翻了翻，随即正色道，"2005年8月26日下午，士官长终于将充电线插上了XBOX手柄，那一刻，时空裂隙的所有前置任务均已完成，意识传输自动开启。这个过程要持续十分钟，士官长会进入弥留状态，有微弱的意识。但……"说到这里，他皱起眉，语气十分困惑，"但不知道为什么，流程进行至一半时，他强行中断了传输。这十分危险，我们所有执行选拔任务的人，都知道传输不可中断。这是第一守则。但士官长的确这样做了，很不合理，我这十四年来都没有弄明白。"

2005年8月26日，就是她被侵犯的日期……小依握着手机，需要十分用力才能止住从身体深处传来的战栗，饶是如此，她的声音依然在颤抖："中断之后有什么后果呢？"

"就像复制文件的过程中，U盘被突然拔下来——"刀疤男停下，懊恼地拍了拍自己的后脑，改口道，"不对，不能用这个比喻，人脑要比U盘脆弱得多。这么说吧，意识传输中断的话，XBOX限定机会烧坏，士官长的大脑也会。"

手机从小依手中滑落，在地上弹了几次。

"喂！怎么了？"刀疤男的脸躺在地面，不知所以，"是星盟的袭击吗！"

小依捡起手机，问他："那就是，会变成傻子吗？"

"是的，所以我很担心他，他的处境肯定很糟糕。"刀疤男语气颓然，又把眼睛眯着，抬起头说，"但只要让他重新传输，我们就能救他。这些年，我一直在寻找他，而且还投放了新的时空穿梭器。"

"《光环:无限》?"

刀疤男眯着眼睛,点头说:"是的,我在《光环:无限》里也内置了隐藏关卡,跟《光环2》一样。他依然有机会回到舰队,重新披甲,走上战场。不过既然你告诉了我他的下落,或许这个过程会更简单一些。但我还是很好奇——十四年前,到底发生了什么事?"

"我现在还不能完全确定,我得去……去向几个人求证。"

挂完电话,小依怔怔良久。她放下手机,走到屋前的庭院。

七月底的夏夜,风凉似水,将天空中的云吹得很是稀薄。云层之上,繁星镶嵌入漆黑夜幕,闪闪发光;但又似乎嵌得不够深,风一吹过,云一流动,星辰便摇摇欲坠。而在风、云和星子的更上方,就是无边宇宙。

到底有多少秘密,藏在这深邃的空间里呢?

第二天,伯纳德一觉醒来,看了眼手机就开始大呼小叫。"依!"他说,"我收到航司短信,我们的航班被取消了。"

小依却是一脸镇定,点头说:"是我取消的。我们先不回西雅图了。"

伯纳德先是惊讶,继而雀跃:"那我们是不是要去四川,去成都,去看大熊猫和吃火锅?"

"很遗憾,我们去北京。"小依说。

伯纳德发现她表情很奇怪,像是蒙上了一层东西,说不清,介于悲壮与坚毅之间。她的脸像水面下的铁。"好吧,"伯纳德又小心翼翼地说,"正好北京烤鸭也在我的清单里。"

他们把行李抱上车,沿来时的路回到机场,又朝北飞行来到北京。他们在酒店放下行李后,就直奔房山区。

小依在北京度过了三个暑假,以及四年大学,但现在已然对这座超级城市感到陌生。出租车外,写字楼与商场不断掠过,车流如龙,在每一条街道乱窜。而他们要去的地方在房山,越往前开,高楼渐少,地势变得开阔。

出租车开了一个多小时,才把他们从市中心送到房山靠西边的一个小区门前。小依对着爸妈给的地址,又看了看小区正门口那几块破旧、歪斜的牌匾,有点怀疑自己走错了。

爸妈每年都给姨妈寄特产,都是寄到这个地址。出发前,小依看到姨妈住房山区,还有点诧异——姨妈本身就是女强人,又抓住了时代机遇,不仅是企业高管,还很早就投资了房产,理应住市中心呀……但又转念一想,那些真正的有钱人都是在郊区购置别墅,姨妈正好也快退休,图个清静,倒也正常。

但现在,这个连牌匾都没钱修缮的老式小区,打破了小依的想象。此时正是下午五点,小区前游弋着一些缓慢走动的老人,即使是大白天,这里也毫无生气。几步外有一个穿灰色背心的老头,看到小依的丈夫,"呸"一声往地上吐了口痰。

小依皱着眉头,拉着伯纳德往里走。小区保安并未阻拦,只是打着哈欠瞥了眼,又继续玩手机。小区物业想必很廉价,除了保安无精打采,清洁工也不见踪影,几个生锈的垃圾箱里堆满了烂菜叶、外卖袋和无法分辨的秽物,却无人收拾。蚊蝇嗡嗡飞舞,异味四处弥漫。

绕过七八栋挤在一起的楼房,才找到地址上说的九号楼。小依在电梯口按了许久,电梯就是不下来,等了快十分钟,她才放弃,带着伯纳德去爬楼梯。他们来到了7层,出楼道左转,走到底,在挂着7-08门牌号的屋前停下。

小依敲了敲门。

半分钟后,门被拉开,一个三十出头、跟圆规一样瘦的女人打开了门。女人看到小依夫妇,尖声说道:"我们不买保险!你没看到我们穷成啥样了,日子都过不下去了,啥保险都没用!"

在她关门前,小依按住门框,说:"我来找姨妈。"随后她说出了姨妈的名字。

女人顿时将眼睛眯成一条缝,上下打量小依,从薄如利刃的嘴唇里吐出一句话:"原来就是你啊,我们家的钱都被你这个无底洞给卷走了!"说完,女人放开门,一扭身,噔噔噔走回屋子。

小依和伯纳德对视一眼,也跟了进去。

这房子没有玄关,但门内摆着鞋架和座椅,将客厅入口挤得很窄。走进去后,发现里面更加逼仄。房子可能不到五十平方米,却分出两室一厅,都很狭小。客厅与厨房之间没有隔断,此时厨房正有人做饭,呛人的油烟味密布整个房子。

一个光着上身的男人躺在沙发上,一只脚夹着人字拖,另一脚搁在了茶几上。他拿着遥控器,正百无聊赖地换台。女人回屋时,踢了下他大腿,骂道:"坐没坐相!家来客人了你没看到啊。"

"我们家怎么会有客人……"男人被踢后,不满地嘟囔了一句。

小依和伯纳德走到他面前。小依说:"堂哥,好久不见了。"

像是看不见的闪电从男人天灵盖劈下,他浑身一震,继而凝固。好半天,他坐直身子,把脚从茶几上放下来。"是小依啊,你怎么突然就……"他有点手足无措,从沙发旁抓起一件背心穿上,遮住自己大腹便便的身躯,嘴里还一直念叨,"是好久了哈。好多年了。你说你来也不打个招呼,这家都没收拾……"

女人从房间里出来,也换下了之前套在身上的睡衣,穿着牛仔裤和印有硕大GUCCI字母的T恤——尽管小依一眼就看出这是仿品。女人听到堂哥的话,嗤笑道:"你们这家,收拾跟不收拾,区别大吗?"

堂哥干笑两声,又对小依说:"这是你嫂子,也是第一次见面吧。"又看到身后的小依丈夫,"噢噢,你老公吧!洋大人啊,哈哈,出息了出息了。"

小依仔细观察堂哥,发现他即使是对自己说话,也躲着自己的眼睛。她点点头,又问:"姨妈呢?"

刚说完,一直在厨房里闷头做饭的人走了出来,站在门口。

这是时隔十四年,小依与姨妈的初次相见。

姨妈老了,瘦了,也矮了——那是佝偻造成的错觉。十四年光阴像一台日夜工作的榨汁机,将记忆里强壮、坚毅、无所不能的姨妈剥去外壳,榨干了血肉,让她以刚过五十岁的年纪,就变得枯萎,腰直不起来,头发也是灰褐色与花白色参半。

姨妈手里的莴笋叶掉在地上。

小依过去帮她捡起来,并接过她右手上的菜刀,说:"姨妈,我帮你吧。"

接下来,伯纳德和堂哥堂嫂坐在沙发上,尴尬地看着电视。

463

小依和姨妈在厨房里沉默地忙碌着。其实就是些家常小菜,但姨妈嫌都是蔬菜,看着太素,又把冰箱冷冻层放了许久的鸡和猪肉给拿了出来,多做几道,把客厅桌子摆满。一通忙碌,就到了傍晚七点。

五人围桌而坐,表情各异,都不说话。只有伯纳德看着满座菜肴,食指大动,握着他还有点生疏的筷子,试探性地看着小依。

小依点头,用英文说:"吃吧。"

其余四人依旧不动。窗外斜阳慢慢变淡,人声喧哗起来。

小依说:"陈约翰……"

堂哥霍地起身,手抓住桌沿。堂嫂有些不解,打了下他。但堂哥没有像之前那样畏缩,或者说,根本没有理会堂嫂,而是哆嗦道:"十四年了啊,为什么还要旧事重提?"

姨妈依旧坐着,脸上没有表情。

"因为真相不能被埋没。昨天有人告诉了我陈约翰的身份,我不相信这样的人会侵犯我,而且我一直记得他是很好的朋友。"小依慢慢地说,目光紧盯着姨妈,"相反,自从那件事之后,姨妈就再也不愿意见我,哪怕我就在北京念书——这不是'内疚'可以解释的,我觉得'害怕'更合理。"

姨妈避开了她的目光。

小依也转头,看向堂哥,"一旦顺着这个想法,就有更多疑点了。我初二暑假从北京回老家,有几条内裤不见了,堂哥,是你在火车上偷的吧?"

"什么?"堂嫂一听就炸了。

堂哥脸色惨白,指着小依的鼻子骂道:"你他妈别乱说!我、我怎么会——"

"行了,该来的总是逃不掉。"说话的是姨妈,声音很平静,"我一直在等着这一天,老实说,比我预想得要晚一点。"

"是的,我一直都很怀疑,但姨妈以前对我太好,我潜意识里就忽略了这些疑点。"

姨妈叹口气,"难为你了。不过我对你的好,这十四年,早就抵了。"又对堂哥说,"别再想着躲了,都告诉她吧。"

"妈!"堂哥叫道。

"妈能为你做的,也到头啦。"姨妈摇头说,然后抓起筷子,把菜盘里的肉和菜夹到自己碗里,大口咀嚼。她吃得很认真,仿佛是饿了十四年,今天才第一次吃上饭。

尽管姨妈的话已经验证了小依的猜想,但她还是对着堂哥问道:"当年,到底是谁侵犯了我?"

堂嫂也看向堂哥。在这些能灼烧皮肤的目光中,堂哥的脸色由惨白变得血红,过了好一会儿,他像身子骨散了架似的,缩到沙发上。

"你倒是说啊!"堂嫂尖声道。

"是的,"堂哥说,"陈约翰是冤枉的。当年,是我脱了你的内裤。"

2005年夏天的那个下午,姨妈在收拾行李,准备第二天送小依回老家。小依却不在家。姨妈叫堂哥出门去找小依,堂哥知道小依喜欢跟那个奇怪的中年男人混,于是径直来到隔壁楼的陈约翰家。

他推开门,看到的景象让他血脉偾张——

小依半躺在沙发上,风把她的裙子吹到大腿根,露出大片雪白的皮肤。她醉得很沉,但呼吸均匀,饱满的胸脯一起一伏。

堂哥再走近一步,才发现陈约翰也在家,躺在沙发另一侧的地上,双眼紧闭,手里还紧紧抓着手柄。手柄前端插着充电线,而这条黑色电线的另一端,连着不远处那台印有机甲战士图像的士官长限定款XBOX。电视机还亮着,屏幕上显示着一个旋转的宇宙星云,而画面下方,有一些光点在向星云游移,看起来像是发光的蝌蚪在游向池塘。

不知是不是错觉,堂哥发现这些奇怪的光点,似乎是从陈约翰手上发出来的,通过手柄和充电线,向游戏机移动;再从XBOX背面的信号接口,缓慢、但不可阻止地朝着电视机屏幕中间的星云汇聚而去。

这奇怪的画面让堂哥脑袋清醒了一点,但随即,他闻到了浓重的酒味。

原来是喝了酒,难怪这两个人大白天就不省人事。

堂哥凑近小依,目光在她身上游走。

他记起在沙滩上看到过的小依穿泳装的身材,又想起去年他偷了小依的内裤,这一年来,他用这些令人瞎想的布料来自渎,以此度过无数漫漫长夜。而现在,小依的腿和胸就在眼前,伸手可触,而且看样子,她一时半会儿也醒不来。

于是,他伸出手,解开小依上衣。小依还是没有反应,欲火焚烧了他最后一丝理智,跟着,他脱掉了小依的内裤。

他像捧着圣物一样,把内裤放到鼻尖,贪婪地大口呼吸。

"你干什么!"身后突然爆发出陈约翰的吼声。

堂哥骤然一惊,转身看到满面怒容的陈约翰。他的心顿时从欲望的炙热中凉到了谷底。

"放开她!"陈约翰再次吼道,扔开手柄想扑过来。但就在手柄脱手的同时,充电线上那些流动的光点立即中断,电视上的星云画面也开始闪烁,出现白屏和噪点。如此持续两秒后,电视机和游戏机一齐因过载而熔断,砰的一声,有火星溅出,刺鼻焦味也弥漫开来。而此时的陈约翰也如被电击,浑身抽搐,脸上怒气变得扭曲,随后往后仰倒,后脑直接着地。

堂哥不知道前一秒还气势汹汹的陈约翰怎么突然倒下了,愣在当场。而地上的陈约翰呻吟着,一手揉着后脑勺,一手撑着地,想爬起来。他满脸茫然与痛苦,仿佛大脑跟那台游戏机一起被烧坏了。

这时屋门被打开,来寻找小依的姨妈走进来。

姨妈看到了小依赤裸的下身,以及自己儿子手中的内裤。

陈约翰意识懵懂地爬起来,嘴里还含糊道:"怎么了……我……头疼……"

堂哥终于回头,惊恐地看着姨妈和陈约翰。

小依依旧在沉睡。

接下来的一瞬间发生了很多事情,也改变了许多人的命运。

屋里四个人中,最先反应过来的,是姨妈。

她上前把内裤从堂哥手里拽过来,丢到陈约翰身上,然后提着堂哥的衣领,把他使劲往门外一推;陈约翰迷迷糊糊,手上多了一条内裤都没反应过来,还没睁开眼睛,就听到了姨妈的尖叫。

"耍流氓啊！这个疯子欺负我外甥女！快来人啊！"

后面的事情，就跟小依记忆里相同：邻居们立刻赶来，堂哥也夹在人群里，又回到现场。大家纷纷指责陈约翰，还报了警。而陈约翰像是脑袋被什么东西吸空了，浑浑噩噩，不仅没有指认堂哥，连被抓走也不怎么反抗——当然，这番举止被人们认为是装疯卖傻，想逃避法律惩罚。

那条被堂哥脱下的内裤，因为后来又被姨妈故意从陈约翰手中夺过来，丢给堂哥"保管证据"，而混淆了指纹，让堂哥免于被调查。

姨妈当然是爱小依的，但——她更爱自己亲生的儿子，哪怕是不成器的儿子。

一番话说完，小依已泪流满面。

堂哥扑通一声跪下，声音近乎哭喊："那时候我也还小，只是鬼迷心窍，我没有真正伤害到你。我也受到了足够的惩罚啊！这十四年，我妈一直没有原谅我，也没原谅她自己。要不是2005年她着急把芍药居的房子给卖了，搬到这里来，要不是她那么早就辞职，家里也不会变成这个鬼样子啊！"

小依后退一步，摇头说："但你没有去说明真相，你让陈约翰在监狱里待了十年。"

"但他只是一个神经病，一个孤家寡人！"堂哥膝行一步，用力攥住小依的衣角，"本来他在家也只会玩游戏，我还有未来，他没有了！他代我进去，谁会在意呢？"

"陈约翰会在意，我会在意。"小依把衣摆从他手里抽出来，擦干眼泪,又补充道,"整个银河系会在意。"

堂哥不解地抬头,问:"什么?银河系?"

小依并未解释,视线掠过一直沉默的姨妈和满脸怒气的堂嫂,最后又落回堂哥脸上。她努力克制自己的声音,说:"我欠你们的,学费和礼金,都会还给你们。"她的努力失败了,语气因愤怒而颤抖,"但你们欠陈约翰的,也要还给他。等着警察上门吧!"

堂哥一惊,想起身拉她。

伯纳德沉默地挡在他们中间。堂哥虽然发福,在健壮的伯纳德面前,也只能怯弱地后退。伯纳德听不懂他们的对白,但他能察觉到妻子的愤怒与委屈,所以他瞪大眼睛,揪住堂哥的衣领,将堂哥提得踮起脚。

小依拉住了伯纳德,摇摇头,然后转身走出这间逼仄的屋子。

堂哥跌坐在地,兀自大喊:"你要去哪里?你要报警吗!没用的,都过了十几年了!而且,我们欠陈约翰的已经还不回去了!"

小依在门口停下,转回头。她的脸,一半被屋外的黑暗吞噬,一半被屋里昏黄的灯光照亮。

堂哥见她停步,连忙说:"陈约翰已经死了!他真的死了!再翻旧账,真的没有意义了!"

小依似乎已经听不清堂哥的哭喊,她耳边只响起模糊的风声。她有点腿软,要抓着门框才勉强站定。她的脑袋里一遍遍回响着那五个字——

陈约翰死了。

陈约翰死于半个月前。

他曾在监狱里待了十年，大脑一直处于某种创伤后的混沌状态里，像是被烧坏了主板的笔记本。他时常忘事，有时候连自己是谁都不记得。这也影响了他服刑期间的劳改，比如做纺工时，他经常踩缝纫机踩到一半就站起身，向窗子走去。狱警们被他搞得紧张兮兮，纷纷掏出电棍，大声呵斥。好在陈约翰只是站在窗前，仰头望天，没有再做什么危险的动作。但这也足以让他频频被警告，劳动减刑的名单里一直没有他的名字。

而另一些时刻，他又很亢奋，会抓住狱友的手臂，喋喋不休地讲述他在美国的经历。这都还好，其他人顶多以为是他吹牛，都笑嘻嘻地听着，权当解闷。而当陈约翰话锋一转，开始讲到他出生于遥远的波江座，曾率领士兵参与悲壮的星际战争时，人们便把他当作疯子，嫌恶地散开。

当然，监狱见他长年累月这种混乱状态，还是把他送去医院检查过。但颅脑CT扫描的结果完全正常，而心理医生诊疗过后，也说他这个状态找不到任何可参考的类似案例。综合之下，大家都认为他在装疯卖傻，于是，这十年牢狱他坐得满满当当。

2015年出狱后，他再次回到家里。劳改犯、恋童癖、神经质……这些称呼让他成了真正的孤家寡人，人憎狗嫌，他出现的地方，所有人都会立刻散开。尤其家里有孩子的，更提防陈约翰。

陈约翰并没有试图改变这一点，继续住在原来的房子里，所有路过他家的人，都会闻到一股酸臭味。这是垃圾堆积的气味。是的，在很长一段时间里，陈约翰靠捡垃圾过活。他也不多捡，能维持最低的温饱即可，所以人们总是隔十天半个月才能见他一回。

人们想象他躺在垃圾堆里,要么连日昏睡,要么两眼如死鱼般睁开,长久地盯着天花板。

人们都说,他肯定活不久。

是的,今年翻过年,从春天起他的脸色就明显变成蜡黄,走几步路就喘得停不下来。老人们想提醒他去看病,却被家里的年轻人拦住了:"怎么着?还想让他活蹦乱跳,继续去侵犯别的女孩子?您家孙女可是每天在小区里乱逛呢!"

于是,陈约翰以肉眼可见的速度变得衰弱,但到了六月初,他突然从家里爬起来,把垃圾清空,叫中介来家里看房。打听到他的前科,中介心里惴惴不安,但好在芍药居地段好,而且陈约翰能接受的价格简直低到离谱——是附近市价的一半。

他只有一个要求:先付20%定金,并且给他两个月时间住。到八月底他再搬走。

房子挂出去不到一周,购房合同就签好了。陈约翰手里一下子多了五十万。他从网上买了最好的电视机——100英寸大屏、8K分辨率、120HZ刷新率、HDR显示……电视大到进不了门,安装的时候,家装公司只能用起重机把电视吊起来,从阳台运进去。而剩下的钱,他交给了某个海淘公司。此后,每天下午,他都蹲在小区对面的快递营业点,一边咳嗽,一边等着什么。

有些人路过,拿他开涮:"陈约翰啊陈约翰,你房子都卖了,还买电视机干吗?你以后只能住天桥了,难道扛着电视机去找桥洞?"

话音未落,又有人就嬉笑着说:"你操怎么多心干吗!没见人都快把心肝脾肾胃咳出来了?两个月啊,都算多的!我看买房的

471

才倒霉,收房时还得处理一下尸体。"

"也是,也是。"

……

陈约翰充耳不闻。他只是一边咳嗽,一边问快递小哥,有没有从美国寄过来的包裹。快递小哥也不理他。到了六月中旬,他苦等半月的包裹终于到了快递点。他比快递小哥们还快,敏捷地扑过去,撕下珠海海关贴条,拆开快递盒。

当时周围的人都好奇地盯着他。所以他们记得:快递箱里面,是一个墨绿色的长条形包装盒。盒子正面有一半的区域都印着蜂窝煤一样的小孔,在左上角,则是白色的"XBOX"字母。

有人懂行,立刻笑道:"陈约翰啊,你又买游戏机了!这什么型号呀?天蝎座?也不像呀。"

这个问题让陈约翰难得地抬起头,憔悴的脸上带着喜悦,"这是次时代主机,还没上市呢。"

"那你怎么买得到?"

不等陈约翰回答,又有人插话道:"那这个游戏机,你是打算再骗哪家的小女孩呀?"

陈约翰便将头埋着,检查了下包装后,抱着游戏机闷头回家。

打那以后,人们就再没见过陈约翰出门。而且无论夜晚多深,他家的灯都是亮着的。

毫无疑问,他在不眠不休地玩游戏。而这景象,让人们想起了十四年前的夏天,不少人开始担忧——并非担忧陈约翰不顾健康地玩游戏,而是害怕哪家小孩又成了他的猎物。但人们从门缝窥视,从对面楼远望,都只看到陈约翰一个人握着手柄,在电视机前佝偻着,脸几乎要贴到屏幕上了。

人们便放心了。只要不祸害其他人,陈约翰想怎么作死,都随他去吧。

七月中旬的一个夜里,陈约翰家里的灯熄灭了。

那时都凌晨两点了,有人在五百人的业主群里说了这个发现,几分钟后,业主群沸腾了,消息像流水一样淌过。有人猜疑,有人庆幸,还有人鼓动着要去查探。不过大家也只在微信群里热闹,无人敢出去敲陈约翰的家门。毕竟大晚上的,要是碰到死人,实在晦气。

说了半天,群里有个空白头像的人跳出来说:"我去吧。我离他家近。"

这人除了头像极简,ID也只是一个简单的"J"。他没改备注名,大家都不知道他是哪栋哪层的业主,也不记得他是什么时候加进来的了,但既然他自告奋勇,人们便也纷纷附和,怂恿他去。

五分钟后,这个J在群里回复道:"是的,他死了。他去了他该去的地方。大家放心,我已经报警,医院和民警马上会来处理。"

尽管大家早猜到这个结局,但真被证实,还是让其他人都沉默了——死者为大,而且陈约翰已经受到了惩罚,是刑满出狱,还是积点口德吧。五百人的微信群,无人再回复。那一晚,小区很安静,能听到救护车来的声音,十几分钟后,又听到呜呜声远去。

陈约翰没有亲人,连葬礼也没办。而再过半个月,他的房子就要被人接手,他会被人遗忘,在大家记忆里无声无息地死去。

偶尔,人们想起来,在群里@那个昵称叫"J"的邻居,问他那晚到底怎么了?陈约翰怎么就突然死了?

473

但那个顶着空白头像的"J",不知何时被注销,再没回复过任何消息;又过几天,这个账号就在群里消失了。

陈约翰的死讯传到姨妈家时,姨妈只是怔了怔,又继续沉默地操持家务。堂哥倒是终于松了口气,连喝好几天酒,优哉游哉地躺在家里看电视。多年的阴霾终于被吹散,说不定,生活会恢复到十四年前的正轨。

好景终究不长,那口气还没松完,小依就找到了家里。

怎么会这么巧呢?是报应,还是宿命,抑或是陈约翰的阴魂不散……堂哥瘫在地上,看着小依夫妇夺门而出时,绝望地想。

而小依站在北京街头,心里也满是悲怆和茫然。

她终于知道了真相:她少女时期的忘年之友,在游戏里并肩作战的神奇伙伴,原来并没有伤害她。那一天下午,陈约翰听从她醉酒前的建议,去给手柄插上充电线,触发了意识传输。但就在他终于能将自己传送至未来的星舰之际,发现小依正在被堂哥侵犯,强行中断了这个危险的进程,起身来保护她——这个举动,让他不仅脑部重创,还被姨妈和堂哥联手诬陷,蒙受了十年牢狱之灾。

他不是罪犯,是她的英雄,是身披机甲、挡在星盟所有怪物面前的士官长。

只是这个真相,来得似乎太晚……

"我带你去看一个朋友。"小依的泪水被夜风吹干,脸颊黏糊糊的。

伯纳德抱住她的肩,说:"好的。我很期待见到这位朋友。我想跟他说一声谢谢。"

他们再次来到了当年过暑假的小区。整个北京都在变，这里却跟记忆里一模一样。小依轻车熟路地来到二号楼前，走楼道上十一层，站在那扇更熟悉的门前。她知道这套房的前主人已经去世，而新户主尚未入住，里面是没有人的。但她并没有犹豫，伸手敲了敲。

门内鸦雀无声。

等了几分钟，小依叹息着拉起伯纳德的手，准备离开。

"吱——呀——"，门在她身后被拉开。

小依霍然回身，盯着指隙宽的门缝，呼吸变得急促。伯纳德握紧她的手。小依把全世界的清冷空气都吸入胸中，才提起左脚，缓慢地迈出一步。又一步。再一步。她站在门前，顺着门缝往里推。

门背后，是她熟悉的客厅。陈约翰正坐在沙发上。那是十四年前的陈约翰。他依旧瘦削，头发潦乱，眼窝深陷，但眸中像燃着两团烛火，炯炯有神。他握着手柄，随着他拨动摇杆和按下按键，不远处老式电视机画面里的士官长也随之突进、开火和闪避。

小依用手捂住了自己的呜咽，但眼泪滑落，填满她的指缝。

客厅靠北的窗子打开，夏夜的风流水一样灌进来。

或许是感到凉风，或许是听到哭声，陈约翰揉了揉眼睛，转过头。

"你来啦，"他一咧嘴，皮肤就挤成褶皱，像是笑容在脸上层层绽放，"战斗已到关键时刻，士兵，我需要你的帮助！"

小依抹掉眼泪，上前接住他递来的手柄，说："遵命，士官长。"

后 记

现在，请再来看看我。

我的第一篇科幻小说《悄然苏醒》，发表在《科幻世界》2012年10月刊上，距这本《爱　时光和大怪兽》上市，已经整整十一年。这是我生命中三分之一的时光。说来也很感慨——我这人性子急躁，喜新厌旧，捡芝麻丢西瓜，为数不多能坚持十年以上的爱好，除了火锅，就只有科幻。

十一年佝偻在屏幕前，打废七副键盘，近视度数日益增加，体型因过劳而肥，社交生活也匮乏单调……当然，这并非诉苦，自己混乱的写作规律也不值得倡导。我记得其他科幻作家就做得不错，比如大家熟悉的谢云宁老师，就能一边担任上市公司高管，一边勤勉写作，家庭和满。

我想说的是，即使我没有协调好写作和生活，导致了诸多不便，但我依然没有中断科幻小说的创作。原因有很多，现在我想向您介绍其中之一——快乐。

是的，即使这件事我做了十一年，在每一篇小说即将动笔和即将完成的时刻，我仍然会感到快乐。这种体验难以诉说，我曾尝试过，但能共情的人也仅寥寥二三人。倘若您也无法感同身受，那我就用本书的四篇小说来做例子。

您看到的第一篇小说《再见哆啦A梦》，写于2015年。在构思它时，最早的计划只是写一个时间旅行小品文，万字以内，结局模糊。但一开始动笔，回忆就从键盘的间隙涌出，染湿手指。于是我想到，在我还小的时候，对时间旅行的最初认知就来自日本动画《机器猫》——这是早期的叫法，新世纪过后，大家才慢慢将之改口为更流行的音译片名《哆啦A梦》。能守着DVD看《机器猫》的日子，是我童年里不多的快乐，可惜后来DVD碟被收走，我没有看到《机器猫》的结局。后来等我长大，网上的资源触手可及，却又过了能无忧无虑地欣赏几个孩子和一只猫一起冒险的年纪。

说来遗憾，我长大了。

所以我决定，在小说里弥补这个遗憾。我推翻了最早的设定和已写好的开头，融入自己的童年记忆，越写越长，到了三万多字才依依不舍地结束。著名科幻评论家三丰老师曾说，"《再见哆啦A梦》是阿缺的半自传体小说"。

另有一个趣事分享。在我写这篇小说的过程中，曾感到苦恼，因为小说进度过半，写了两万多字，还没有体现出科幻元素。我惴惴不安，于是把前半部分的文稿上传到一个满是科幻作家的QQ群，让他们看下，提提意见。结果他们都说写得很好，让我继续写完。正是这份鼓励，让我一直坚持写下去。

尽管当我写完后才发现，那个QQ群里《再见哆啦A梦》前半部分的文档，显示的下载次数是0。

第二篇《最后的怪兽》，完成于去年夏天。之所以写它，并不是因为想写怪兽,而是想写父亲。

我父亲是一个脾性古怪的男人,总是在我的噩梦里出现,又会在我沮丧低落时用他那沉默又讥讽的方式帮我。我跟他关系微妙,恩重怨深,其中种种事迹,就算又穷我十年光阴,也很难写得清楚。总之,如果让我归纳他的形象,那就是——巨大。

巨大意味着破坏力强,但如果他愿意,又会是世上最可靠的保护。

前者于我而言,是怪兽;后者,便是奥特曼。

《奥特曼》自然是一座经久不衰的丰碑,1966年首播,时至今日依然拥有庞大粉丝群。我就是其一。只是我看《奥特曼》时的感受非常矛盾,怪兽令人害怕,奥特曼从天而降时又振奋不已。这两种场景都会令我想起我父亲。

前面说过,长大是一种遗憾,但它也并非全无好处。成长使我并不比父亲矮小多少,而且当我的收入超过他时,他对我说话的态度也开始变化。这不是见钱眼开,相反,我能看出他眉宇间的落寞。我们终于和解。我对他说,我给你写一篇小说吧。他嗤之以鼻,摆手说不。但过了几个月,他又会打电话来问,小说写到哪里了。

小说已经写完了,爸爸,就在这本书里。

第三篇《爱,能否重来》其实原名叫作《再见至尊宝》,在《科幻世界》上发表过。它的创意则是来自一篇新闻:一位人民警察在受伤过后,记忆清零,仅余基本常识。这则新闻来源模糊,我后来也搜索不到,无法求证。但这个概念一直留在心底,并引发思考——如果一个人的记忆被清空,爱他的人继续照顾他,让他像婴孩一样重新成长,那么,他会长成原来的模样吗?

多半不会。多么无奈,又令人悲伤。

这种悲伤,让我想起了《大话西游》的结局。夕阳下,师徒四人一路西行,大圣的背影尤其孤独。而曾经相爱的人,凝视半晌,最终也只留下"他好像一条狗啊"的怅惘叹息。

所以写完这篇时,我便觍着脸给它取名《再见至尊宝》,但还没发表,我其实就后悔了。

《大话西游》是我看过不下二十遍的作品。至尊宝这个形象影响了我的性格、爱情观和艺术品位,而且隔得越久,我越感到它的伟大和难以复制。我写的是别人,不可能是至尊宝。所以我当时想改名,但因为排期已定,只能作罢。

幸好现在它能结集出版,让我有机会恢复它的本名《爱,能否重来》。很好,很好,让我离圣坛远一点,让我看它的目光更模糊一些,让我再回忆至尊宝时,想到的只有《大话西游》,而没有我自己。

最后一篇《去星辰燃烧的地方》,写于特殊时期。当时,我足不出户已有两月,为了打发时间,我重新开始玩《光环》系列游戏。我是个重度游戏迷,尤其喜欢 FPS 游戏,在《光环》系列游戏中度过了几百小时的时间。但最新作《光环:无限》,我很早就买了,一直没玩。这次终于有机会通关。而通关时,明显感觉——它不好玩了。

不好玩的原因有很多,总体来说,这个系列老了。无论它曾多么辉煌,甚至现在依然是XBOX的当家IP,但疲态已显。此时的士官长,不再盔甲坚硬,不再一呼百应,而成了一个落拓的中年男人。

是的,正是这个形象促使我完成这篇小说。另外值得一说的是,这篇小说最早是在《芙蓉》上发表,名为《再见士官长》,但发表后我又看了几遍,发现了许多bug。于是重又修订,由原来的三万字,扩写到了现在的五万五千字,是为最终完整版。也因此给它重新取名为《去星辰燃烧的地方》。我更喜欢这个名字,也更希望士官长能重回战场,燃烧星辰。

说到这里,想必您也能看出为什么这四篇小说会组成如此一本合集——除了每篇的原篇名都有"再见"这个前缀,更重要的是,他们都是同一主题:伴我成长、予我给养的流行文化。《哆啦A梦》《奥特曼》《大话西游》和《光环》系列游戏,都是我人生的重要体验。

我当然没有直接在文章里使用这些作品的设定或人物,侵权不说,更是亵渎。作为内容,它们当然不可染指,但作为现象,它们的确出现在我们这个世界,并影响着我们。这本书,就是它们造成的影响之一。

希望您能像我一样喜欢这四个故事。

那么,我去写新的故事了。人生旅途漫漫,下一本书再见。